我们阅读
WOMENYUEDU
魅丽文化 花火工作室

摇曳

三慕里
著

江苏凤凰文艺出版社
JIANGSU PHOENIX LITERATURE AND
ART PUBLISHING

图书在版编目（CIP）数据

摇曳 / 三慕里著. -- 南京 : 江苏凤凰文艺出版社，2022.11

ISBN 978-7-5594-6892-5

Ⅰ. ①摇… Ⅱ. ①三… Ⅲ. ①长篇小说—中国—当代 Ⅳ. ① I247.5

中国版本图书馆 CIP 数据核字 (2022) 第 098541 号

摇曳

三慕里 著

出版统筹　曾英姿

责任编辑　张　倩

特约编辑　朵　爷　图　南

封面设计　丹青客

封面插图　符　殊

出版发行　江苏凤凰文艺出版社

南京市中央路 165 号，邮编：210009

网　　址　http://www.jswenyi.com

印　　刷　湖南天闻新华印务有限公司

开　　本　1/32

印　　张　10

字　　数　298 千字

版　　次　2022 年 11 月第 1 版

印　　次　2022 年 11 月第 1 次印刷

书　　号　ISBN 978-7-5594-6892-5

定　　价　46.80 元

目 录

CONTENTS

目 录

CONTENTS

第一章

形同陌路的我们

陈洛初这次回去，正好撞上了喝醉的姜钰。

他闭目躺在床上，床边还坐着一个女人，长得挺好看，在细心地替他擦脸。女人看到她，脸上流露几分尴尬之色，声音也有点拘束，小声说：“陈小姐。”

陈洛初看着她年轻的脸，浅笑着问：“昨天他在好友群里说想结婚了，指的是跟你吧？”

女人慌忙摇头：“不是，不是，你才是他的女朋友，他说的当然是你了，我没有这种本事的。”

陈洛初不知道女人是不是装傻，外头的人都知道一件事：一年前，她跟姜钰求过婚，三次，他全部拒绝。最后他说自己是不婚主义者，让她别再费心思了。

陈洛初为此还从楼上掉了下来，结果姜钰根本就懒得搭理她，事情闹得挺难堪的，在当时还成了个笑话。

陈洛初也不管女人是不是真心不知道这一茬，客观地说：“能让他收心的，你是第一个。”

女人不安地道：“陈小姐，我是不会跟你抢的。”

陈洛初没说话。她上次跟姜钰见面，是在四个月前的家族聚餐，两个人人前说笑，私下一句交流都没有。

上上次，则是一年前她从楼上掉下去。那天他在她的病房里待了五分钟就要走，她哭得歇斯底里。他假模假样地哄了她两句，还是头也不回地走了。

如果不是因为家里长辈关系好，两个人估计已经没有往来了。

今天姜钰喝醉了也挺好，她能拿完东西就走。

陈洛初对这栋别墅已经不怎么熟悉了，她不知道自己的车钥匙放在哪儿。跟姜钰在一起的那两年，一下就能想起来的记忆大多都是在卧室，其他的都开始变模糊了。

陈洛初打算去书房找找，经过卧室时，看见姜钰不知道什么时候醒了，正紧紧抱着那个女人亲密地喊媳妇儿。女人整张脸都是红的，样子很羞涩。

她本不想打扰他们，但她今天有正事，所以对姜钰开了口：“我的车钥匙放哪儿了？”

姜钰闻声睁开眼，松开了抱住女人的手，原地站了两秒，揉着太阳穴进了书房，很快拿出一盒车钥匙。

陈洛初想，可真富有。

“能开车了？”他客套了一句。

这句话让陈洛初沉默了几秒，从楼上掉下来确实给她造成了不小的后遗症：“可以了，最近得经常外出，不开车不方便。”

“哦。”他仍冷冰冰的。

陈洛初很快便找到了自己的车钥匙：“那我就先走了。”

姜钰揉了揉眉心：“剩下的东西你什么时候搬走？有人要住进来，那些东西留在这儿不太方便。她总觉得自己在我身边是没有名分的，我想给她安全感，让她时时刻刻跟着我就是最大的诚意。”

陈洛初朝身后一脸不安的女人看了一眼，瞬间明白了，点点头：“那等周末，周末我就把东西都搬走。”

姜钰没了耐心，不太满意这个答案：“今明两天不能搬？”

女人赶忙上前劝道：“阿钰，我不急的，你别催得太紧，陈小姐平常也忙。”

姜钰的脸色因为女人好看了不少，看了陈洛初一眼，听了女人的话，不再为难她：“周末吧。”

陈洛初想了想，做了决定：“就今天吧，省得再跑一趟了。”

陈洛初把最后一袋东西搬上车，累得气喘吁吁。发动车子时，她看见姜钰把目送她离开的女人抱起来，两个人如胶似漆，一边往里走一边说：“看她做什么？你男人在，看我。”

陈洛初收回视线，认真开车。遇到红灯停下的时候，她顺势拿起手机看了看。这一看，就发现群里都在提醒她，要她发红包，准备喜糖，还喊她嫂子。

姜钰的一句“想结婚”，所有人都直接默认是她。毕竟占着姜钰女朋友这个身份的，独她一个。何况论背景，两个人也是门当户对。

陈洛初想了想，发了一句：不是我。

但消息很快被刷屏，没有人在意她发了什么，依旧都在祝福和揶揄她，直到姜钰拉了个人进群。

所有人都在猜测这个女人的身份，姜钰发了话：这是温湉，你们嫂子。

没人发消息，大家都愣住了，只有陈洛初，早知道答案。本来都挺好的，可不知道是谁脑抽问了一句：不对啊，这是嫂子，那洛初姐算啥？

陈洛初这下不得不出面了，手正在键盘上敲着字，姜钰却先她一步发了句话：我什么时候让你们喊她嫂子了？

陈洛初默默地把打好的字给删了。是的，他没有，从来都是他们乱喊。

姜钰的话是实话，却让陈洛初挺尴尬的，她只好替自己打圆场：嗯，早就不在一起了。只不过没有告诉家里长辈，麻烦各位暂时帮忙瞒着。

发完这条消息，她又接连发了几个大红包，总算把话题给揭了过去。温湉这才出来跟大家打招呼，言辞之中透着点羞怯。

姜钰的姑娘，没有谁敢怠慢，大家都挺热情，都在说着玩笑话，帮她放松。温湉到底是一个充满活力的年轻小姑娘，很快就跟大家打成一片。陈洛初看这会儿没人把注意力放在自己身上，便退了出去，没再看群消息一眼。

到了家，稍微理了理东西，陈洛初就去洗澡了。从洗手间出来时，陈英芝已经在她的房间里坐着了，说："你姜阿姨让我喊你过去吃晚饭。"

陈洛初说好，折回衣帽间找了条裙子。陈英芝看着她的背影，突然问道："你跟阿钰在一起三年了，还没打算定下来？"

"他不会娶我的。"她顿了两秒，拉上裙子拉链。

陈英芝以为她还记着姜钰说的不婚主义这件事，好声劝道："你也别妄自菲薄，都闹成那样了，你们俩还能在一起，说明他心里有你，早晚会跟你妥协的，你得自己把握机会。"

机会也得有人给啊。陈洛初勾了勾嘴角，没说话，只默默地打开房间门，然后就听见楼下有交谈的声音。她往下扫了一眼，就看到了姜钰，他在跟陈横山谈最近的股市。

他正说着话，一偏头就看到了她。姜钰盯着她看了两秒，勾了勾嘴角："媳妇儿。"

"我一回家，我妈说你要来，我就过来接你了。"他不像刚刚还在聊正事的精英男，更像一个爱老婆的好男人。

大概只有陈洛初知道，他在背后有多疏离。求婚失败那次，她听见过他跟朋友说：陈洛初我都看腻了，怎么可能跟她结婚。陈洛初收回思绪，说："走吧。"

陈英芝皱眉道："你话也太少了。"

姜钰就在边上煽风点火："是啊，姑姑，她现在总不搭理我。都四个月没回过家了，平常也没有一个电话，害得我总是多想。"

她不确定姜钰是不是开始未雨绸缪，装深情人设，到时候好把分手的原因全甩到自己身上。

陈洛初敛着眉，一副温和样子，却没有开口辩驳。

男人看看她，顿了一下，牵着她的手，拿过她的包，又补充了一句："不过没事，都是我媳妇儿了，想走也走不掉，去哪儿我都得跟着一起。"

陈洛初到门口就抽出了被姜钰握着的手，他也没在意，只说正事："今天我妈估计得逼婚，我拒绝她会生气，得你看着办。"

陈洛初觉得谈事就得把条件摆出来，光明磊落地谈："以后在长辈这边，谈个价钱，我才给你办事。我拿钱办事，你女朋友也不会多想。"她缺钱，总问姑姑拿钱，很多时候开不了口。拿了钱，以后要她认分手的原因，她也就认了。

"行啊。"姜钰在没人的时候，一如既往疏离，"以后每个月我都把钱打你卡上。"

姜母今天找她过来，果然是为了打探结婚的消息，聊了几句朋友的孙子，就把话题转移到他们俩身上："所以你们打算什么时候结？"

陈洛初没说话，姜钰说："尽早结。"

姜母扫他一眼："以前不是说这辈子都不想结婚吗？"

"想结了，想要个女儿。"

姜母冷哼一声："怎么着，儿子就不行了呗？"

姜钰又弯起眼角："男孩女孩我都宝贝得不行。"

他伸手去捏陈洛初的脸，又摸摸她的头顶，也不顾餐桌上还有于父于母在，堂而皇之地靠在她的颈窝："今年农历四月有个日子很好，咱们俩要不把证领了吧。"

“这么大了还黏人，也不害臊。”姜母说归说，眼里却带着欣慰。

一年前，谁都以为他们俩走不下去了，没想到关系反而越来越好。陈洛初跟姜钰上大学时就好了，还是她看着长大的，为人也没有什么棱角，关键儿子喜欢，她很满意。

“我黏的是我老婆，谁来了也管不着。”姜钰回完姜母的话，开始哄陈洛初，“媳妇儿，领完证，我房子、车子都写你的名字，也不会再看其他女人一眼。以后你叫我往东，我就往东，我会很乖的。”

他温热的鼻息喷在她的脸上，有点痒，却让她更加清醒。她说：“对不起。”

姜母皱了皱眉，气氛冷了下去。姜钰扫了她两眼，从她的颈窝移开，笔直地坐着看她，还挺坚持：“你再想想，跟我结婚有很多好处的。”

她勉强保持着一个还算得体的表情，背锅当恶人，就得当到底：“我还没有准备好。”

气氛依旧僵持了好一阵，姜钰压低声音，妥协道：“听媳妇儿的，不逼你，不想结我们就晚一点。”

姜母心里不太满意，但一年前是自家儿子混账，陈洛初没准备好也正常。她叹了口气：“我也就是问问，你们年轻人的事情，还得你们年轻人自己去做决定。吃饭吧，尝尝阿姨的手艺。”

陈洛初有点食不知味，没吃多少，就找了个借口要走。姜钰从餐桌旁站起来：“媳妇儿，我送你。”

陈洛初下意识想说不用，但立刻反应过来有长辈在，便把话咽了下去。她跟着姜钰走到门口，看到他开过来另外一辆车，不是来时的那辆。

这辆眼熟的车，让她有不太好的记忆。

没想到这辆车还在，大概他真的早忘了那些荒谬的日子，只是陈洛初有些排斥。

“不需要我送吧？”姜钰开口道。

陈洛初太了解姜钰了，他要真想送人，一般都是直接叫人上车。以问句开口，那就是他在保持绅士风度的同时，警告别人得识趣。

她举了举手机，拒绝了：“叫好车了。”

姜钰就关了车窗，陈洛初听见他对手机那头的人说：“哥几个晚上聚聚，见见我媳妇儿。”

他的真媳妇，温湉。

姜钰带着温湉出现在几个兄弟面前的时候，所有人就知道姜钰这回是认真的了。小姑娘算好看，但没法跟他身边的任何一个女人比。也就姜钰真心喜欢，才会放低之前找女朋友的标准。

顾越一行人又高看了温湉一眼，真诚地问候：“嫂子。”

“你们好。”温湉紧紧握着身边男人的手，有些胆怯。

姜钰小心翼翼地捏着她的手心，对他们道：“你们要是吓到她了，就给我滚蛋。”

顾越笑着说：“哪有这么护短的。”

姜钰爱喝酒，一上来就点了不少酒。但没喝几口，温湉的眼眶就红了。姜钰的注意力一大半在她身上，几乎立刻就发现了，转头问她：“怎么了？”

温湉迟疑片刻，还是低着头说：“我不喜欢看你喝酒。”

他就不喝了，开始给自己倒饮料。

旁边的顾越直摇头：“钰哥，你已经是这样的节奏了？”

姜钰眼神凉凉地落到他身上：有问题？

“我哪儿敢啊。”顾越摇摇头，想起姜钰跟陈洛初在一起那会儿，两个人几次因为喝酒的事情吵得不可开交。后来陈洛初跟他冷战，他也依旧我行我素，没想过要改。谁又能想到他会有这么听话的一天呢？

想到陈洛初，顾越的心瞬间就燥热起来。他第一次看见陈洛初，那时她一件白衬衫加一抹恬淡的笑意，惊艳了他许久。

只不过那个时候不行，至于现在……他喝了点酒，一些平常有些顾虑的话，也就敢说出口了。他说：“钰哥，我想追洛初姐。”

“哦。”姜钰忙着给温湉倒饮料，头都没抬。

“可以吗？”

姜钰有些理解不了他的问题：“你追谁来问我做什么？”

“温湉……”

姜钰不干了，踹他一脚，语气也冷下去：“你做梦呢？”

看看这差距，顾越顿了顿，无奈地道：“我当然不是说要追嫂子，我是想说嫂子的筷子掉了。”

姜钰立刻叫来服务员换了一双，温湉心里暖洋洋的。她从来不知道，原来他真的是认真的。她知道自己很普通，一直以为他们不会长久。突然得知他带自己来见他的兄弟，已经是惊喜，还这么尊重她，让她有点受宠若惊。

顾越的心情也很好，他感觉跟陈洛初之间的距离又近了一步。他想喝酒，就给姜钰也加满：“哥，再走一个吧。”

姜钰回头拿眼神询问温湉，后者也不想给他的朋友留下一个小气的印象，便点了点头。结果姜钰跟顾越喝了不少，都有些上头。温湉不会开车，已经打开软件开始找代驾。

顾越喝醉了，也不知是怎么的，就拿起电话打给了陈洛初，闹着要她过来接。那头的陈洛初也没有多想，大家都认识，帮个忙不算事，她也正好有空。

直到来到包间，看见倒在温湉怀里的姜钰，她才顿了顿，而后朝温湉客气地笑了笑。她走过去拉顾越，但他喝得太醉了，她喊了他两声都没醒。

倒是姜钰被她喊得睁开了眼睛，看见她就推开了温湉，愣是要往她面前凑。她一躲他还不高兴，用力把她从顾越身边拉开，然后双手环上她的腰，弯下腰把头贴在她身上，又微微抬头用鼻尖蹭她的下巴，活像小狗在讨好人，只是语气里带着几分不耐烦：“不许跟他拉手。”

陈洛初平静地说：“你喝醉了。”

“我没。”

温湉这个时候走上来拉人，被他甩开。他抱着陈洛初的手却越收越紧，轻声说：“老婆。”

“老婆。”见她不答应，他声音高了个度，醉醺醺地说，“你再不应我，我要生气了。”

陈洛初没理他，朝温湉招手：“叫你呢。”

后者的脸色很难看，有点惨白，开口道：“姜钰，我在这儿。”

有两个没怎么醉的朋友过来把姜钰从陈洛初身上给拉开，温湉扶住姜钰，后者也没劲了，睡了过去。

陈洛初则是去拉顾越。注意到温湉打量的视线，她开了口：“温小姐，别多想，他喝醉了就这样，逮到谁就抱谁，在场的都被他喊过老婆。”

“是这样吗？”温湉主动在姜钰的侧脸上亲了亲，说，“好了，我们回家。”

陈洛初看见了，没说话。她知道温湉这是亲给自己看的，在宣示对姜钰的所有权。

不仅仅陈洛初知道温湉那一亲是什么意思，周围的人也都知道，这股形容不出来的火药味让大伙悻悻然。

陈洛初当年有多喜欢姜钰，大家可都是看在眼里的。到底跟她是很多年的老朋友了，不忍心看她难过，有半数人都打圆场说：“洛初姐，要不你先送顾越回去呗。”

“行。”陈洛初点了点头，“那你们先玩。”

“改天再约你一起聚一聚。”他们打趣道，“洛初姐还是这么美。”

“可以。”陈洛初笑着带顾越走了，她显然和姜钰圈子里的人很熟。

温湉抿着嘴唇，她也知道，陈洛初本来就跟姜钰这些朋友是朋友，陈洛初吸引了所有人的视线，没有人注意到她，这个陌生的环境让她有些局促。

而且，姜钰刚刚喊陈洛初老婆，哪怕他喝醉了，她也还是觉得心里有些不舒服。她倒也不是怪姜钰，就是心里有些不舒服。

陈洛初送完人，就接到了陈英芝的电话，说是明天有聚会，希望她能跟姜钰一起来。陈洛初当年被姜钰拒婚，陈英芝到现在都耿耿于怀，就等着哪一天能扬眉吐气。今天白天听见姜钰一声又一声黏糊糊的“老婆”，看着那股子缠绵劲，她就知道好时机来了。

陈洛初应是应了，但她没把握能说动姜钰，不过总得试一试。

第二天上午，她特地抽了一个他酒醒的时间给他打电话。即便她选了一个合适的时间，那边也依旧不是他本人接的电话，一个娇柔的女声在那头响起：“他洗漱去了。”

陈洛初顿了顿，说明意图。温湉沉默片刻，说：“陈小姐，不太巧啊，我们今天打算去滑雪。”

讨好长辈本就是双方约定好的事，陈洛初问：“要不问问他？”

温湉的语气虽然还是很温柔，却依稀分辨得出她不太高兴："姜钰说这种事情我决定就好。"

陈洛初就没再问，下午的聚会她只身一人前往。陈英芝看到只有她一个人，脸色不太好看。

"姑姑。"陈洛初难得穿了一身奢侈品，脖子上的首饰更是限量款，她递了一份礼物给陈英芝，赔着笑说，"姜钰忙着处理跟姑夫合作的那个项目，今天没法来，托我给您赔礼道歉。"

陈英芝的脸色这才缓和了不少，这也算是给她长脸了。一来处理的是和陈家的项目，二来动辄几十万的礼物，看得出对陈家的重视。

陈英芝笑容中带着点遗憾："洛初的爸妈走得早，阿钰这么体贴，也算是弥补她小时候吃的苦了。阿钰这孩子，洛初说一他就不敢说二，以前他对女人哪里是这样的？连我都想跟洛初取取经怎么管男人了。"

其他人看不惯她炫耀的嘴脸，有人不屑地撇撇嘴，却也不得不夸陈洛初是个有福气的。

陈洛初面不改色地勾起嘴角："阿姨们先吃饭吧。"

她性格好，不得罪人，对谁都客气有礼，模样好，办事也有分寸。她们对她倒是挺喜欢的。

只不过让她们的儿子娶陈洛初，她们又不乐意了。陈洛初没父母，陈家也在走下坡路，并且严格算起来她是个外人，以后公司半点都分不到她手里，到底是差了点。尤其当年跟姜钰闹的那一段，谁也不希望自己的儿子也经历一遍。

陈洛初自己也是清楚这一点的，所以在姜钰甩了她以后，她就很少跟别人暧昧。不然到时候被棒打鸳鸯，还要低头不见抬头见，怪尴尬的。

聚餐进行到一半，陈洛初抽时间去埋了单。她面面俱到，聚会到散场，大家都还是挺开心的。

陈英芝心情也好，非要拉着陈洛初逛街，又叮嘱："姜钰那边你多上点心，他那么黏你，你努点力就能把他管得死死的，人家谁不得羡慕你。"

陈洛初只是在外面撑陈英芝的场，却没想在她面前也要装。可姜钰在长辈面前伪装到位，陈英芝不会信他们俩不好，她索性就没开口。

不过今天着实巧合，她们刚走进一家女鞋店，就撞到了姜钰跟温湉。

男人单膝跪在地上，握住女人一只雪白纤细的脚，小心翼翼恍若珍宝，在给女人试新鞋。女人的脚上有一块瘀青，不知道是不是滑雪时不小心伤到的。

他凑到她的耳边不知说了一句什么，温湉的脸蛋一瞬间通红。但她的胆子也大，红着脸，弯下腰来亲姜钰的脸。

陈洛初站着没动，陈英芝却变了脸色。她几乎立刻走上前，狠狠地给了温湉一巴掌。她的动作飞快，谁都没来得及反应。

姜钰反应过来后连忙把温湉挡在身后，看着陈英芝的脸色有点冷。原本他还算尊重她，这会儿愣是懒得搭理闲杂人等，只转头去检查温湉的脸。

"疼不疼？"

温湉眼中含泪，却摇了摇头，说："我没事。"

"我带你去医院看看。"姜钰看着她通红的脸，不太放心地道。

"没关系的。"她勉强笑了笑，"真没那么疼。"

陈英芝简直是火冒三丈，胸腔剧烈起伏，喘着粗气说："你怎么对得起我们家洛初？"

姜钰原本是打算一直演戏的，可既然被撞上了，他也就光明正大地承认了。他的语气疏离，还带着几分火气："我怎么就对不起她了？"

陈英芝两眼通红："她的青春都荒废在你身上了！连带着名声也坏了，还有什么人会要她？"

陈英芝的这句话，像是一块从天而降的巨石，砸得陈洛初头晕不已。连姑姑都这么说，其他人想的只会比这还要不堪。

她想开口劝一句，只觉喉咙干涩，发不出声音来，脑子里却不断浮现他的朋友在背后委婉地说她：陈洛初适合谈恋爱。

为什么是适合谈恋爱？以前没放在心上的事情，突然就变得如鲠在喉了。

"我告诉你，我是不会放过你身边这个第三者的！"陈英芝愤恨地道。

这句话简直像是触到了姜钰的死穴，他的眼神在片刻内变得阴冷。陈洛初怕出事，往前走了一步，一边小心翼翼地抓住姑姑的手安抚她，一边抬头看着姜钰说："我会处理好的。"

她很快又低下头，语气不轻不重：“但你要是敢动我的家人，我会反抗。我是对付不了你，可最起码不会让她好过。咱们在一起两年，我怎么对付你的那些莺莺燕燕，你是见识过的。”

姜钰眯了眯眼睛，有些意味不明：“你威胁我？”

陈洛初说：“这怎么算是威胁呢？”

周围看热闹的人多了，温湉有些怕，上来拉姜钰，恳求道：“我们先走吧。”

姜钰没想就这么算了，但他拗不过温湉，到底黑着脸任由她把自己给拉走了，陈洛初也把姑姑给拖出了鞋店。后者一路上都很安静，直到上了车才突然开口：“你一直都知道？”

“嗯。”陈洛初应声。

“他什么时候……”

陈洛初如实道：“一直就没有和好过。”

陈英芝勾了勾嘴角，想说点什么，却说不出话来。

“我当时出院后去找他，他每次都不肯见我。”陈洛初说，“我想明白他是什么意思了，也就没再去找过他。”

陈英芝的眼眶红了：“他怎么能这么糟蹋人呢？你当时怀孕了想结婚有什么错？他的孩子难道他不该负责吗？”

因为陈英芝的话，车里安静了好一会儿。

“他不喜欢孩子。”陈洛初拍了拍她的肩膀道，“姑姑，过去的都过去了，早没事了。”

陈英芝又想起那几十万的礼物，道：“聚会时你说他送的赔罪礼是哪儿来的？”

“我自己买的。”

陈英芝眼里有淡淡的绝望，陈洛初跟姜钰成不了，姜家不再帮陈家，那本就岌岌可危的陈家也不知道能撑到哪一天。

她心疼陈洛初，却更加在意陈氏的未来。她拽住陈洛初的手腕：“洛初，你比她好看那么多，跟姜钰认识的时间也更久，凭什么让她把姜钰抢走了？”

陈洛初盯着她看了好一会儿，收起情绪，垂眸淡淡地道：“姑姑，她很年轻，有活力，笑得又好看。一万个我，都没有一个她那么有青春朝气，长相和这个年龄特有的生气我是比不了的。”

陈英芝没反驳，却没打算让这件事情过去——她在两天后把这件事情告诉了姜家。

陈洛初接到姜母的电话赶到姜家的时候，刚跨进大门，就看见姜钰在地上跪着。他的白色衬衣上泛着淡淡的血迹，姜父手上拿着不知是从哪儿来的荆条，正一下一下往他背上抽。姜母眼睛都哭红了，却也没有阻止。

“你怎么干得出背着洛初在外面养人的事情？”姜国山早年当过兵，就是个暴躁性子，“我从小怎么教你的！你就是这么对待爱人的？这叫一心一意？”

姜钰痛得闷哼了一声，语气淡然：“我跟她早就分手了。”

“你这不叫分手，你这叫辜负人家！”姜国山阴沉地道。

“我们已经没有感情了，分手很正常。爸，我们是协商后分手的，是她亲口同意了的。”姜钰没什么表情地说，“您再怎么打，我也只有这句话——我得对湉湉负责。”

姜国山连连冷笑，一扬手荆条直接甩到姜钰脸上，俊美的眉眼下方瞬间留下一道浅浅的血痕。

姜母到底心疼儿子，上前拦住了姜国山，说：“儿子，你爸没说错，你要了一个姑娘，就得负责。听妈的话，把外面的断了，洛初绝对要比你外面那个好一百倍。”

姜钰道：“妈，您去跟湉湉相处一下，您会喜欢她的。”

“你怎么就不听呢？”姜母忍不住皱眉，“妈是不会接受那个女人的。”

他笑了笑：“您为什么非要偏心陈洛初？”

“她很可怜，妈心疼她。”

“她爸妈死了，妹妹不见了，她姑父也不待见她，是我们家造成的吗？”

姜国山喝道：“你敢再说一句这种话试试？让洛初听到得多心寒……”他微微偏头，看见挺直了背站在门口的姑娘，脸色猛地一变。

陈洛初像是什么也没有听见，勾起嘴角："叔叔阿姨好。"

姜国山跟姜母都说不出一句话来。陈洛初的视线移到跪在地上的男人身上，他没有回头，双手紧握成拳，显然这会儿也在气头上，保持着背对她的这个动作一动不动。

"我跟姜钰，我们是真的已经分手了，和平分手的，分手还是我先开口的。叔叔要教育人，那估计我也该被教育。"她始终很有礼貌，又对姜母道，"阿姨，您可以去看看那个女孩，真的是一个很好看的姑娘。"

姜母不知道为什么，听见她这么说，鼻子突然就泛酸："是不是阿钰逼你这么说的？前几天来吃饭你们不是都还好好的吗？"

陈洛初摇摇头："对不起阿姨，我不该瞒着您。"

"傻孩子。"姜母轻声说，"你就是太好说话了，所以外面那个才敢跟你争。"

因为陈洛初的到来，姜国山没再对姜钰动手。后者听到姜母这句话，从地上起来，面无表情地上了楼。

姜国山冷哼一声，把荆条丢在地上，面对陈洛初时和蔼了许多："洛初，你放心，阿钰外头那个叔叔会去找她说清楚，我们姜家就认你这一个媳妇。"

姜母同样也不认可温湉，可她的态度没那么坚决。眼下她最记挂的，还是姜钰身上的伤口。趁姜国山没注意，她偷偷叫陈洛初上去给姜钰涂个药。

"好。"陈洛初笑着说。

姜母叹了口气："怎么会这样子呢？我一直觉得你们很好的。一开始他领你回来，我还觉得你长得太过好看不喜欢你，后来我又觉得你好看也好，外头的比不过你他自然就不会往外看了，谁知道会变成现在这样。"她爱怜地摸了摸陈洛初的脸，"阿姨现在是真挺喜欢你的，不会让你受委屈。"

陈洛初不确定她这是不是想去找温湉麻烦的意思，说："阿姨，真没关系，姜钰是真心喜欢外面那个姑娘，别到时候弄得你们关系不好，他记恨你。您要是觉得对不起我，另外给我介绍一个就行了。"

姜母可没法把她介绍出去，而且以姜国山说一不二的性子，也绝对是认定了陈洛初的。

她从储物柜里拎出一个医药箱："今天估计伤得挺严重的，就非要因为一个女人跟他爸倔。"

陈洛初没发表任何意见，提着医药箱上了楼。姜钰的房间她以前来过无数回。那会儿她被她姑父赶出来，姜钰就带着她回来，然后在她洗澡的时候溜进了洗手间。她没有拒绝，事后她泪流满面，他把她整个搂在怀里，又把他的床和被子分给她，还小心翼翼地替她把眼泪擦干，声音沙哑地说："洛初姐，你别哭，他们不要你我要你，我会一直对你好的。"

陈洛初推开姜钰房间门的时候，他正在跟温湉打电话。

"脸有没有彻底消肿？我这边没事，我妈没有不喜欢你，改天就带你回来见她。"他耐心地哄着那头的人。

陈洛初一直等他讲完电话，他放下手机以后，整个人变得冷漠不少，尤其是无意间一眼看见她，简直冷漠到了极点，还带了些讽刺的意味。

"你妈让我来给你上药。"她说。

姜钰扫了她一眼，意味不明地道："你真的挺厉害的。"

陈洛初当然不会以为这是什么好话，她把药箱放在他身边，想去看他背上的伤口，却被他伸手挡住。姜钰冷冷地勾起嘴角说："不如你告诉我，你是怎么把我爸妈给哄住的？我让我们家温湉也学一学。"

陈洛初冷淡地重复道："阿姨让我来给你上药。"

"你让你那个姑姑以后小心点，她越想得到什么，以后就越会失去什么。"

陈洛初皱了皱眉："你要对陈氏动手？"

姜钰现在是没有这个本事的，只要姜国山掌权一天，他就不可能对陈氏造成什么威胁。但他早晚有接手姜家的一天，他本来就不太喜欢陈家，原本的礼貌也只是做给他母亲看的，真要动手不会有什么心理负担。

姜钰根本懒得跟她说话，甚至都不再看她一眼，神色疏离地道："药不需要你上，你人给我滚出去就行。"

陈洛初说："那你自己上。"

"你最好让你姑姑去给我老婆道个歉。"

她正要走，闻言回头看他一眼。他趴在床上，她这一眼瞧去正好看见他背上的伤口，红痕遍布，还有渗出的血珠。在此之前，他这个人从来都是养尊处优惯了的，养就了一身细皮嫩肉，身上没有半点伤痕。

陈洛初突然就能肯定姜国山是打错了算盘，姜钰这次绝对不会服软。

要陈英芝去道歉，显然不可能。陈洛初想了想，说："她确实不应该动手，但她不知道详情，以为是你出轨了，责任并不全在她。"

姜钰有些心不在焉："确实有一半责任在于你我的隐瞒，可我老婆有什么错？"

她哑口无言，没有再跟他争辩。

姜钰又说："你以为你那个姑姑对你有几分真心？还不是为了利用你。别以为你改了陈姓进了陈家，就真是陈家大小姐了。"

陈洛初的手用力握了握，平静地道："我从来没这么以为过。"

"是吗？"他没什么表情地笑了笑，"以前只要有女的来跟我搭讪，你不都是亮出陈小姐这张底牌？陈家这个背景确实好用，屡试不爽是不是？"

陈洛初看着他，有些心冷。女人只有在没安全感的时候，才会用自己都不确定的优势，来保证自己的地位。

那会儿他的女人缘实在是太好了，她是长得好看，却比不上别人跟他有同样的爱好，比不上别人跟他有共同话题，也比不上别人会玩。所以她才会尽量满足他的喜好，又在其他女人面前亮出自己的身份。

结果强迫自己陪他，他觉得她不是个安分的好女人。她亮出"陈家小姐"的身份，他觉得她自以为高人一等，爱慕虚荣。其实她只是自卑，觉得自己没什么优点，看到什么女人跟他走得近都害怕。

陈洛初从小到大其实受过不少委屈，大部分都能做到不当回事，这会儿心里却酸涩无比。但她不是个矫情的人，很快就调整好情绪，神色跟语气都没有什么变化："我先走了。"

姜国山还在楼下骂骂咧咧，看她下楼来，瞬间明白她上楼干什么去了，冷哼一声："他都这么对你，你还去管他的死活做什么？疼死他也是活该。"他又转头看姜母，语气不悦，"他这没责任感的性子，都是你给惯的。"

姜母在旁边不吱声，平常她敢和姜国山吵，但在这种事情上，她一句话都不敢多说。她知道，自己对姜钰是过于宠爱了。

陈洛初笑着调节气氛，说起自己工作的事情。

陈洛初决定暂时去大学当辅导员，姜国山问起原因，她只说稳定。

姜国山对她向来比较关心，道：“要是有哪里需要帮忙，你尽管跟叔叔提。只要能解决的，叔叔一定尽力给你解决了。”

陈洛初道了谢。

“洛初，你跟叔叔聊聊外面那个女孩吧。”姜国山道，“改天叔叔让你姜阿姨去跟她见个面，跟那个女孩谈谈。”

陈洛初顿了顿，说：“叔叔，不用这样，他们俩感情很好。”

“再好又怎么样？先不说那个女孩的家世、人品，光是婚姻，那也不是光靠感情来经营的。他怎么可以伤害你呢？叔叔只认你。”姜国山的声音缓下去，心疼地说，“那个女孩知不知道你和阿钰的过去，是不是明明知道还介入你们之间？”

陈洛初还没来得及说话，就有声音从楼上传下来：“您问她做什么，您要是想知道，不如直接来问我。”

她微微抬头，就看见姜钰站在楼梯口，脸上布满了火气，还有几分嘲弄。

他的视线跟她对视了几秒，就转到了姜国山身上，平淡地说：“您何必跟一个小姑娘过不去呢？我就再跟您说一遍，我这辈子娶定温湉了。如果不是她，那我就打光棍，您这辈子都别想抱孙子了。”

“你……”姜国山好不容易缓和下来的情绪又重新激动起来，姜母赶紧在旁边给他拍了拍背，然后瞪着姜钰：“你少说两句。”

“行啊。”姜钰勾了勾嘴角，从楼梯上走下来，径自往外走。

姜母皱眉道：“这么晚了你去哪儿？”

“当然是去陪我老婆了。”

“今天你要是敢踏出这个家门一步，以后就不用回来了！”姜国山的脸色更难看了。

姜钰没说话，看了陈洛初一眼，然后头也不回地走了。

那一眼轻飘飘的，却是在责怪她的“挑拨离间”，在控诉她是罪魁祸首，把厌恶、不屑表现得淋漓尽致。这种无声的冤枉比直接骂人还要伤人。

这一眼之后，陈洛初就有些浑浑噩噩，她的耳边只有姜母在不停地喊姜钰的声音。姜国山也死死地盯着门口，可是出去的人没有回来。

陈洛初没心思跟姜母交流，回了陈家，沉默地躺在床上。

这天晚上，她做了一个梦。

梦里的场景是她从楼上掉下去的那会儿，可是掉下去的人却是温湉。温湉倒在血泊之中，而她就站在楼上俯瞰，第一反应不是叫救护车，而是在想自己当时是不是也是这副吓人的画面。

看着看着，突然就有人从后面掐住她的脖子。她回头看，姜钰两眼通红地说："是你害死了她。"

陈洛初挣扎着想解释，却一个字都说不出口，只眼泪不停地往下流。

"你怎么能活着，你也该死。"他的脸上现出几分恨意，松开手，推了她一把。

陈洛初只感觉到自己在簌簌地往下掉，这种感觉清晰无比。她经历过，知道十几秒以后的结果会是什么，害怕地朝楼上只看得出一个虚影的男人伸手。

她不想死。

梦里他是万能的救世主，把血泊里的温湉给救活了。救世主却并没有朝她伸出手，反而目光凉凉地看着她，送她一句："你是罪有应得。"

第二天，陈洛初就病倒了。她身体不太好，偶尔穿少一点，就得在床上躺个几天。她这回是发烧，低温的烧，就是降不下去，人瞧着也单薄了几分。

陈英芝烦得要命，不仅陈洛初生病让她烦，还有这几天公司的事情也让她生不出什么好心情。听她老公说姜钰处处跟陈氏作对，生意被搅黄了好几单。

原本她觉得姜钰自己开的公司不算大，应该构不成什么威胁，谁知道他居然还真这么有本事。至于姜钰这么对陈家的原因，她心里也知道答案，无非是因为温湉。如今他眼里就只有那一位。

陈英芝尽心尽力地照顾着陈洛初，直到第三天，她的烧才彻底退下去，人看上去才精神了些。

姜母在她的身体好得差不多以后来看她，这回居然闭口不提姜钰的事情，只跟陈英芝聊了几句姜钰最近的情况。

偏偏陈英芝是一个不会瞒着陈洛初的人，转头就把姜母跟她聊的事情转述给了陈洛初：“你姜阿姨说，你姜叔叔已经断了姜钰所有的资金来源。”

陈洛初没发表任何意见，连眼皮都没有掀一下。

“他再喜欢，也得生活，生活扛不过柴米油盐，到时候没钱了，他在外头绝对待不住。”不过陈英芝不知道姜钰是什么心理，“我就是搞不明白，明明他最近不好过，居然还要一个劲地给咱们陈氏使绊子。”

按道理来说，君子报仇，十年不晚。姜钰当下该做的，应该是在姜国山断了他的资金链以后，好好运营公司渡过难关，而跟陈氏斗气不过是自损八百罢了。他要替心上人出气，现在绝对不是好时候。

陈洛初直到听到“陈氏”两个字，表情才有了一些细微的变化：“他想逼你去给温湉道歉。”

姜钰当然不是傻子，也绝对知道此刻的正确做法是什么。他特地在危急关头针对陈氏，无非是怕温湉因为那一巴掌而郁郁寡欢，所以才选择在这种情况下铤而走险。

他是任何委屈都不愿意让温湉多受的。

陈英芝在听完陈洛初的话以后，表情很难看。她咬牙切齿道：“我是不会去给那个女人道歉的。”

而陈洛初早猜到了这种结果，温湉的存在损害了她姑姑的利益，所以姑姑想撕碎温湉都来不及，又怎么可能去道歉。

陈氏的事，最后还是请了姜国山帮忙。他一开口，那些原本偏向姜钰的合作方就知道该怎么办了。姜钰再牛，暂时也比不过他老子。

陈洛初打电话跟姜国山道了谢，后者慈祥地笑道：“这都是小事，以后给我们姜家生一个大胖小子就行。”

他向来是这么跟陈洛初开玩笑的，这会儿也没发觉有什么不对。陈洛初也不可能特地提起姜钰还没有回姜家的事，只能找个话题把这段对话给绕开了。

姜钰的事情这几天其实发酵得挺严重的，平常跟姜母一起的人都知道姜钰的心被其他女人勾走了，为了那个女人连家都不回，更是连陈洛初生病都懒得回来看一眼。

对此有不少人在背后嘲笑陈英芝爱显摆，说她这会儿真真是显摆得翻了船。

这些在背后看热闹的，也不忘拿这件事来举例。有女儿的，告诉家里的女儿光有美貌没用，感情得靠经营，即便喜欢的男人身边有比自己好看的追求者也不要气馁；有儿子的，则警告自家儿子少接近陈洛初。

陈英芝也怕一出门就看见外头那些人的嘴脸，这几天都在家里待着。

陈洛初知道外头的人说的话可能不会好听，所以几乎不会特地去打听。她也没有重新再找的打算，只要不跟她们的儿子扯上关系，流言蜚语她们说一阵子也就过去了。

不过让陈洛初没想到的是，居然还有人愿意来看自己。顾越提着礼物过来的时候，她有些惊讶。

男人第一时间就发现她瘦了，他说不上来自己是一种什么情绪，反正挺心疼的："听说了你生病的事，我们大伙就选了一个代表来看看你。他们都被家里警告了不准来看你，不太方便过来，就让我给你道个歉。"

别说什么纨绔子弟，无论人家在外头怎么会玩，在家也都是守规矩的。家里的父母既然特地提醒过，就都会尽量不违背家里人的意愿。

"谢谢。"她发自内心地笑了笑，有那份心她就已经挺感动了，"要喝点什么？"

陈洛初自从跟姜钰分了手，笑容都是些出于礼貌的假笑。她这发自内心的一笑，让顾越心中有些雀跃："有什么？"

"茶可以吗？"她想了想，问。

顾越当然可以，喝什么都行。陈洛初亲自给他煮茶，顾越坐在她对面的位子上一动不动，偷偷摸摸不停地打量她。

他们这群人在背后讨论过无数次，大部分人都觉得陈洛初是他们这些人里最好看的。在她跟姜钰在一起之前，不少人都想跟她试试。

姜钰一开始也是这群讨论的人里的一员，不过他最自私，占有欲强到离谱，一听见任何人幻想陈洛初就黑脸。

他那时对陈洛初很热情，他不是读书的那块料，但为了能跟她读同一所大学，硬是花钱请来最好的老师，刻苦地学了一年。而那个时候，大他一岁的陈洛初根本不会多看他一眼。

姜钰就用一句又一句的“洛初姐”，把她给骗到手了。

顾越原本觉得，姜钰应该很喜欢陈洛初。后来才知道，这就是男人在捕猎时要的手段罢了。

陈洛初同意跟姜钰在一起没多久，他就似笑非笑地说：“陈洛初脾气不错，人也低调安静，分手估计也不会折腾出什么幺蛾子，跟她在一起，省事。”

顾越还以为他们这么多年一直在一起，是姜钰改变想法了，没想到他跟陈洛初早就分了手，身边还多了个温湉。可见对一个人一开始就不上心，后来是无论如何也不可能上心的。

谁又能想到，姜母姜父是这么喜欢陈洛初，为了她完全不接受他现在这个真正的心上人。顾越不知道姜钰现在后不后悔，当初对陈洛初那样不认真。

“你喜欢甜一点还是淡一点？”她抬头询问他。

顾越这才收回思绪，看向她提着的茶壶，更多的注意力却在她修长葱白的手上。他也不知道在害羞什么，有些不好意思地说：“甜的吧。”

等到茶水入口，他就知道陈洛初煮茶是真的有几分水准了。

“洛初姐，你经常煮吗？”

陈洛初莞尔，没有丝毫忌讳地道：“没有，已经很久不煮了。之前姜钰爱喝酒，就学着给他煮，当醒酒茶。”

顾越可真羡慕姜钰，点点头道：“最近几次见面，他已经滴酒不沾。他一喝酒温湉就跟他闹，我听着都烦，也不知道他是怎么忍住的。”

说完，他偷偷打量陈洛初的脸色，发现她神色如常。她都不知道见识过几次了，早就免疫了。

既然提到了姜钰这号人，什么都不说反而显得有些刻意，陈洛初也就顺嘴问了一句：“他们俩最近怎么样？”

顾越说：“别提了，姜钰哥现在玩物丧志得很。姜叔叔那边断了他的资金链，明明他的公司都已经一团糟了，指不定哪天就会破产，他还天天有空接送温湉上学、放学，还一起吃饭呢。”

陈洛初没有发表意见，起身去冰箱里拿了点甜品。她把拿回来的甜品放在桌面上，又像想起什么，说："我去拿瓶菠萝酱。"

顾越看着那些甜品，知道不出意外又是她自己做的。她会的东西很多，显然非常适合当一个好妻子。

可越是这种适合过日子的人，就越不容易被珍惜，因为能带来的新鲜感太少了。

就连顾越也不喜欢这一款，只是对他而言，陈洛初除外。大概是因为他从来没有得到过，所以一直以来都有些惦记。下一秒，当他抬起头，心里那点惦记顷刻间就变成了奔腾的洪流。

菠萝酱放在柜子的最上面一层，她踮起脚，宽大的衣服因为她往上伸手的动作而提了上去，露出一截腰线。

皮肤雪白，腰还很细，那种弧度，他见过的女人没有一个比得上的。

陈洛初回过头，看见顾越的脸很红，呼吸也有些沉，眼睛也不敢直视她，说："洛初姐，我……我还有点事，就先回去了。"

"行。"她点点头。

一直到回了车上，顾越那根紧绷的神经才稍微放松些。他觉得自己也太弱了，身材好的女人多了去了，陈洛初露点腰线根本就算不上什么，可是他居然……

他真的太没出息了。顾越一边鄙视自己，一边更加频繁地找陈洛初，没事就找她蹭个下午茶。

他的时间都花在了陈洛初身上，所以跟兄弟们出去花天酒地的时间就少了，约的聚餐基本十次缺席七八次。他缺席的次数一多，就有人好奇他干什么去了。

顾越的表弟顾泽元是最清楚的，他不太在意地说："还能干什么去？约会去了呗。"

"原来是交新女朋友了啊，怪不得酒都不来喝了。"

顾泽元嘲讽道："你们也太高估他了，这回我估计他一时半会儿连开口表白都不敢。"

顾越怎么说也算是个帅哥，家里条件也不差，追求女人总是有些优势的。听顾泽元这么说，着实让人感到惊讶。但等惊讶过后，就有人反应过来："他不会最近都跟洛初姐在一起吧？"

除了陈洛初，还有谁能让他那么㞞？

顾泽元挑了挑眉，不解释的模样显然是在默认。他的余光往姜钰那边扫，男人像是什么也没有听见一样，只低着头玩手机，而后很快从沙发上站起身："我老婆放学了，先撤了。"

顾泽元说："姜钰哥，我怎么记得嫂子周一下午是满课？"

姜钰朝他看过来，顾泽元跟他对视几秒，看着他那张脸，脑子里突然电光石火般闪过几个片段。

一个是两年前团体旅游，那会儿姜钰和陈洛初还在一起，哪怕下暴雨他也愣是要去情人坡锁上姻缘锁。另一个是没过多久，他就去情人坡把姻缘锁给解开丢了。

去解锁的前一天，也是有人聊到了陈洛初的事，说她跟姜钰在一起前，一直在追姜钰的表哥徐斯言。只不过徐斯言没看上陈洛初，两个人就不了了之了。

姜钰那时也在旁边，神色如常。姜钰的母亲跟徐斯言的母亲是孪生姐妹，他们俩的长相都随妈，也就导致他们有五分相似。

顾泽元就像是被打通了任督二脉似的，忽然之间就想明白了一些事情。姜钰跟陈洛初闹成这样，怕不是因为徐斯言。所以他跟陈洛初分了，没准是在赌气。

"姜钰哥，你跟我说实话，你是不是还喜欢洛初姐？"顾泽元的眼神有些复杂。

姜钰说："你抽什么疯？"

"你要是真的一点都不在意洛初姐了，那为什么我们一提到她你就要走？不就是不想听洛初姐跟其他男人的事情嘛。"顾泽元显得有些不依不饶。

顾泽元还是希望他们能和好，毕竟陈洛初以前喜欢姜钰喜欢得要死，他不想看陈洛初难过。

温湉的学校今天下午组织篮球赛，她没什么事就提前走了，告诉姜钰的时候已经在打车来找他的路上。她走到包间门口时，正好听见了这么一句话，脸上的笑意瞬间就淡下去："你们在说什么？"

在场的两个男人这才发现她，姜钰在心里问候了顾泽元一千遍，朝着温湉走过去以前冷冷地看了他一眼。

顾泽元在看到温湉的那一刻，就知道是自己想多了。姜钰原来并不是拿温湉放学了当借口，他真的只是打算去接人，是自己误会了。

温湉转身就往外走，姜钰紧跟在她身后："湉湉。"

她介意得眼睛都红了，心里难受得要命。一个陈洛初，几乎成了她的心头刺，扎得她很痛，可她还得装出一副若无其事的样子："你是不是真的喜欢洛初姐啊？不过也正常，她长得确实比我好看。姜钰，你喜欢她没关系的，但你一定要告诉我，不要骗我，不然我会很难过的。"

这话反而把姜钰给逗笑了："我要是真喜欢她，那你怎么办？"

温湉可怜地垂下头，看上去有些手足无措，隐忍地咬着唇，一言不发。姜钰不舍得再逗她："湉湉，顾泽元胡说的，我只是打算去接你，他非要说我放不下陈洛初。"

他越解释，越哄着她，温湉那股子委屈劲反而越发上来了，回头拽着他的一条胳膊说："姜钰，我好没有安全感。特别是面对洛初姐时，我总是怕她会把你抢走，以后你别跟她说话好不好？"

她说完话，眼泪就噼里啪啦往下掉。姜钰低头给她擦眼泪，跟她保证道："好。"

温湉这才破涕为笑，可即便她被哄好了，顾泽元也没能躲过去这顿打。姜钰的拳头朝他挥过来的时候，他躲闪了几下，嘴上也在求饶，却还是被打倒在地。姜钰真的是一点也没手软。

反而是温湉在旁边拉着姜钰："够了够了，他也不是故意的。"

姜钰伸脚踹他的小腿："还不赶紧谢谢你嫂子。"

顾泽元勾了勾剧痛的嘴角，他可是陈洛初一派的，因为她的关系，他并不怎么喜欢温湉，所以愣是没开口。

他顶着这副鼻青脸肿样回家，陈洛初跟他住一个小区，两个人恰好在小区门口碰上。饶是他躲了躲，陈洛初也还是看见了他脸上的惨状。

顾泽元这会儿也才刚成年，他父母从小就不管他，而陈洛初父母早亡，两个人有几分同病相怜。陈洛初比他大六岁，是真的把他当亲弟弟来看待。陈洛初当初从楼上掉下来，除了陈英芝，就只有他来照顾她。

“怎么回事？”陈洛初拉着他不让他走，皱眉道，“你又在学校惹事了？”

对于顾泽元而言，陈洛初就是个长辈。他小学放学是读高中的陈洛初接的，初中的家长会也是陈洛初开的，生病从来都是陈洛初送他去医院。顾泽元不想让她担心，支支吾吾不肯明说。

陈洛初冷着脸，到底没有不管他，领着他回到他家，找到医药箱给他涂药。顾泽元也很听话，一动不动，不太放心地问道：“你的身体好了吗？”

“嗯。”

“你姑姑不让我去看你。”陈英芝一直觉得他是个混混，不让他接近陈洛初。

陈洛初不在意这个，问他：“疼不疼？”

顾泽元在陈洛初面前还算乖：“有一点。”

陈洛初给他上完药，一句话不说就要走。顾泽元看着她这副模样，有些不安，挡在门口不让她走。

“明明你去学校之前答应过我的，这一年你会好好读书不惹事的。”她的声音中气不太足，显然是很疲倦。

顾泽元声音沙哑地道：“姐，我没在学校惹事。这是今天姜钰动手打的，我什么坏事也没做。”

“我这两个周末没有待在学校，都跟我表哥那群人在一起。我想看看那个抢走姜钰哥的温湉到底长什么样。”顾泽元说，“然后我今天惹温湉不高兴了，他就对我动手了。”

他的嘴角肿得很厉害，说话应该都很疼。但他跟她说话还是保持着平时的语速，显然是怕她走得太快，所以急着跟她解释。

陈洛初愣了一下，有些生姜钰的气。顾泽元现在是学习最关键的时刻，受伤影响到学习怎么办？温湉是个宝，那其他人就不是人了？说错两句话至于把人打成这样吗？

“你怎么就不知道躲开。”

他躲了，是姜钰铁了心不肯放过他。顾泽元张了张嘴，却没说话。姜钰没对陈洛初腻之前，还是很照顾他这个“小舅子”的，他也没想到姜钰今天会这么狠。从他那股狠劲，就看得出来他对陈洛初没什么想法了。

陈洛初怕他再吃亏，又叮嘱他："以后见到那个女人，离她远点。"

"那你也别喜欢他了好吗？"顾泽元说，"你可以看看我表哥，他挺喜欢你的，有我在他不敢欺负你。"

陈洛初笑了笑，她是跟姜钰成了过去式，却也不可能跟顾越有什么。顾越的母亲很不喜欢她，尽管顾越也不太听他妈的话。但顾母非常强势，即使陈洛初跟了顾越，日子也未必会好过。

她在心里盘算着，最近不要再跟顾越见面了。

第二天，陈洛初打算亲自送顾泽元去学校。她还是把他当孩子，会像其他家长对孩子那样，送他去学校之前给他买一堆吃的。顾泽元虽然不喜欢吃零食，但是并没有拒绝，而是陪着她一起在超市里挑零食。

顾泽元现在特别想撮合陈洛初和顾越，逛超市的时候，就偷偷给顾越发了个地址。顾越赶来时，他们正好在挑水果。顾泽元把所有东西都让他提着，给了他献殷勤的机会。

陈洛初心里明白是怎么回事，却也不好说什么。只听顾越道："几分钟前温湉还在微信上告诉我她也在这边逛，没想到你们也在。"

他没想到自己说了这句话以后就冷了场，陈洛初跟顾泽元对视一眼，谁都没说话。他们怎么也没有想到，姜钰跟温湉马上就出现了。

陈洛初因为顾泽元脸上的伤，并没有主动打招呼，目光一直放在水果摊的苹果上。姜钰也搂着温湉，目不斜视地从他们面前走过。

顾越总算察觉到有些不对了，接着陈洛初他们也没了声音，三个人都安安静静的。

他们这边安静，旁边的声音就听得更清楚。温湉跟姜钰说的话就这么传到了三个人的耳朵里。

"洛初姐男人缘真好，逛个街都有两个男人陪着一起。"

顾泽元几乎是当场就"炸"了，温湉这不是在阴阳怪气地说陈洛初作风有问题吗？他的火气一下子就上来了，几乎是立刻抬脚走过去："你再说一遍？"

温湉吓得面色惨白："对不起。"

顾泽元冷着脸说："你该道歉的对象不是我。"

他这就要上前去把她拉到陈洛初跟前，姜钰皱着眉说："昨天挨打没挨够？"

顾泽元气得眼眶都红了，不甘心地说："姜钰哥，她这是在污蔑我姐，让她道句歉不过分吧？"

姜钰朝他们三个人瞥了几眼，没什么含义地笑了笑："你们不正是两个大男人陪着她一个女人逛街，我老婆有说错什么吗？"

顾泽元没控制住情绪，拽住姜钰的衣领，死死地盯着他："温湉什么意思你分明是知道的。"

"松开。"姜钰有些漫不经心地道。

"我要她给我姐道歉。"顾泽元咬牙道。

姜钰的眼神冷下去："她跟你半点血缘关系都没有，算你哪门子姐姐？你怎么知道她对你好，就没有留你当备胎的打算？"姜钰又把视线移到陈洛初身上，"你姑姑也没给我老婆道歉。"

陈洛初平静地道："行啊，我们两清了。"

顾泽元并不想要这种妥协的结果，什么后果也不顾，狠狠一拳砸在了这个曾经他叫过姐夫的男人脸上。

顾泽元在此前极其尊重姜钰，今天实在是忍不了了。

陈洛初看着姜钰沉下来的脸，几乎是立刻往顾泽元面前扑。她也就顺利地接住姜钰挥过来的一拳，整个人撞在货架上。

陈洛初的身子不是一般的娇弱，她很明显地感觉到自己好像流血了。她身体里还有没拆下来的钢钉，医生叮嘱过无数回要她小心，不然瘫了都是有可能的。陈洛初想起时还有些后怕，心里慌张，寒意四起，眼泪"唰"的一下就掉下来。

姜钰的脸色很难看，从陈洛初包里拿了包纸巾去捂她出血的地方。见他把人打横抱起，顾泽元就想阻止。姜钰说："还不赶紧打电话联系救护车？"他又看着顾越，"你去联系她姑姑。"

温湉在一旁已经吓傻了，她没想到自己随口的一句话居然会引起这样的连锁反应。她只是八卦而已，顺带在姜钰面前诋毁陈洛初一把，却也并没有想让陈洛初受伤。

姜钰抱着陈洛初就往外走，温湉赶紧跟在他身后。

陈洛初身上很疼，不确定身体出了什么问题，一动也不敢动。

几分钟后，顾泽元也出来了，想接过陈洛初。姜钰讽刺道："你觉得她现在动得了吗？"

顾泽元抿着唇不说话，他现在很后悔刚才那么冲动。明明知道陈洛初不愿意跟姜钰起正面冲突，却还是意气用事。他一遍又一遍地向陈洛初道歉。

温湉也跟着道歉。陈洛初安静了好一会儿，才小声说："没关系。"

姜钰低头看她一眼，知道她这句话是对温湉说的。因为陈洛初是自愿替顾泽元挡的，自然不会怪他。

救护车是在十几分钟以后到的，陈洛初在被抬上车的时候，因为不小心动了一下身体，轻轻说了一句疼。

姜钰问她哪里疼。

地方有些敏感，是腰部靠近臀部的地方，陈洛初不好意思提。姜钰差不多知道她刚才动了哪里，为了避嫌，便叫了温湉过来帮她揉。

到了医院，做了检查，医生说陈洛初身上有一处骨裂了。

顾泽元心里愧疚，陈洛初不停地安慰他，最后趁着陈英芝来之前，让顾越送他回学校去。他自己也知道陈英芝不待见他，哪怕心里再担心陈洛初，到头来也还是听顾越的话乖乖走了。

温湉也不太想见到她那位姑姑，跟姜钰商量了一下，也走了。

陈洛初躺在床上，看到姜钰拿着检查报告进来。姜钰扫了她一眼，说："你对顾泽元太好了。"

她没说话。

"你要是有男朋友，绝对跟你过不下去。"

陈洛初说："难不成你是因为他才对我冷下来的？"

"我当然不是。"

"嗯，你只是单纯对我腻了。"她都明白。

姜钰没有再开口，异常沉默，不知道是不是默认了她的话。

陈洛初跟姜钰本就没什么可聊的，这会儿也就不再说话，一个躺着，一个站着。他们在等陈英芝过来，可没想到先等到了姜母和姜国山。

姜国山看到姜钰手里的那张报告，抬手就给了姜钰一巴掌。而这次，姜钰半句反抗的话都没有说。

“怎么回事？”姜母担忧地道。

姜钰把自己跟顾泽元起的冲突说了一遍，却把温湉给摘了出去，并没有说导火索是因为温湉那句不太得体的话。

陈洛初也没有说，将不将温湉供出来，其实意义不大，不说姜钰也许还会在事后补偿她。

姜国山道：“你闯的祸，你自己负责照顾。”

姜钰皱了皱眉，却没有反驳。往后几天，照顾陈洛初的活都落在了他身上。

陈英芝想着这或许是两个人重新培养感情的机会，也很少往医院跑。姜家那边大概抱了同样的心思，也没有人过来。

然而这却便宜了温湉，姜钰每次来给陈洛初送饭或者来看的时候，她都会跟着一起。每次见面，她都会向陈洛初道一次歉。

但大多数时候，她都是跟姜钰一起坐在沙发上，跟他分享学校的趣事，叽叽喳喳的，像是小麻雀一样，姜钰却从来没有打断过她。

陈洛初这个时候一般都沉默不语。

有一天，他们过来给她送午饭。午餐太丰盛了，温湉也要吃，光吃不算，她还要姜钰喂她吃。后者起先不肯，温湉就软下声音，娇滴滴地喊了他一句“亲亲老公”。

陈洛初不知怎么的就想到她跟姜钰在一起半年时，有一次路过民政局，他特地带着她进去看了看，问：“你会嫁给我的吧？”见她不说话，他就泄愤一般低头用力地咬了她的肩膀一口，“每次让你喊我老公，你总是不乐意。洛初姐，你是不是根本就不喜欢我？”

她那个时候确实不喜欢姜钰，只是把他的追求当成了徐斯言的追求，才会在阴差阳错之下和他在一起。

后来他哄得她爱他爱到死去活来，他却干脆利落地抽身走了，留她独自在泥潭里挣扎。

陈洛初也不知道自己对姜钰的喜欢怎么能这么持久，一直到现在。是的，她到现在还喜欢他，很喜欢他，只是现实告诉她没必要，爱不爱的，也不是生活的全部。

第二章

眼看他委曲求全

当天姜钰他们离开时，陈洛初就跟他们说明天不用来了。姜钰当下心不在焉地应着，第二天早上却还是给她送了粥，只不过是一个人来的。

陈洛初愣了一下，没有发表任何意见。

第三天，第四天，第五天，他也照旧来。

到了第六天，温湉也来了，只不过脸色不太好看，也不跟姜钰说话。两个人各自坐在沙发的一头，互不搭理。

陈洛初谈过恋爱，自然知道他们现在的样子是在吵架。几分钟后，姜钰把温湉给叫了出去。

陈洛初想去打瓶热水，快到水房时，却看见他们俩站在走廊尽头，温湉满脸泪水地说："你是我的男朋友，你单独来照顾她你考虑过我的感受吗？你为什么不带我一起来？"

姜钰一把抱住温湉，说："对不起，我没有考虑过你的感受。我只是觉得陈洛初可能不太想见你。"

温湉一把推开他："是啊，你只在意她的感受。"

姜钰显得有些无奈："她是个病人，住院的责任还在我。"

温湉红着眼眶说："我不管，要么一起来，要么我们都别来。我不是介意你照顾陈洛初，有我在你怎么照顾都可以。但你们之前是那种关系，我接受不了你们单独相处。话我已经说清楚了，你自己做选择吧。"

温湉一委屈，姜钰就告饶："行行行，都听你的，成不成？"

"你太坏了。"她嗔怒道。

姜钰笑着捏了捏她的鼻子："就我现在这么顺着你，还坏呢，你有没有一点良心？"

不过是小情侣之间的吵嘴，陈洛初听到这里就没有再听，提着热水壶进了病房。她腰很痛，叫来护工给她揉，很快就睡着了。等她醒来，天色已经暗下来，姜钰就坐在沙发上，看她起来了才开了灯："吃东西吗？"

"想吃凉皮。"陈洛初环顾四周，温湉已经不在了。

姜钰觑她一眼，就下了楼。十几分钟以后，他拎着一份粥还有一杯热饮回来。

他说："凉皮你不能吃。"

她也没反驳。

陈洛初吃饭很安静，他就在边上看着，等她吃得差不多了才开口：“你这边有护工，恢复得也不错，明天我就不过来了。”

“嗯。”她头也没抬，她前几天就跟他说过，可以不用过来了。他要是一直不过来还没什么，可是他现在是被温湉闹得不再来，反而让人心里不舒服。

这次她受伤，姜钰大概有些愧疚，对她的态度好了不少，临走前说：“护工要是不负责就联系家里，你现在太瘦了，得好好养身体。”

陈洛初淡淡地道：“养了一年多了，也没见养好。”

姜钰没说话，拧着眉，不太耐烦聊这个话题，摆摆手道：“走了。”

可实际上，陈洛初完全没达到“恢复得不错”这一标准。隔天陈英芝看到她的复查报告，脸上就有些绷不住。

她体质差，不容易恢复，再加上之前从楼上掉下来，身体本就脆弱，医生说以后可能跑啊跳啊这些运动都不太能参与了。

身体本来就有问题的人就是这样，一个不小心，那都会是有很大影响的。

陈洛初倒是不太在意，一年前能捡回这条命就已经是万幸了。大难不死的人总是很乐观，她反而安慰起陈英芝来：“姑姑，没关系的，我只要好好休养，不会出什么大问题的。”

陈英芝叹了口气，她是不知道，这年轻时候落下的毛病，等老了以后会有多痛苦。现在不注意，以后可有她受的。

并且，身体不好对婚姻、事业肯定都会有影响。别的不说，起码精力就没那么充沛了。

陈英芝一向是不愿意自家白白吃亏的，这份复查报告同样被送到了姜家。她的语气很沉重：“你说好好的孩子，怎么总是受这些苦。”

姜母看着那份报告，一个字都说不出来，心里十分愧疚：“英芝你放心，我们也算多年的老朋友了，这次我一定会给你一个交代。”

姜钰跟陈洛初的事情，她之前劝归劝，可态度还是没那么坚决的。她心疼陈洛初是真，但大部分时候也只是为了做给陈洛初看。不然怎么可能到现在都没有折腾出一个结果来？

姜钰到底是她儿子，她还是不想把他逼得太紧。但陈洛初现在这种情况，也是必须给她一个交代。

姜母找到姜钰，没有跟姜国山一样暴跳如雷，她相当平静，只是把陈洛初的那份复检报告递给他看。

姜钰一边看，一边皱起眉头。

“你那一拳，害人家以后做剧烈运动都得小心，就这样你还不愿意对她负责？”姜母道。

姜钰半晌也想不出该说什么，最终挤出一句：“国外有很多水平高的医生，我去给她找一个，慢慢来未必治不好。”

姜母一针见血道：“哪怕她可能这辈子都被你耽误了，你也还是不愿意为你的错误埋单，对吗？”

姜钰沉默了很久，才有些头疼地说：“妈，我可以用其他方式来弥补，而她也未必就不喜欢其他的补偿方式。”

姜母太了解他了，他有的是办法逼迫陈洛初，然后让她同意他的补偿方式。

“既然这么不愿意，那为什么要跟顾泽元起冲突呢？你早该知道，动手迟早会出事的。”姜母淡淡地道，“你先考虑几天，迟点再做选择。”

姜钰笑了笑：“真不用考虑了，我是不会娶她的。”

姜母也笑了：“那个女人知不知道，你对她的深情，是用对其他女人的残忍换来的？”

她身为女人，光是站在陈洛初的角度想一想，都觉得心痛不已。更何况，陈洛初曾经为了讨他喜欢，什么都陪他玩，还因此失去了一个可爱的孩子。

姜母这次到底是真的狠下了心，断了姜钰的资金链不算，还直接打压。姜钰开的那家公司跟姜氏相比，根本就上不了台面，公司状态每况愈下，到月底就撑不下去了。

陈洛初知道这件事还是通过顾泽元，他冷笑着送了一句“活该”。

顾泽元这段时间在学校，满脑子都是陈洛初受伤的事情。但学校两个星期才放假一次，他也只能忍着。好不容易熬到放假，又碰上了陈英芝，他只好在医院楼下坐了半个小时，看见陈英芝开车走了以后，才溜上楼去。

陈洛初瘦了不少，他看着难过得要命。

“真没什么了，我自己平时会注意的。你能考上一所好大学，我心情好了，估计身体也能好一些。所以你好好考试好不好？”她笑着安慰他。

至于姜钰的事情，她没有多问。公司破产了对他来说也就是近来日子难过一点，姜家的东西以后到底还是他的，也不是什么影响很大的事。而且他有学历，又有本事，不愁找不到工作。相反这对他来说，还可能是一次不错的历练。

顾泽元道：“不过他爹妈对他是真狠，我家那两个不待见我的也没这么狠。”

陈洛初脸上挂着浅浅的笑意，却并没有说话。

顾泽元这才发现只要是有关姜钰的话题，陈洛初没说不听，可就是不会发表任何意见。他觉得这样挺好的，他巴不得她早点把姜钰给忘了。

他前段时间也来看过陈洛初两回，有一次还跟温湉撞上了。温湉也跟他道了歉，说那天说的那句话确实不合适。只不过她情绪不佳，时不时往病房里看，显然是还在提防着陈洛初跟姜钰。

顾泽元其实挺看不惯温湉这样的，陈洛初都这样疏远姜钰了，难道还能跟她抢人不成？

只要顾泽元在，就喜欢把顾越给拉上。

顾越每次来看陈洛初，东西都是一堆一堆地带，补品一买就是好几万，没有丝毫舍不得。不得不说他这个表弟跟陈洛初走得近，还是给他提供了不少便利的。

不过面对陈洛初，饶是他平时再会哄女孩子开心，这时也孟浪不起来，也只是安安分分地陪陈洛初说几句话，就连坐姿都是端端正正的：“洛初姐，要不要陪你下楼走走？”

陈洛初摇摇头，笑容得体：“我就不去了，有点困。你应该挺忙的，就别在我这里浪费太多时间了。”

说完她就躺在床上盖好被子，一副真要睡觉的模样。顾越也怕自己在这里会打扰到她，哪怕心里再不愿意，也还是起身告辞。

顾泽元把他送出去，回来时却看见陈洛初坐了起来，并没有半点困意。她跟他关系比较近，话也就直说了：“我没有跟顾越发展的打算。”

“我表哥长得不差，人品也还算凑合，你不满意吗？”

陈洛初笑道：“找他那样的，还不如找你这样的。”

顾泽元微微一愣，轻轻咳了一声，有几分不自在。

“顾越本身来说确实算不错，但是你忘了他那个母亲吗？”陈洛初叹了口气说，“我过去了日子不会好过的。”

他听完就明白了她的意思，也就不打算再撮合她和顾越了，怎么着也得尊重她本人的意愿才对。

一个星期以后，陈洛初出了院。

奇怪的是，身边没有一个人提起姜钰的消息，就连顾越那一伙人的朋友圈里，也再没出现过和姜钰一起的聚会，他就像从他们的世界消失了一样。

就连陈洛初问起陈英芝，后者也是一副不太想多说的模样：“谁知道他去哪里了。”

陈洛初还是几天之后在一家日料店吃饭，听见身后的人讨论，说姜钰的公司破产以后，姜母去找了一趟温湉，不知道跟她说了什么，姜钰后来跟姜母大吵了一架。

姜母失望透顶，放出消息如果哪家公司要姜钰，就是跟姜氏作对。她让他跟外头的女人去过，不过是让他一无所有地跟外头的女人去过。而温湉还是个学生，养不起他，或许也就不想跟他在一起了。

那天之后，姜钰就没有一点消息了。

陈洛初在身体恢复得差不多的那一天，去了前段时间定下来的学校入职。

大学校园里充满朝气，一眼看去都是有活力的孩子。

陈洛初带的是大三，这个年纪的学生有不少在外兼职。跟上一任辅导员交接的时候，对方一脸无奈地告诉她，学生里请假的比较多，要注意辨别，有些是不给批的。

“尤其是这个女生，最近不回来的次数很多。她平时很乖的，我找她谈话也不好意思对她说重话，一说就脸红，可她又不改。”前任辅导员往名单手册上一指，“喏，就是这个。”

于是陈洛初看见了“温湉”二字，感觉世界真的很小。

对方注意到她的异样，道：“你认识啊？”

“嗯。”陈洛初垂下眼睑，应了声。

“既然你认识，那也方便跟她沟通。”前任辅导员想了想，又说，“温湉成绩挺好，在他们专业成绩是数一数二的。”

陈洛初笑道：“是的，挺好一个小姑娘。”

前任辅导员还有别的事情，也就没再跟她聊下去，不过还是约她下次一起吃饭。

陈洛初整理好东西，加了人文学院的QQ群，在群里找到温湉，问她什么时候有时间聊聊。

温湉只知道这是新的辅导员，并不知道是陈洛初，态度恭敬又热情，说下了课就来找她。辅导员也没有那么空闲，只不过陈洛初刚上手还好，事情算少的，只偶尔有学生来找她签请假单。

温湉进入办公室，先看到的是一个窈窕的背影，穿着一件小西装，头发扎成一个松散的丸子，从背影看去有些眼熟。

陈洛初在听到脚步声后也回了头，两个人对视。

温湉在看清楚眼前的人是陈洛初时，脸色瞬间变了。

“坐吧。”陈洛初说。

温湉说不上来自己这会儿是什么心情，眼神十分复杂：“洛初姐，你是我的辅导员？”

陈洛初点点头：“我找你过来，是想跟你聊聊你夜不归宿的事情。我看了学校的规章制度，没有申请出去住的同学，每天都得在门禁前回来，不然就算违纪。你已经好几次了，能克服吗？”

温湉有点为难：“洛初姐，我有苦衷的。”

陈洛初说：“可以跟我说说吗？”

温湉不太想跟她分享自己的事情，只咬着唇说自己会尽量克服。陈洛初到底不忍心太为难她，安慰地拍了拍她的背：“先回去上课吧。”

温湉点点头，起身往外走。

陈洛初看着她的背影，想起姜母憔悴的模样，想问问她知不知道姜钰在哪儿。但犹豫了一会儿，她到底没有问出口。

陈洛初熟悉了一下办公室，就去学校里逛了。路过篮球场时，有球落在她脚边，跟过来的学生一边捡球，一边抬头看她。在看见她这张脸时，还闹了个大红脸。

她朝他笑了笑，抬脚便要走。男生却追上来，拿出手机说："可以加一个微信吗？"

陈洛初拿出手机："你大几的？"

"大三。"

两个人扫完码。

男生抬头："学姐给个备注呗。"

陈洛初又笑了，说："我是你的新辅导员。"

"这么热的天还打球呢？"陈洛初看看他的脸，又看看不远处的便利店，"老师请你喝饮料吧。"

她也是想趁机打探一下这一届学生的情况。

男同学说："老师我请你喝吧，刚才不好意思啊。"

陈洛初跟着他一起进了便利店，随手拿了瓶苏打水。她是老师，当然不能让学生付钱，抢先一步去到收银台。

在收银台收银的是个男人，戴着帽子和口罩，帽檐压得极低，就露出一截分明的下颌线。

陈洛初只看一眼，就顿住了，继而眼神变得复杂。这是她第一次见姜钰褪去一身奢侈衣物的模样，也是第一次看他做这种活。以前的他是吃不了苦的，是个矜贵的公子哥。

姜钰扫完两瓶饮料，说："十一块五。"

男同学道："这是我们专业那个温湉的男朋友。"

陈洛初敛眉"嗯"了一声，默默地给他扫了码。男人也一句话都没说，一副高冷样。

她几乎立刻转身走出去，男同学跟在她身后说："别看他就是个收银的，但他对温湉特别好。温同学家里情况不好，不给生活费，这个男人就两班连着上，早上七点一直到晚上十点都不休息。老师，你不会看不起他吧？"

"没有。"陈洛初喃喃道，"这么有责任感的男人，我怎么会看不起他呢？”

所有人都以为姜钰跟温湉分手了，结果他们好好地过着苦日子，感情一天比一天好。

她差不多猜到温湉为什么经常晚归了，姜钰下班晚，她大概是去给他洗衣服整理东西去了。

一个主内，一个主外，很和谐是不是？她头一次发现，姜钰原来这么能吃苦。

看见姜钰的事，陈洛初没有声张，也没有再去过学校的便利店。只是她每次路过，都能看见温湉或进去，或出来。唯一没有区别的是她脸上的笑容，那种满足现状、安逸的笑容。

陈洛初每次只看一眼，就看不下去了。她已经很久没这样笑过了，看见这样的笑容总是羡慕，满腔心酸。好在工作渐渐忙起来，她路过便利店的次数也变少了。

陈洛初每天按时上班，按时下班，偶尔处理一下学生的事情。比如温湉晚归次数过多，最终被通报批评。又因为她通报批评过多，影响到了奖学金的申请。

这对于好学生温湉来说，无异于晴天霹雳。下课后她独自在教室里哭得昏天黑地，几乎缓不过来。

这件事不知怎么的传到了姜钰的耳朵里。

于是陈洛初这天下班，看见了有一段时间没见到的姜钰。他居然主动来找她，站在她的办公室门口，穿得很随意，说："替我帮帮她呗。"

她站着没动。

"她这几天特别难过，我哄不好。"他的声音有些沙哑。

陈洛初低声说："我没做过去消除通报批评的事，如果做了，对其他学生不公平。"

姜钰低头看着她，说："陈洛初，看在我们认识这么多年的情分上，你就帮她一次吧。哪个学生不犯错？总有解决办法的不是吗？"

可是他们之间……还有情分吗？陈洛初想。

她完全可以恨他，她只是心软，恨不起来。她还有点善良，也不知道是不是愚善，不然她又怎么会总是吃苦呢？

“那你有没有想过，我一旦帮了她，就会有其他学生在背后讲我的闲话呢？”她盯着他，“会有学生觉得我不配为师，没有师德。”

陈洛初处在这个位置，就不想让学生失望，也不会做对不起这份职业的事情。她沉默了一会儿，说：“我有我的原则，真没办法帮你。”

姜钰点点头，没勉强她：“行。”

他应该很忙，学校是个人流量非常大的地方，便利店那边他估计没办法离开很久，很快便转身离开了。

陈洛初盯着他的背影，估计他身上那件短袖衫的价格应该不超过五十块。

两分钟以后，陈洛初去了停车场。

她过着跟往常一样的生活，回家吃完饭，在房间里看了一下学校最近的活动安排，就去给顾泽元打电话了。

学校允许每天有一个时间段，可以跟家里人联系。高三生压力大，很多学生都需要家长的心理疏导来缓解压力。

临近高考，顾泽元的状态不太好，毕竟是关乎一辈子的大事。他也有点紧张，每天睁眼闭眼都在担心：“洛初姐，你说我要是考砸了可怎么办？”

陈洛初平静地说：“没事，大不了去搬砖。”

顾泽元不太认可：“问题是我这么细皮嫩肉的，工地不一定要我。”

陈洛初莞尔：“你还挺有自知之明。别担心，好好考就行了，你最近这种状态考个大专肯定是没问题的。今天在学校有发生什么事没有？”

顾泽元每天说的也就是吃吃喝喝的事，然后问：“那你觉得我报哪所学校好？”

“到时候看成绩再说吧。”

顾泽元顿了顿，说：“你说我考A大怎么样？”

陈洛初皱起眉头。

“你是不是觉得不可能？”顾泽元说，“可姜钰当时的成绩不是跟我半斤八两吗？他都考去了录取分数那么高的学校，A大比起他那所学校，分数还差一大截呢。”

姜钰虽然不是读书那块料，但那一年真的很拼。陈洛初偶尔凌晨一两点回家，他房间的灯还是亮着的，早上五点多就在家门口早读了。陈洛初跟他认识归认识，不过那会儿还不算熟，只从身边的人嘴里听到，他是个纨绔子弟，凭借着一张俊俏的脸，吃得很开。

她当时觉得纨绔子弟这样努力很新奇，就给他送了一套“三年高考五年模拟”。陈洛初一个寄养在陈英芝家里的孩子，是融入不进他们的，她并没有想过他会回应。

可当天晚上，姜钰就来了陈家。他那张脸格外精致，显然是收拾过。他弯着眼角，燥热的天气里脸热得有点泛红。他说：“洛初姐，谢谢你的卷子，要来我家吃晚饭吗？”

陈洛初收回思绪，回归现实问题，对顾泽元道：“也不是不可能，努力总是会有收获的。越努力越幸运，也会有更多选择。”

顾泽元长长地呼了一口气，陈洛初的鼓励让他很有安全感。他们俩约定每天的通话时间只有十分钟，陈洛初没过多久便把电话挂断了。顾泽元躺在床上，感觉又有学习的动力了。

旁边的室友对他道：“顾泽元，你怎么这么黏人，天天都要跟你女朋友打电话。”

顾泽元心道：我哪来的女朋友，那是我隔壁邻居家对我很好的姐姐。但想了想，他没开口解释，闭上眼睛睡去了。

陈洛初却有些失眠。

第二天她起得有点晚，赶到学校的时候正好和早上一二节课的学生撞上，跟他们一起挤进了电梯。这当中正好有温湉的室友，几个人都在抱怨没睡好：“有人知道温湉昨天晚上哭到几点吗？”

“两三点吧，好学生崩溃的点我们这种普通人是理解不了的。”

回头看见陈洛初，她们又都跟她道了好。

“早上有课？”她笑着看她们。

“是啊，导员姐姐要不要去跟温湉聊一聊，她这样子挺影响大家睡眠的。”其中一个女生提醒道，“学校的通报表扬是可以抵消通报批评的。”

学校的一些志愿活动都是可以加通表的，只不过现在到了学期末，活动不多，而且几乎都已经报名结束了。

陈洛初依旧觉得这件事情不太好办，人家凭本事报上的名，没有说因为温湉难过就让给她的道理。

现在的小姑娘到底抗压能力弱了一点，这要是发生在陈洛初身上，她就不会哭，而是在通报批评一下来就去找那些参加了志愿活动的同学。因为志愿活动的名额是可以让的，关系好些的同学都会愿意帮这个忙，没人愿意那就接受这种结果当买个教训。当然，她也不会一而再再而三地犯错。

陈洛初是不愿意花太多心思给温湉解决问题的，只是把她叫到办公室提了一嘴，又把最近的志愿者名单给她看了，剩下的就要靠她自己去解决了。

没过多久，温湉就拎了一箱牛奶来道谢。

姜钰想法子给她从同学那儿要了一个名额，志愿活动予以适当表扬，本来就是学校鼓励学生做好事的，并不是学生非要完成的任务，很多学生报了名却临时有事，都是可以换人的。

“谢谢老师，这是姜钰让我给你的。”她看着那箱牛奶，也有些困窘，“老师，只是出于感谢，并没有其他意思。姜钰最近没钱，就只买了牛奶。”

陈洛初让她拎回去：“老师是不能收任何礼的。”顿了顿，她又道，“你可以拿去分给你的室友。”

温湉只好把牛奶带走，下午的时候，姜钰倒是又亲自跑了一趟。

他给她递了一本书，书里夹着一千块钱。

陈洛初扫了一眼，没接。

“没人看见，也没人知道。知道你看不上一千块钱，这只是一部分，我分期给。”姜钰道。

陈洛初说：“你花什么？”

他勾了勾嘴角：“我有其他赚钱的路子。”

她看了他好一会儿，才把视线移回书上，说：“我跟温湉说过了，老师不能收礼。我做的不过是老师应该做的事，并不需要你特地来感谢我。”

“那我走了。”姜钰离开前又补充了一句，“还是要谢谢你。”

他喜欢什么事情都一个人扛，不舍得温湉替他操心，她一个外人又能说什么呢？最操心姜钰的只有姜母，陈洛初见到姜母的时候，发现姜母肉眼可见地瘦了一大圈，尽管她连半个关于姜钰的字眼都没有提。

“还是生女儿省事，儿子就是个吃里爬外的东西，说走就走，家也不要了。那个女学生要真进了姜家的门，我估计那个兔崽子到时候眼里只有媳妇，哪里还能想到我这个妈。”姜母跟陈洛初逛街的时候感慨道。

陈洛初安慰她：“不会的，您是他的母亲。”

姜母安静片刻，喃喃道：“也不知道他最近在哪儿，日子又是怎么过的。”

陈洛初没说话，只是当天下午去了一趟便利店。因为是上课时间，店里的人非常少。陈洛初拿了两包薯片，姜钰有些疏离地替她结账，她很容易就看见他手上磨出来的茧子，那当然不会是因为收银出现的。

“不打算回家看看吗？”她收回视线。

姜钰像是没听见一样。

“你妈挺想你的。”她拿走薯片，留下这么一句话。

陈洛初不知道姜钰有没有决定好见不见姜母，反正她跟姜母倒是很快就见着了他。

起因是姜母带着她去和吴太太一行人打牌，吴太太无意中提了一嘴，说老吴在验收工地的时候碰上一个人，看体型有点像是姜钰，不过不太确定。

姜母哪里相信自己儿子愿意吃这种苦，就带着陈洛初去吴太太所说的那个工地看了看。

大夏天的，日头真的很大，陈洛初撑着伞都觉得很热，跟姜母站在角落里看了片刻，就看见姜钰戴着头盔和橡胶手套，在烈日下搬着沉沉的水泥袋。那种重量压得他直不起背，脸也晒得通红，衣服完全被汗水打湿，小腿不知道被什么扎出血了，还裹着纱布。

他整个人不修边幅，很是落魄，在工地干久了脊椎都不太好。陈洛初没想到才刚和顾泽元开了玩笑，姜钰就真来工地了。她多想拍给顾泽元看看，搬砖有多苦。

姜母看到的第一眼，就难以置信地捂住嘴，紧接着眼泪就掉下来：“你说是不是我逼他逼得太狠了？”

陈洛初从包里拿出纸给她擦眼泪。

“他们俩绝对没分手。”姜母笃定地道。

的确没分，说分手估计只是个烟幕弹，是姜钰怕姜母找温湉的麻烦才想出来的对策。

“那个女学生我见过，哪儿都普通，真就……真就让他那么喜欢？”姜母语气复杂。

陈洛初如实说：“他从来没这样对过我。”

对一个人格外偏爱，还能是因为什么？

“你性格软，管不住他，可那个女学生分明也软……”姜母闭上眼睛，有些绝望地说，“难道我真的要同意他跟那个女学生在一起？”

陈洛初顿了顿，垂着眼睑说：“您和他当中得有一个妥协，我觉得他不会。”

姜母听了陈洛初的话，却没有再开口。

她离开了工地，坐在车上也一直闭着眼睛，一副很疲倦的样子。陈洛初以为她睡着了，就随手拿了件衣服，想给她披上。

谁知刚披上，姜母就开口了：“你上班的学校是 A 大？”

“嗯。”

“带我去你的学校逛逛吧。”

陈洛初明白了她的意思，逛学校哪里是重点，姜母是想见见温湉。

大多数时候，姜母还是一个让人觉得有压迫感的人，温湉这是第二次见她，显得相当局促不安。她的直觉告诉她，姜母还是不喜欢她。

姜母也不说话，就干巴巴地坐了十分钟，末了问她：“我来见你这件事，你会不会告诉我儿子？”

这种寡淡的语气，吓得温湉直摇头。

往后几天，姜母每天都会来找温湉这么干坐十分钟。陈洛初也搞不懂她这是什么意思。

而姜钰那边，也不是每天都去工地，很快就发现了姜母见温湉的事，当天见面就陪着温湉一起。看到姜母，他的脸色并不好看：“我如您所愿离开了姜家，您还来找她干什么？”说完他拉着温湉就走。

姜母整个人气得发抖：“瞧瞧，这话说得我好像欺负了这个姓温的一样。”

陈洛初说：“我送您回去？”

姜母缓了口气，看了看她：“是不是好奇我为什么每天都来见她？”

陈洛初在看到姜钰的那一刻，差不多就想明白了。什么都不做，是一种变相威胁，姜钰倔一天，姜母就让温湉担惊受怕一天。她什么也不干温湉就已经怕得要死了，要真干点什么呢？

姜母拿捏不了姜钰，难道还对付不了一个小小的温湉？就算他有心护她，又怎么能保证一天二十四个小时都不出纰漏呢？

“温湉这个姑娘，我就是没有眼缘，我还是不愿意她进姜家。”姜钰为了她跟自己抗衡，这才是姜母最接受不了的。

太过感情用事，以后还怎么放心把公司交给他？温湉在姜母眼里，无异于苏妲己一类，是个祸害。所以经过再三考虑，她还是咬死了要他们分开。

当天晚上，姜钰回了姜家。果然，怎么对付他本人都没用，而只要把目标转移到温湉那边去，他就乖乖回来了。姜母的眼神复杂极了，却什么也没说，只让人给他添了一副碗筷。

姜钰也没有开口，就低头默默吃着饭。一顿饭下来，餐厅竟然安静得像是没有人一样。

姜钰其实没吃几口，碗里的饭几乎没动过。等到用人把厨房都收拾干净了，他才声音喑哑地道：“温湉才十九岁，您一定要这样为难她吗？”

姜母淡淡地道：“在你没能力的时候，没资格跟我谈条件。我一直以为你有分寸，所以并没为难过她。但你要因为一个她连家族都不要了，我自然有一万种料理她的方法。我怎么对待她，全看你是什么态度。”

姜钰嘲讽地挑起一抹笑：“我就算听了您的话，从此以后跟您心里也有疙瘩。不过您非要这样，我也无所谓。”

姜母心里有几分悲哀。好一个温湉，真是好一个温湉，她生的一个好儿子，居然能对她说出这番话。

姜钰从这天起便对姜母言听计从，让他进公司去学习，他就进公司去学习；不让他见温湉，他就不见温湉。似乎两个人那天的对峙只是一场梦，根本就没有出现过。

陈英芝跟陈洛初提起这件事的时候，眼里闪着光，说：“你看，姑姑是不会猜错的，温湉无论怎样都进不了姜家的门。这种人家，爱情能值几个钱？”

尤其是隔天姜钰来找陈洛初，陈英芝心里的那股优越感又冒出来了。

姜母这几次有意无意跟她暗示过无数回，想把陈洛初和姜钰的婚事给定下来。姜母说的是避免夜长梦多，豪门婚姻没那么容易离，到了无力回天的地步，姜钰自然也只能接受了。

在陈英芝看来，有了婚姻作保障，对陈洛初来说就是一件好事。

“有事？”陈洛初没什么情绪地看着他。

姜钰说：“今天不是你生日？”

陈英芝皱眉道：“你看看我，这么重要的日子，姑姑居然都给忘了。”

别说她了，连陈洛初自己都忘了。

姜钰看了一眼腕表，说：“一起出去吃个饭吧。”

陈洛初看了他两眼，上去换了身衣服。坐到姜钰的车上以后，她很安静，而他像是在完成一个任务，不停地看表，这是一个很明显的不耐烦的动作。

“我想吃那家网红店的冰激凌。”陈洛初故意为难他。

姜钰再不耐烦，也没有拒绝，排了一个小时的长队，买了一个。

“谢谢。”她说。

姜钰心不在焉道：“以你的身体情况，这些东西还是少吃。连你自己都不爱惜自己，就别指望能有人来爱你了。”

陈洛初没反驳他，只是沉默地把冰激凌给丢了。

姜钰微微一顿：“还有没有什么想吃的？”

陈洛初摇了摇头，说：“不用了，去吃饭吧，赶紧吃完赶紧回家。我知道你是被阿姨逼着来陪我过生日的，其实我也不太想跟你一起过。”

姜钰带着她去了一家烧烤店。

“我跟温湉没分手的事情，是你告诉我妈的吧？”他在烧烤上来之前开口问。

陈洛初现在是破罐子破摔的态度：“你如果非要这么觉得，我也没有证据证明自己的清白。如果你要问我她是怎么知道的，我只能告诉你她是自己猜到的。你在工地上干活的事情被阿姨看见了，除了要养她，还有什么能让你拼了命地这么干活？”

姜钰神色淡淡，看不出什么表情。半晌，他说：“我就是觉得她过得太拮据了，女孩子应该被富养。”

陈洛初偏了偏头，说：“众生皆苦，各有各的难处不是吗？”

几分钟后，温湉出现了，看到他们俩坐在一起时眼神变了变，眼眶有点红，然后便拉着同学的手离开了。

陈洛初低着头说：“还不赶紧去追？”

姜钰扫她一眼。

“猜到你的意图了。”陈洛初说。

昨天温湉在朋友圈晒了这家烧烤店的优惠券，截至今天过期，所以她今天很有可能会来吃。姜钰偏偏带着陈洛初进了这家烧烤店，除了想见温湉，没有其他理由。

姜钰的视线在陈洛初身上顿了顿，斟酌片刻，从椅子上站起来：“那你自己回去。”

“嗯。”她点头。

姜钰这会儿格外提防姜母：“你最好晚点回去，不然我妈发现我不在，会调查我去了哪儿。不能让她知道我还跟温湉在一块儿，她最近对温湉恨之入骨。”

当然，他也不会让陈洛初白白在外头干坐着，说：“我给你算钱。”

陈洛初说：“我等一个小时，你给我一万。”

姜钰也体验过一段时间没钱的生活，一万块一个小时不是一个小数目。但他急着去找温湉，就没有纠结：“行。”

烧烤店老板端着烤好的茄子从后厨出来的时候，就看见陈洛初一个人坐着，对面的位子已经空了。

“男朋友干什么去啦？”老板说，“大晚上的丢下你一个人走了，这个男人不靠谱。”

陈洛初笑了笑，说：“他不是我男朋友。”

老板便以为她是在追求男方，男人没同意。他有点同情她，就拎了一瓶啤酒过来：“这个就当我请你的，吃烧烤不喝点酒没意思。”

陈洛初道了声谢，老板摆摆手说：“没事，你点的量多，都四百了，送你一瓶酒也没什么。”

量确实多，她根本吃不了多少。她问姑姑吃不吃烧烤，给她打包，可那边没回消息。不过姜钰的消息倒是发来了，让她先别走，说等会儿得空了就来接她。

陈洛初说好，便收起手机。她又遇到两个学生，就叫了他们一起吃。她年纪不算大，跟他们聊天也还算自在。

一个小时以后，学生说要走了，只是离开后又折返回来，手里捧着一束娇艳欲滴的玫瑰花，说：“老师，听说今天是你的生日，祝你生日快乐。”

这是今天陈洛初收到的第一份礼物，也是唯一一份生日礼物，她真的有点受宠若惊：“谢谢。”

“老师，我们都……挺喜欢你的。”其中一个学生不好意思地挠了挠头。

陈洛初忍不住勾起嘴角，在他们再次离开时，挥手跟他们道别。她结完账就在店里坐着，然后拍下那束玫瑰花的照片，挑出一张好看的发了朋友圈。

同校的老师在下面留言：男朋友送的？

她顿了一下，回：不是，是我的学生们送的。

时间一折腾，转眼就到了晚上十一点，陈洛初还是没有等到姜钰。她发微信消息过去：大概几点过来？

姜钰隔了很久才回她：十二点吧。

陈洛初只好继续等，等到店里的客人越来越少，老板过来问她：“还不走？”

“等朋友。”她笑了笑，扬了扬手机，“朋友有点事，要晚一点过来。”

这会儿其实已经稍微超过十二点了，陈洛初又问姜钰：你到底还来不来？

那边的人就像是消失了一样，一直到两点都没回复。

老板看她蹙着眉，说：“你朋友恐怕不会过来了？”

“嗯。”她勉强对着他笑了笑，点点头，“我也这么觉得。”

老板叹了口气，觉得小姑娘这么等着也不容易，说："大晚上的你一个小姑娘打车也不安全，你家住哪儿，要是顺路，我送你回去；要是不顺路，我也送你，不过你要付点车费可以吗？"

陈洛初说："当然可以了，谢谢你。"

她在十二点过后仍继续等了两个小时，就是因为大晚上的不太敢打车。这段时间网约车出事的新闻很多，如果不是姜钰信誓旦旦地说要来接她，她早就走了。

烧烤店老板出手帮忙，就是救她于水火之中。陈洛初上车的时候，把那束玫瑰花也带上了。

她坐在后排位子刷了一会儿朋友圈，有不少人给她那束花点了赞。在看到点赞的人里有温湉时，她犹豫了一下，还是点进去看了看。

在她的意料之中，温湉发了朋友圈。她看了电影，又去了情侣餐厅，还去蹦了迪。一张张照片里虽然只有她自己，但很显然都是有姜钰陪着的，他充当了她的摄影师。

配文是：想跟一个人过这样的生活到天荒地老。

陈洛初不知道姜钰还记不记得有她这个人，生日当天，在烧烤店，孤零零地坐了五六个小时。

怎么可能还记得呢？他早就乐不思蜀了。不过还好，陈洛初能赚个小几万。

最后她跟老板加了好友，转了两百块钱给他。老板说多了，又退还给她一百。

到家时已经很晚了，陈洛初洗完澡就躺在床上睡着了。清晨六点的时候，她被手机振动惊醒，是姜钰发来消息。她没理，翻了个身继续睡。

等到再次醒来，她才点进去看姜钰的消息：回家没？

陈洛初给他打了电话，开口就是："结账。"

姜钰说："几点回来的？"

"现在。"

"烧烤店一般两三点就关门了。"

陈洛初沉默了一会儿，说："姜钰。"

"嗯？"

她说："以后做不到的事，别随意开口行不行？"

她好说话，但是不代表她不会生气。

姜钰皱眉道："你昨天朋友圈不是发了玫瑰花嘛，我以为人家肯定会送你回去。"

陈洛初没说话，如果她有人来接，会不跟他说一声吗？而且她朋友圈发得很早，他说来接她，明明也是在那条朋友圈之后。

他不过就是心安理得地觉得，他没有管她的义务，约会兴头上抛开她不管也没什么。陈洛初很疲倦，懒得跟他争，只说："你把钱给我算到早上六点。"

那边不知是心虚还是怎么了，没有跟她讨价还价，就把钱转到了她的账户。陈洛初就不理会他了，他那边同样也没有再跟她说什么闲话。

没一会儿，陈英芝叫她下楼吃早饭。陈洛初洗漱完下去的时候，陈英芝正面带笑意地盯着那束玫瑰花看，有些爱不释手："姜钰选的这花真好看。"

陈洛初是收了钱的，也就没开口解释。

"昨天你们干吗去了？"陈英芝凑到她面前问。

陈洛初想起温湉的朋友圈，说："看了电影，还去了情侣餐厅。"

陈英芝挺满意，嘴里哼着小曲，过了片刻又说："哦，对了，你姜阿姨想跟温湉商量，让她出国深造。"说完意味深长地看着她，"你可别辜负了你姜阿姨对你的期望。"

她没吭声，在想该不该把这件事告诉姜钰，换点钱。不过很快她就没有了余地，因为她的姑父陈横山回来了。

她从学校回来，一进家门，就看见他转头朝自己看来，眼神里带着肆无忌惮的打量，笑眯眯地说："洛初回来了啊。"

陈洛初点点头，却浑身冰凉。陈横山就是个魔鬼，她仿佛回到那一年，他溜进她的房间欲行不轨，而她最后是从阳台翻出去逃走的。之后她对外人说，陈横山把她给赶了出来。

后来因为姜钰跟她在一起了，陈横山才收敛。哪怕他现在只敢用这种眼神看她，她也觉得恶心。

大夏天的，陈洛初手脚冰冷，回到房间关上门以后抱住自己，在地上蹲了好一会儿。然后，她几乎立刻做出决定——她要搬出去。

陈洛初在陈家，身份挺尴尬的。陈家养她，却也不会在经济上扶持她。她很需要钱，因为她有一个随时都会垮掉的身体。

她几乎是当机立断给姜钰打了电话。可惜他听完姜母要把温湉送出国的事情以后，半点反应都没有："我早听说了。"

这就算是一个废了的消息，半点价值都没有。陈洛初有些艰难地开口："我可以继续给你们打掩护。"

"犯不着。"姜钰拒绝得很干脆，"你跟我越亲近，我妈恐怕就越想把温湉弄走。我花这个冤枉钱干什么？"

陈洛初的脑子几乎是立刻转过弯来："如果我跟别人在一起了，姜阿姨不用再替我着想，是不是反而不会再逼温湉了？"

"这倒是有可能。"那边的语气有些捉摸不定，"你想干什么？"

陈洛初说："那就麻烦你，给我介绍一个'男朋友'。"

她说出口的话丝毫不拖泥带水，那边的姜钰却沉默了，半天都没有反应。

许久没等到回应，陈洛初有些许不太确定地说："你觉得这个办法行不行？"

"行啊，没有什么不行的，挺好的主意，你来我这边谈。"他漫不经心地说。

姜钰住的是前不久她搬出来的那套房子，房子里还有许多属于新任女主人温湉的东西。

陈洛初进去的时候温湉不在，家里就他一个人，刚刚洗完澡，上身什么也没穿，下面是一条薄薄的睡裤。他也没想到她会突然进来，扫了她一眼，便飞速地进了房间。

两分钟后，姜钰换好衣服从房间里出来，语气不善："进来怎么也不敲门？"

"你门没锁。"她说，"我以为你是特地给我留的门。"

陈洛初挑了挑眉，察觉到自己说的话不太得体，只当无事发生一般转移话题："我的提议你怎么想的？"

"你想找个什么样的？"他反问。

演戏而已，不用挑剔，陈洛初说："都可以。"

姜钰就去打了一通电话，回来时问她要什么。最后定下的是一个月六万，之后他妈要是能接受温湉，就再送她一套房。

在这个城市，陈洛初靠自己是买不起房的。房子当然也没有那么重要，她只是很需要钱，而房子正好值钱。

"人我替你物色了几个，到时候你自己挑。"姜钰转身在沙发上坐下。

陈洛初说行。

姜钰看也不看她："你姑姑看重条件，我怕她到时候会成为阻碍，给你找的人条件都不错，就是没那么好看。"顿了顿，他又说，"你也清楚，大部分人躲你都来不及。"

这话听着让人不太舒服，却是实打实的实话。她垂眸，没什么语气地应道："嗯，脸不好看没事。"

十几分钟后，几个男人来到这里。

陈洛初都认识，无一不是有头有脸的，只是长相何止是姜钰说的"不好看"，几乎可以用"惨烈"来形容。

她对这些人也算是有些了解，本事都不差，就是在长相上稍微吃点亏，才会到现在都没有找到心仪的对象。毕竟门当户对的人里，人家姑娘没必要找个不好看的。

苏志军开口道："姜钰，今天把我们几个人叫过来做什么？"

姜钰勾了勾嘴角，一副要笑不笑的样子："介绍女朋友要不要？"

几个人瞪大眼，这里坐着的女人只有一个陈洛初，哪里有女人可以介绍？姜钰回头去看陈洛初："你挑哪个？"

没想到姜钰介绍的女人居然就是陈洛初，大家伙跃跃欲试，都挺希望被选上的。

毕竟家庭条件好的和长得美的他们没法同时得到，钱他们有，找个好看的再合适不过了。顾越他们那种家庭可能不太看得上陈洛初，但他们没那么挑剔，而且陈洛初的性格还出了名的好。

这一行人当中，陈洛初最了解的，也就只有苏志军了。虽然他长得也不好看，但人高马大的，比起极瘦和极矮的要好很多。她几乎没丝毫犹豫地指了指他，对姜钰道："我选苏总行不行？"

姜钰盯着她看了好一会儿，才把剩下的人给打发走了。

苏志军当然没觉得事情会这么简单，他跟徐斯言关系好，也就想歪了：“陈小姐，你是想跟我打听斯言的事吗？我就知道他分手了。”

陈洛初愣了一下，没想到他居然会联想到那么久远的人身上。徐斯言这号人，具体脸长什么样，她其实已经记不太清了，只记得他对她永远很疏离，每次都用一样的话术来拒绝她。

他从来都只有一句：“陈洛初，别白费力气了，我家里人是不会同意我们在一起的。”

她只对他笑，却没听进去。她那会儿还不信，都二十一世纪了，谈恋爱还讲究门当户对。他偶尔也会皱起眉，冷着脸说：“陈洛初，女孩子要自重一点。”

好像这样一直纠缠了好几年。

苏志军回忆片刻，说：“他好像一直不太喜欢他的未婚妻，一年前说什么都要分手，女方后来也就同意了。”

陈洛初说：“他就是这样的人，对女人永远都不上心。”

苏志军点点头：“也就对你稍微亲近一点。你大二时跑三千米，跑完就倒了，还是他背你去的医务室。”

陈洛初笑了笑：“那不是亲近，他是班长，不能丢下我不管。”

苏志军想反驳，不是这样的，如果只是这样，徐斯言为什么要在医务室里亲她呢？如果一次是意外，那大四的毕业晚会上，他又亲了一次烂醉如泥的她又怎么解释呢？

那一次非常狗血，正好被姜钰撞见了。而姜钰那会儿是陈洛初的男朋友。

姜钰当时面无表情地在旁边站了好一会儿，浅笑了一下，云淡风轻地对徐斯言说：“原来表哥喜欢她啊，可是怎么办呢，她现在是我的女朋友。”

徐斯言沉默了很久，说：“不，我跟你一样，不是喜欢她。”

想到这里，苏志军朝姜钰看去。他看到姜钰并没有关注他们的聊天，而是低头在刷手机。他想起来了，姜钰新交了个小女朋友，这会儿显然是在陪小女朋友聊天。

苏志军到现在都没搞懂，徐斯言跟姜钰这两兄弟是什么心理，都不喜欢陈洛初，却偏偏一个偷亲她，一个跟她谈了两年恋爱。

他唯一觉得解释得通的，就是男性之间的胜负欲。陈洛初一开始追的是徐斯言，最后却跟了姜钰。徐斯言心里不舒服，而姜钰一向是喜欢跟自己这个到哪里都被人夸的表哥争东西的。

陈洛初则是出了名的长得好，正好被他们当成争夺的一样“玩具”了。

苏志军觉得她挺惨的，如果不是因为跟姜钰在一起的那两年太轰动了，也不至于到现在都被长辈们当狐狸精一样防着。

就前段时间，顾越稍稍示了个好，家里就闹得鸡飞狗跳。要是没那段过往，凭她的性格，其实还是能嫁一个好人家的。

但现实就是这样，好姑娘在年轻时总是会一头栽到还不懂事的男人身上。而男孩只会在到了年纪，成熟以后，在更加年轻的女孩身上收心。无一例外。

陈洛初很快给他倒了杯茶，讲了她要找个“男朋友”事情的缘由。提到姜钰给她钱时，苏志军有些好奇地问：“陈小姐，你很缺钱吗？我可以问问原因吗？”

陈洛初表示自己确实很缺钱，除开身体原因，还有一个不能对外人道的秘密。她摇了摇头：“不好意思，我不方便说。”

苏志军表示理解，谁活着还没点秘密呢？倒是姜钰听了这话，偏头瞥她一眼，不过视线很快又移回手机上。

苏志军听完整件事情的经过，表示愿意配合陈洛初演这场戏。

一来姜钰跟陈洛初都是他的朋友，朋友有求，两肋插刀在所不惜；二来他这个人出奇具有正义感，姜钰跟小女朋友既然相爱，他也不忍心他们再上演一出“梁山伯与祝英台”的惨剧，希望他们可以有情人终成眷属。能帮得上他们的，他尽量都帮。

姜钰为了表示感谢，晚上请他吃饭。

苏志军是个话痨，整个人一副接地气的状态。陈洛初跟他聊天很轻松，整个人的状态也逐渐放松下来。

姜钰坐在他们俩对面，一句话都没说。直到中途苏志军去上洗手间，姜钰才抬头扫了她一眼，不紧不慢道：“你倒是不排斥他。”

陈洛初沉默了，其实如果有机会，苏志军也不是不可以。她现在是真的不在意长相，好看的玫瑰带刺，她已经体验过两回了，结果都是遍体鳞伤。

姜钰勾了勾嘴角："加油，努把力，指不定假戏真做，就能嫁进苏家了。"

陈洛初无视他的语气，安安静静地坐着，看手机里顾泽元给她发的消息，然后给他回复。回着回着，她就收到了六万块的到账通知，这个月的工资。

她对姜钰说："谢谢。"

他半点反应都没有，不知道刚刚是不是收到了什么消息，看上去心情不太好。陈洛初也不想触他霉头，更是一句话都没有说。这样一来，两个人之间就安静得有些奇怪了，连路过的服务员都忍不住看了他们好几眼。

好在几分钟后，苏志军回来了，温湉也赶到了，气氛才逐渐恢复正常。温湉的视线在苏志军和陈洛初之间来回扫，有些迟疑地开口："这位是……"

陈洛初揽上苏志军的一条手臂，温和地介绍道："这是我的男朋友，叫苏志军。"

温湉愣了一下，没想到陈洛初居然这么快就脱单了。

而苏志军呢，哪怕做好了准备，也还是闹了个大红脸，反而像娇羞的小媳妇，衬着他那张粗犷的脸，倒是有几分反差萌。他小心翼翼地起身配合陈洛初，朝温湉伸出手道："你好。"

这个"小心翼翼"的动作，倒是衬得他对陈洛初有些宠爱。姜钰坐着，神情有些恍惚。

温湉看了姜钰一眼，脸色有些难看。

苏志军跟温湉打完招呼后落座，又转头去跟陈洛初聊天。聊着聊着，不知道话题怎么又转到徐斯言身上去了。

温湉又问了一句"徐斯言是谁"，姜钰抽纸巾擦了擦嘴，无声地笑了笑，心不在焉地说："陈洛初的前前男友。"

陈洛初跟徐斯言可没有在一起过，她开口给出解释："不是。"

姜钰扫她一眼，反应过来："准确来说只是你很喜欢他，人家看不上你。"

这下陈洛初默认了。姜钰顿了一下，朝温湉招了招手，两个人准备走了。他又朝苏志军笑了笑，带着几分揶揄道："带着你的女朋友好好玩。"

不知道为什么，陈洛初就是觉得他这个笑容很恶劣，似乎她和苏志军就是一对了。

陈洛初不想回去看见陈横山，这一晚住在了酒店里。第二天她回到陈家时，陈横山已经不在了。陈英芝责怪她一夜未归。

陈洛初想了想，对她说："姑姑，我处了个对象，不是姜钰。"

陈英芝的表情瞬间严肃了不少，蹙着眉，一副天塌下来的模样，严肃地道："洛初，你怎么能处对象呢？"

"我为什么就不能处对象呢？"陈洛初的语气很平静，一双眼睛盯着她一眨不眨，"姑姑，我应该有追求自己幸福的权利。"

陈英芝的语气稍微软了点："哪家的儿子？"

"是苏志军。"

陈英芝的眉头又蹙起来，苏志军也实在……着实应了那句话——一朵鲜花插在牛粪上。

"洛初，姑姑劝你想清楚了。"

见陈洛初神色疲倦地上了楼，陈英芝的眼神变得更加复杂。她一夜没回来，也不知道是不是在苏志军那里过的夜。

这几天跟姜钰不是瞧着越来越好了吗？她实在没想到陈洛初居然直接换了个男朋友。她怀疑是不是姜钰那边做了什么手脚，威胁了陈洛初。

陈英芝没了主心骨，急忙联系了姜母。而姜母那边的震惊丝毫不亚于她，姜母都已经开始着手姜钰跟陈洛初订婚的事情了，现在突然来这么一出，不是让她的准备都白费了吗？

"先看看洛初跟苏志军相处的情况再说。"姜母很快便做了决定。

他们要是真心互相喜欢，姜母无话可说。毕竟是他们姜家亏欠了陈洛初，她还是希望陈洛初能幸福。可如果陈洛初是被逼迫的，她自然也会替陈洛初讨回公道。

陈洛初肯定陈英芝会把自己跟苏志军的事情告诉姜母，也确定姜母会先观察自己一阵子。

苏志军的性格好，做什么都不会让人拘谨。陈洛初跟他相处，就算关系没那么亲密，也算是氛围感融洽的。

一个星期以后，陈洛初约了姜母吃饭。为了让她能尽快接受温湉，她把温湉也带上了。

姜母看到她就直叹气，握着她的手说："那个男人有什么好的？"

毕竟陈洛初是她当媳妇来养的，自然觉得苏志军配不上陈洛初。

"姜阿姨，我跟他相处很舒服。其实长相也就那么回事，看多了都一样。"陈洛初在旁边劝道，"您也多看看温湉，她是个好姑娘，学习好又上进，您把姜钰赶出去的那段时间，她都没想过跟他分手，说明她在意的也不是姜家的钱。"

她认真地说道："现在我也找到归宿了，您就别再因为我而为难温湉了。"

温湉也很上道地喊"阿姨好"，又是给她倒茶，又是给她捏肩。姜母还是板着一张脸，可听了陈洛初的话以后，也没有再拒绝温湉的示好。

"他真的对你很好？"

陈洛初知道她指的是苏志军，点了点头："嗯。"

"你也真的不是因为他的条件？"

陈洛初想了想，说："有一点吧，人总是希望自己过得好的。我也不奢求什么大富大贵，就希望以后家里能有个小院子。"

"你跟姜钰之前准备的那套婚房不就有个小院子吗？"

陈洛初敛眉不说话。姜母自知失言，她这会儿估计不想再听到跟自己儿子有关的半个字。

姜母沉默着，离开的时候偷偷问陈洛初："阿钰是不是……还是特别喜欢她？"

陈洛初说："都跟您这样闹了，您说呢？"

姜母说："可是当年我也不喜欢你，他也跟我闹，跪着求我，说只要你。那会儿他叛逆，不爱跟我交流，但我跟你姑姑聊到你的事，他就安静了，每回都规规矩矩坐在我旁边偷听。"

陈洛初没说话。

“算了，算了，你们爱怎么样就怎么样吧，只是可惜了我去定做的订婚礼服，你是不知道有多漂亮。”

姜母排斥温湉，就是不舍得陈洛初受委屈。现在陈洛初已经找了别人，自家儿子又喜欢温湉喜欢得紧，她也就没有针对温湉的理由了。尽管她还是对温湉喜欢不起来，却还是尝试着慢慢接受她。

渐渐地，温湉也会主动去找姜母。一来二去，姜母接受温湉的事情就传开了。

姜国山对于姜母接受温湉的事，起先是勃然大怒，但明白了陈洛初的意思后，他也只能叹口气，睁一只眼闭一只眼了。毕竟是自家儿子，总不能当真不让他结婚不是？

陈洛初既然不愿意再折腾了，那也就只好由着姜钰去了。

姜母再不喜欢温湉，也知道她总有一天是要进姜家门的，她不希望到时候有人指责她的儿媳妇小家子气上不了台面，所以偶尔也会带着温湉去参加一些聚会。

姜母生日那天，让温湉帮忙一起挑礼服。两个人在店里坐了没一会儿，温湉就看见陈洛初朝着她们缓缓走来，一时之间神色复杂。

姜母这几年的衣服都是陈洛初给挑的，当然是格外相信她的眼光。姜母笑着看陈洛初：“今天没打扰到你休息吧？”

陈洛初摇摇头：“没有。”

姜母挽着陈洛初的手在店里四处逛，温湉跟在她们身后，心里有些不是滋味。她也在很认真地挑选礼服，好不容易看中一件，连忙冲姜母喊道：“阿姨，快来看看这一件，肯定很衬您！”

谁知姜母只是淡淡地扫了一眼，道：“要是换成浅色，倒也还行。可如今我已经年纪一大把了，对这些艳丽的色彩着实无感。”

她反而对陈洛初选的一件赞不绝口。

温湉抿紧嘴唇，跟姜钰见面的时候诉苦道：“你妈说是接受我，然而并没有多喜欢我。”有时候姜钰发呆，她就闹情绪，“我们分手算了。”

姜钰总是哄着她，这才让她觉得自己比起陈洛初是赢了的。尽管陈洛初现在跟苏志军在一起了，可温湉还是不太喜欢陈洛初。对一个自己男朋友的前女友，她怎么都喜欢不起来。何况，陈洛初还被姜钰的家人那么喜欢。

转眼间，姜母的生日宴就到了。

温湉跟着姜母在宾客面前转悠，显得更加拘谨。虽然太太们大多都主动跟她攀谈，可她还是感觉得到，这些人似乎并不怎么喜欢她，只不过是看在姜母和姜钰的面子上，才对她稍微客气一点。她不太喜欢这样的场合，很快就一个人缩到角落里。

姜母看到温湉的举动后皱了眉，她都这么教了温湉竟然还不愿意学，简直就是一个“扶不起的阿斗”。她索性不管温湉了，只想着陈洛初怎么还没到。以往有陈洛初帮忙应酬，她就会轻松很多。好在她刚这么想着，陈洛初就到了。

她穿的礼服也是简约风格，相当朴素，明显是特地避免抢姜母的风头。她一来，姜母身旁的人就让开了，把位子留给了她。

陈洛初行为处事得当，姜母的一些好友十分喜欢她，也愿意主动跟她攀谈。

温湉在一旁看着陈洛初，她显然见惯了这样的场面，跟这些人相处起来简直太轻松，而且被她逗笑的人还不少。

她心里突然就有些自卑。虽然陈洛初父母早已离世，过着寄人篱下的生活，但怎么着也是被陈英芝按照大家闺秀的标准养大的。在她身上看不到一点飞扬跋扈，这种性格就相当讨人喜欢。

温湉一个人缩在角落里，闷闷不乐。

陈洛初倒是过来和她聊了两句，然后就走了。

直到姜钰过来，一来就坐在她旁边，她才觉得自己扳回了一城。

陈洛初的视线从姜钰身上扫过，然后就去跟苏志军的母亲聊天了。苏志军今天因为工作原因没来，反正也不是近亲，一家来一个代表就足够了。

苏母对陈洛初还算是不错，她并不知道苏志军跟陈洛初只是协商恋爱，还以为真是自己的儿媳妇，也挺护着的，言辞什么的都比较宠溺。

陈洛初听说她以前受过婆婆的苦，所以将心比心，对女人最是不计较，只要儿子喜欢，就什么样的都行。陈洛初心里其实就是想有一个这样的婆婆，所以对她尽心尽力照顾着，又是递甜点，又是逗趣。

姜母在旁边看得心酸不已，她一手栽培起来的儿媳，到头来居然便宜了别人，连带着吃生日宴都失了几分味道。

陈洛初淡淡地笑道："阿姨，这一桌的东西您再不动，可真要全便宜我了。"

旁边的人都"呵呵"笑了。

旁人递过来的酒也全让陈洛初和姜钰给挡了，两个人几乎喝得路都走不稳。温湉心里不知怎么的就很难受，觉得他们看上去更像一对，而她坐在这里挺可笑的。

姜母道："怪我怪我，洛初这种身体，居然让她喝了这么多，赶紧扶她去休息。"

陈洛初也不知道自己被扶着进了哪个房间，但她想上洗手间了，而这个房间里没有洗手间，便踉踉跄跄地起了身，打开房间的门后却看见一个男人。

她笑了笑，踮起脚就亲了上去。男人有些错愕，想推开她，但使的力气不够。

这么一挣扎，陈洛初就清醒了点，记起来自己已经跟姜钰分手了。她有些尴尬，只好继续当不清醒，假装认错了人。她轻轻喊了一声："徐斯言。"

姜钰一动不动。她记得姜钰比自己醉得更加离谱，可能连听都听不见。他只是把她往房间里推，然后两个人都倒在了床上。

姜钰醉醺醺的，声音却有点冷。他说："你就是欠教育是不是？"

姜母想趁着休息的空当给陈洛初送碗醒酒茶。她才走到门口，脚步却顿住了，手里的碗也滚到了地上。好在地毯厚实，碗没碎，也几乎没发出声音。

只是眼前的这一幕，让她的眼神复杂极了。

姜母怎么也想不到，姜钰和陈洛初在闹掰得这么明显的今天，居然会在床上亲得难舍难分。

姜母心里掀起惊涛骇浪，进也不是，退也不是。她看着姜钰用一只手死死地按住陈洛初，咬着陈洛初的嘴，后者尽力呜咽却发不出声音来。

姜钰那种侵略性跟狠劲让人看着都心惊胆战。

楼下人声鼎沸，自然听不见任何响动。这件事情其实也能悄无声息地发生下去，只要她假装什么都没有看见，然后往楼下走。

但这不合规矩。

姜母心里只有这句话，这太不合规矩了。姜钰不应该对陈洛初做出这种事情，他们俩都各自有伴了，以后也会有自己的家庭。如果这个意外一出，可能到时候该怎么收场都不知道。

喝酒误事的人太多了，陈英芝也是因为酒后失德才嫁给了陈横山。两夫妻要不是因为有着共同利益，还不知道要闹得多难看。现在陈英芝一年也见不到陈横山几次，可见意外之下凑到一起是绝对幸福不了的。

姜母想清楚了就要抬脚进去，还没走两步，就看见陈洛初伸手拿起一旁的小型加湿器朝着姜钰砸了过去。那力道不大，却也不算小，姜钰几乎是立刻就不动了。

陈洛初喘着气把人从身上推下去，坐起来时视线正好和姜母的对上。她有些头疼地捏了捏眉心，酒劲没消，还带着几分眩晕感。

陈洛初很快从床上起来，不知该怎么跟姜母开口："姜阿姨……"

姜母眼神复杂地往昏睡过去的姜钰身上扫了一眼，道："我知道你不是那么没谱的孩子，姜钰不记酒后事的，醒了也就忘了，你别放在心上。阿姨代他向你道歉。"

陈洛初心里斟酌了一番，就知道她这是叫自己不要再刻意提起，只当什么都没有发生就好。

当然她自己也什么都不想说，本来就是她脑子先糊涂了，这件事说起来她的责任更大。

"是我没搞清楚状况。"她也表达了歉意。

姜母这会儿依旧心有余悸，却还是安慰陈洛初道："你这会儿肯定头还晕，先去隔壁房间躺一会儿吧。"

陈洛初点点头，去了另外一间客房。她原以为自己肯定睡不着，结果刚闭眼就睡着了。如果不是苏志军来接她，她估计能睡到第二天早上。

她走出房间，看见苏志军时明显愣了一下，随后说："你怎么……"

苏志军叹了口气，把西装外套脱下来给她披上："走吧，送你回去。"

其实姜母过生日，今天有不少人是留在这边过夜的。但是陈洛初不行，她跟姜钰身份特殊，留下来人家会说她“贼心不死”，说出去又够人家编排一壶的了，所以陈洛初是必须回家的。

姜母和苏母正在聊天，两个人看见她下楼，又跟她寒暄了一阵。

陈洛初笑着对姜母说：“阿姨，那我就先回去了。”

“回去早点睡觉。”姜母握着她的手，“本来身体就不好，以后可别经常喝酒。”

说起喝酒这件事，陈洛初现在缓过来一想，其实她接那些酒是不应该的。现在外面的人都知道姜母在尝试着接受温湉，那些敬过来的酒陈洛初全喝了，就等于在打温湉的脸。按道理来说，那些酒应该让温湉来喝。

姜母那会儿没提醒，估计还是稍微对温湉有些不满，而姜钰应该是喝多了，根本就没有注意这些细节。

她转头去看温湉，结果发现温湉整个人的状态都不太对劲，或许是今天受了点打击。

自己有些本事的人，本来就端着架子，能跟她们好好相处的，要么实力比他们强，要么会做人，一般人确实不容易入她们的眼。陈洛初耳濡目染了这么多年，还是摸出了点门道的。

温湉见陈洛初一直盯着自己看，勉强笑了笑：“洛初姐再见。”

陈洛初也回了她一个笑，就扶着苏母出去了。

姜母盯着陈洛初的背影，叹了口气：“真是便宜苏家了。”

温湉的脸色变了变，心里有些不是滋味，又逐渐有些着急，不知道怎样才能让姜母对自己改观。

第三章

不如不相识

陈洛初下车后，跟苏母和苏志军道了别。

回到家，她脸上的笑容却因为屋子里的人淡了下来。四十多岁的男人，身材依旧保持得当，西装革履，衣冠禽兽。陈横山似笑非笑地看着她："回来了？"

陈洛初面无表情地从他身边路过，他却也不介意她的冷漠，笑道："洛初长大了，跟外头哪个男人约会才回来？我猜猜看，是苏志军？我倒是没想到那个男人能入得了你的眼。"

陈洛初想起在姜家时苏志军的错愕，以及他给她披上的西装外套。她脚步没停，对他的话也置若罔闻，在他面前摔上门。

陈横山不介意地耸了耸肩，倒是没有跟上去。

陈洛初先是跟苏志军道了声谢，就去整理行李了。搬家的事情因为前两天有陈横山在耽搁了，今天她不想再耽误时间了。

她的东西不多，只有一个箱子，收拾好后她就提着箱子下了楼。万幸陈横山这会儿已经不在楼下了，于是她开车去了酒店。

陈洛初怎么也没想到会在酒店碰到熟人。

叶曼曼看到她时，眯了眯眼睛，笑道："是你啊。"又扫了一眼她的行李箱，"出来住？"

"嗯。"陈洛初没什么闲聊的心情，不只是因为陈横山，还有这个女人本身。

叶曼曼说："看见了徐斯言没？"

陈洛初扫她一眼，叶曼曼僵了片刻，有些难堪，不过也早就学会了坦然自若："聊一聊吗？"

"可以。"

陈洛初在放下行李后，跟着叶曼曼一起去了附近的酒吧。

叶曼曼喝了很多酒，最后轻飘飘地说："徐斯言说，他喜欢知书达理的，背景好点，能跟他有共同目标的女人，我都符合，但他还是不喜欢我。可他从不乱来，只是偶尔会发呆，也不知道在想谁。"

陈洛初淡淡地道："我比你惨，表白过的徐斯言看不上我，在一起过的姜钰也不喜欢我。起码你家庭条件好，我现在想找一个好男人都难，没有人愿意选我。"

叶曼曼摇了摇头，讽刺般地笑了笑：“他是真的对你没感觉吗？”

这个“他”，不知道指的是谁。

陈洛初看着叶曼曼，终于有几分物是人非的感觉。当时她追了徐斯言很久，他大概是有些不耐烦了，把叶曼曼带在身边，冷淡地说：“陈洛初，这才是我爸妈看得上的儿媳妇人选，你别纠缠我了。”

陈洛初那会儿年轻气盛，总是不服输，说：“要是有一天我比她还优秀呢？”

徐斯言沉默了好一会儿，说：“你是不可能的。”

“那万一，我要是做到了呢？”

徐斯言表情沉重，张了张嘴。

剩下的话，因为她的手机响了，她没听见。反倒是眼神好，看见了不远处刚上大一的姜钰，丢下问他要微信的女同学，满脸笑意地朝她走过来，晃着手里的手机，示意电话是他打的，大老远就喊她:“洛初姐。”

陈洛初现在想想徐斯言这个人，就觉得自己没点分寸。喜欢无罪，却也该掂量掂量自己几斤几两吧。不然面对那些情敌，就足够你遍体鳞伤的了。她当初就在叶曼曼手里吃了不少苦。

陈洛初最后不计前嫌地送叶曼曼回了酒店，第二天找房子的时候，叶曼曼不知道从哪里问来了她的电话号码，跟她说了感谢，又叫她帮忙注意徐斯言的消息。

陈洛初也只是嘴上应承着，连叶曼曼都找不到徐斯言在哪儿，更别提她了。

几天后，陈洛初找到了一套一居室，搬了进去。陈英芝打电话来问了她几句，倒是没有责怪她不告而别的意思。

陈洛初就此开始了两点一线的上班生活。不得不说，跟学生相处起来就是令人舒心，他们当中大部分人在询问问题或者寻求帮助时，总是十分有礼貌。

温湉找来的时候，她以为大概会是请假之类的事情。没想到温湉开口的却是：“洛初姐，你能不能带着我去见见人？”

陈洛初也不知道自己怎么就能立刻明白过来，她说的是姜母身边那些老一辈的女性朋友。

“姜钰妈妈说，你最懂怎么跟长辈相处了，只要你愿意，大部分人都不会讨厌你，她让我来跟你请教请教。”

陈洛初起先没同意，直到姜母跟她打电话时也有意无意地提起这件事，她才没拒绝。

她也有自己的私心，毕竟她跟苏志军是假扮情侣，总有分道扬镳的一天。姜母跟她关系好些自然是没错，指不定以后她的亲事姜母还能搭把手。

因为得带着温湉多去跟姜国山合作的那些人家走走，陈洛初周五的时候就跟温湉一起回了姜家吃饭。

姜母一向是爱跟她聊天的，她一来就拉着她在沙发上坐着说了好久，温湉偶尔插两句嘴。一直到下午五点，姜钰下班回来了。

因为姜母生日那天差点出事，陈洛初也没好意思跟他打招呼。

不过陈洛初看他半点尴尬之色都没有，就知道他应该是不记得了。

温湉见姜钰的视线停留在陈洛初身上，忙道：“阿姨让她过来带我去跟其他阿姨熟悉熟悉。”

“嗯。”他收回视线，没再说一句话，就坐在一旁，回复工作微信。

“洛初姐就没有特别不喜欢你的长辈吗？”温湉说这句话的时候，很想听见她说有。她心里其实是有些嫉妒陈洛初的人缘的，也不太喜欢陈洛初，只是面子上得装成很客气。

倒是真有。姜母的双胞胎妹妹，也就是徐斯言的母亲，一向很讨厌她。想到这位长辈，陈洛初也就想起了叶曼曼让她帮忙留意徐斯言的事情，顺势问了一句：“阿姨，徐斯言他是不是回来了？”

姜钰顿了顿，侧目不咸不淡地扫了她一眼。

陈洛初这一嘴徐斯言，却让姜母纳闷了：“你问他做什么？”

温湉口快道：“好像是洛初姐的前前男友。”

姜母的脸色猛地变了，朝姜钰看过去：“前前男友？”

坐在沙发上看着手机的那位半个字都没有搭腔，陈洛初明白温湉的意图，不外乎让姜母心里硌硬自己。姜钰和徐斯言的关系太近了，长辈心里肯定不舒服。

陈洛初跟徐斯言本来就没有在一起，她看了温湉一眼，坦坦荡荡地解释："不是。"她想了想，觉得这两个字未免太过单薄，又补充了一句，"叶小姐在找他，让我问一句。"

姜母的表情这才缓和了不少，道："斯言几年都没回国了，这会儿估计应该也还是在国外待着。不过曼曼那么优秀一姑娘，也不知道他去年三月怎么就非要退婚。"

这可把姜母那个妹妹给气坏了，她可是一个很在意门第的人。叶曼曼是她挑了几年才挑出来的儿媳妇，没想到徐斯言最后来了这么一出。

徐斯言虽然有分寸，但身边从小就围满了莺莺燕燕，也不是没谈过恋爱。不过对这种大事他老早就说好会听家里的，也不知道到头来怎么就反水了。

陈洛初听她这么一说，也就没再多问。只有温湉脸有些红，她刚刚开口太急切了些，就显得很有意图似的。好在也没有人开口说她什么。

今天姜钰的话不太多，可即便他的存在感低，陈洛初这边的尴尬也没有缓解过去，就不太想跟他共处一室，很快就联系了苏志军来接自己。

苏志军到得很快，陈洛初就起身告辞。没想到姜钰却站了起来，说："我送你。"

姜母跟温湉都愣了一下，而后者很快就抿紧唇，盯着陈洛初看了好一会儿，才把头给转开了。

陈洛初本来是要拒绝的，可看见他一副有话要跟自己说的模样，只好点点头，跟着他沉默地往外走。

姜钰一直到大门口，才开口道："温湉懂得不多，也有点儿自卑，你多教教她。"

陈洛初有些官方地说："我以前也自卑，以后会好的。"

"嗯。"他没什么语气地说，"徐斯言的消息我倒是有。"

陈洛初说："你有他的微信吗？"

这话也是句废话，兄弟之间哪会没有微信的。姜钰笑了笑，意味不明地道："你没有啊？"

"没有。"

"他老同学里大部分都有他的微信，只要不是他特别讨厌的人，一般问他要，他都会给。"

陈洛初想想也没错，徐斯言或许就挺讨厌自己的。将心比心，如果有一个她不喜欢的人还来纠缠她，她也不会对那个人有好感，联系方式也绝对不会留，谁知道会不会继续纠缠自己呢？

“我先走了。”她看见苏志军在不远处跟她招手。

姜钰敷衍地“嗯”了一声，转身回去了。

陈洛初上了苏志军的车，却看见他还在往外看。她也好奇地跟着看出去，结果就看见温湉正站在一楼落地窗那儿看着外面，应该是在监视刚刚她跟姜钰的举动。

苏志军评价说：“这小姑娘占有欲挺强的。”

“女生对自己的男朋友占有欲都挺强的，尤其是在自己没有安全感的时候。”

只不过要看姜钰愿不愿意被管着，愿意的话就会被这份占有欲吃得死死的，不愿意依旧会在外头胡来。

“我们家那边也正好吃晚饭，你要不要过去坐坐？”苏志军自嘲道，“主要我好不容易谈个恋爱，我妈比较兴奋，总是念叨着要见你。”

可他们的恋情却是假的。陈洛初有些愧疚地道：“抱歉。”

苏志军摆摆手道：“这跟你没多大关系，我主要帮的是姜钰跟他那小相好的忙。而且我肯定也不会是白帮忙，姜钰那边总会送我些好处的，你不用担心。”

陈洛初第二天带着温湉去看长辈们打牌，苏母也是第一时间朝她招手，让她去自己身边待着。

其实苏母拿的是一手好牌，可最后就是输得离谱。吴太太本就看不惯她，这下就正好找到了机会奚落她，捂嘴笑道：“这打牌啊，牌好没用，还是得有脑子。哟，今天是不是苏太太输得最多，我怎么瞧着你那些牌都算好的？”

这几乎是在明说苏母蠢笨了。一桌剩下两个人，还有周围围观的，都变了脸色。

苏母则是满脸通红，又羞又气，偏偏还没法说出半个不字。她确实输得最多，牌技也从来没好过。而且她上学时脑子的确不是个好的，大家或多或少都知道一点，就更加说不出辩解的话了。

陈洛初看苏母气得身子发抖，手搭在她的肩膀上，笑道："阿姨，您刚刚不是发我微信说要上洗手间，让我过来帮您接把手吗？"

苏母对上她的眼神，立刻就懂了，道："可不是，你这来得慢，我两局都结束了。你替我打两局吧。"

她离开的动作急切，也没有人怀疑。只有温湉知道，陈洛初在赶过来的路上根本就没有碰过手机，所以苏母压根儿就没给她发过微信。

陈洛初是个打牌高手，脑子聪明，逻辑清晰，算牌能力一绝。打了两局，她都是第一个出完的。

苏母回来以后，陈洛初知道她不会再接回去打了，却还是装模作样地问了一句："阿姨您来吧。"

"我看你喜欢玩，你就接着玩吧。"苏母配合道。

后面两局，苏母就站在吴太太身后。吴太太两局都输了，苏母就在背后疑惑地道："我看你这牌是顶好的，怎么也跟我一样，输得这么惨？"

苏母这个意思也直接：你说我蠢笨，你自己也不差。

毕竟是吴太太先开的口，这下只好把火气往肚子里咽。苏母心里那个高兴啊，有个聪明的儿媳妇果然不一样。

陈洛初赢得多，几位太太的脸色都不太好看，钱的事小，总输没乐趣。陈洛初便找了个借口，说等会儿还要给学生发通知，下了牌桌。

太太们都松了一口气。

陈洛初也没有直接走人，而是去给太太们买了喝的。即使吴太太一开始对她有些怨气，这会儿也全消了。她看不惯苏母，却没必要迁怒于一个帮忙接了几局牌的陈洛初身上。

温湉的眼神复杂极了，陈洛初真的是把自己的地位摆得很低，客气又谦卑，换了是她，肯定不愿意这么做。

陈洛初看出她的心思，顿了顿，道："每个人有每个人待人接物的方法，你也不用学我这样。我这个人是有些讨好型人格的，习惯这样了。"

她对温湉也还算照顾，带着她去打招呼，又无意中"透露"温湉天天都在姜家吃晚饭，太太们对温湉也就客气了不少。温湉也稍微学着陈洛初的样子，贴心地照顾她们。

陈洛初在给苏母拿糕点的时候，有人在她身边道："你对她那么好干吗？要不是她，姜家媳妇妥妥的就是你。"她笑了笑，没吭声。

从这天以后，温湉学会了怎么待人。而陈洛初更是让苏母喜欢得不得了，姜母约着陈洛初出去吃饭逛街的次数就少了些。

周末的时候，陈洛初跟姜母一起去吃了日本料理。

陈洛初说："阿姨，今天我可能不能陪你逛很久。我已经打电话给温湉了，她应该很快就过来。"

姜母点点头，叹气道："我跟温湉一起总没那个兴致。"

这下陈洛初没发表意见，毕竟姜母现在是这么想，但等哪天温湉嫁给了姜钰，再生了孩子，就不一定还这么想了。

"洛初，苏家对你再好，我还是觉得十分愧疚，总觉得对不住你。"

陈洛初猜到她想说哪件事，垂下眼睑："我都差不多忘了。"

"可是我肯定能记一辈子。洛初，你真忘得了吗？那可是丧子之痛啊。"姜母跟陈洛初面对面站着，也就没看见朝她走过来的温湉，自顾自地继续说，"你跟阿钰的那个孩子要是能平平安安，不知道会有多漂亮，都四个月了……"

说到最后，她满是心酸。

陈洛初看见了温湉，她看见面前的小姑娘脸色惨白。

姜母见陈洛初的眼睛一直盯着前方，转头才发现了温湉。

她揉了揉眉心，倒也不觉得温湉知道了会是什么了不起的大事，只不过这会儿继续逛的心思是没有了。她对陈洛初说："你等会儿走，顺路送送她。我也累了，还是回去休息吧。"

陈洛初笑着点点头，带着温湉往外走。一直到地下停车场，两个人都没有说一句话。

陈洛初能感觉到，温湉看她的眼神很复杂。

良久后，她咬着唇问："洛初姐，那个孩子……"

"没了。"陈洛初淡淡地笑了笑。

"是姜钰不太想要这个孩子吗？"

"嗯，他不喜欢。"她神态自若，仿佛在讲一个外人的故事。

温湉不知道为什么，越是见陈洛初云淡风轻，心情就越是沉重，有种说不出来的感觉。就好像，无论怎样，她都不可能比他们还要亲密。

见她情绪低落，陈洛初安慰般地拍了拍她的肩膀：“你不会跟我一样的，他那个时候还小，什么都不懂。”

回到学校以后，温湉还是有些魂不守舍。眼看着到了姜钰下班的点，她急忙跑去公司找他。

温湉看到姜钰的时候眼眶都红了，整个人几乎是飞奔过去抱住他，眼泪噼里啪啦往下掉：“姜钰，我害怕。”

姜钰道：“有心事？”

温湉哭了好久，姜钰也就没发动车子，让她在副驾驶座上坐了很久：“今天这是怎么了？”他敏锐地问，“我妈折腾你了？”

她轻声说：“你是不是，不喜欢孩子？”

姜钰皱起眉头：“你从哪儿听来的？”

“你当初……为什么不要洛初姐的孩子？”温湉太想知道原因了，既然不想要，那为什么又要让陈洛初怀上呢？

姜钰的脸色突然变得很难看：“陈洛初什么时候有孩子了？”

她愣怔片刻，声音也放轻了：“你不知道吗？你母亲说的，说姜家永远对不起洛初姐。洛初姐也说，那个孩子没了，是你不喜欢。”

姜钰双手紧紧握着方向盘，温湉看见他手上的青筋都起来了，这会儿情绪显然不平静。

几分钟后，他发动车子，车内气压很低。她顿了顿，却没有开口说一句话，只是衣袖下的双手紧握成拳。

陈洛初看见顾泽元的时候，第一时间就感觉他压力太大，整个人都是紧绷着的。看见了她，顾泽元的眼里倒是染上了几抹笑意，大老远就朝她挥手：“洛初姐。”

“最近状态怎么样？”

“还算凑合。”

“好好考，考完我过来接你，带你出去玩两天。”

“好啊。”顾泽元跟她聊了两句，就让她先回去，“我还要回去看几遍公式，珍惜时间。”

陈洛初点点头，一个人在他的学校里坐了一会儿。等出了学校，她第一眼就看见了姜钰的车子。正当她打算绕过去的时候，车窗降了下来，他看着她说："谈谈。"

她犹豫了一会儿，还是拉开车门坐了上去。微微侧目，她就看见了姜钰那张没什么表情的脸。

"我没有为难温湉。"陈洛初说。

姜钰勾了勾嘴角："什么时候的事情？"

她有些不明所以。

"孩子，是什么时候的事情？"

陈洛初觉得他此刻偏头过来看自己的眼神锐利得可怕，愣了一下，平静地道："一年前。"

"我妈、你姑姑，她们都知道？"

陈洛初沉默了。

姜钰冷笑两声："可以啊！陈洛初，她们都知道，只有我这个当事人什么都不知道。这种事情你居然瞒着我？陈洛初，你怎么敢？"

她跟他对视，很容易看清楚那双眼睛里写满了怒意。她更加平静地道："我第一回向你求婚的时候就跟你说过了，大概是你自己忘了。也有可能，是我太歇斯底里了，跟个疯子一样，你没有听清。"

姜钰抿着唇，声音也沙哑了几分："所以你就流了？"

陈洛初摇摇头："是我从楼上掉下去的时候，一时之间忘了肚子里有个孩子。不过我骨头断了二十几根，孩子居然还没掉，连医生都说是医学奇迹。"

她顿了顿，又继续道："但是我那会儿的身体状况太差劲了，要生一个孩子，会生不如死，所以没选择让自己承受那种痛苦。"

车里的气氛压抑得可怕，姜钰一句话都没有说出口。陈洛初扫了一眼窗外，说："反正你也不喜欢孩子。"

姜钰勾起嘴角："我是不喜欢孩子。"

陈洛初收回视线，垂下眼睑："所以这个孩子没有出现在你眼前，也挺好的。"

姜钰皱了皱眉，想说点什么，可他心里太乱，根本就无从开口。但在这件事情上，他确实对不起陈洛初："这是我欠你的。"

“没什么欠不欠的，跟你在一起，都是我自愿的。那会儿谁也不希望这个孩子到来，怨不得你。”陈洛初平静疏离地说，“都过去那么久了，以后真的不要再提这件事了。说了也没有意义，又不是……什么了不得的大事。”

姜钰点了支烟，异常安静，半个字都没有再说。只是到最后，烟头变得格外烫手。

陈洛初是自己回去的，没有让姜钰送。她租住的地方不大，一个人坐着发了好久的呆。因为睡得晚，她第二天上班时眼下都是青的。

陈洛初在路上碰到温湉，发现她的状态也不太好。只不过陈洛初不好多问，点点头就打算走人。温湉却叫住她：“洛初姐，交换生的名额，我有一个。

“你觉得，我应不应该去读这一年？”

陈洛初客观地道：“如果你很想提升自己的话，可以去。”

温湉有些艰涩地说：“我怕他变心，不会等我。”

陈洛初顿了顿，后来却笑了。她说：“不会的，他那么喜欢你，又怎么可能熬不过这一年的时间。”

她也不知道为什么自己会这么觉得。或许是因为，姜钰跟温湉的相处，跟和自己的相处比起来太不一样了。男人到底上不上心，女人其实很容易有判断。

往后几天也快要考英语六级了，温湉就很少往学校外面跑，毕竟她心里还是想刷一个高分的。她不出去，姜钰来学校的次数便多了些。每次来，他都会给她送一些零食。这天他拿得格外多。

“我一个人可吃不了这么多。”温湉埋怨道。

姜钰扫了一眼两大袋零食，说：“有一份是给陈洛初的。”

温湉脸上的笑容僵住，勉强当这只是件小事，道：“好的，到时候我给她。”

“我去给吧。”他想了想，说。

温湉的情绪控制不住了，眼眶通红：“所以你这是什么意思？”

姜钰没明白温湉情绪的突变：“什么我什么意思？”

温湉闷闷不乐地说：“你是我的男朋友，你为什么要亲自去给洛初姐送零食？我真的不喜欢你接近她。”

姜钰笑了笑。

“你是不是还喜欢她？”

“想什么呢，陈洛初有孩子的事情我一直都不知道，只是觉得有些愧疚。”他说。

温湉张了张嘴，还想说点什么，可到底也不好再说什么，那样显得她很小心眼似的。

陈洛初对于这份零食并没有拒绝，还跟姜钰坐在她的办公室里聊了一会儿天，两个人都对彼此谦逊有礼了不少。坐了五分钟，姜钰便起身道：“先走了。”

同办公室的老师往男人离开的背影看了一眼，偷偷问陈洛初：“这是温湉的那个男朋友吧？”

“嗯。”她笑着点头。

“听说他的条件相当不错，真的假的？”

陈洛初说：“真的。”

“那他当时怎么会来我们学校当收银员呢？”这个年纪了，也不可能说是来体验生活。

“他父母起先不同意他跟温湉谈恋爱，他那会儿就跟家里人决裂了。”

“那现在呢？”

“现在啊，现在他家里人已经开始逐渐接受温湉了。”

老师点点头，挺欣慰的：“这大概就是真爱的力量吧，说起来这个男人也算是个好男人了。”

陈洛初说：“是的，他现在变成一个好男人了。”

老师又好奇地道：“陈老师，你怎么对他们的事情这么了解啊？你跟那个男的什么关系？”

“我姑姑跟他家里人认识。”陈洛初笑着说。

老师说：“这样啊。”就偏头处理工作上的事情去了。

陈洛初的视线也集中到电脑上，只是脸上的笑意到底浅下去几分。

晚上，苏志军来接陈洛初一起吃饭，却看见姜钰一个人在路上走着，旁边并没有温湉的身影。

陈洛初看了一眼，收回视线。苏志军说："刚刚我看温湉还在，小两口怕不是吵架了。"

情侣之间拌嘴，是再正常不过的事情。无论再好的关系，到底也有闹矛盾的时候。车子从姜钰身边路过时，他往他们的车上看了一眼。

苏志军也就顺嘴提了一句，道："我妈现在那叫一个喜欢你，好怕到后面她会接受不了我们不在一起的事实。"

那天牌场上的举动，让苏母恨不得立刻让儿子把陈洛初娶进苏家，以后好帮她出气。

"到时候我们一起向你妈请个罪。"

苏志军大度地道："这倒是不用，最近姜钰已经帮我们苏家签下好几单生意了，我妈看在这些的分上，也是不会很生气的。我自己一个人耍耍嘴皮子就够了。"

陈洛初笑着没说话，她每次在苏家吃饭都很开心，苏母在她准备走的时候又提了满满两袋养生补品给她："洛初，你太瘦了，真的得多吃一点。身子骨好好养着，阿姨这边补品多，你都拿去吃。"

陈洛初道了谢。

相比起心情不错的苏母，姜母最近的心情就不怎么样了。哪怕是见到陈洛初，也提不起什么笑意。陈洛初自然也就问了她一句怎么了。

"还不是姜钰他们俩的事。这两天他们不知道因为什么事情吵得很凶，两个人没一个有好脸色的。"姜母抱怨道，"也不知道为了什么事。"

这种人家小情侣之间的事情，陈洛初听了也没吭声，不太方便评价。

姜母还是心疼儿子："你是不知道阿钰这几天的状态有多差。"

"闹点小脾气，很快就会和好的。"陈洛初安慰道。

姜钰那边倒是偶尔会给她送点吃的，陈洛初冷淡地对他说："温湉跟你闹脾气，大概是因为你来找我了。"

姜钰只盯着她看了一会儿，渐渐也就不来了。

陈洛初想，他们俩关系这样稳固，闹不了多久应该就会和好了。只是没想到，事情却往严重的方向偏去。不久后的一天，陈洛初接到姜母的电话，说是让她去找找姜钰。

陈洛初还没有问怎么回事，姜母就叹气道："温湉走了。"

她顿了顿。

"前几天她问我要了一笔钱，我只当是阿钰让她问我要的，没想到她却拿着钱出国了，说是要去完成自己的梦想，留学去了。"

陈洛初想起交换生的事情，说："她也就是出国一年。"

姜母道："不是，她把阿钰所有的联系方式都删了，把阿钰……给甩了。我已经好几天联系不上阿钰了，打电话、发信息都不回。我问了他身边的朋友，也没一个知道的。洛初，你能不能尝试着去找找他？阿姨真的不知道他会去哪儿，只有你之前还算了解他。"

陈洛初拒绝不了，只能勉强试试。但她把姜钰平常会去的地方都找了个遍，同样也没有发现他的身影。

陈洛初翻出他的微信，不知道他在极度愤怒的情况下会不会牵连到自己，把自己给删了。她尝试着发了一条消息，没想到居然顺利地发了过去，并且在几分钟后收到了回复。

姜钰：嗯？

陈洛初迟疑片刻，回他：你在哪儿？

姜钰给她发了个地址，说：要来找我吗？

陈洛初着实没想到，姜钰一连几天居然都在车上待着，她也从来没想到他会颓废成这样。他胡子没刮，眼神迷离，身上还有一股子酒味。

见到陈洛初的第一眼，他笑了，说："她跟我分手了。"

她只觉他的这个笑十分苦涩，带着说不出来的难过。

陈洛初跟姜钰分开的时候，大概就是他此刻心中的那种疼。只不过跟姜钰被温湉甩了不一样，她当时已有心理准备。陈洛初没什么语气地道："你妈让我带你回去。"

姜钰依旧在笑："她说她跟我在一起看不到未来，跟你比较总是很自卑，还说跟我在一起压力太大，总是不快乐。其实这些都是借口，她只不过是没那么喜欢我。你看她这一走，就巴不得这辈子都跟我不要再牵扯一样。"

她想把他搬到副驾驶座上，好方便自己把车开回去，反倒一头栽进他怀里。姜钰在她耳边蹭了蹭，冷笑道："她没那么喜欢我，我其实也不喜欢她。”

大概是爱到极致，才会这么倔，多爱一点少爱一点都要比较。陈洛初没有理他，默默地从他怀里出来，一低头，看见他脚边横七竖八倒在一起的啤酒瓶。

“回去吧。”陈洛初抽了纸替他擦了擦脸。

陈洛初花了很大的力气，才终于把他搬到了副驾驶座上，自己开着车子去了姜家。这会儿姜家安安静静的，没什么人，她又花了很大力气把他搬回卧室，只觉得整个人累得几乎要散架。

姜钰说：“这是哪儿？”

陈洛初没搭理他。

他翻身要起来，她无奈地阻止，最后却被他放倒在身下。他的声音依旧暗哑：“老婆。”

陈洛初看着他逐渐危险的眼神，喉咙发紧：“我不是温湉。”

姜钰轻声说：“就真的，真的一点点都不喜欢我吗？”

他果然是听不见的，已经彻底沉浸在醉酒的世界里。买醉，还不是为了能在梦里跟心上人见一面？

陈洛初推了他两下，他凉凉地笑了笑，低下头来亲她。他嘴里的酒味扑鼻，惹得陈洛初也昏昏欲睡。

她又想起了他们的第一次，同样在这个房间里，他同样这样抱着她。她真的搞不明白，为什么一个人演戏也能表现得那么忠诚，为什么还要说一辈子会对她好。

陈洛初当时虽然没有半点反应，但她是信了的。起码她那会儿，把一辈子都许给他了。

陈洛初被他小心翼翼地亲吻，亲得鼻子酸涩，却始终不肯给他半点回应。她的眼泪一掉，倒也像是第一回那次的模样。

姜钰一只手搂着她的腰，一只手轻轻抚摸她的头发，又亲了亲她的鼻尖，小声说：“老婆，你对我那样不好，就知道利用我、伤害我。可是，我还是喜欢你。”

陈洛初苦笑，她就知道，他刚刚说不喜欢温湉，那都是气话。你看，转头以为她还在，他就忍不住服软了。

姜钰亲得越仔细，陈洛初就越排斥。

她伸手用力推了他一把，惹得他睁开眼睛茫然地朝她看过来，手还是紧紧抱着她不松开："老婆？"

陈洛初想，姜钰果真是一个很懂得怎么去蛊惑人心的男人，"老婆"两个字居然被他喊得缠绵悱恻，喊得她的心隐隐颤抖，带着几分苦涩。他的老婆不是她啊。

"我不是你的老婆。"她喉咙越发紧得厉害，几个字都吐得不利索。

姜钰认真地看她两眼，极淡地蹙眉道："你是。"

"我不是。"

"你是。"

陈洛初说："我真不是。"

姜钰有些固执地说："你是。"

陈洛初说："姜钰，你给我滚蛋。"

他看了她一会儿，声音又沙哑起来："你就是，就是我老婆，我不会认错的。"

姜钰说完，俯在她的身上看她，眼神涣散，却还是尽力盯着她看，也不知道他在看什么，只是看着里面倒像是有几分温柔的味道。

陈洛初这样被他看着，眼眶突然就湿润了。她其实还是怨恨这辈子过得苦，孤苦伶仃，连一个真心对她的人都没有。没有人护着她，她就只能自己去算计一些东西。

陈洛初也很想，在她身后，有一个人，愿意用这种温暖的眼神看着她。

她太羡慕了，真的太羡慕了，羡慕那些有人宠着的女孩子。她哭得无声，只有眼泪在逼仄的眼眶里蓄不下去，流了几滴出来，掉在了枕头上。

姜钰有些慌神地道："老婆，你是不是哪里痛？"

"没有。"陈洛初轻声说，"我很好，没有哪里痛。"

"你不要骗我。"姜钰蹙着眉，表情痛苦，几乎失声，"你从……从那么高的地方掉下来。"

陈洛初愣住，双手用力地握起，很快垂眸，心里复杂万分。

姜钰再次抱住她时，把头埋在她怀里，撒娇求欢。她冷冷地看着天花板，连拒绝的话都忘了说。

姜钰倒是像空了很久似的，一定要黏着她许久。结束后，他又要很亲昵地和她一起睡觉，要抱着她，搂着她。

“老婆晚安。”没过多久姜钰就睡着了，睡得很安稳。

陈洛初却一点睡意都没有。姜钰可能只是无意中的几句话，就搞得她方寸大乱。到最后，她一夜无眠，就坐在床上发了一晚的呆。

她有点饿，却什么也不想吃，还有点累，可就是睡不着。她又想起那个秘密，眉头更是锁得死死的。一直到床上的男人动了动，处于转醒的状态。

姜钰很快就揉着眼睛坐起来，转头看见陈洛初，他皱了皱眉。陈洛初微微顿住，坐着一动不动。

姜钰也沉默着，坐在床的另一侧，不知道在想什么。

陈洛初想，气氛真尴尬。他大概没想到一觉醒来睡在他身边的人会是她，从高的地方掉下来，说的也不一定就是她。

她主动找了个话题：“饿了吗？”

姜钰扫她一眼，起身穿衣服。

陈洛初看着他一件件地把衣服穿好，然后听见他没什么情绪地开口说道：“温湉铁了心要出国，我妈有没有从中动手脚？”

“你妈没有动手脚的理由。”她客观地分析道。

“怎么没有？”他笑了笑，“毕竟我妈不喜欢她。”

陈洛初觉得这句话的意思是，姜母不喜欢温湉，却喜欢她陈洛初，很有可能为了她陈洛初做出一些逼走温湉的事。至于前段时间对温湉的接受，谁又知道是不是姜母表面上故意接受呢？

陈洛初平静地道：“我不知道。你要是想知道，可以自己去问。”

姜钰没说话，低头往一片狼藉的地面扫了一眼，用过的纸巾有很多。

陈洛初的视线也跟随着来到地面，昨晚，一时兴起，到头来却相当麻烦。

姜钰的表情有些严肃，他很少会露出这样的表情，不知道是不是觉得很麻烦，说：“下午我让我妈去找你姑姑商量一下婚事。”

陈洛初听出了他的为难。

她平静地道：“不用了，我没觉得自己有多吃亏，各取所需罢了。”

姜钰的视线停留在她脸上，道："你倒是想得开。"

"事实罢了，我没有想过跟你结婚。"陈洛初说。

姜钰沉默了好一会儿，随手点了支烟，说："随便你吧。"

陈洛初没答，只说："你去洗手间吧，我换身衣服。"

他顿了顿，听她的话去了洗手间。

陈洛初换完衣服就出了门，姜母没想到居然会在自己家看到她，有些愣怔。昨天晚上，她也并不知道姜钰回来了。

"你……"

陈洛初说："他在楼上，昨天回来的，状态不太对。"

姜母想问问他们昨天发生了什么，可不知怎么的，她什么都没有说出口，只说："你这几天找他也累了，先回去休息吧，阿姨改天熬汤给你补补。"

陈洛初只是点了点头，也没有拒绝："好的。"

她说完就要往外走。姜母犹豫了一会儿，还是问道："温湉一走，他是不是要死要活？"

陈洛初想起昨晚姜钰醉醺醺的状态，说："还好。"

姜母便没有再开口。

陈洛初回了家，倒是也没有休息，而是整理了一下自己，就准备去学校了。

她刚到学校没多久，就有学生急急忙忙过来找她，说室友今天闹肚子，疼得起不了床。

陈洛初认真地看了学生几眼，觉得有些眼熟，随后认出人来："温湉就是你寝室的吧？"

"是的，老师。"学生说，"我跟她睡对床，跟她关系比较好。"

陈洛初说："那她有没有说，是不是真不要她的男朋友了？"

学生有点疑惑："我不知道他们分手了。"

"嗯。"陈洛初说，"她男朋友因为她的离开很难过，要死要活的。"

"这么深情吗？"学生有些不忍心，说，"要是温湉找我聊天，我一定跟她转达一句。这种好男人现在可少了，错过了挺可惜的。"

陈洛初没有说话，只是找来一个男生，把肚子疼的学生背上她的车。她一边开车，一边安慰着这个学生。

到了医院，又得等着。陈洛初带着学生坐在旁边的椅子上，让她靠在自己怀里。

学生止不住地哭，不停地说疼："老师，我想我爸爸妈妈了。"

陈洛初小声地哄道："叶同学，老师已经联系你的父母了。如果很严重，就让你父母赶过来好吗？"

叶晨曦说："老师，你不要跟他们说了，你就说我没事，他们……我妈身体不好坐不了车，一坐车就晕。"

她的声音低下去："我爸爸，脸部受到重创毁容了，眼睛也不好了。他不爱出门，我也不希望他独自出门。"

陈洛初点点头："好，别怕，有老师陪着你。"

叶晨曦张了张嘴，却什么也没有说。医生很快进行了诊断，安排她做完血常规和其他检查后说是肠胃炎，让她去打点滴。

陈洛初问她："要不要喝点水？"

叶晨曦摇摇头，小声说："老师，我不是嫌弃我爸爸那样。我只是害怕他被异样的眼光看待，我心里会很难受。"

陈洛初安慰她道："我明白。"

叶晨曦咬着唇说："他是个好人，他是为了救一个出车祸的孩子才受伤的。"

陈洛初温柔地道："大家要是知道了你爸爸的事迹，都会钦佩他的。"

叶晨曦说："老师，谢谢你安慰我。有的时候，我其实会想，我爸爸为什么一定要那么无私奉献，但凡他自私一点，就不会是这样。老师……我是不是太坏了？"

陈洛初莞尔："我能理解你，我也这么想过我的父母，但他们就是那样善良的人。我的父亲，也是为了救一个孩子……"

"他也受伤了吗？"

"他去世了。"

叶晨曦眼里有片刻的伤感，说："对不起。"

陈洛初摇摇头，坐在一旁陪着她，想起了什么，又问了一句："温湉在大学里有出过什么意外吗？”

“有过一次，从四楼楼梯上被人绊倒滚了下去。就在你来学校前的一个月，一直是她男朋友在照顾她。”叶晨曦回忆了片刻道。

陈洛初想，果然姜钰昨天的那句“从那么高的地方掉下来”说的不是她。

叶晨曦挂完水是下午四点，她没有这边的医保，看到药费账单的时候，眼神微微变了。

陈洛初对着她笑了笑，说：“不用担心，你先养好身体，看病的钱你可以慢慢兼职再还我。”

叶晨曦的脸有些红，不太好意思地道：“谢谢老师。”

“接下来就是周末，明后天你还要挂水，要不然先去跟我住吧。”陈洛初又很替她考虑地问了一句，“你跟我能住得习惯吗？”

“能的，谢谢老师。”

于是陈洛初把叶晨曦带回了家。

这几天顾泽元高考也结束了，在家休整了几天就开始往陈洛初这儿跑。看到了人就问：“这是谁啊？”

“我的学生。”陈洛初皱起眉，警告道，“人家可是好学生，你少打人家的主意。”

顾泽元没想到陈洛初会这么误会，眼睛都瞪大了：“洛初姐，我瞧着像是那种人吗？而且我不喜欢她那样的。”

“那你喜欢什么样的？”陈洛初倒是第一次听见他表达自己的爱情观，有些好奇地问了一句。

顾泽元猛地想起高考前，陈洛初去学校看完自己以后，他的同学意味深长地看着他，说：“怪不得学校的女生你没一个看得上的。”

他当时居然没有开口否认，也想不明白自己为什么不开口否认。

陈洛初见他神情古怪，无奈地摇了摇头，给叶晨曦准备晚饭去了。

顾泽元转头认真地打量叶晨曦，只觉得她这个人看上去有种让人说不出来的熟悉感。但具体是在哪儿见过，他又想不起来。

叶晨曦被人看着很是拘谨，腼腆地笑了笑，跟他打招呼：“你是老师的弟弟吗？”

顾泽元思考片刻，决定否认陈洛初是他姐姐这件事，说：“是她的青梅竹马和隔壁邻居。”

“老师真的是一个很好很好的人。”

“可不是。”顾泽元深以为然，“就她前男友眼瞎，从来都看不见她的好。”

叶晨曦不知道陈洛初的前男友是谁，不好随便发表意见，就闭嘴没再吭声。

半个小时后，陈洛初让顾泽元进去端菜，他也理所应当地在这里蹭了一顿晚饭。吃饱了，他就要拉着陈洛初出去散步。叶晨曦因为身体虚弱的缘故，留在家里看电视。

她在沙发上坐了没多久，就听见了敲门声。她以为是陈洛初他们回来了，结果打开门后却看见一个男人。

叶晨曦有些疑惑，不知道温湉的前男友为什么会出现在这里。姜钰在看到她时也皱了皱眉，当然不是认出了她是谁，只是没料到陈洛初家里会出现陌生人。他有些疏离地问：“陈洛初呢？”

“老师出去散步了。”

姜钰自己找了拖鞋换上，听到“老师”二字，瞥她一眼：“你是陈洛初的学生？”

叶晨曦说：“我是温湉的室友。”

姜钰顿了顿，又多看了她一眼。

叶晨曦有些紧张，面对顾泽元拘谨只是因为性别不一样，可在姜钰面前，她感受到了几分压迫感。她能很明显地感觉到，这个男人并不好相处。她还想说几句话缓和一下气氛，姜钰却连看也不看她，找了一下陈洛初的房间，直接就进去了。

她不知道一个男人跟女人得是什么样的关系，才可以随意进去一个女人的房间。她心里是觉得姜钰这样进入陈洛初的房间不太好，可是她又不敢劝。

叶晨曦如坐针毡，听到外面响起陈洛初的声音，立马就迎了出去，有些支支吾吾地道：“老师。”

她还没来得及说话，一旁的顾泽元就先开了口，对陈洛初说：“洛初姐，我考试考完了，你没有忘记说好的要跟我出国去玩吧？”

“没忘，记着。”陈洛初说，“你也把我送到家了，就先回去吧。”

今天有叶晨曦在，顾泽元确实不方便多留，放在以往他肯定要半夜才回去，便点了点头说：“那我先走了。”

陈洛初目送他离开，走到家门口就发现了不对劲——门口有一双男士鞋子。她抬起头往屋里扫了一眼，叶晨曦在她耳边小声道：“老师，温湉的前男友过来找你了，还进了你的房间。”

“他为难你了？”陈洛初蹙眉道。

叶晨曦摇摇头，小声问：“老师，温湉的前男友为什么会出现在你这里？而且他什么也没说就直接进了你的房间，也太没礼貌了。”

何况叶晨曦在学校里撞见过温湉和姜钰一起在学校散步。他看到陈洛初时都不会打招呼，还会主动移开视线，随即紧紧搂住温湉，看上去和陈洛初并不熟。甚至可以说，他眼里带着一种说不上来的排斥和厌恶。

这话她当时在寝室里提过，说姜钰大概是唯一一个不会多看陈洛初一眼的男人，还说温湉管教得好。温湉被说得满脸通红。

陈洛初沉默了，直接往房间里走。姜钰此刻正躺在她的床上，翻着她的日记本，见她进来，神色有些古怪，冷冷的，有点讽刺。

“我希望你能懂点礼仪，不要乱翻别人的东西。”陈洛初的语气有些冷，看着他手里的日记本，冷汗涔涔，不知道他看了多少。

姜钰微微眯了一下眼睛，笑了笑，漫不经心地说道：“你这个日记本，我看了前三十篇，二十九篇都是关于徐斯言的，各种偶遇他的怦然心动、被他拒绝的难过痛苦，甚至连他打篮球都记录了下来。只有这第三十篇是关于我的。”

陈洛初不答反问：“你来做什么？”

姜钰自顾自地说：“我跟你那时候也是很好的，怎么也不见你夸我。”

陈洛初心想，何必用这种语气说得他们之前有多好似的，本来也是千疮百孔。

“你来做什么？”她继续问。

这个问题大概让姜钰觉得有些烦躁，他的语气淡了点，说：“今天你离开的时候撞到我妈了，她猜到发生什么了，让我来给你道歉，顺便让我来跟你商量一下，看这个问题要怎么解决。”

陈洛初坦然地道：“不用解决。”

姜钰的目光直直地挂在她身上，说：“她的意思，是想让我们结婚。”

陈洛初明白他的困扰，淡淡地道：“你放心，我会去劝阿姨的。”

“也没那个必要，我无所谓娶不娶你。”姜钰神色疏离地说，“我妈既然煞费苦心，我这个做儿子的怎么能不如了她的愿。”

“嗯，除了她，其他人都一样。”陈洛初收起日记本。

还是那句话，对他来说，反正温湉都不在了，其他人无论是谁都一样，娶谁都没有差别。

这个问题挺敏感的，一时之间都没有人再开口。良久后，姜钰笑了笑：“温湉真算不上什么。”

陈洛初猜他只是嘴硬。当然，他心里真正怎么想的，只有他自己最清楚。事实证明她也没有猜错，姜钰很快就没了兴致，随意说了几句就脸色不太好地离开了。

叶晨曦坐在沙发上，看着姜钰离开，心里百感交集。她好像明白温湉不喜欢陈洛初老师的原因了，一个女孩子，总会看不惯跟自己男朋友走得近的女生。

陈洛初并没有在姜钰的事情上浪费多少时间，而是重新换了床单。晚上叶晨曦跟她睡在一块儿，只觉得陈洛初身上的气味很好闻，让人很安心，被人照顾的感觉让她心里暖暖的。

“老师，我其实在见到你的第一面就好喜欢你，好奇怪哦。”叶晨曦缩在陈洛初身侧，有些不好意思地说。

“你也是个好孩子。”陈洛初说。

“老师，刚才对不起，是我没有拦住温湉的前男友，让他进了你的房间。”叶晨曦自责地道。

陈洛初宽慰了她两句，按姜钰的个性，如果他真要做什么，是没有人能挡得住的。除非是他自己愿意服软，不过叶晨曦显然没有那个本事。

差不多过了两天，叶晨曦好得差不多了，也就不再打扰陈洛初，搬回了学校。离开以前，她郑重地说：“老师，以后要是有我能帮得上忙的地方，我肯定想尽办法替你办到。”

陈洛初笑着看她，诚然自己不图回报，但对方有一颗感恩之心总是好事。

叶晨曦这一走，顾泽元就可以没什么顾忌地过来找她了。两个人商量了一下出国玩的事情，不过也得等签证下来。顾泽元想起姜钰的事情，问陈洛初："那个小姑娘真的把姜钰给甩了？"

"嗯。"

"甩得好。"顾泽元几乎要拍手叫好，"你看，这就是现世报。他对你那么无情，现在还不是跟你当初落得一样的下场。"

陈洛初没有跟他一起叫好，只是想起姜母居然一连几天没有找过自己。按照惯例来说，她应该是最坐不住的那一个。不管怎么说，这件事情不解决，陈洛初就总感觉心里有事。再三考虑后，她还是决定见一见姜母。

姜母看到她，也只是重重地叹了口气，说："洛初，你们的事情阿姨也不再发表意见了，你们自己看怎么解决都行。我就是总想着撮合你们，结果却把事情越弄越乱。"

她那个时候就不该让陈洛初帮忙找人的。

陈洛初平静地道："阿姨，你要是实在觉得心里愧疚，要不就给我一笔钱当补偿好了。"

姜母有些迟疑地道："阿钰那边，这回是同意结婚了的……"

"结婚也不会幸福的，不如算了。"陈洛初勾了勾嘴角，态度十分坚定。

"唉，你要乐意要钱啊，阿姨就给你。"姜母怜爱地看着她，越发觉得陈洛初这孩子性子好了。

陈洛初笑着陪姜母说了一会儿话，就起身告别了。姜家，她以后恐怕是不会再来了。

姜母是在晚上九点到的医院。

看到姜钰后，她就把陈洛初来找自己的事情说了一遍，有些感慨地说："这次你不用再担心了，她半点跟你结婚的意思都没有。要是……要是你能把那位找回来，那就尽快结婚吧，妈以后再也不挑剔你的婚事了。"

这两天姜钰都在住院，可把她给吓坏了。

大前天的晚上，他也不知道从哪里回来，整个人高烧不退，显然是前几天喝酒导致免疫力下降，身体出毛病了。烧到昏迷她真的是从来没见过，就连医生都说有危险。

姜母就这么一个儿子，他这一病，她就把一切都想开了。自己儿子为了那个女人都魔怔成什么样了，本来她同意温湉归同意温湉，但打心底里多少还是不满意的。可现在这样，她绝对愿意打心底里接受温湉。

有什么不会的地方，她可以自己动手教；别人瞧不上温湉，她就替温湉出头。

“你这么优秀，不怕追不回温湉。她分明对你是有感情的，只是有些敏感而已。”姜母道，“帮她父母做点生意，拓宽一下眼界，眼界宽了，就会有底气了。”

姜钰却非常安静，半晌才问：“陈洛初说要多少钱？”

姜母回忆片刻，陈洛初倒是并没提想要多少钱：“大概给个一百万吧。”

姜钰咳嗽了两声，缓了片刻，说：“钱我给她吧。”

“你看着办。”姜母道。

温湉的话题倒是没再提起，姜母不知道他是不是不想听到有关温湉的事情，才故意转换了话题。其实还有一种可能，就是他想问问陈洛初的态度，但显然这种可能性为零。以他们俩的状态，也不可能会让他对陈洛初的态度好奇。

同意结婚，也是因为意外毕竟是真的发生了。姜母想起那天推开姜钰房间的门看到的一幕，仍心有余悸。

那会儿姜母怒火攻心，上去就给了姜钰一个耳光，问他打算怎么处理。他很平静地说出两个字：“结婚。”

也好在陈洛初不愿意结这个婚，为了让姜母心安，才要了个红包，不然她大概是什么也不会要的。不然谁敢保证，这两个人要是真结了婚，以后的日子要怎么过。

晚上姜母在护士给姜钰量完体温确定他没事以后，才起身打算走人。姜钰却叫住她，说：“妈，有件事得麻烦您去处理一下。”

"都什么时候了，还记着工作呢。"姜母忧心忡忡，生怕他因为分手的事情，从此对感情绝望，成为一个工作狂。

"不是工作的事情。"姜钰没什么情绪地说，"我跟陈洛初的事情，麻烦您去告诉苏志军一声。"

他这是怕苏志军假戏真做，看陈洛初的那张脸，苏志军显然还是喜欢的。但凡陈洛初有一点想嫁进苏家的念头，苏志军肯定不会拒绝。

姜钰欣赏苏志军的为人，自然不会让他戴上这顶带了颜色的帽子。

姜母微愣。她并不知道陈洛初和苏志军是一对假情侣，只是想法都差不多，陈洛初和姜钰现在这样了，也的确是不能再和苏志军在一起。而且，万一有了孩子……

姜母光是想想就心惊胆战，这要是有了，得，冤孽没完没了了。

一个女人因为一个男人怀孕两次，这不管是谁不想在一起，男人都能被人在背后诋毁死。

姜母离开的时候，再次打电话给陈洛初，有些难以启齿地问她有没有吃药。陈洛初倒是很坦荡地告诉她，没有，但是自己会去做个检查："阿姨放心，即使有了我也不会生的，我这种身体生孩子，太痛苦了。"

她这种语气，反而让姜母觉得自己家的人都是些人渣。原本她也并不是那么喜欢陈洛初，全是这一点点的愧疚堆积起来，才让她现在格外心疼陈洛初。

姜母是什么都不愿意瞒着陈洛初的，温湉的事情也说得清清楚楚。想了想，她又问陈洛初的意见："你说我投资温湉的父亲做点生意怎么样？"

陈洛初顿了顿，说："挺好的。"

"我是想着，如果她家条件好些，可能她就不容易自卑了。"

陈洛初赞同道："家庭能给女孩安全感，安全感足了，女孩就不会患得患失，有靠山才有底气。"

姜母有些头疼地说："我这辈子从来没想过我儿子有一天会被甩，我一直觉得只有他甩人家的份。我也没有想过，他被甩就会一蹶不振。"

陈洛初先是没说话，过了一会儿才说："阿姨，您放心，温湉没那么狠心的。"

姜母自己也是这么觉得的，跟陈洛初通了电话，则是更加安心。小女生毕竟更懂小女生。

姜母又跟陈洛初说了苏志军的事情，其实对于拆散陈洛初跟苏志军，她心里到底有几分愧疚。可姜钰和苏志军走得近，要是放任陈洛初和苏志军在一起，两个人的事情有一天传了出来，苏志军恐怕会心生怨恨。如果把苏志军换成其他人，姜母也就把这件事情烂在肚子里了。

姜母再三跟她保证："洛初，阿姨一定会想办法给你找个好人家。"

陈洛初也没拒绝，只是笑呵呵地跟她道谢。

当天晚上，苏志军就去找了陈洛初，带着她一起去跟朋友们吃饭。

苏志军的交际圈跟姜钰的几乎重叠，大部分人也都认识陈洛初。她一来，他们就跟她八卦温湉跟姜钰的各种事情："当时不是腻得死去活来吗，真分手了啊？"

陈洛初点点头，倒是没做评价。

有人凑近她，悄悄问道："洛初姐，你跟我说实话，你是不是在背后动手脚了？"

话音刚落，苏志军就狠狠地敲了一下那个人的脑袋，不悦地道："你怎么说话的？洛初不是那样的人，她对温湉是真的算可以了。"

"没事，不过真的和我没什么关系。"陈洛初坦坦荡荡地说。

也不怪大家会这么猜，姜钰自己恐怕也是这么想的。那天他明着是问她姜母有没有在背后动手脚，实则暗里就是在指她有没有动手脚罢了。

那个人又道："温湉这个小女生看起来娇滴滴的，其实也是个心狠现实的主。"

苏志军不再理会，他是个好人，从来不会以揭别人的伤疤为乐，只是有些唏嘘地道："我还想着我们能帮他们一把，让他们有情人终成眷属呢。没想到短短的时间里，居然成了这个样子。"

陈洛初看着苏志军的脸色，并没有任何不对劲的地方，显然姜母还没有告诉他自己和姜钰的事情。她琢磨了片刻，说："我们什么时候去向你母亲坦白？"

苏志军第二天就带着陈洛初去了苏家，跟苏母解释了一下事情的经过，这可把苏母给难过坏了。不过看在姜家给了那么多好处，她还是接受了这个事实。不过她表示陈洛初如果有空，还是可以来苏家玩。

苏志军道："就是，有空多过来坐坐，我妈脾气不好，难得有她喜欢的小辈。"

苏母在旁边狠狠地瞪了苏志军一眼，苏志军笑呵呵，正要哄苏母两句，手机就响了。看了一眼来电显示，他的神情立刻就变得严肃起来，走到一旁去接电话："斯言，破天荒啊，你居然打电话过来了。"

徐斯言淡淡地道："给你一个卡号，转笔钱过来。"

"你妈还不肯放过你啊，婚明明都退了……"

徐斯言并不多言，只是在电话里隐隐约约听见有女人的说话声，便开口问了一句："谈对象了？"

"陈洛初在我这儿呢。"苏志军道。

徐斯言便没了声音。

苏志军挺纳闷的，徐斯言那边虽然没出声，却也没有像以往那样干脆利落地挂电话。

他一度以为掉线了，挂断电话后那边重新打了过来，他才确定不是信号的问题。

"你妈是非要叶曼曼不可还是怎么的？你毁个婚就要把你往死里逼。"苏志军心想，不愧跟姜钰妈是姐妹，姜母最开始反对温湉，也是断了姜钰的经济来源。合着两姐妹就喜欢用同样的套路。

徐斯言淡淡地道："她没那么喜欢叶曼曼。"

苏志军道："那她提防着你回国，是不是提防你去找什么人？"

徐斯言没说话了。

那边陈洛初的声音再度响起，是跟苏母聊到了什么开心事，低低地笑出声。

"哦，对了，陈洛初你还记得吗？你肯定不记得了，你总是记不住不相干的人。"苏志军悠悠地道，"是个大美女，人家几年前可是惦记你惦记得不得了，算是喜欢你的那些姑娘里比较有名的了。"

徐斯言张了张嘴，又闭上，依旧沉默。

苏志军真的是很羡慕徐斯言的女人缘，很少有不喜欢他的。他往陈洛初的方向扫了一眼，她正低着头，认真地倾听苏母说话。他找了个角度，正好能看见她精致的侧脸。

他收回视线，回忆道：“我还记得陈洛初第一次跟你搭讪，特地穿了裙子，结果你连看都没看人家一眼，白瞎了人家那么精心的准备。”

徐斯言握着手机的手收紧些许，终于开口：“我记得她，她很漂亮。”

苏志军先是一愣，随后撇撇嘴道：“也是，你们家也不光看脸。”

徐母可是最看门第的，从小就不让徐斯言随便跟异性接触。

“姜钰现在跟新女朋友的感情应该很稳定。”徐斯言道。

“分手了。”

“那他会不会再去找陈洛初？”

苏志军觉得这话有些怪异，之前说的明明是姜钰跟温湉的事，也不知道徐斯言好好的来一句陈洛初算是怎么回事。

疑惑归疑惑，兄弟的问题还是得回答：“阿钰那小子现在挺嫌弃陈洛初的。不是，你总问陈洛初干什么，想跟人家好啊？”

苏志军也就是随口一提，徐斯言却顺着他的话道：“那你去问问她，愿不愿意要我。”

“国外就是让人放松哈，连你都会这种顺水式幽默了。行了，钱我尽快给你打过去，先挂了。”

陈洛初看着苏志军放下手机走过来，笑道：“跟谁打电话啊，聊了这么久。”

“徐斯言。”苏志军不在意地道。

乍一听到这个名字，陈洛初脸上的笑意浅了几分，就没再多问。她跟徐斯言之间也是尴尬，明明是高中和大学同学，却连个微信也没有。

陈洛初从苏家离开，是在吃了午饭以后。苏母又是大包小包给她塞了很多补品，她一一接过，表示感谢。

六月的太阳实在是太晒了，陈洛初一出门就打上伞。

苏志军道：“直接送你回家还是怎么着？”

陈洛初说：“送我去学校吧，最近事情多，得忙着安排四六级考试。”

姜母的电话就是在他送完陈洛初以后打进来的，哪怕她说得很含蓄，也不妨碍苏志军理解其中的意思。

见他沉默半天，姜母叹着气说：“就是因为分手的事情酒喝多了，姜钰让我跟你说一声。”

苏志军又听说姜钰这会儿正在医院里躺着，就直接去了一趟医院。

不得不说，姜钰这个人跟他那个表哥一样，也是太吸引女性了。他到医院的时候，住院部前台的几个女生聊得正火热，说 1207 室住了一个帅哥。

其中一个说：“我还特地问了一下，他母亲说他是单身呢。”

另一个女生反驳道：“不是吧，我也问了他，他自己说他已经有主了。”

1207，可不就是姜钰住的那间病房吗？

苏志军见到他后就跟他开玩笑，道：“你这个人魅力真大，连住个医院，刚才楼下都有不少人在讨论你。”

姜钰显然习惯了人家在背后讨论他，脸上没有半点惊讶的表情，垂眸看着刚刚收到的照片。

苏志军自己找了张凳子在他旁边坐下，说：“你跟陈洛初的事，特地要你妈来告诉我，是什么意思？”

“怕你有跟陈洛初假戏真做的打算。”

原来如此。苏志军倒是挺满意陈洛初的，不过他很清楚自己跟她之间不可能有什么：“你跟温湉都分手了，怎么对外还宣称自己有主？你这怕不是受虐上瘾了？”

姜钰扫了他一眼，没回答这个问题。

苏志军的视线却不经意间看到了姜钰手里的照片，是他和陈洛初抱在一起的照片。两个人坐在车上，他低头咬着她的脖子，手也不安分地放在某些不合适的位置。他冷静下来就分析出，这应该就是姜母说的出事那天发生的事。

这种照片若是有心人拍的，流传出去，那能做出不少文章。比如说，温湉离开的事情，就能颠倒成陈洛初心机上位逼走手无缚鸡之力的原配；再比如，姜钰的品行也能被说一通，甩了前女友却还要跟人家亲热。

“你打算怎么办？”

姜钰拉了拉被子，躺下去翻了个身，背对着他，有些漫不经心地说：“跟陈洛初结婚。”

苏志军："……"

"照片是温湉寄给我的，昨天她给我打了个电话，说她那天回来一趟撞见了，然后直接把我拉黑了。"很难分辨姜钰说这些话的时候的情绪，他又说，"分手是她提的，凭什么还一副我辜负了她的模样？她就是以为我非她不可，我就证明给她看，她什么也不是。"

"你们俩这就是小情侣之间闹矛盾。说真的，何必把陈洛初牵扯进去。"苏志军替陈洛初愤愤不平道。

姜钰没再说话，苏志军等了很久也没有等到他开口。他凑过去一看，这才发现姜钰原来睡着了。

苏志军的视线就又落到那组照片上，最上面一张倒是不亲密，就是姜钰脑袋靠在陈洛初怀里，倒是有那么几分撒娇的味道。

姜钰跟陈洛初刚在一起的那头半年，真的简直就是一个撒娇鬼。出去玩那是一定要跟陈洛初说一声，陈洛初要是忙了没接电话，他就一直等着。

不过也能理解，他本来就比陈洛初小一点，男孩子懂事又晚，确实比较容易产生依恋感。

之后新鲜感一过，那可是发生了翻天覆地的变化。他在外面喝酒喝到半夜，陈洛初电话打几百次也不见他接。

人啊，就是奇怪得很，认真对他的陈洛初他瞧不上眼，把他甩了的温湉倒是能让他一直耿耿于怀。

陈洛初跟顾泽元的签证是在几天以后下来的，并且那天她也收到了姜家打过来的钱。

她对姜钰的一切太熟悉了，包括银行卡号，只一眼就知道钱是他那边转过来的。

陈洛初犹豫了一会儿，还是发微信跟他说了句：钱收到了。

姜钰大概不太想跟她聊，回了一句：我在医院，有空说。

陈洛初：生病了？

姜钰打电话过来，说："有点发烧，几天没退，没力气打字。"

陈洛初只好表面客气了一句："我这两天没空，等我什么时候有空了，过去看你。"

姜钰没回应，只说：“看你什么时候有时间吧，正好有事跟你谈。”

可陈洛初这句“什么时候有空”却只是一句空话，她也没想过再跟姜家人经常性地见面，很快就把这件事抛到脑后，请了几天假，跟顾泽元去了国外。

姜钰那边却是在认真地等着陈洛初，可等了很久也没等到人，倒是刷到了她外出游玩的朋友圈。陈洛初不是一个喜欢发朋友圈的人，今天的这条朋友圈却发了九宫格。

因为是在海边，她穿着比基尼，顾泽元跟她站在一块儿，两个人的脸上都是遮掩不住的笑意。除了笑得真心，她是浓颜长相，一笑就显得有点妩媚。

美女就是这样，一发美图就有不少人点赞，以及留几句表示喜欢的评论。

姜钰扫了一眼，没点赞，只在下面留了言：腰不错。

平常都是一起合作，他的留言大家也都看得见，毕竟他和陈洛初之前有那么几分情分在，那几条调侃的评论也就被发的人自觉删除了。

陈洛初在一个小时以后才看到他的评论，为了避免被人说有勾引之嫌，她把朋友圈设置为仅自己可见。

设置了没多久，姜钰的电话就打了过来。

陈洛初沉默半天，说：“身体还好吗？”

“应该死不了。”他的语气很平淡，分辨不出什么情绪，“国外好玩吗？”

陈洛初没吭声。

“碰到搭讪的了？”

陈洛初这会儿是真的不知道该怎么回。国外旅游的这个地方，国内的游客不少，她算是长得好的那一类，搭讪的人确实不少。有几款是徐斯言的那种长相，陈洛初其实挺喜欢的。

按照她的审美，徐斯言是最绝的。哪怕到现在，她也并不觉得有哪个人在颜值上胜过他，包括姜钰。尽管很多人说姜钰放在娱乐圈也没有什么人能够匹敌，可她当初跟他在一起，看的不是他的脸。

姜钰淡淡地道：“挺好的，好好享受，回来就有你受的了。”

陈洛初说："嗯。"

她心里其实不是没有生出过念头，她并不打算在原本生活的城市发展新的感情生活，可是如果在这些地方能遇到一个，也未必没有好结果。

所以有个男人约她喝酒，她没有拒绝。那个男人很斯文，恰巧顾泽元一个人去了酒吧，她就答应了男人的邀请。

男人对这个地方显然很熟，连那种小巷子里的酒家都能找到。

陈洛初很喜欢这种有风土人情的小地方，但估计开在这种地方不是很赚钱，便说："这房子是老板自己的吧？"

男人眨了眨眼睛，笑道："开这个小酒庄的老板是我朋友，他也不是为了赚钱，只是一年前来养身体，觉得这里环境好罢了。"

陈洛初过不来这种风花雪月的生活，她活得很现实，钱只会花在刀刃上："你朋友条件应该挺好。"

"不是挺好，是很好。"

两个人说了几句，就结束了这个话题。

等喝到可以装醉的那种程度，他便带着陈洛初回了家。两个人都心照不宣，或许会发生点什么事情。

陈洛初还是怕自己会遇到不负责任的男人，比较委婉地问了他现在的情况。

男人很认真地说："我单身，一年多没有交过女朋友了。但是我不想骗你，我没有女朋友的时候也没有缺过女人。"

陈洛初"嗯"了一声，有点紧张。

"我住的地方比较大，是栋别墅。不过今天我有个朋友在这边，他是过来找人的。"男人道。

这种都还好，大的别墅，一个楼上，一个楼下，没有影响。

陈洛初今天只是不想再墨守成规，她之前是为了生存不得不当一个讨人喜欢的孩子，可是在这个陌生的地方，她为什么不可以放纵一回呢？

何况她还是单身，男人也是单身，这么做没有任何不对，也不会有任何人知道。

男人看出她的紧张，尝试着找话题安慰她："你说你来自哪里？A市是不是？我那个朋友也来自A市，小酒庄就是他开的。去年他来这边待了几个月，就开了这个酒庄。”

陈洛初说：“那还挺巧的。”

她说这话的时候，有几分心不在焉，落在男人眼里，就是茫然的性感。男人不自觉地扯了扯领带，企图降低燥热。

男人带着陈洛初走进别墅的那一刻，就从身后抱住了她。陈洛初一直钟情于高大的男人，真的让人很有安全感。那种体形的悬殊，也让人很安心。

她的视线在男人家里打量了一遭，别墅不算很豪华，但是从摆设来看，这个男人相当有品位。而且万一她要是成了女主人，也还算喜欢这个地方。

男人低笑了一声，说：“别紧张，我会很小心的。你放心，所有人都说我是一个温柔的人。”

幽暗的气氛、暧昧程度，到这会儿，都算好。直到“啪”的一声，灯被打开，楼梯上传来脚步声。

陈洛初刚做好心理准备，这会儿却被打断，有几分不好意思地躲了躲。男人也配合地把她挡到身后，含笑道：“我应该直接带你去我房间的，只不过……我实在有些等不及了。”

说到最后，他的笑意更明显了。陈洛初则有些面红耳赤。

“我朋友估计是下来找水喝，你放心，他从来都很识趣。”男人安慰她。

陈洛初不自然地把一缕头发别到耳后，点了点头。

姜钰在看到姜文与身后藏着个女人时，脸上带着几分调侃的笑意，弄得姜文与挺不好意思的：“你喝完水赶紧上楼。”

“小美女，别怕，你们继续，我可没兴趣围观你们。”姜钰转身去了厨房。

他是真的对这种事情无感，说话的语气看似客气，实际却带着一种疏离感。他挺容易瞧不起人的，这种女生他就挺瞧不起的。

陈洛初闻声更加动弹不得，浑身僵硬，以至于一时之间忘了动。

这也就导致姜钰关上冰箱门从厨房出来时，就看见了一双大长腿。他隐隐约约觉得那双腿有点眼熟，挑眉继续往上扫，视线就这么跟陈洛初直接对上。

那双眼睛带了点水雾，她一向是个不怎么外露情绪的人，只有在这种时候，会有稍微不一样的感觉。她此刻的眼神迷离而水润，就是最明显的特征之一。

姜钰面无表情地盯着她看了一会儿，突然笑了。

“挺巧啊。”他说。

第四章

星沉情渐落

轻飘飘的三个字，让陈洛初觉得有些压迫感。大概是因为，她本来抱着唯有天知地知的心态来一场约会，结果却遇到熟人，多少有些尴尬。

陈洛初说：“我不知道他是你的朋友。”

姜文与道：“你们认识？”

他说话时怕陈洛初站不稳，一只手扶着她的肩膀。

姜钰眯了眯眼睛，回答姜文与的时候依旧看着那个衣衫不整的女人，心不在焉地说：“我过来，就是找她的。”

姜文与侧目看了一眼陈洛初，抿了抿唇，很显然他今晚接下来想做的事情泡汤了。姜文与已经很久没有遇到过，只一眼就能让他眼前一亮的女人了。可现在什么也做不成，难免有些可惜。

尤其是此刻，有的地方很难受。男人的弱点，就是这样不受控制。姜钰的视线一扫，很轻而易举地察觉，姜文与此刻恐怕正在兴头上。

姜文与等着姜钰开口，期盼着或许因为男人懂男人，姜钰会等他办完事再说。但姜钰只是不轻不重地说：“这回找你有事，等我换身衣服再来和你谈。”

陈洛初顿了顿，“嗯”了一声。

姜文与凑过去问陈洛初：“你们之间是那种关系吗？”

“不是。”她微微避开他的动作，平静地说。

姜文与是姜钰的朋友，她也就不可能再跟他发生任何事情。她也庆幸今天还好什么都没有发生，要是事后才知道他跟姜钰认识，只会更加麻烦。

“那我们，改天约？”

陈洛初没说话。

几分钟后，姜钰从楼上下来，把睡衣换成了寻常穿的衣物。

姜文与把他拉到一旁跟他商量说：“姜钰，你跟她谈的事情有那么急吗？”

姜钰不咸不淡地看他一眼：“你想怎么样？”

姜文与道：“姜钰，你看我这也难得碰上一个顺眼的姑娘，要不你让我跟她……”

“她还愿意？”姜钰的语气没什么起伏，往他身后扫了一眼。陈洛初正坐在沙发上，身上的衣服倒是整理得差不多了。

姜文与委婉地道：“她都愿意跟我回来了，你觉得呢？”

一个女人要是对一个男人没有想法，是不可能主动的。一旦主动了，那就说明有一些心思。而且刚才，显然也不是他强迫陈洛初的。如果姜钰没出现，他和陈洛初估计就水到渠成了。

姜钰很快便不再看姜文与，道：“我先跟她谈，你上楼去吧。”

这就是不同意了。

“你要是很需要疏解，我可以现在就给你找一个。”

姜文与讪讪地道：“那倒不用，我也不光只是想玩一玩。你别不相信，这次我是打算认真的，我觉得她很适合过日子，我也想安定下来了。”

姜钰不再理会他，转身走到沙发旁，居高临下地垂眸俯视陈洛初，也不说话，就这么看着她。

姜文与甚至觉得下一刻他们俩可能会打起来，毕竟他们俩之间的气氛不太对，看着也不像关系很好的样子。但他没有再看下去，而是转身回房间去洗了一个冷水澡。

陈洛初一度以为姜钰挺生气的，结果他也只是在她身边坐下来，冷哼了一声，说：“白衬衫斯文男，倒是你喜欢的那款。”

“我说了，我不知道他是你的朋友。”她再次重复。

姜钰似笑非笑道：“是我扫了你的兴了。”

陈洛初索性不再说话，如果今天把姜文与换成其他人，跟姜钰没有半点关系的，那确实是有些扫兴了。

“不是跟顾泽元一块儿过来的吗？怎么不见他人？”姜钰从茶几上拿了打火机，点了支烟，“他会放任你这么出来玩？”

陈洛初想了想，平静地道：“他不会干预我的私生活。”

姜钰笑了笑，抬脚蹭了蹭她的小腿：“现在还想不想？去我房间坐坐？”

陈洛初顿了顿，看着他没说话。

姜钰很少抽烟，抽起烟来的那个样子其实相当撩人，总是带着点欲擒故纵的味道。

姜钰凑近她一点儿，她也就闻到了那股子烟味，又听见他说：“你要约，姜文与这种斯文男人顶什么用？我跟你认识这么久了，你不如来找我。”

陈洛初好心劝他：“凡事不要做得那么绝，你跟温湉赌气，就跟其他女人不清不楚，对你们来说绝对不是什么好事。她只是出国上一年学而已，总会回来的。”

姜钰有几分不耐烦：“提她做什么？”

陈洛初也就不揭他的伤疤了，耐心地对他说：“你的朋友，我一开始是想跟他试试的……”

她说到这里，微微停顿，侧目朝他看去，看见他的眉头微动了一下。她不知道自己哪个字触动到了他，斟酌了一会儿才继续说：“现在不会了，我也清楚我们之间的关系横在这儿，我知道分寸的。”

姜钰淡淡地道：“要说我们之间的关系，以前也是恋人，并没有什么见不得人的。”

“可人家偏要这么觉得。”

“所以你嫁不出去，全怨我。”他笑了笑，不知有没有讽刺的意味。

陈洛初敛眉，不答反问：“所以你来找我是为了什么？”

姜钰弹了弹烟灰，云淡风轻地说：“当然是为了来跟你商量结婚的事情。”

他说这话的时候，她分明看见他的目光有点冷，陈洛初直觉出了事。

“我没打算跟你结婚。”她皱起眉头，还是那句话，“你钱也给了，没必要结婚。”

姜钰笑着说：“看来男人求婚还真不容易，不过你可以等回去看看最近的情况再做决定。”

陈洛初的眉蹙得更紧：“发生了什么？”她这几天没关心过A市的事情，根本想不到发生了什么。

他却没有开口的打算，起身送客，一副困了的架势。陈洛初还想问，姜钰却往楼上走，走到一半，回头看了还没走的她一眼，道：“难不成真的打算留下来？”

她还没来得及说话，就听见他继续道：“但你即便是留下来，我也没兴致。”

陈洛初只觉得这句话里带了几分刻薄，不过她想一想也就明白了。结婚这种事情，恐怕他也是出于某种原因，而不是心甘情愿的。要不然，不会有男人一边说着结婚，一边又嫌弃对方嫌弃得要死。

她向来不喜欢跟他起争执，冷静地道："我只是想着该和姜文与道个别。"

姜钰很快便消失在了楼梯上，她只听到一声不算轻的沉闷的关门声。几分钟后，姜文与从楼上走下来，说："陈洛初，我送你回去吧。"

走到门口时，他偷偷打量了她几眼，想起刚刚她没有回答的那个问题，道："我们改天约？或者去你那儿？"

可惜陈洛初在看到姜钰的那一刻，就已经不可能跟他有任何发展了，哪怕只是一夜也不可能："算了吧。"

姜文与脚步一顿，连忙走到她面前，质问道："为什么算了？"

"没有什么心情了。"

"那改天。"他依旧不放弃。

陈洛初说："改天也算了。"

姜文与有些激动地抓住她的手腕，不解地看着她。明明她对他，也还算是满意。

大概是他说话的声音太大了，陈洛初下意识地往楼上扫了一眼，结果正好看见姜钰站在窗户旁，冷冷地盯着楼下看。

"他是不会让我跟你的，一夜也不行。"陈洛初收回视线，让他松开自己的手腕，也不打算让他送了，"我还是自己回去吧。"

姜钰今天那意思，明里暗里就是在警告她，不准跟姜文与有点什么。姜钰最忌讳有过关系的女人把身边的人迷得晕头转向，谁知道会不会被挑拨离间。

"他为什么不会让我们有什么？"他意识到有些不对劲。

陈洛初沉默了一会儿，说："你可以去问他。"

姜文与眼睁睁地看着她离开，有些心灰意冷地往楼上走。走到姜钰的房间门口，他迟疑了一会儿，还是敲了门。

"没锁。"姜钰在里面道。

姜文与走进去的时候，他还在窗边站着，修长的身形在夜色里一动不动，给人一种压迫感，不知道在想什么。

“姜钰，你也太不厚道了。”姜文与心里多少有些怨气，“事情都谈完了，还不让她跟我在一起？”

姜钰甚至都没转身，只道：“不久前，我跟陈洛初发生了点意外，运气不太好，被人拍了照，最近照片被传得到处都是。”

他也没想到温湉拍的照片会流传出去。

姜文与微微一愣。

“所以，为了堵住悠悠之口，不出意外，我们会结婚。”他说完这句话以后，才回头看了姜文与一眼。

陈洛初回到民宿时，顾泽元已经回来了。

“你怎么现在才回来？”他刚洗完澡，擦头发的动作顿了顿，回头看她。

陈洛初心里还想着姜钰说的事情，有些心不在焉：“洗完澡就去睡吧，少熬夜。”

顾泽元相当了解陈洛初，立刻就看出她的不对劲，打量了她两眼，小心翼翼地问：“你知道了？”

陈洛初皱了皱眉。

“你也别在意网上那些乱七八糟的新闻。”顾泽元说起这件事情也是一肚子火气，“现在网上很多东西本来就真真假假，大部分人都会自行进行甄别，被牵着鼻子走的只是小部分人。”

陈洛初皱眉道：“什么新闻？”

顾泽元吞吞吐吐说不出话，陈洛初看他吐不出半个字，便自己拿出手机看，结果就愣住了。

A 市新闻版面，赫然写着几个大字——姜氏总裁移情陈横山侄女，恐成抛弃女友负心人。

内容全是谴责陈洛初明知姜钰有女朋友，却还是跟姜钰纠缠不清，其中甚至分析了她为什么接近姜钰的理由，就连陈氏的现状也连带着分析了一遍。

并且下面还附了几张图片。

明明她跟姜钰在车上那会儿，除了他亲了她，并没有做什么过分的事情，可这几张照片足够让人脑补一出大戏了。

这件事情并没有顾泽元描述的那样简单，反而闹得挺大。

哪怕是姜家出面解释，说姜钰跟温湉早就分手了也无济于事。大家反而都觉得陈洛初有本事，把姜家长辈哄得死死的。各种不好的猜想议论纷纷，愈演愈烈。

陈洛初登录微信，相熟的人里有不少都发了消息过来安慰她。

顾泽元有些担心地说："洛初姐，咱们在国外待一段时间，先别回去，到时候就没事了。"

这种流言打不倒陈洛初，她被编排的情况多了去了，反而笑着安慰他："没事，回房间睡觉去吧。"

"你要是难过，别一个人强撑着。"顾泽元实在不放心。

陈洛初说："你也说了人家都是乱说的，那还担心什么呢？"

她第二天早上去找了姜钰。他应该是刚醒一会儿，身上还穿着睡衣，见她来了只是扫她一眼，默默地吃着早饭。

"事情确实闹得挺严重的。"陈洛初说。

都上微博了，自然不是什么小事。

姜钰这才开口道："明面上看，挨骂的人是你。但换算成利益，这两天姜氏跟陈氏股价几乎跌停了。乍一看只是桃色新闻，但一有负面消息，对我们两家影响都不小。所以结婚，对你对我都好。"

陈洛初道："没查出来在背后搞鬼的人是谁？"

姜钰笑了笑："我本来觉得是你姑姑想用曝光这种方式逼我娶你，她这几天已经跟我妈聊过好几次婚事了。"

"我姑姑要是能有这个胆子，也不至于管不住我姑父。"陈洛初淡淡地道。

姜钰道："随口说说而已，反正什么原因都无所谓，我既然做了，就会负责。"

婚姻的事情，一旦牵扯到责任，真的是相当寡淡。

陈洛初说："这是最坏的打算，先看看事情的走向吧，也不一定就非得走到这一步。我来就是想告诉你一声，有的地方可能需要你配合我。"

姜钰扫了她一眼，说“行”。

陈洛初道了谢。

她走了以后，姜文与若有所思地道：“我觉得她似乎不想嫁给你。”他偏头，“陈洛初心里是不是有人了？”

姜钰顿了顿，看上去不太在意：“可能吧，也无所谓了。”

姜文与还是觉得他们俩结婚不合适，就他们俩这种状态，结婚后日子恐怕没法过。只不过照片事件压不下去，结婚的确就是最好的办法，不然对两家都会有影响。

陈洛初并没有在国外停留一段时间，反而很快回了国，并且让顾泽元不要找自己。她怕事情会愈演愈烈。

顾泽元即使再不愿意，也得沉住气。

陈洛初到学校才发现，她和姜钰的事情时常被提及。她无数次看见学生凑在一起聊着什么，等她一走近，所有人又都闭了嘴，只眼神总往她身上扫。显而易见，她是被议论的那一个。

有学生问她事情的真假，语气很冲，看似询问，实则指责。陈洛初很少对学生没耐心，这算是头一遭。她冷冷地说：“都是个大学生了，希望你能有点对是非的判断力。”

那学生说：“可是温湉都默认了。”

搬出温湉，陈洛初说什么也无济于事了。

她打电话去温湉那边质问，温湉的语气却显得有些茫然，一口咬定自己没做过。

陈洛初顿了顿，说：“算了。”

可这件事情没有那么容易算了，陈洛初深陷舆论中心。学校里唯一敢真正向着她的，只有叶晨曦。

小姑娘看到她的时候，两眼通红，却还是露出一个笑容给她，道：“老师，你明明是个好人。”

陈洛初笑着握了握她的手：“少来看老师，不然我怕他们孤立你。”

“我不怕的老师。”小姑娘态度倒是坚决，“我看见你这样，心里就好难过。不管怎样，我都会光明正大地站在你身边。而且，带有恶意的也只有一小部分人。”

光明正大地，站在你身边。

陈洛初笑了，看着她的眼里满是柔情："谢谢你。"

她没有超能力，没办法控制别人的言论，事情就永远没有办法过去。陈洛初只好给姜钰发了一条消息，问他能不能出面解决。可那边没有任何回复。

只是第二天，陈洛初上完课从教室里出来时，就看见姜钰在教室外的走廊上站着。看见她出来，他就走上前握住她的手，在众目睽睽之下带着她往外走。

"谢谢。"她说。其实她也就是试探性地给他发了个信息，没想到他真的过来了。

姜钰心不在焉地说："好歹我们也这么熟，不管怎么样，都不希望你日子不好过。我也不是没出面解释过，可是你看到了，人家不信。"

"事情解决不了？"

"显然是背后有人在操控，不然媒体又怎么敢发出这条新闻。"既然是有人刻意为之，就没那么容易解决。

谁也不知道背后那个人的目的，结婚真的是个万全之策。

这几天，陈英芝跟姜母都打了电话过来给她做思想工作，显然是真的有些急了。陈洛初琢磨了一会儿，道："结婚也不是不行，只是婚姻没法让我有安全感。"

"利益方面，不会让你吃亏的。"

"我考虑一下吧。"

他们这会儿正走在操场上，来来往往的学生都盯着他们看。陈洛初的脚步顿住，说："那就麻烦你再帮我一个忙。"

姜钰扫她一眼，说："可以。"

她盯着他的脸看，犹豫了一会儿，还是闭着眼睛踮脚亲了上去。这会儿的亲吻，也算是给流言的回应，什么叫他被设计，什么叫他不情愿？他主动了，这些问题就会好很多，即使错也是两个人的错。

周围的人都看着他们，神情错愕。只是陈洛初突然想起了徐斯言。

当年姜钰第一次公布他们在一起的时候，徐斯言也是站在不远处，一脸不敢相信地看着他们。

不久后上课，他头一回主动坐到她旁边，脸色难看地蹙着眉说：“陈洛初，你来真的？”

徐斯言似乎不敢相信她会和姜钰一起，大概是觉得她配不上姜钰吧。

“嗯。”她当时应了一声，“不纠缠你了。”

徐斯言沉默很久，说：“是我妈不喜欢你。”

“哦。”

徐斯言看她一眼，说：“阿钰贪玩，不会对你好多久的，你们最好还是分手。我……”

陈洛初说：“徐同学，我喜欢你。”

徐斯言安静下来：“所以呢？”

“但是我以后不会了，我会忘掉你，一心一意对姜钰好。”她认真地道。

徐斯言愣怔地看了她好一会儿，最后勾了勾嘴角，疏离地说：“嗯，祝你们幸福。”

后来，她和徐斯言就没什么交集了。即便有那么几次，也是寥寥数语。

姜钰没想到她说的帮忙会是这种，睁着眼睛看了她好一会儿，才闭上眼睛，睫毛轻轻地颤抖。然后他搂住她的腰，在大庭广众之下，如她所愿地加深了这个吻。

一个吻，极具公式化。这个亲吻她也没有投入什么感情，对姜钰来说，显然也只是为了帮她的忙。

分开以后，她又跟他道了谢，说：“今天肯定会有人拍照，到时候你就用这些照片，先顺势公布恋情吧。”

公布恋情，比起婚约，毕竟退可守，进可攻。像他们这种人家，一旦结了婚，想离婚是没那么容易的。

而为什么说“先”，则是因为这不可能是长久之计，肯定会有人质疑。既然是男女朋友，早在事情刚爆出来的时候就该说的，拖到现在说就挺刻意了。

恋情这个理由，目的不在于解决这件事，只是用来暂时稳定情况。陈洛初这么做的意义其实也不大，只是给自己争取了点考虑的时间而已。

“嗯。”姜钰盯着她的唇看了几秒，才移开视线说，“还有没有什么需要帮忙的？”

“暂时就先这样吧。”陈洛初其实也觉得好笑，她承认自己有一部分心思是为了给那些质疑她，或者说是想惹事的学生添堵。

这段视频，跟她想象中一样，被人拍了下来，传到了网上。

上一次他们俩的新闻，会让人觉得是不正经的关系。这一次光明正大，就有不少人觉得这算是双方当事人的回应。反正至少说姜钰不乐意的少了。再加上恋情一曝，局势确实稳定了不少。

从这天以后，姜钰开始暂时性地接送她上下班。周五那天，姜钰直接拦住了那天说温湉默认了他和陈洛初之间有问题的女学生。

女学生看见姜钰就想走，却被他挡住去路。男人居高临下地看着她："聊聊呗。"

“我们又不认识……”女学生当然知道他是谁，从他跟陈洛初亲吻开始，她就一直在担心，他会不会来找自己的麻烦。

“听说温湉亲口跟你说，是陈洛初把我抢走的？”姜钰越是平淡地说话，就越是能让人感受到压迫感。

“对。”她硬着头皮说。

“我再问一遍，是温湉说的？”

女学生慌了神，却还是道：“是她说的。”

姜钰笑得眼里泛寒：“你是个学生，听说成绩还不错。可要是连基本的诚实都做不到，我认为你至少没有资格评奖学金。你自己觉得呢？”

女学生的眼泪在他说完这句话的时候已经掉了下来，咬着唇不说话。

“你应该懂吧，温湉要是没说过，你这就是造谣，我可以起诉你。”

“可是温湉真的说过。”女学生泪如雨下，“你不要起诉我，真的是温湉说的。”

姜钰冷冷地道：“你找她对峙。”

女学生也倔，直接打了电话给温湉。

温湉接通后就是一句“怎么突然给我打电话了”，这熟悉的声音让姜钰恍惚了片刻。

女学生把事情说了一遍，温湉否认道：“当时我是没有说话，但我那不是默认。当时是因为信号不好，我一直没听清楚你在说什么，所以我才没有说话的。你怎么突然问起这个了？”

女学生浑身僵硬，勉强说道：“姜钰就在我边上。”

温湉那边没了声音，姜钰也没有说话。片刻后，温湉把电话给挂断了。姜钰则是无声地在原地站了许久，神情难辨。

女学生说：“我跟温湉是好朋友，那天打电话，就以为温湉是默认的意思。在我心里你跟温湉才是一对，我看不惯你跟陈洛初一起。”

“你应该知道，是温湉甩的我。”他没什么情绪地说。

“那你有没有想过，她为什么非要离开你？你也知道，她不是那种爱钱的姑娘。”女学生说，“你说有没有陈老师的原因在呢？”

姜钰沉默下来，不远处，陈洛初平静地看着他。

女学生先看见了陈洛初，知道现在不是倔的时候，咬着唇道歉：“陈老师，对不起，真的对不起。我也是误会了，想替朋友出口气。”

这句话倒显得是刻意去踩姜钰的软肋，想让姜钰心软。陈洛初笑着说：“没关系。”

只一句话，她就偏过头看着姜钰，说：“送我回去吧。”

姜钰点点头，在回去的路上，谁也没有提及这个女学生的事情。

几天后，女学生自己和人不清不楚的事情就被别人说了出来。有人说，大概是她想把所有人拉入跟她一样的泥潭，才会心理扭曲地造谣陈洛初。

叶晨曦跟陈洛初说起这件事情时，陈洛初淡淡地笑道：“她确实有可能是下一个我。不过我并不觉得她值得同情，活该罢了。”说完她又认真地说，“以后要是有人欺负你，千万不要心软。她怎样对你，你就怎样对她，善良并没有什么用。”

这话里，多多少少有些阴暗的成分在。

叶晨曦愣怔地点了点头。其实她觉得，陈洛初对她，和对别的人不太一样。陈洛初教给她的东西，总是带了几分现实的味道，也总是很照顾她。

陈洛初想了想，说：“当然，我的话不一定对。但无论我做什么，肯定是为了你好。”

“我知道的，老师。我就是有些奇怪，你为什么对我特别好呢？”

“大概是因为你给我的感觉，特别像我妹妹吧。”陈洛初笑着看她。

“你妹妹呢？”

“小时候走丢了。”陈洛初平静地说。

“对不起。”叶晨曦小声道。

陈洛初盯着她，莞尔道：“我知道她在哪儿，等我生活稳定了，我会让她待在我身边的。”

叶晨曦有些不好意思地说：“陈老师，那我以后可以喊你姐姐吗？”

“当然可以了。”陈洛初顿了顿，眼底也染上了笑，“你这么叫，我很高兴，只是人前最好别这么喊。”

“为什么？”

陈洛初道：“以后有什么事，也许就会有人觉得你是托了关系的，但你其实没有，不是吗？”

晚上，陈洛初是跟姜钰一起吃的晚饭。点菜的时候，他有意无意地提起：“那个女学生最近也深陷舆论之中，跟你有没有关系？”

陈洛初道：“因为她跟温湉关系不错，你想放过她吗？”

姜钰的视线朝她射来，勾了勾嘴角：“你怎么又扯到温湉身上去了？”

陈洛初就不再提温湉，只说：“那个女学生背后的流言跟我没什么关系，就是这么巧合，我本来还以为是你做的。”

“巧合就巧合，吃饭吧。”

两个人吃饭也是安安静静的，不一会儿，陈洛初接了一个电话，说：“我姑姑让我回去一趟。”

“我送你。”姜钰抽了张纸巾，慢条斯理地擦了擦嘴，“结婚的事情你考虑得怎么样了？”

陈洛初开玩笑道：“你总是问，我还以为你真是迫不及待要娶我进门呢。”

他没什么含义地附和道：“你要这么想，也行。”

半点诚意也没有，陈洛初就觉得这种玩笑挺无聊的，没有说话。这几天，质疑的声音在缓和一阵后，又开始愈演愈烈了。

到了陈家，陈洛初便再次看见了陈横山。

他直勾勾地看着她，惹得陈洛初甚至听不进去陈英芝的话。当然，也不是什么重要的话，无非是劝她结婚之类的。

她以为陈英芝在家，陈横山应该不至于针对她。

没想到大半夜她洗澡的时候，他溜进了她的房间，看着她的时候眼神复杂："你跟你母亲简直一模一样。"

陈洛初就是太像她母亲了，陈横山才怨恨极了她，因为陈洛初是她母亲背叛他的见证。

陈洛初真的是本能性地反胃，冷冷地道："滚出去。"

陈横山放松地笑了笑："这里是我家，你让我滚？"

"我录了音，你就不怕外面的人知道你人面兽心，想害死自己的亲侄女？"

陈横山满心满眼地看着她，胸有成竹道："你怎么可能往外说呢？说了陈氏怎么办？那可是你父亲辛辛苦苦经营的陈氏。"

陈洛初浑身发冷，死死地盯着他。

"或者你嫁给姜钰，替姑父壮大陈氏也是可以的。陈氏是你父亲的心血，你难道不希望陈氏一日好过一日？陈氏现在的日子可不太好过，你得帮帮姑父。"他的视线在她身上来回扫。

陈洛初顷刻之间明白过来："照片的事情是你干的？"

嫁不嫁，对他来说都有利。不嫁，弄坏了自己的名声，她无地可去，对他来说，是件好事。嫁，哪怕她什么也不做，看在姜家的面子上，都会有人白白把资源送给陈横山。偏偏她在拿回陈氏以前，没法对陈横山做什么。不过好在她很会忍。

"姑父只不过是添了一把火罢了。"陈横山扯了扯领带，他四十多岁，却保养得当，怪不得外头有那么多小姑娘前赴后继，只是陈洛初觉得他是个衣冠禽兽。

"姑姑。"她不动声色地后退一步，忽地大喊了一句。

陈横山脸色微变，冷哼一声，从她的房间闪了出去。

陈洛初心里清楚，他这一来，就算替她把决定做好了。虽然怎样都对陈横山有利，她还是得做出选择。不嫁进姜家，陈横山就总有办法对付她。他那么恨她，几次想要害她，谁也不敢保证他会对她做出什么。

陈横山让她清楚地意识到，她的背后一定需要一个靠山。

其实嫁给姜钰倒也算是个好主意，之前她不同意，是觉得跟姜钰肯定走不到最后，没结婚的必要。但现在看来，一来能躲着陈横山，二来能解决负面新闻，结婚真的不算对她没有好处。

更何况，属于她的东西，她都得拿回来。

在想清楚利弊之后，陈洛初就给姜钰打了电话。电话接通了半天，她却有些难以启齿。

“我这边，是愿意的。”他明白她的意图，率先开了口。

陈洛初想了想，道：“你之后要是想离，随时都可以。”

姜钰那边安静了好一会儿，才道：“你这么慷慨，我自然无所谓。不过，你怎么突然改主意了？”

陈洛初顿了顿，道：“是我姑父，他要害我。”

姜钰的语气微变：“什么时候的事情？”

“不记得了，很多年了。”陈洛初说，“在我很小的时候，他就总用那种憎恨的眼神看我。从他的言辞间，我想他大概是觊觎我母亲，而我母亲没有选择他，他就把恨转接到了我身上。”

姜钰沉默了一会儿，道：“我尽快公布婚讯。”

第二天，姜钰就公布了跟陈洛初结婚的事情。陈洛初自己也看了几眼，大意如下——

结婚不是他不愿意，而是之前陈洛初不愿意。照片拍摄的那天之前，他已经跟温湉分手了，没有出轨，没有上位，分手是温湉那边提的。跟陈洛初结婚是他主动的，能娶到她他很开心。

虽然最后半句略显官方，却也算是给足了她面子。

照道理来说，陈洛初和姜钰的婚事定下来，陈、姜两家是皆大欢喜的事情。只是中间发生了一些事情，总让人有一种为了完成任务而结婚的错觉。碍于流言，婚礼注定会备受瞩目，肯定是要大办的。

姜钰和陈洛初都是无所谓的，两个人没有提过任何意见。结婚过程中需要准备的，两个人谁也没有插手。

姜钰在定下婚事后就调去国外分公司了，两个人几乎见不着面。陈洛初不太清楚他接手的是什么业务，只是隐约听说，他去的地方是温湉留学的那个城市。

姜钰不发朋友圈，公司里不会透露他的行程，陈洛初也不知道他到底去了哪儿、传闻又是不是真的，反正她的世界里几乎是查无此人。

只不过公布了婚讯，还是给她带来了不少便利。也还是有在背后说闲话的，却没有人再拿到台面上来说。大部分人还是支持她的，认为她跟姜钰更加郎才女貌，门当户对。

门当户对其实也名不副实，她在陈家的尴尬地位，外头的人是看不见的。

顾泽元对于她结婚的事情，不认同，也不反对，起码把当下的流言蜚语问题解决了就是好的。反正以后再离婚也不是什么大事。

另外，他的高考成绩出来了，着实算不上怎样，所以顾家希望他出国。

顾泽元问过陈洛初的意见，她挺赞同他出国的："出去能锻炼自己，有机会的话，出去也挺好的，多少人想去却没这个机会。"

"也是。"顾泽元想起什么，笑了笑，"温湉不就是为了能出国学习，才把姜钰给甩了嘛。"

陈洛初没接这茬。顾泽元也反应过来，姜钰马上就要娶他的洛初姐了，这会儿提温湉简直就是找晦气，连忙转到其他话题："出国就出国吧，正好能参加完你的婚礼再走。"

婚礼的事情，两位当事人不上心，姜母却不得不上心。婚纱一设计完，她就打电话叫陈洛初来试了。

陈洛初身材好，婚纱穿在她身上的那种风韵真的是旁人比不了的。姜母在旁边啧啧称赞："我拍张照片，等会儿你发给阿钰看看。"

然而陈洛初跟姜钰根本就没有主动联系过。她也不好拒绝，只能笑着说"好"。

姜母又带她去看了看姜钰的西装，西装跟她的婚纱一样，上面都绣了天鹅，只不过她的是白色，他的西装上是黑金线。

天鹅寓意着一生一世一双人。陈洛初看了两眼，就没再看。

"刺绣都是手工绣的，否则老早就做完了。"姜母是打心眼里满意，"不过好看，等久一点也无所谓。毕竟是你们的人生大事。"

陈洛初低头看着手机里姜母发给她的，刚刚拍的她的试婚纱照，没有发给姜钰，只发给了陈英芝。

“对了，宴请名单也快定下来了，你要是有什么想邀请的人，这两天赶紧告诉策划。”婚礼就在一个月以后，什么事情都得赶紧确定下来。姜母对婚礼相当重视，不希望出任何意外。

陈洛初没什么朋友，只加了一个叶晨曦。

叶晨曦是头一回被邀请参加这种婚礼，心里还是有些没底：“老师，我怕我到时候会害你丢人。”

“没关系。”陈洛初莞尔，眼里带着看她时惯有的温柔，“我很想你来，你要是一个人不适应，可以带上你的室友一起。”

她最近会比较忙，婚礼前两天还得试妆，最后让顾泽元带着叶晨曦去挑选礼服。

陈洛初不知道姜钰在国外累不累，反正她很累。婚礼前有接待不完的客人，她还得上班，几乎没有什么空闲时间。

一直到婚礼的前一个星期，她依旧没有听见有关他的半点动静。姜国山跟姜母两个人也安安静静的，似乎没觉得有什么问题。

接下来的几天陈洛初被叫去看新房，姜家给他们准备了一栋新的别墅，市里最好的地段之一。

她会知道价格，也多亏了陈英芝在外头总提起，提起时总是一副得意扬扬的模样。旁人有艳羡，也有不齿。反观陈洛初，无悲无喜，仿佛事不关己。

她走到门口的时候，就听见姜母不满的声音响起：“阿钰这孩子可真让人不省心，只有一个礼拜就结婚了，还不见回国。这几天洛初姑姑那脸色都不太对劲，我都不好意思了。你说他怎么能不顾及长辈的情绪呢。”

她抬头朝声音的来源看去，不远处，姜国山跟姜母面对面站着，两个人的脸色都难看得要命。

“还不都是你惯的，结婚偏偏给自己调国外去，但凡靠谱点的人也不会这么干，这搁谁身上谁不多想啊。”姜国山冷哼道。

姜母讪讪地道：“这不是他说那边工作重要吗？男人事业也重要，何况他在姜氏根基还不稳。”

姜国山却一针见血道：“他是去工作的吗？我看是过去找那女的。”

姜国山有些担心地蹙眉：“别到时候不来结婚，洛初又得被人说一壶。她什么也没做，你看看被你那儿子害的，整天被人在背后风言风语。”

姜母沉重地叹了口气，不再言语，眉宇间还是写满了担心。她也不敢保证，姜钰会为了温湉做出什么出格的事情。

陈洛初在外头站了好一会儿，等他们转移到其他话题了，才抬脚走进去。

姜母见到她，脸上重新扬起笑意，带着她进别墅转了一圈。别墅里电影院、健身房都有，后院还带了一个游泳池，显然是用心挑选的一套婚房，这是姜母给她的排面。

“洛初，你自己的东西可以慢慢搬过来了。”姜母道，“以后这儿就是你家了，你自己有什么喜好，不满意什么装修，到时候都可以换。”

陈洛初笑着说：“好，等学校那边不忙了，我就搬过来。”

她最后去看了卧室。比起姜钰在姜家的卧室，这里要大很多，也没有那么冷冰冰，更有婚房的感觉。

“洛初，喜不喜欢？”

陈洛初点点头，心里没什么起伏，客套地说：“喜欢。”

姜母琢磨了一会儿，怕她多想姜钰的事情，说：“阿钰……他忙，回来得可能会有些晚。但是你放心，他肯定不会错过婚礼的。结婚这件事，毕竟也是他自己答应的。”

“我知道了。”陈洛初笑着说。

只是如果姜钰真的不来结这个婚，她可能真的会后悔答应了结婚的事情。婚礼上新郎不在，着实不是一件光彩的事情。很多事情她可以忍，但这件事情姜钰要是没做到，她或许也会做出让他难堪的事。

陈洛初从别墅离开以后，到底没忍住，给姜钰打了个电话。那边没接，半个小时以后却回了一个电话，说：“刚刚在开会。”

明明是一对未婚夫妻，陈洛初却怎么也找不到亲近感，说话也是相当客套。她问：“你什么时候回来？”

姜钰想了想，说：“过两天吧。”

陈洛初就不知道该说什么了，沉默了片刻，挂断电话。

打完这通电话，她反而静下心来。在这个节骨眼上悔婚，对姜钰来说不会有任何好处，他应该不会这么做。

叶晨曦在很长一段时间没看见姜钰以后，反而有些替陈洛初担心：“姐姐，你老公他为什么这段时间都没来接你下班啊？”

陈洛初给她泡了一杯红糖茶，让她喝着暖暖肚子，没什么情绪地解释道：“他在国外工作呢，比较忙。”

“可是，你们马上就要结婚了，他怎么还在国外忙呢？这也太不重视你了。”叶晨曦小心地抱怨道。

陈洛初不知道该怎么跟她解释这个话题，只能当没听见。

当天晚上回去，她就做了一个梦。她梦见结婚那天，姜钰没有回国，而是跟温湉在一起，两个人迎着清晨的日光接吻。

她一开始并没有把这个梦放在心上，直到结婚的前两天，姜钰仍然没有回来。陈洛初不得不去翻温湉的朋友圈，看看她有没有和其他异性在一起的照片。却也没有那么好找，她什么蛛丝马迹都没有发现。

不仅她担心，姜母那边也担心得不得了，这几天急得饭都吃不下。她打电话过去，姜钰那边永远都只有一个“忙”字。

也就是在大家担忧得焦头烂额的时候，姜钰突然回来了。

这是婚礼的前一天，他去试了西服，不算合身，但是也来不及改了。好在他是个天生的衣架子，手长脚长，长得还格外英俊，穿着也算是好看。

“你看看，非要拖到这会儿回来，什么也来不及弄了。”姜母抱怨道。

姜钰笑道：“是真有事。”

姜母凑到他耳边，小声问：“你跟妈说实话，你是不是去见温湉了？”

姜钰也不否认：“见确实是见了。”

“你怎么还跟她见面？”姜母皱起眉头。

姜钰却转移话题道：“这次回来，我给你们都带了礼物。你想要的那条项链，爸不是没给你买嘛，我给你买回来了。”

姜母被他哄得开心，却也没忘记指责他：“你这样一搞，洛初心里应该很不舒服，等会儿你记得去看看她。”

“放心，我会去的。”姜钰漫不经心地说。

其实也不需要他特地去，他回来的这一天就是婚礼前一天的下午，按照A市的习俗，新人婚礼的前一天晚上是要一起到新房去睡的，意味着新的开始，是从夫妻一起开始的，以后也得一起走下去，有始有终。

陈洛初来到别墅的时候，姜钰已经换好睡衣了。他看上去很困，跟她打了声招呼就躺上床睡觉了。

陈洛初是不会问他在国外干吗的，他能在婚礼前回来，其他一切就都跟她无关。陈洛初看着他霸占整张床的模样，迟疑了一会儿，说："要不我睡沙发吧。"

如果分开睡的话，寓意就不太好了，跟有始有终相反，意味着早晚要分道扬镳。

姜钰睁开眼睛看她一眼，往旁边挪了一点："没别的被子了。"

这就是让她过去睡的意思了，她也就没有矫情。她跟姜钰相处，早就找不到羞涩感，掀开被子就躺了下去，很是麻木。

但身边多了这么一个大活人，多少还是有些不适应。姜钰大概也不习惯，微微咳嗽了一声，说："苏志军发给我看你穿婚纱的照片了。"

"嗯。"

"你发给他，怎么没有发给我？"

陈洛初说："我也没发给他，大概是从我姑姑那里传出去的。"

他心不在焉地应了声。

陈洛初背对着他，想了想，还是问："你去国外，应该不只是简单的忙工作吧？"

她半天没听到回应，转过头去看时，才发现姜钰已经睡着了。她见姜钰睡着了，也就没再说什么。

她也不知道他怎么会累成这样子，或许真的跟他说的一样，他比较忙。可能他忙完工作，又赶飞机，回国七八个小时的飞行时间，人又不是铁打的，怎么可能不累。

陈洛初对新房不熟悉，躺了半天也睡不着，新的被子也带着陌生的味道，让她浑身不自在，最后她起床去冲了个澡。

出来后，姜钰也去了洗手间。

出来时，她看了他一眼，他的身体无论是从他天生的比例，还是他后天努力练好的肌肉线条来看，都是无可挑剔的。

她觉得男人好不容易练出好身材来吸引异性，就绝对不只是为了吸引一个女人，而是会不停地去挖掘新鲜感。

陈洛初觉得姜钰虽然惦记着温湉，但保不齐几年后还会有下一个温湉。他长得太好看了，身边永远都会布满诱惑。

当然，自己这个过去式永远不可能成为下一个“温湉”。她对这些也无所谓，反正都是要分开的，利益为重。

陈洛初换上睡衣出去时，姜钰正在接电话。

他的脸色不算好看，像是在默默忍耐着什么。他也没把电话挂断，看她出来瞥了她一眼，就走去阳台并关上了门。

陈洛初自然没有窥探他私生活的打算，默默地上了床。

五分钟后，姜钰从阳台进来。天气太热了，陈洛初又不习惯吹空调，一吹就关节疼，他就把睡衣给脱了。

陈洛初在看到他以后很快就移开了视线，他说了句“早点睡”，就重新沉沉地睡去。

两个人都穿得很少，但是擦不出任何火花，半点旖旎风光都没有。陈洛初差点就要睡着的时候，姜钰的手机再次响了，惊醒了她。

她本来想叫醒他的，但叫不醒。最后看到手机上显示“温湉”两个字，她顿了顿，也不知道是出于什么心理，反正就是鬼使神差地接了起来。

“姜钰，你能不能不要结婚？”她听见电话那头的人说。女孩的声音里带了点哭腔，那股子难受劲听着都让她有些心疼。

陈洛初小心翼翼地去了姜钰刚才去的阳台，夜里黑暗一片，她说：“是我。”

温湉顿了顿，然后笑了两声，又哭又笑，似乎是在维持最后的体面：“陈老师啊，你为什么会替他接电话？他现在手机都愿意让你碰了吗？”

陈洛初没解释，只是建议她：“如果你明天来婚礼现场，来抢亲，他应该就不会跟我结婚。”

“抢了之后呢？被你针对吗？”温湉说话的语气有点冲。

陈洛初道：“我没有那种本事针对你。”

陈洛初又道：“你要放不下他，就回来找他。如果一直是他单向付出，他总会有累的时候。”

那头的人沉默了一会儿，然后挂断电话。

这晚陈洛初根本就没有睡多久，天蒙蒙亮就醒了，陈家那边派来接她去化妆的车子已经在楼下等着她。

姜钰也醒得很早，随手翻了一下手机，微微一顿："你动我手机了？"

陈洛初坦然道："昨天温湉打电话过来了，我替你接了。"

姜钰看上去似乎不太在意，道："你们聊什么了？"

陈洛初一边换上自己的衣服，一边回答他的问题："她不想你结婚，我告诉她，她要是舍不得你，就今天来找你。"

他半晌没说话，陈洛初回头看去时，发现他似乎有些走神。她也没再说什么，一言不发地走了。

陈洛初化妆的时候，陈英芝一直陪在她旁边。她对待婚礼比陈洛初自己还要重视，对于妆容挑剔了好几次，最后化妆师又重化了一遍。

最后的定妆陈英芝相当满意，直夸道："我们家洛初就是好看，这翻遍 A 市，也找不到一个比你好看的了。"

化妆师附和道："这身婚纱也好看，看着又仙又不失贵气。"

"毕竟花了百来万呢。"陈英芝有些炫耀地说。

化妆师衷心地道："姜家可真是大方。"

陈洛初看着镜子里的自己，没说话，她也知道自己今天好看，但是今天能不能顺利完成婚礼，还是个未知数。

陈英芝想起什么，拿出一个包裹说："这是你母亲的东西，本来有一堆不要的放仓库里，但不知道是不是被用人收拾了，只有这本书掉在一个角落里。"

陈洛初道："为什么我母亲还有东西留着？"她一直以为全都清理了。

"当年你姑父说长大了给你当个留念，结果还是都丢了。"陈英芝叹气道。

陈洛初却有种不好的预感，大概是陈横山自己想留着。

等差不多九点整，陈洛初出发去婚礼现场。姜钰已经在楼下等着她，正在跟伴郎苏志军聊天。听到脚步声，他回头看了她一眼。

苏志军对于他们之间的感情问题还是知晓一些的，这会儿也只能叹着气劝道："不管以前怎么样，以后的日子就好好过。这说明还是你们俩有缘分。”

姜钰笑道：“你别天天劝这个劝那个的，你倒是也赶紧找个人定下来啊。”

陈洛初只盯着姜钰的笑脸，判断不出他有几分真心。但他并没有直接回答苏志军的话，什么意思她大概也明白了一些。

苏志军道：“我这还不是暂时没找到嘛，找到了我肯定也就尽早结婚了，可是没这个机会啊。”

陈洛初在旁边淡淡地微笑。

姜钰转头看她，道：“上车吧。”

“好。”

陈洛初的伴娘跟她上了一辆车。

伴娘是陈英芝一个朋友的女儿，陈洛初不太认识，不过她倒是不害羞，凑在陈洛初耳边说：“你老公好帅哦，比我见过的所有男人都要帅。”

陈洛初也就看了姜钰两眼，这套西装之前说没时间改了，但似乎还是被改过了，今天看着确实是格外英俊。

“就是似乎不太高兴。”伴娘说。

姜钰正好听见了这句话，开口道：“有点紧张。”

至于是不是真紧张，还是只是一个借口，就只有他自己才知道了。

伴娘陪陈洛初聊了一路。

婚礼现场早就围满了人，哪里都是热热闹闹的。陈洛初走下车的时候，几乎是立刻吸引了所有人的目光。

她今天真的太耀眼了。

姜母过来一边将她往休息室里迎，一边道：“你先进去休息，婚礼还要一个小时才开始呢，外头的宾客有我和阿钰招呼就行了。”

“好的。”陈洛初笑了笑，伴娘替她托着裙摆，两个人进了休息室。

休息室的窗户正好对着外面，她能看见姜钰的一举一动。她甚至能看见他跟顾越聊天时，微微挑起眉的懒散样。

陈洛初低下头来看陈英芝给她的那本书，脸色却变了变。

“哎，洛初姐，你看看那边，是不是站着一个姑娘，她怎么不进来？”伴娘突然开口，往右边指了一下。

陈洛初往右边看去，下一秒就看到了一张熟悉的脸。她顿了顿，对伴娘说：“你去叫她进来。”

几分钟后，温湉出现在了休息室里，并关上了门。陈洛初不动声色地看着她。

“陈老师，你今天真的很漂亮。”她红着眼眶笑道。

唇红齿白，五官温和，漂亮得不得了。万里挑一的娱乐圈一美也不过如此了。

“你能来，他应该很高兴。”陈洛初淡淡地道。

温湉的眼眶更红了，却仍是在笑，笑得倔强极了：“陈老师，我不会跟他在一起了，我今天过来，只是为了祝你们幸福。”

陈洛初坐在位子上，情绪没有半点波动，也没有任何动作，就这么看着她。

“陈老师，其实，嫁给他，真的是我这辈子最大的愿望。”她捂着脸，低声哭。

陈洛初依旧没什么动作，几分钟后，温湉擦干净脸，抬脚走了。她来得安静去得也安静，就像从来没有出现过一样，也不会有任何人知道她来过。

等她走了，伴娘才走进来，好奇地问陈洛初那个人是谁。

“是我的一个学生。”她有些心不在焉地说。

伴娘也没多想，很快又陪着她继续聊天。一直等到婚礼开始，她才被人迎了出去。

陈横山今天表现得格外得体，眼神里的迷恋也被掩藏得很深。她的手挽着他的胳膊，脸上维持着笑容。

“洛初要嫁人咯。”他意味不明地说了一句。

陈洛初道：“当年你也是这么送我母亲嫁人的？”

陈横山的脸色微微一变。

“既然那么喜欢，又何必把她放到我父亲身边？”陈洛初抬头直直地望着他，“是你先放弃她的不是吗？”

陈横山的脸色阴沉得直掉冰渣子：“你怎么知道的？”

“我还知道，不是你，她不会出事。你愧不愧疚？”她没有回答，只是平静地道，“外面有很多宾客看着，你应该知道怎么管理自己的表情。”

陈衡山只好调整了情绪，将她交到姜钰手里。

陈洛初跟他十指相扣，却发现他的视线总是不经意地往外看去，或许是在期待某个人能来。她其实觉得他的这个举动有些心酸，天之骄子到最后也不过是被爱恨情仇折磨的凡夫俗子。

证婚人很快开始宣布婚词，什么一辈子一起，生老病死不相弃。陈洛初只记得自己麻木地说“我愿意”，姜钰说话的声音似乎比她的还要麻木。

然后是机械的交换婚戒，戒指很好看，某个很有名的牌子，据说一张身份证只能定制一枚，大概也是姜母安排的。

陈洛初丢完捧花就去了旁边的位子上坐着，她也不记得接到捧花的人是谁。只隐隐约约看了一眼，长得很好看，接到捧花却并没有半点开心的模样。

她的视线来回扫，然后看见了叶晨曦，总算扬起一个真心的笑容，拿了很多甜品给她端过去。

刚走近，她就听见几个小姑娘在讨论叶晨曦小家子气，不知道是从哪里混进来的。

叶晨曦被说得有些不好意思，看见陈洛初过来，脸都红了。

陈洛初笑道：“想喝可乐？”

叶晨曦摇摇头，小声说：“她们说没有。”

“有的，你想喝什么都有。”陈洛初小心翼翼地牵着她往休息室走，“我都备着的，我平常就喜欢喝可乐。”

几个说闲话的人尴尬地走了。

叶晨曦道：“老师，真的不用了，谢谢你替我解围。你今天很忙，先去忙别的吧。”

陈洛初的视线往不远处走开的那几个说闲话的人身上扫，笑着点了点头：“你要有任何事情，都可以来找我。”

她也的确不好总跟叶晨曦待在一起，这不，陈英芝就问她那小姑娘是谁。

“是我的一个学生。”陈洛初道。

“你对你这个学生倒是挺上心的。”陈英芝随口的一句话，却让她脸色微微一变，不过只有一瞬间。

“几个嘴甜的学生我都挺喜欢。”陈洛初神色如常道。

陈英芝也就没再多问。

婚礼完毕就是宴席，宴席过后，新郎新娘打道回府。

陈洛初对姜钰说：“你晚上肯定回来得晚，我就睡客房吧。”

人声鼎沸，他没有听清，弯下腰来：“你说什么？”

陈洛初说：“我睡客房。”

“嗯。”他点点头，不一会儿又被人叫走了。

陈洛初先被送回了别墅，回到家就换上睡衣，连戒指也被她摘了下来。她上了楼，关上门，就隔绝了楼下的热闹。

姜钰回来的时候没醉，但身上多少沾了点酒味。他往桌面上一扫，就看见了戒指，道：“掉了可就没有第二枚了。”

陈洛初道：“可以买其他牌子。”

“这一对很贵的，国内没有，去国外定制还得排队，很花时间的，并且还得当事人去取。”他一边脱着西装外套，一边随口说道。

陈洛初顿了顿，扫他一眼。

姜钰道：“今天顾越说，他看见温湉了。”

陈洛初盯着他看了一会儿，不知道他这句话是什么意思，就没有回答，起身说：“我去洗澡。”

洗完澡，她就躺在沙发上睡觉。今晚没准备，明天她可以自己抱一床被子过来。反正姜钰是不会动她的，她就当旁边睡了个兄弟。

正想着，姜钰突然从身后抱住她，嘴咬着她的耳垂。他手上稍微用力，她就不受控制地往他身后倒。他按住她的肩膀，跟她面对面，两个人对视。

陈洛初看着他有些冷峻的眉眼，只要他不笑，脸上也没有一丝表情，他的五官看上去就会格外有疏离感。她平静地道：“又喝醉了？”

姜钰顿了顿，微微挑起眉毛，伸脚在她的小腿上蹭了一下，轻飘飘地说：“我知道你是谁。”

陈洛初视线下移，盯着他穿着西装裤的笔直的大长腿看了一会儿，说："我不是温湉。"

"我说了，我知道你是谁。"他扫她一眼，终于不耐烦了，将她打横抱起就往床边走。

新房的床头还有一个大大的"囍"字，四件套也是，充满了喜庆的味道。

陈洛初没说话，只是也没有拒绝他。很多时候，一个无意间的举动就能令火焰四起。

途中有人敲门，不过谁也没有理会。外头的人大概猜到里面的人在做什么，很快便没了声音，离开了。

陈洛初看着天花板，着实没想到事情会发展到这一步。姜钰的头就靠在她的肩窝处，闭着眼睛似乎是打算睡觉了，高挺的鼻梁几乎快要贴到她的脖子，她微微移开一点。

他的眼睛也就睁开了，仔细打量了她两眼，然后打了个哈欠，继续朝她靠过来："几点了？"

"凌晨三点。"

"你怎么还不困，精神这么好？"他靠在原本肩窝的位置，然后又把眼睛给闭上了。

陈洛初觉得汗水黏在身上不太舒服，就去了浴室。她起身刚刚进了洗手间，他就跟了进来。

陈洛初觉得跟姜钰亲过以后，嘴巴里全是酒味，就先在洗手台刷了个牙，两个人各干各的。没过多久，她就听见他在里面叫她，问洗发水和沐浴露分别是哪个。

洗发水和沐浴露全是陈洛初买的，一个法国牌子，姜钰对法语半点不会，当然会分不出来。

当然，她买回来也是给自己用的，并没有考虑过他，但他要用她也不可能不让。

陈洛初进洗澡间给他做了区分，姜钰闻了闻，说："跟你身上的味道一样。"

姜钰沉默下来，偌大的浴室里就显得格外安静。他突然开口问："你这一年多有过别人吗？"

这话在这安静的环境下显得格外突兀，陈洛初反问：“你说呢？”

他顿了顿，说：“我没有过。”

陈洛初记得温湉跟姜母聊天的时候，温湉说过自己不喜欢，姜钰自然会尊重她。虽然她有点惊讶，但仔细一想，却又在情理之中。

她皱了皱眉，淡淡地道：“哦。”

半个小时以后，姜钰抱陈洛初回房。她是真觉得困得不行了，今天见过温湉的事情她也没有精力再告诉他。

第二天，两个人起得都很早，五点睡的觉八点就要起来。很多客人都还没有走，楼下依旧很吵，声音隐隐约约传到楼上。

姜钰不算自然醒的，所以脸色不是很好看。换衣服的时候，陈洛初站在几步之外都能感觉他的气压很低。

“我先下楼。”她识趣地认为不要在这种情况下待在他身边，以免被他当成出气筒。

“不知道哪个亲戚的小孩子这么吵，管都管不住，所以我永远对小孩喜欢不起来。”姜钰没什么情绪地说。

陈洛初愣了一下，倒是没开口，率先打开门下了楼。

客厅里姜母跟她的双胞胎妹妹蒋文媛坐在沙发上聊天，两个人长得很像，只是蒋文媛看上去要比姜母难亲近许多。见到她下来，便虚伪地笑道：“文希，瞧瞧，阿钰这会儿才舍得放新娘子起来。”

她口中的文希便是姜母，姜母的全名叫蒋文希。

陈洛初笑着说：“阿姨好。”

蒋文媛道：“昨天只远远看了你几眼，还没来得及跟你细说上话，现在可算是有机会了。来，坐在阿姨身边，咱们好好聊聊。”

陈洛初点点头。

蒋文媛回头对姜母道：“我跟洛初之前见过几面，现在成了一家人，也算是有缘。”

姜母惊讶道：“你可不是一个喜欢小姑娘的人，你是在哪儿见的洛初？”

“在我家里。”蒋文媛浅笑道，“她跟斯言是同学，那会儿是去找斯言的。”

陈洛初跟徐斯言是同学这件事，姜母是知道的，也就没有多问。

她大概永远也不可能猜到，那次是陈洛初跑到徐斯言家里去表白，然后被蒋文媛听见了。她居高临下地看着陈洛初，并不主动开口说话，而是在旁边听着徐斯言拒绝，而后和蔼地说："小姑娘，听见了？我们家斯言不喜欢你这样的。"

傲慢和轻视几乎发挥到极致，陈洛初当时年纪小，气得脸色发白。现在她长大了，不会再那么容易被别人左右自己的情绪了。

她客气地道："代我向徐同学问好。"

蒋文媛道："叫什么徐同学，你跟阿钰结了婚，以后就该喊表哥了，都是一家人。斯言，过来跟阿钰媳妇打声招呼。"

陈洛初听到这话，表情微微一变。顺着蒋文媛的视线看过去，她看到楼梯的吧台那边，徐斯言就坐在那儿，白衬衫、西装裤，脸上的表情寡淡得离谱，即使表弟新婚他脸上也没有半点愉快的情绪。

当然，姜钰这个新郎本人，同样没有半点高兴的模样。

徐斯言望着她的眼神有些幽深，很像他出国前，她最后去见他一面那会儿的眼神。陈洛初几乎快要忘掉这段回忆，在脑子里搜索好半天才记起来一点。

那一天天气真的很好，她是想跟他告别的，他却站得离她很远，声音沙哑地道："你真的没有叶曼曼那么优秀。"

陈洛初被打击得厉害，只能尴尬地笑了笑，说："可能是的，之前是我异想天开，觉得超过她不是什么难事。但我这辈子应该就这样了，永远也配不上你。"

徐斯言的话里几乎是生出了警告："你已经有阿钰了，就不准再想着我。"

他明明是告诉她应该要检点，可女生总会多想，普普通通一句话，能牵扯出千万种意思，她总以为他是在逼她跟姜钰分手。

你有他了，就不准想我，要想我，就只能有我一个。她有猜过是不是这个意思。

陈洛初的出神最后被蒋文媛的话语打断："斯言本来昨天就要回来的，被一些事情给耽误了，今早才赶回来。你们是老同学，以后又是一家人，好好叙叙旧。”

她总是有意无意提起“一家人”这些字眼，陈洛初明白她的意思，还是怕她有心乘虚而入，是在用这些话提醒她心里的道德。

陈洛初收回思绪，也知道当初的想法不可能是真的，甚至不敢保证他还记得自己的名字，想了半天才开口说：“徐同学好，我是陈洛初。”

徐斯言点点头，淡淡地道：“你好。”

毕竟也是惦记过很多年的人，再次见面，陈洛初还是有些做不到心如止水。当年被拒绝后的难堪和歇斯底里依旧历历在目，像是蛰伏在心里的怪物，让她心惊胆战。

她只在表面维持冷静，说：“在国外这两年还好吗？”

徐斯言沉默了一会儿，说：“不太好。”

他看上去衣冠楚楚，手腕上也戴着价值一辆豪车的名表，完全不像过得不太好的样子。陈洛初无言以对，便没接话。

“我打算在国内搞个项目，你策划案做得好，有兴趣来试一试吗？”他转移了话题。

陈洛初上大学的时候，参加策划案的比赛拿到过不少奖，也在大企业实习过，对于这些确实算是有兴趣。她还没做好决定，就看见姜钰从楼上走了下来。

他看见徐斯言的时候也愣了一下，然后走到陈洛初身边，对他说：“回来了。”

“嗯。”

“回来就好好待几天。”姜钰又转头对蒋文媛道，“阿姨，今早是不是你的小女儿在闹？吵得我一大早就醒了。”

姜母赶忙道：“八点还早？”

“那这不是昨天睡得晚嘛。”姜钰说，“你看看，陈洛初的眼睛都是红的，完全没休息好。”

这话就说得暧昧了，结婚当晚睡得晚，还能是因为什么事？

徐斯言的电话在这个时候响了，他一言不发地起身去外面接电话。

蒋文媛盯着他离开的背影，然后回头对姜钰意味深长地笑了笑：“昨天晚上本来想喊你下来吃夜宵的，后来可不就不敢再敲门了嘛。你可别再秀恩爱了，知道你刚结婚，还腻歪着。甜甜，过来给你阿钰哥哥道个歉。”

往外走的徐斯言的脚步顿了顿，好一会儿才重新迈开腿往外走，很快就不见他的身影。

不远处一个七八岁的小姑娘“吧嗒吧嗒”地跑过来，奶声奶气地说：“哥哥对不起，我以后肯定小声说话。”

姜钰随意地敷衍着，显然对孩子没什么好感。

“还有阿钰哥哥的老婆呢，你应该叫什么？”蒋文媛笑着问道。

甜甜的视线往陈洛初身上扫了扫，狐疑地皱起眉，半天没开口。

小姑娘说：“可这个姐姐不是斯言哥哥的老婆吗？”

在场的人都变了脸色，甜甜有些苦恼地说：“怎么会是阿钰哥哥的老婆呢？明明斯言哥哥抽屉里有好多她的照片呀。”

蒋文媛的脸色很不好看，勉强笑了笑，说：“那个是曼曼姐，不是你洛初嫂嫂。”她又跟姜母解释道，“小孩子眼里，美女长得都差不多。”

陈洛初也弯下腰来，摸了摸她的头说：“甜甜小朋友，你应该是认错人了。”

她是真的不认为照片是自己的，坦坦荡荡。姜母的脸色缓和下去，开玩笑说：“甜甜这话说的，吓大姨一大跳。”

小插曲就在姜母这一句玩笑话当中带过去了。

甜甜开始缠着陈洛初玩，姜钰在旁边打量了她好一阵子，问：“你刚刚跟徐斯言聊什么了？”

陈洛初说：“没什么。”

“怎么会，我看你们刚刚聊得挺起劲的。”他心不在焉地说。

陈洛初没吭声，被甜甜拉着出去玩了。

小姑娘拉着她坐到草坪上，偷偷凑到她耳边说：“姐姐，我没有撒谎，我哥哥房间里有个抽屉，里面不仅有你的照片，有很多你写给他的信，还有很多礼物，有条围巾，是你送的吗？”

陈洛初顿了顿：“是黑白格的条纹吗？”

甜甜一听，猛地点头：“是的是的，就是这个配色，哥哥叠得很好放在抽屉里。”

这条围巾确实是陈洛初织的，那个时候流行织围巾，她也就织了一条给他。她就是抱着侥幸心理，某天趁他没来学校放在他的位子上，没想到他居然还留着。

陈洛初的眼神有些复杂，道："那你哥哥有没有跟你说起过我？"

甜甜张了张嘴，正要开口说话，眼睛却猛地瞪圆，双手紧紧地捂住嘴巴。陈洛初意识到是有什么人过来了，然后就看到了徐斯言。

他什么也没说，只是站着看着她。再没有比打听人家的情况，却被本人听到还要让人尴尬的事情了。

陈洛初勉强朝他点了点头，觉得这里是待不下去了，正要抬脚进去，就听见他开口道："陈洛初，你跟一个小孩子打听，不如直接来问我。"

"抱歉。"她说，"冒犯到你的隐私了。"

"没关系。"想了想，他又补充了一句，"你们以后会离婚吗？"

"也许吧。"陈洛初沉默了一下，说，"结婚是因为意外，为了解决意外而结婚，总是坚持不了多久的。"

屋子里陆续有人出来，刚才甜甜的话引起那种尴尬，他们俩也就不适合单独待着。为了避嫌，她很快抬脚进了室内。

姜钰正好被姜母叫去接姜国山过来，看到陈洛初，就拉着她一起往外走。陈洛初不太想去，可拗不过他，只好被他带着往外走。

"你自己一个人去不就好了？"她皱眉道。

姜钰道："难不成你想留在这里带孩子？"

陈洛初见他一副不太耐烦的样子，语气寡淡地道："不是所有人都跟你一样不喜欢小孩的。"

"反正你就是得跟我一起去。"姜钰没耐心地说，"你要是不跟我去，你自己想想后果。"

陈洛初还是不习惯他突然又变得跟之前一样，跟她说这些亲密的话题，只好什么都不说。

提到这个话题，他偏头看了看她，琢磨了一会儿，凑到她耳边。

车窗没关，徐斯言站在车外，正好看见了姜钰跟陈洛初亲密的模样，眯了眯眼睛。

下一刻，车子就从他面前开了过去。姜钰也在后视镜里看见了他，挑了挑眉。

陈洛初在车上闭着眼睛，倒是真的睡着了。她醒来时，姜钰正坐在副驾驶座上玩手机。她四处看了看，发现这是某个商场的停车场。

“怎么来停车场了？”

姜钰说：“爸那边还有点事，咱们先逛逛。”

两个人逛的是比较有名的品牌店，陈洛初想着顾泽元要出国，也长大了，就打算给他买一条领带。她转了一圈，最后选了一条黑色的，比较稳重。

姜钰拿着比了比，说：“黑色不好看，我表哥系的时候我就觉得挺丑的。”

陈洛初还在挑选其他领带的手微微一顿，她对黑色有好感，很大程度上是因为徐斯言，她很喜欢他穿黑色衣服的模样。

陈洛初默默地拿着领带去结了账。

他们又去了女装店，姜钰倒是十分热情地给她挑了不少衣服。可不知道是不是她多想了，她总觉得他挑的衣服里有温湉穿着的影子，这让她没什么兴致。

“走吧。”她说。

“你现在连逛街都不喜欢了？”他挺好奇她的变化。

陈洛初没法跟他说自己不想买的点在哪儿，敷衍地点点头说：“先去接你爸吧。”

两个人这才去接姜国山。

姜国山看到陈洛初，又是一阵嘘寒问暖。他见姜钰眼底泛青，知道他昨天晚上没睡好，便开口道：“我开车吧，你跟洛初坐后面。”

姜钰正好不想开车，他困得厉害，就打着哈欠靠在陈洛初身上睡了。不一会儿，他就睡得挺沉了。陈洛初之前是睡了一觉的，现在当然不困了。

姜国山回头看了他们一眼，对陈洛初说：“他要是永远这样，不也挺好。我就不相信他能一辈子惦记那个姑娘。”

陈洛初也只是朝他笑笑。她不知道长辈为什么会觉得这是件好事，明明姜钰在某些方面是将自己封闭起来了。

就比如温湉来过的事情，他也没再问过。对一个重要的人不闻不问，这才是最大的问题。

陈洛初被姜钰靠了一路，肩膀十分酸痛。最后她忍无可忍，推了他一把。姜钰揉了揉眼睛醒过来，头还是枕在她身上没动。

陈洛初说："很累。"

姜钰偷偷凑到她耳边，漫不经心地说："我昨晚才叫累呢。"

陈洛初没说话。她年纪其实不大，但整个人身上的气质确实沉稳过了头，很多时候简直就是死气沉沉，也经常会觉得自己没活力。

姜钰皱眉道："你这样阴沉，看上去容易显老。"

"显老"这两个字让她的心像被刺了一下。她心里不太舒服，却也没跟他争辩，只笑了笑："确实比不上那些小年轻了。"

姜钰道："你还挺能承认自己的不足的。"

姜钰却显然没打算结束这个话题，单手搂住她，继续用只有两个人才听得见的声音说："陈洛初，你这一年怎么都没好好保养自己。"

他的语调轻快含笑，陈洛初的脸色却越来越差，几乎就要忍不下去，只好看着窗外。

到了他们俩的新婚别墅，陈洛初的视线下意识地在屋子里搜寻，却没再看到徐斯言的身影，大概是走了。

蒋文媛看了她一会儿，笑道："斯言去找曼曼了。"

姜钰几乎是立刻眯了眯眼睛，扫了一眼陈洛初，抿着唇没说话。

姜国山过来就是为了跟蒋文媛吃顿晚饭，顺便聊一下两家的合作。

饭桌上，陈洛初和姜钰两个人都比较安静。姜母皱眉道："两个人又怎么了？"

陈洛初笑着说"没事"，姜钰坐在旁边夹了块猪蹄，心不在焉地说："老婆，吃这个，美容养颜。"

陈洛初没动，只觉得憋屈。姜钰从本质上说不算她的男人，她甚至都不能闹一闹。再者，也可能在他眼里，她确实已经美貌不再。

"吃啊，老婆。"他在旁边劝道，"我是为了你好。"

陈洛初觉得讽刺，客气地笑道："我不喜欢吃猪蹄。"

"这个做法不一样，试一口呗，顶尖厨师。"姜钰往她面前送，碍于人多，她只好咬了一口，然后再不肯吃第二口。

"不要了？"姜钰含笑道，"没关系，老婆不喜欢吃就我吃。"他把那块猪蹄给吃了。

蒋文媛道：“阿钰这一口一句‘老婆’的，也不害臊。”她又说，“倒是不见洛初这么喊阿钰。”

姜钰放下筷子，看着陈洛初，打着商量敷衍地道：“是啊，老婆，叫声‘老公’呗。”

陈洛初叫不出口，只能假装害羞地道：“人多。”

“那行，那回房间再叫。”他说。

蒋文媛吃完饭，就要带着甜甜回去。甜甜喜欢陈洛初，非要跟她抱一抱再走。抱完后她又要姜钰抱，姜钰对孩子的态度相当敷衍，抱是抱了，只是心不甘情不愿的。

蒋文媛道：“阿钰，你以后迟早要有自己的孩子，现在可以尝试着接受孩子。”

姜钰道：“我可没打算要孩子。”

蒋文媛笑道：“你妈可接受不了没孙子，而且你怎么就能保证洛初不想要孩子呢？”

姜钰见他妈脸色不太好，找了个话题把这个问题给揭了过去。

陈洛初道：“我送甜甜出去。”

蒋文媛跟她并排往前走，两个人并没有什么可聊的，陈洛初只沉默地目送她离开。她有点感慨，蒋文媛永远这么高高在上。

她也不否认自己当时爱惨了徐斯言，追了他几年都不放弃，除了是真的喜欢，里面不乏跟蒋文媛作对的成分。只是没想到，她最后会输得那样惨。

陈洛初在门口吹了一会儿晚风，才抬脚往屋里走。

还没走进客厅，姜母的声音就从里面传出来：“阿钰，你要记得对洛初好一点，多照顾她一点。她现在不是外人，是你老婆了。”

“知道了。”男人的声音里带着几分漫不经心。

陈洛初顿了顿，抬脚走进去。姜母看见她，怜爱地握住她的双手，慈爱地道：“洛初，他要是让你受委屈了，记得跟妈说。”

陈洛初笑着点点头，一如既往地哄着长辈：“他要是欺负我，我肯定告诉您。”

姜母跟姜国山不住这边，他们也不想妨碍孩子们的生活，没过多久也走了。

陈洛初想回房间休息，姜钰跟她一起。进了房间，他就把门给关上了。陈洛初只听见一声不算轻的关门声，转过头去看，却被他扑倒在床上。

“你干什么？”她皱起眉，微微挣扎，衣服很快变得凌乱，露出雪白的皮肤。

姜钰声音沙哑地道：“欺负你。”

陈洛初在他面前就像只手无缚鸡之力的小白兔，只是想起他话语里的嫌弃，又加上他这么不讲理的样子，难免感觉酸涩。

她微微偏过头去，姜钰只觉得她这个偏头露出细长脖子的动作像是在邀请，轻轻地咬上去，更加凶狠。

他捏住她的下巴，微微喘着气说：“叫声‘老公’呗。”

她不肯，他怎么逼，她都不肯。姜钰就皱眉道：“得，我这婚算是白结了。”

说归说，但他还是不肯放弃，用头蹭她，开始换成讨好策略，说：“洛初姐，你以前都愿意叫的，就再叫一声呗。”

陈洛初依旧不肯，这下可真的是捅到马蜂窝了。姜钰的眼神都锐利了几分，冷笑一声。

陈洛初蹙眉道：“你这样很无聊。”

他一生气，就爱折腾陈洛初。他们的婚后生活，倒像是一对真正的夫妻。

陈洛初知道，他一直都喜欢刺激，喜欢刺激的人很容易就会没了新鲜感。比如他年轻时喜欢玩滑板，就使劲玩了半年，之后就再也没有碰过。他还喜欢赛车，可也就玩了那么一会儿。他从来就没有喜欢一件东西喜欢很久。

他大概是在她的身上找回了那么点新鲜感，所以才乐此不疲。

因为他们结婚了，陈洛初又重新出现在他的朋友圈里。顾越他们又开始变得像尊重温湉一样尊重她，只不过没喊她嫂子，依旧喊她洛初姐。

不过大多数时候，他出去玩都不会带着她。带着老婆出门，确实很没有意思。

又过了一个星期，她跟姜钰也不黏着了，两个人各自出去工作，偶尔有事就手机聊一聊。

总的来说，除了那本结婚证，她觉得自己跟单身的区别也不是很大。

这天，顾泽元拍了照给她，照片上一群美女，形形色色。

顾泽元说 ：“洛初姐，你看看姜钰工作的环境，全是女人，还都是美女。”

陈洛初不在意姜钰，只问他什么时候出国：“我这边还给你准备了一份礼物，到时候给你送过去。”

顾泽元说：“还有一个星期呢，洛初姐，还是你对我好。”

陈洛初就又陪他聊了几句，像出国的注意事项，一个人在国外出了意外该怎么办。

顾泽元纳闷道：“洛初姐，你像是在国外生活过一样。”

陈洛初顿了一下，道：“没有，都是在网上看的。我先去忙了。”

马上就是暑假了，学期结尾，陈洛初有些忙。她在学校加班，准备回去时差不多已是晚上十点。学生也都回了宿舍，学校里安安静静的。

大学校园其实有点偏，深夜一个人还是有些吓人的，特别是走去停车场的那一段路。

陈洛初刚走到楼下，就看见了姜钰。

“洛初姐。”他看见她，朝她走过来，“我在家里躺了有一会儿了，你还没回来，我想着这么晚你肯定害怕，就来接你了。”

陈洛初却只闻到他身上刺鼻的香水味，往后退了一步。

姜钰说：“那群女人非要往我身上凑。”

陈洛初道：“你要不愿意，她们也不敢。”

姜钰抬了抬头，真不真心倒是没那么好辨别。他说：“洛初姐，我可真没有。”

陈洛初揣摩不清他的意思，懒得理他，跟着他上了车。回到家，他自然又缠着她。

他们俩作息时间都晚，大半夜他才提起度蜜月的事情：“人家都有蜜月，你想不想去？”

陈洛初一开始准备过蜜月的事情，但这都过去半个月了，去不去也没什么意义了，她就说随便。

“那当然得去了。”姜钰说，“我这就去看地方。”

结果第二天一大早，他就说准备好了，拉着她去了机场。

陈洛初不知道他怎么突然想起要度蜜月，后来登机前姜母跟她说蜜月愉快，她就猜到了一点。显然是姜母叮嘱，或者说，可能是她威胁姜钰的。陈洛初不知道姜钰要带她去哪里，也没有兴趣知道。

飞机上，两个人的座位也没有买在一起，一前一后，中间隔了好几个位子。

很快空姐就过来送午饭，空姐一个个地送，到谁面前都一样，唯独在姜钰那边多说了几句。她微微蹲下来一点，让他的视线正好对上她胸前的名牌。

陈洛初第一眼就感觉这个女人不愧是当空姐的，身材没得话说。

“沈兰汐。”姜钰含笑道，“名字不错。”

“姜先生，请问需不需要毯子？”她微笑着，贴心服务。

“拿一条吧。”

空姐走了，不一会儿便拿了一条毯子过来。陈洛初总感觉这条毯子是所有毯子里面最干净的一条。

之后空姐又有意无意过来逛，有那么一下没站稳，轻轻扶了一下姜钰的肩膀，也不知道她是不是真的没站稳。

“对不起，先生。”空姐连忙道歉。

姜钰的视线往后扫了一眼，说：“没事，注意安全。”

“谢谢。”这个空姐的眼神很厉害，随便看一眼都是含情脉脉的。

陈洛初在后头目睹一切，一言不发。

四个小时以后，飞机成功落地。陈洛初率先下了飞机，姜钰则留在后面跟空姐聊着天。她出了机场，等待来接她的车。

“洛初姐。”姜钰几分钟后走出来，还在抱怨，“你怎么走那么快？”

陈洛初笑着说：“我先出来等车。”

姜钰看了她好一会儿，牵起她的手说：“国外没国内安全，你别一个人乱走。”

“嗯。”陈洛初也明白。

他顿了顿，说：“是那个空姐搭讪我。”

“你长得好，确实招女孩子喜欢。”陈洛初非常中肯地评价道。

“你也觉得我长得好？”他挑了挑眉，道，“确实，不然你又怎么可能跟我在一起。”

陈洛初勾了勾嘴角，这一点姜钰算是没说错。他要是很丑很丑，她肯定不会愿意跟他在一起。从某种程度上来说，她还挺现实的。

接他们的车子在五分钟以后才到，姜钰把行李箱放到后备厢，再跟她一起坐在后排位子上。

陈洛初觉得，姜钰这个人，真的是格外喜欢肢体接触，就跟没骨头似的，特别特别爱靠着她。她瘦瘦的，觉得挺吃力，于是跟他商量：“你能不能离我远一点？”

姜钰抬起眼皮扫她一眼，说：“为什么要离你远一点？黏着自己的老婆有什么不对的地方吗？”

问题是他们不算那种“正常”夫妻啊。姜钰进入“丈夫”这个角色也太快了，快到有些不正常。

陈洛初绞尽脑汁也想不明白，他到底在打什么主意。这跟她想象中的，跟姜钰结婚，出入很大。她本来以为，这场婚姻应该是互不干扰的。

姜钰订的酒店在海边，一眼望去，能看见岸边不断拍起的海浪。

下午时分，姜钰没让她出去玩。等到天色暗下来，才让她换上比基尼，跟她一起去了海滩。两个人没走出去多远，姜钰就喊：“洛初姐，有人。”

那是一个彪形大汉，欧洲男人，他几乎是立刻把她挡在了身后。彪形大汉一脸莫名其妙，陈洛初说：“他没有恶意。”

姜钰道：“但是你穿得少。”

陈洛初差不多就明白他的意思了，毕竟是领了证的，就算他不喜欢，也不能被其他男人给看了去。

姜钰这个人占有欲很强，偶尔像头野狼似的，对所有同性都充满敌意。他也不怎么喜欢徐斯言，两兄弟的关系其实算不上很亲密。

一直等到彪形大汉走了，陈洛初才从他身后走出来，淡淡地道：“我这身材，应该入不了人家的眼。”

姜钰漫不经心道："聊胜于无嘛。"

海边其实也没什么意思，就是晚风袭来，凉意明显，再就是水浪声，能给人安心之感。除了这个，再没有什么特别之处了。

陈洛初坐在沙滩上，准备起身说要回去，却感觉男人蹲下来，在亲吻她的背。

"回去吧。"她勉强淡定，只希望附近不要有人。

姜钰也正有此意，打横把她抱起来，说："洛初姐，你太轻了。肉一点，才显年轻。"

姜钰有时候说话就是这样，能把人气个半死。这个话题他不知道提过多少次了，每到这个时候她都不理他，他也不在意她的沉默。

酒店房间有扇大大的落地窗，能从里面看见外面，外面却看不到里面的光景，姜钰觉得很有意思。

陈洛初却皱起眉："把窗帘拉上。"

姜钰哄道："洛初姐，没有人看得见我们。"

陈洛初的眉毛依旧没舒展开，大概是由于水土不服，她的胃开始疼了，一阵一阵地疼。

姜钰看出些许端倪，很快便说："我去买药。"

他翻身起来穿好衣服，出门前又叮嘱她："记得如果不是我回来，谁敲门你都别开门，这地方乱七八糟的人多。你要是不听，出了事我可不负责。"

陈洛初背对着他，根本就不愿意多说话。

姜钰转身往外走去，他半点不懂这个国家的语言，请的翻译这会儿也下班了。跟国内不一样，国外的人下班，那就是真下班了，多给钱都没有用。

姜钰一边往楼下走，一边看着地图，走到楼下时却被人喊了一句："姜先生。"

他顿了顿，抬头一看，就看见了穿私服的美女空姐。

姜钰琢磨了一会儿，记起她的名字："沈兰汐？"

"姜先生还记着我呢。"沈兰汐笑了笑，说，"没想到会在这里遇上姜先生，可真巧。"

“嗯，是挺巧。”姜钰点了点头，“今晚你住这儿？”

“是的，我们空乘组都在这儿休息。”沈兰汐打量他的四周，垂眸，明知故问道，“姜先生是一个人？”

姜钰不动声色地遮住手上的戒指，道：“没错，我一个人。”

“我住在 202。”她说，“对了，姜先生住哪儿？”

“六楼。”

沈兰汐顿了顿，六楼是这家酒店的黄金楼层，住的一般都是大老板。

“看来姜先生家庭条件挺好。”她笑着调侃道。

“凑合。”他不愿过多解释，“也就小康。”

沈兰汐知道他这是自谦，有这种水平显然是非富即贵的人家。她饶有兴致地说：“姜先生，要不要去喝一杯？晚点我还可以带你逛逛，这边的夜市还是挺有意思的。”

姜钰脸上的笑意更加明显：“我得先办正事，附近有没有买药的店子？”

沈兰汐道：“我带你去。”

她带着他朝附近的一家药店走去。

姜钰买完药转身就往回走，沈兰汐连忙跟在他身后。她穿的是高跟鞋，只能勉强跟着他，想着就把手搭在他的肩膀上。她这一搭，姜钰就不动了，眼睛紧紧看着前面。

沈兰汐顺着他的视线看去，就看见前面站了一个女人，穿着睡衣，乌黑的长发披散着，脸上没化妆，脸蛋却很白，深刻的五官看上去并不突兀，反而出人意料的好看。因为女人实在是太好看了，她几乎立刻想了起来，这个女人也曾搭乘她的航班。

女人站在几步之外，神色淡淡地看着他们。

沈兰汐有些不明所以，侧身想抓姜钰的手。他却避了避，朝女人喊道：“洛初姐。”

沈兰汐的脸上有些挂不住，勉强笑了笑：“你们认识啊？”

陈洛初淡淡地勾了勾唇，说：“认识，不太熟。”

姜钰却把手上的戒指亮出来，说：“是我老婆。”

沈兰汐有些尴尬，说：“我以为你单身。”

姜钰下意识地朝陈洛初看去，她还是带着笑意站在那儿，一副波澜不惊的模样。

姜钰说："洛初姐，我跟你回去。"

陈洛初朝沈兰汐点了点头，就往回走。姜钰连忙跟上去，跟在她身后进了电梯。

"老婆。"他打破安静的局面。

陈洛初透过电梯的镜面，看着身后的男人说："你要是不想回去，就过去吧。"

"我没想去。"他连忙拒绝，真假难辨地说，"我都结婚了，还跟她不清不楚做什么。"

姜钰在不久前还说过她老："我没她年轻。"

"这不是跟你开玩笑嘛，当然还是我洛初姐好看了。"姜钰靠近她，握住她的手，跟她十指相扣，"我心里没觉得你老。"

回到房间，姜钰想了想，把她抵在墙壁上，说："洛初姐，我跟她一起，是想让她带着我去给你买药。我不认识这边的字，对这边的环境也不熟悉。"

陈洛初假模假样地笑了笑，再次说："嗯。"

"真的。"他说，"我不骗你。"

姜钰说完话，就低下头来亲她，倒是带着几分情侣之间柔情蜜意的感觉。奈何陈洛初这会儿心情不好，伸手推开了他。

姜钰皱着眉看她，陈洛初没吭声。这段婚姻，她是不可能完全由着他来的，她根本没有吃亏的必要，更何况她已经算是相当忍让了。

姜钰站了一会儿，没见她妥协，只好道："不早了，我们休息吧。"

海边很热，陈洛初不太喜欢吹空调，姜钰又喜欢贴着她睡，没一会儿，她就觉得身上起了一层汗，黏得人难受。

她有点烦躁，又认床，睡不着。更加烦人的是，大半夜的手机响了。陈洛初拿起来一看，发现是一个陌生的微信号，发过来的内容是：考虑得怎么样了？

陈洛初：啊？

那边回：上次说来我这边做策划的事。

陈洛初盯着那个微信号看了一眼，这个不知道什么时候加了微信的好友居然是徐斯言。

她的眼神有些复杂。

过了好一会儿，她才回复：是你啊，我还以为你之前没通过我。

当时在一个班，有什么事情，他大多数也是在群里说，所以哪怕他们俩是俊男美女，也没有人怀疑他们之间有什么。

徐斯言：没有，是我加的你。

陈洛初顿了顿：什么时候？

徐斯言：有一次聚会，你喝醉了，在我面前哭，说我们要是有可能，就让我加你。你闹得太凶，大马路上有人看着，我实在没办法，就加了你。

陈洛初也摸不准自己这会儿是什么样的感受，没有继续这个话题，只说：我再想想吧，现在已经在学校工作了，挺稳定的。

徐斯言道：方便接电话吗？

陈洛初想说不方便，但犹豫片刻，还是起身给他打了电话。

徐斯言说："陈洛初？"

"嗯。"她回头往床上扫了一眼，姜钰睡得很沉，正抱着她睡过的那个枕头。从她的角度看去，能看见他此刻安静下来的侧脸。倒是，怪美好的。

陈洛初收回视线，徐斯言再开口时，声音里带了诱哄的味道："陈洛初，我这边，薪水会比较高，福利也好，绝对比你当老师划算。"

"徐同学，你记得我们之前的事情吧？"她压低声音说。

"哪一件？你追我的事情？"他懒懒地笑了笑，"都记得，什么都记得。"

她说的，其实是他们关系不算好的事。徐斯言很少有这么放松的时候，有些不对劲，于是她下意识地说："喝酒了？"

"一点点。"徐斯言说，"陈洛初，我一直在等着你变优秀，后来你不在我身边了，我又觉得，你不优秀也没关系。我总想着看你进步，可最后却把你送到了姜钰那个纨绔手里。我始终不肯弯腰扶你一把，所以最后报应来了，我只能看着你们在一起，看着你们结婚。"

陈洛初没吭声，握着手机的手却很用力。徐斯言的声音里压抑着痛苦，自嘲地笑了笑，说：“自从听见你们结婚的消息，我就整晚整晚睡不好。”

陈洛初望着外头的天色，伸手不见五指。她叹了口气说：“先洗漱睡觉吧。”

徐斯言沉默片刻，说：“工作的事情你好好想想，我是真的觉得你适合。陈洛初，你总是要摆脱你姑父的，还有你父亲的事……你该独当一面的，不是吗？”

第五章

情待不思量

“等我两天，给你答复。”陈洛初当然认可他的话，不然早就拒绝了，不会考虑这么久。

第二天早上，她是被姜钰吵醒的。

两个人一番折腾，起来的时候已经超过十点了。姜钰等她穿好衣服，才跟她一块儿慢悠悠地出门去吃饭。谁知道这么巧，刚好遇见了沈兰汐。

他只当没看见，人家却主动凑过来打招呼，不过是对陈洛初：“美女好。”

“你好。”陈洛初朝她笑了笑。

沈兰汐有些尴尬，又觉得这个女人看着挺好的，于是把陈洛初拉到一旁，扫了一眼不远处的姜钰道：“昨天我真不是故意跟你老公走在一起的，我是真的以为他单身。他长得不错，所以我打算认识一下他。我要是早知道他结婚了，肯定不会接近他的。”

陈洛初淡淡地笑着，没吭声。

“但你也得多管着他点。”沈兰汐提醒她。

陈洛初道：“我管不住他。”

“女人不能这么傻，一个男人给你花钱，和对你好，总要占一样。”

她莞尔，跟姜钰结婚，她当然是有目的的。

不远处的姜钰等得有些不耐烦，说：“洛初姐，我饿了，你快点。”

陈洛初朝沈兰汐点了点头，道：“我先走了。”

她才刚走到姜钰旁边，就听见他问：“她跟你说我什么了？”

“没什么。”

这一晚，两个人背对着睡，陈洛初却睡得很好。第二天他起得很早，故意把动静弄得很大，显然是有意要吵醒她。

陈洛初当然不会在这种事情上跟他计较，但是这天早上，蜜月的第三天，两个人还是爆发了一场不算小的争吵。

看到姜钰的脖子上系着她给顾泽元买的那条领带，陈洛初当时就冷了脸，说：“谁准你拆包装的？”

昨天晚上两个人就闹得挺不愉快，姜钰的表情也没有多好，不太在意地道："一条领带怎么了？"

"这是我的东西，没有我的允许，你就不应该动不是吗？"陈洛初说，"最起码的礼貌你总该有吧？"

姜钰道："你这条领带打算送给谁？"

"私生活应该不在你过问的范畴里，你应该也没有过问的权利。"陈洛初斟酌片刻道，"你既然系了，我也不好再送人，你到时候折现给我就成。"

姜钰真是被气笑了："我拿一条你的领带怎么了？"

"我可以另外给你买。"

姜钰挺偏执的，眯了眯眼睛说："我就要这一条。"

"不行。"

"陈洛初，怎么着我也算是你的男人，就要这条领带不行吗？你送其他人可以另外去买啊。"

陈洛初淡淡地道："你不是。"她又妥协道，"算了，领带你拿去吧，我重新再买。"

"我天天跟你在一起，还不是你的男人？"姜钰扫她一眼，"起码现在是在婚姻期，没得跑。"

陈洛初说："真不一定。"

姜钰沉默了一会儿，然后把领带从脖子上扯下来，丢到地上，转身向外走了出去。陈洛初顿了顿，把领带从地上捡起来，扫了一眼门外，没吭声。

她在房间里待了一整天，姜钰当然没有回来过。她觉得有点饿了，就起身准备去吃饭。

只能说沈兰汐真的是阴魂不散，刚走出门，陈洛初正好又和她撞上了。

她看陈洛初的眼神有些同情，犹豫了一会儿，还是打算跟她说实话："你是来找你老公的吗？他在楼下酒吧里，今天请了全场人喝酒，有不少女生围着他转。他都在那里待了一整天了。"

陈洛初笑了笑，说："我不是去找他，我打算去吃饭。"

沈兰汐不依不饶地问："你们应该是来度蜜月的吧？就连度蜜月

他也不安分，简直算是光明正大了……”

陈洛初没有再在姜钰的事情上纠结，他就是要她顺着他，可她没这个打算。她不会妥协，她就是要通过领带的事情让他看清楚自己的态度。

反正他们早就不是之前的情侣了，感情这种东西他们也不需要维系。换句话说，他们之间有问题是不需要解决的，熬过一年的舆论期，大不了到时候找个借口一拍两散就是。

陈洛初笑着问沈兰汐：“沈小姐，你知不知道附近有卖特产的地方？”

沈兰汐疑惑地皱眉，却也没有多问，带着陈洛初去了附近一家小市场。陈洛初挑了很多礼物，看上去大概是要送给许多人。

她又大方地请沈兰汐吃了饭。她最近也还算有钱，结个婚其实也划算，陈英芝给的嫁妆，还有姜母给的彩礼，都不少。

当天晚上，姜钰没有回来。

陈洛初给他发微信，问他今晚还回不回来，他也没有回。她问了很多遍，不想闹得太难看，只不过他都没理她。

她琢磨了一会儿，往后几天姜钰估计都不会理自己，与其这样一个人在国外待着，还不如回国。况且在国外待着既不自在，又不安全。所以她直接打开APP（软件）看了机票，又连夜起来把自己的行李给整理好。

清晨六点，陈洛初一个人去了机场。

这会儿时间还很早，她也没有想到徐斯言的电话会在这个点打过来。毕竟这会儿，国内正值睡觉的时间。

他是来为那天喝了酒说了胡话道歉的，没想到却听见陈洛初回国的消息。

“跟姜钰一起？”

陈洛初顿了顿，说：“没有，他这会儿还在酒吧玩，我一个人待着无聊，就打算先回来。”

“他就是爱玩的性子。”徐斯言扯了扯领带，看了一眼手表，道，“那我等会儿去接你。”

陈洛初刚出机场，就看见了徐斯言。她跟他这么久没见，又算不上熟，一时之间也不知道该说什么，就这么干站着，好在他主动过来替她提了行李。

这会儿国内天刚亮没多久，他显然没睡好，眼睛还有点泛红。

她刚坐到副驾驶座上，徐斯言就递了一瓶水过来。

“谢谢。”她伸手接过，客客气气地跟他道了谢。

徐斯言道：“带你去公司看看？”

陈洛初顺势问出了心中的疑惑：“你们家公司那么大，徐家也只有你一个儿子，怎么想着出来单干？”

徐斯言一边转动方向盘注意着路况，一边分心回答她的问题：“想摆脱家里的掌控罢了。”

“你的父母都是精英，给你参考的路子应该错不了。”

徐斯言顿了顿，云淡风轻地道：“我不知道从什么时候开始，就接受不了我的婚姻被摆布了。”

陈洛初没有吭声，她很注意分寸，不该问的她从来不会多说什么。

徐斯言的公司，目前只是一个很小的工作室，只不过里面的人全是精英。陈洛初很久没有跟这种专业人才见面了，态度不由得都严谨了几分。

“老板娘，犯不着这么客气啊。”

陈洛初浅笑道：“我不是你们的老板娘。”

众人愣了一下，很快就把这个话题给带了过去，嘻嘻哈哈说其他的。他们进入工作状态时，又格外认真。

陈洛初有一瞬间的恍惚，隐隐约约觉得，这才是她应该待的环境。她觉得这里十分有亲切感，或许这就是同道中人的共鸣吧。

“陈洛初，来这边上班吧，我们一起把公司做大。你要对付陈横山，我会帮你。”徐斯言不知什么时候出现在了她身后，劝道。

陈洛初想了想，说：“我可以过来兼职，但是我最近并不想离开学校。”

“因为什么？”

陈洛初：“也算是全心全意付出了，干一行爱一行吧。”

“可以。”徐斯言的声音里带了几分不易察觉的笑意，“你想怎么样都可以。”顿了顿，他的语气又正经了点，说，“对了，那天我喝醉酒给你打的那通电话，你别放在心上。”

陈洛初最懂得怎么缓解尴尬了，笑道：“我早忘了。”

徐斯言扫她一眼，挑了挑眉，淡淡地道：“我喜欢你这件事情不是假的；你跟姜钰在一起，我吃醋得不行也不是假的。但是我有底线，你要是不愿意，我是不会去破坏你的婚姻的。

“陈洛初，当初但凡我主动一点，哪里轮得到姜钰出现在你的世界，是不是？

“要是陪在你身边的人是我，你当初也不会从楼上掉下来。”说到这里，徐斯言停顿了好一会儿，才压抑地道，“可是他在一年时间里，居然连看都不去看你一眼，他是怎么做到这么冷血的？”

陈洛初没有想到他会提到这个话题，愣了好一会儿，反而像个无关紧要的人一般安慰他道：“都过去了，也没有什么，只不过当时内心太煎熬了。这种事也就发生了这么一次，以后都不会有了。”

“嗯，不会再发生了。”他说，“陈洛初，以后我都在。”

陈洛初勾了勾嘴角，只不过她的心里却没来由地很烦躁。姜钰当时的不好，她差不多已经忘了，经过徐斯言这么一提醒，她就又想起来了。

陈洛初想起当初那段灰暗的岁月，大多数时候，她都是一个人待着的。

她也听到旁边有护士偶尔提起，说她逼婚，脑子有病。她其实也不完全是为了逼婚，更多的，只是想折磨自己罢了。

陈洛初从徐斯言那里离开以后，就去了学校。她把其中一部分买回来的礼物送给了叶晨曦。

小姑娘很开心，但更多的是替她担心：“姐姐，他是不是还是对你不太好？”

陈洛初却没有回答这个问题，拍了拍她的肩膀，让她放心：“你住寝室还习不习惯？要是嫌吵，可以去我之前租的地方住，那边现在空着，反正交了钱的，不住也浪费了。”

叶晨曦连忙摆手道：“导员姐姐，那也不能让你这么花钱呀，你那个地段房租好贵。”

陈洛初便想了一个折中的法子：“我便宜点转租给你吧，反正空着也是空着，还能回点本。”

叶晨曦眼前一亮，当然是感激得不行：“姐姐你真好。”

姜钰没回来，怕家里起疑，她也是不能回去的。陈洛初索性就替叶晨曦搬家，晚上两个人就在她的出租屋住下。她这边能送给叶晨曦的东西，基本上都送了。

两个人躺在一张床上，也不会拘束，反而相当自在。

叶晨曦什么苦恼都跟她说，说最近可担心考研的事情了：“我想考法律，可是跨专业考好难啊。”

陈洛初好奇地道：“怎么就想着要考法律专业了？”

叶晨曦不好意思地挠挠头道：“说来也奇怪，我光是看到法律的教材就热泪盈眶，感觉这辈子像是要完成什么事情一样。”

陈洛初愣了一下，说：“我父亲……就走得挺冤的。有人要害他，他命悬一线，还护着一个孩子。就是我上次跟你说的，他也是因为救一个孩子走的。”

叶晨曦皱眉道：“那些坏人都怎么样了？”

“都活得很好。”陈洛初的声音小了点，似乎有些出神，“坏人们都活得很好，不过他们会付出代价的。”

叶晨曦赶紧抱了抱她，像是要给她力量，说：“姐姐，你还有亲人吗？”

“还有一个妹妹。”

“你不是说她失踪了吗？”

“我知道她在哪儿了。”陈洛初喃喃道，“我肯定会保护好她的。”

“嗯，以后那个男人要是敢欺负你，我也会帮你的。”叶晨曦说，“我不会眼睁睁看着导员姐姐你被欺负的。”

“好啊。”陈洛初说，“但是我希望你能先顾好自己。”

她半天没有听见回复，低头一看，叶晨曦已经睡着了，呼吸均匀，乖巧地躺在身侧。

陈洛初情不自禁地勾起嘴角，温柔地顺着她的头发，心不在焉地想：我肯定会保护好你的。

陈洛初第二天中午登录微信才看见姜钰昨天发来的几条消息——

“去哪儿了？”

“在哪里？”

他六个小时以前发的最后一句语气好了很多：“老婆，你人在哪里，回去了吗？”

陈洛初扫了两眼，想起之前他也没有回微信，便没有回复。

下午再晚一点，姜钰就出现在了学校，手边还有一个行李箱，显然是刚回来就直接来了这边。

陈洛初彼时正跟办公室的一个男老师一起去开会，姜钰的视线在男老师身上来回扫了好几眼，凉凉地冷笑一声。

男老师几乎立刻尴尬地道：“陈老师，那我先走了，你跟你老公聊。”

“嗯。”她朝男老师不好意思地笑了笑。

等到面对姜钰，她的表情就淡了下来，直直地想从他面前走过去。姜钰眼明手快地拉住她的手，脸色不太好看地道：“你什么意思？把我一个人丢在国外也就算了，跟你男同事有说有笑的，一看见我理都不想理？”

陈洛初把手抽回来，平静地道：“你也得在自己身上找原因不是吗？”

“不就因为领带吗？我已经重新给你买了一条了。”他非得把陈洛初拽进角落里跟她谈话。

哪里只是领带的原因？问题的主要原因显然在于他乱动她的东西。陈洛初不觉得自己跟他有那么亲密，她希望他们俩在某些事情上泾渭分明。

“你以后不准再胡乱碰我的东西。”陈洛初说，“我也得有一个自己的房间，没有我的允许，希望你别踏足。”

姜钰伸手捏住她的下巴，冷冷地道：“想分房睡，你做梦。”

陈洛初扫了一眼四周，这会儿倒是没有人。如果有人，估计又要说闲话了。姜钰捏她下巴的这个动作，并不是很尊重人。

她轻轻地推开他，冷淡地道："你要是觉得吵架很有意思，你去找擅长的人陪你发挥。我对这方面不是很感兴趣。"

姜钰的火气就这么被点燃，连眼神都是冷的，语气里带着点说不上来的阴阳怪气："你看哪个男的有那么大方，看自己老婆给其他人送礼物的？你闹脾气，我就给你买了，现在又主动来找你，到底是谁想吵架？"

陈洛初平静地道："我这会儿不想跟你吵，如果你非要闹，我们干脆就别住在一起了。我喜欢的是友好的邻居，吵架解决不了任何问题，反而会把关系弄得一团糟。"

姜钰听着这话刺耳极了，说得好像是他在无理取闹一样。

不过在陈洛初眼里，他就是蛮不讲理，她提的要求在她看来并不过分。恩爱夫妻彼此还有个人空间呢，他们这种表面夫妻，彼此之间当然更得有距离了。

"我要去开会了。"她实在不想再跟他聊。

姜钰拽着她的手往她的办公室走去，陈洛初一是没准备，二是男女力量本就悬殊，三两下就被他给拖了过去。

"姜钰，这里是学校！"陈洛初真是有些忍无可忍，"而且，我真的要开会了。你能不能别耽误我工作？"

"陈洛初我发现你有的时候就是欠教育，你别以为我不清楚你同意嫁过来是为了让我们家替你对付陈横山。你有那个心思就好好地讨好人，假装清高做什么？"

这话就说得难听了，陈洛初同意结婚，当然是有自己的心思，要不然她说什么也不会答应。可她现在什么都还没有提过，只有心思没有行动，在她心里姜钰的话就等于在"造谣"她。

"我要求过你什么？你胡说什么？"陈洛初到这会儿才大力挣扎起来。他没扶稳她，她不小心撞到墙壁上，手肘擦破了皮。

"我有没有胡说，你心里清楚！"姜钰的脸色越发不好看了。

叶晨曦正好下课，刚下楼就看见陈洛初跟姜钰在争吵，视线一偏又看到了陈洛初胳膊上的伤，立刻上前挡在陈洛初面前：“你怎么能动手呢？”

姜钰扫了她一眼，根本就没有把她放在眼里，依旧想伸手去拉陈洛初。叶晨曦却紧紧地把陈洛初护在身后：“不准动我老师。”

“你算个什么东西？”姜钰不太耐烦地看着她，冷着脸对陈洛初说，“跟我去医务室。”

“晨曦，你别管，好好准备接下来的课。”陈洛初耐心地道，“我这边没什么事情。”

“可是……”

“我等一下就去医务室，手是不小心蹭的，他没有动手。”陈洛初跟她解释道。

她好不容易才把叶晨曦给劝走，沉默地去了医务室。姜钰一声不吭地跟在她身后。

陈洛初在医生用酒精棉给她消毒的时候，疼得倒吸了一口冷气。擦伤不是什么严重的事情，包扎好也就没什么问题了。

“你干吗非要挣扎，不挣扎怎么会弄伤。”姜钰抓着她的手看了两眼，抱怨道，“不跟我争不就什么事情都没有了？”

陈洛初不知道他这会儿为什么还要抱怨，他更应该做的难道不是跟她道歉吗？可是她懒得跟他争辩，也不妥协：“还是那句话，我们早晚要分开，没必要走得那么近。”

“婚都结了，有必要再扭捏吗？”姜钰冷冷地道。

“我并不觉得我们俩是夫妻。”他更像是在培养一个听话的玩具，她听话的时候他还愿意逗逗她，只要她不按照他的意思走，他就要找她的麻烦。

在她顺不顺着他之间，他阴晴不定，高兴的时候喊她老婆、洛初姐，不高兴时又什么话都说得出口。陈洛初可没有在他身上看见半点丈夫的影子。

姜钰的脸色变了变，到最后勾了一下嘴角，要笑不笑地道：“行啊，随便你，到时候别跟我妈告状，说我冷落你就成。”

他走了，之后几天都没有跟她说过一句话，消息也没有发一条。

陈洛初也不想回他们的新婚别墅找罪受，干脆一连几天都跟叶晨曦住在一起。

叶晨曦劝她："导员姐姐，我觉得你还是尽快跟这个男人离婚，不要在他身上白白浪费时间了，他就没有一个老公样。"

陈洛初跟她是不说假话的，她从来不觉得自己跟姜钰的婚姻能坚持多久，就说："以后会离婚的。"

叶晨曦对姜钰的观感是真的很不好，没想到几天以后，她在兼职的时候看见他跟几个男人在一起，也不知道是谁提了一句"陈洛初"，姜钰当下就不耐烦地说了一句："能不能别说她，听见她就烦，整天一副清高样。"

旁边的一个男人说："也怪我们，当时不应该劝你直接跟她结婚的。"

顾越坐在旁边，倒是在劝和："你们就别煽风点火了，姜钰哥都跟洛初姐结婚了，哪里能说离婚就离婚，别挑拨离间了。"

"你倒是挺帮陈洛初啊。"姜钰冷冷地道，"确实，挺没意思的，这婚当初还不如不结呢。"

顾越纳闷道："我还以为你跟她结婚是有点感情的。"

姜钰脸上一点表情也没有："谁跟她有点感情啊。"

那个刚刚开口的男人又说："就是，姜钰哥心里住着谁你们都不清楚，还敢说是他的兄弟？"

大伙心照不宣地笑了笑。

叶晨曦在旁边听着，心里破口大骂。而姜钰无意间朝她看过来，这让她吓了一大跳。不过下一秒他就收回了视线，根本就没有认出她。

她把这件事情告诉了陈洛初，而陈洛初只是说了一句"知道了"。

叶晨曦还是不放心，跟在他们一伙人身后。他们坐到一个沙发卡座上，很快就有几个女生上来搭讪。

姜钰坐在人群中间，突然指着其中一个女生说："这个挺像陈洛初是不是？"

旁边的人看了一眼，果然有那么点神似，道："还真像。"

姜钰收回视线，兴致缺缺地说："看见就挺反胃的。"

旁边的人不吭声，他这显然是迁怒。叶晨曦听不下去，当着所有人的面，走到他面前，说："我是陈老师的学生。"

她晃了晃手机，说："我已经跟陈老师说了，她十分钟后就会赶过来。"

"她来了又怎么样？"姜钰完全没有把她的话放在心上，反而把旁边的女人一把拉到自己身边。叶晨曦简直要气炸了，可语气越发平静："你要是不珍惜就不要耽误她，陈老师也不是没人追。要不然你放过她，让她去寻找自己的幸福吧。"

她说完话，转身就走了。姜钰倒是冷冰冰的，看上去一点都不在意她的话，只不过有意无意地朝门口看了好几眼。

十分钟过去了，陈洛初并没有来。

姜钰身边的人只觉得他这会儿兴致似乎并不是很高。

当墙上的时针超过某个点时，他突然站起来，往旁边的位子走，把那个长得有点像陈洛初的女人从某个朋友的怀里给拽了出来。

姜钰的语气也像是吃了火药一样，冷冷地道："你一个女生，自爱点行不行？见到一个男的就往人家怀里钻？"

女人没想到他会突然发话，瑟缩了一下。姜钰冷了脸说："赶紧滚蛋。"

女人咬唇，很快便拎着包离开了。朋友你看看我，我看看你，不明白他这会儿又闹个什么劲。

顾越道："姜钰哥，这个人是长得像洛初姐，又不是真是洛初姐，只是陪大伙聊聊天而已，你别生气啊。"

姜钰顿了一下，淡淡地道："不关你们的事，我就是看着她碍眼。"

他说完话，也不赶人了，就自己一个人往角落里坐，时不时看两眼手机，很快又关上。

他好像在等谁发信息过来一样。

顾越琢磨了一会儿，感觉到那么一点不对劲。他走到姜钰身边，说："要不然我问问洛初姐有没有过来？"

"问她做什么？"他听见她的名字就变脸，一副不耐烦的模样。

"姜钰哥，你是不是跟洛初姐吵架了？"顾越继续问道。

姜钰半个字也不说，就跟朋友们喝酒聊生意。到了大半夜，他不回去，顾越也不能把他丢在这里，就打算把他给带回家。

旁边一个人皱眉道："姜钰哥这可真是不太对劲，你看他今天出来玩，也不像要玩的模样。"

"行了。"顾越说，"你们什么时候看到他瞎玩了，他是怎样对温湉的，你们当初没看见？"

他可以确定，就是陈洛初惹他不高兴了。往后的几天，姜钰下了班，几乎就没有回过家，一下班就跟这群狐朋狗友混在一起。

这群人大多数都是结了婚的，可结了婚也没几个安分的。不过也是，要是安分，也不会天天往外头跑了。

顾越本来是想劝一劝的，但一提到陈洛初姜钰就变脸，他还能说什么呢？

天下是没有包住火的纸的，姜钰在外面玩不着家的时间一长，总会有闲言碎语流出来。

这天就被姜母给撞上了。姜母朋友的丈夫开了家酒吧，她约朋友出去逛街的时候，朋友正好在酒吧待着，姜母就决定开车过去接人。

没想到刚进去，她就看见一群人围着姜钰坐着。怎么说呢，看上去还真有众星捧月那味。

姜母毕竟是老一辈的人，天天出来玩，对她来说本就不是一件好事，何况身边还有这么多女人陪着。对于一个结了婚的男人来说，这样太不合适了。

想起温顺乖巧的陈洛初，姜母只觉得心疼，婚姻反而像是为她搭建了一座坟墓。姜母走过去的时候，脸都是黑着的。

顾越率先看到姜母，不禁脸色微变，伸手去推姜钰："哥，阿姨来了。"

姜钰这会儿喝得正高兴，听见他的话不由得一愣。在看到姜母之后，他皱了一下眉，道："妈，你怎么来了？"

"你是个结了婚的男人，天天这么出来玩，洛初会怎么想？"姜母看见他身后那群人，不由得气结。这群人可都是有家却相当于没家的，婚姻生活简直一团糟，大部分都闹到快要离婚的地步了。

她打心底里还是不希望自己儿子走到这一步的，从她的观念来看，她还是比较支持一生一世一双人。她苦口婆心道：“你难不成想跟那群人一样，娶个老婆当摆设，搞得家里一团糟吗？”

姜钰顿了好一会儿，才没什么语气地道：“我有分寸，妈你就别来干涉我的生活了。我跟陈洛初结婚，她本来也是不愿意的，当个摆设大概正好顺了她的意。”

他这是连劝也不听了。姜母知道，他们俩结婚不是出于感情，可既然领了证，她终归还是希望他们俩能够好好的。她也不知道，要是她一开始就没有逼他跟温湉分开，结果又会不会不一样。

温湉性子敏感，如果一开始自己没有那么瞧不上她，她是不是就不会离开？不过姜母也就是想了一瞬，世界上是没有后悔药的，管好眼下的生活才是最重要的。

“你这么出来玩，要是被你爸知道了，能放过你吗？”她不得不搬出姜国山。

姜钰不以为意，淡淡地道：“不就是出来喝个酒嘛，结了婚连娱乐活动都不准有了？”

姜母是最了解姜钰的，他这个人孝顺归孝顺，可很多事情，她一个做母亲的根本就劝不动。本来姜母还想着去逛街的，这会儿是一点心情都没有了，开着车就去找了陈洛初。

两个人上次见面是几天前，陈洛初给她带了一些度蜜月的时候从外头带回来的礼物，却没有提过她跟姜钰之间不好的事情。

学校这会儿已经放暑假了，只有大一学生留下军训，非学校人员不得入内，于是姜母就在学校门口等着陈洛初。

天气非常热，陈洛初从学校出来的时候，体贴地给姜母带了一瓶冰水。

“洛初，姜钰是不是有一段时间没回家了？”姜母开门见山地问。

陈洛初“嗯”了一声，说：“他工作忙，有的时候在外头加班，不回来也正常。”

姜母不知道陈洛初是真的不知道，还是在替姜钰打掩护。她认真地打量了陈洛初两眼，依旧判断不出情绪，只好作罢，叹了口气道：

“他哪里是工作，天天跟着那群朋友鬼混。洛初，虽然说这个婚你们结得心不甘情不愿的，但你得管住他啊。”

她顿了一下，说出一个很现实的问题：“洛初，你管不住他，万一以后你们分开了，人家就会觉得你是被抛弃的那一方，你是会被低看的。”

陈洛初笑道：“妈，你也知道，他这个人并不服我的管。”

姜母语重心长道：“儿子结了婚，身为母亲就不能太过干涉他的生活了。洛初，你去说才合理。妈见不得他天天这么浑浑噩噩的，你就当替我去劝一劝他好吗？你也知道你爸，如果被他知道了，阿钰估计又少不了一顿皮肉之苦。”

陈洛初自然不好再拒绝：“那我试试。”

姜钰这几天在外头到底怎么样，叶晨曦是告诉过她的。那天叶晨曦给她发了地址，问她过不过去，她说不用了。

叶晨曦说有一个女生气质跟她很像，被他朋友抱着，他还说看见这个女人就烦。

陈洛初当时听了，心里硌硬得不行。他到底是看谁烦，答案已经不能再明了，所以她干脆当不知道这件事。可现在姜母都来找她了，她当然不可能不理会。

往后两天，陈洛初大部分心思都在即将要出国的顾泽元身上。她没有再送他领带，而是重新给他买了一双限量版的鞋。

顾泽元有点奇怪为什么不是领带了，却也没有多问。

陈洛初想了想，说：“你后天走，这两天他们是不是要给你办个欢送会？”

“你怎么知道？”

陈洛初可太了解他们了，当年姜钰考上大学就有庆祝宴。顾泽元年纪小，但前两年都跟他们一起，自然不会落了他。

顾泽元道：“就明天晚上，有个饭局，他们说带我玩点有意思的。”

陈洛初便道：“明天我跟你一块儿去。”

顾泽元上下打量了她两眼，猜到了她的心思：“你是不是要去找姜钰？”

“嗯。”

“他还是那样，好在你早晚都是要甩了他的。”顾泽元道，“不过明天他应该会来，怎么样也得来给我撑撑场子。他毕竟站我这边，不来的话，我爸那个在外面的儿子又得阴阳怪气了。”

陈洛初叮嘱道：“在国外一定要照顾好自己。”

顾泽元顿了片刻，勾了勾嘴角：“洛初姐，等我长大了，你父亲的事情，我一定会帮你。”

陈洛初莞尔：“要扳倒那个人很难。”

“那我也会无条件地帮你。”顾泽元笃定地道。

第二天，顾泽元是接了陈洛初一起去的。大概谁也没有想到他会把她给带上，一时之间都有些愣神，然后就让人去通知姜钰了。

可姜钰此时已经到了，一进门，他就看到了陈洛初。他在原地站了好一会儿，然后冷着脸从她身边走过。大伙也都噤了声，谁都不希望在这个时候引火烧身。

姜钰看着一个像陈洛初的人都能发这么大的火，这本人来了，还不得更火大。

陈洛初倒是像没什么事情一样笑着跟大家打招呼。

她一来，气氛就不一样了，也不方便再当着她的面聊桃色新闻，所以这顿饭吃得格外安静。

姜钰一直低头在回消息，只在陈洛初给顾泽元夹菜的时候，抬头冷冷地瞥她一眼。

然后他很快就走了出去。

陈洛初找到他的时候，他正在外头走廊上抽烟。听到脚步声，他回头看了她一眼，很快就把视线收了回去。

她走过去，好脾气地道：“今天跟我回家吗？”

姜钰根本就不理她。

陈洛初道：“你几点回去，我就陪你到几点。”

他顿了顿，随意说道：“随便你。”

姜钰今天待到很晚，她就一直坐在角落里看着他们喝酒。后来她有些困了，又上去问了姜钰一遍：“要不要走？”

姜钰疏离地道："不用，犯不着你来管我。我跟其他人约好了，今天我去那边过夜。"

姜钰说这话的时候，旁边的人几乎都是自动隐形，连陈洛初也愣了一下。

下一刻，姜钰的手机响了。他一边接着电话，嘴里说着"我这就出来"，一边往外走，不知道是不是他约的那个人来找他了。

顾越有些小心翼翼地道："洛初姐，你现在要追出去，还来得及。"

反而最在意陈洛初情绪的顾泽元一副并不是很上心的模样，嘴里嘟囔："反正迟早要离……"

陈洛初像是什么都没听见一样，浅浅地笑了笑："你们继续玩，那我就先回去了。这个点已经不早了，我困得厉害。"

"没事，你困了就先回去休息。"当着她的面，大伙自然又要客气一番，"洛初姐，到时候我们帮你劝劝他。"

陈洛初心不在焉地道了声谢，没过多久就起身往外走。

她今天是坐顾泽元的车过来的，他喝多了显然没想到这一茬，不然肯定是要送她的。陈洛初希望他好好玩，也就没提车的事情。所以，她得自己打车回去。

姜钰她劝也劝了，劝不回来可就不关她的事了。陈洛初也没有想到，走到门口的时候，会看见姜钰在大厅里坐着。他一动不动地看着她。

陈洛初想，他等的人大概迟到了。正好她也要等网约车过来，就坐到了他旁边的椅子上。

"她没有来？"

姜钰凉凉地说："关你什么事？"

得，陈洛初想了想，说："是你妈让我来找你的。"换句话说，她自己没想来，也希望他看在长辈的面子上，能稍微配合一点。

"显而易见。"姜钰有些刻薄地道，"你自己只会恨不得离得我远远的。"

陈洛初就不吭声了，点开手机去看网约车现在离她的距离，却无意中看到司机取消了订单。

她皱了皱眉，只好重新叫车，这会儿接单的人更没有了。陈洛初侧目看了一眼姜钰，问："你等的人还没有来？"

"我们身边有第三个人？"

陈洛初忽略他语气里的刻薄，实在是怕那天在学校里吵架的事情再来一次。她跟他商量道："要不我们回去吧？"

"我不打算回去。"他淡漠又疏离地说。

陈洛初想了想，道："你到时候要去哪个酒店，能不能捎我一程？"

她带了身份证，实在没车回去，也只能在外将就一晚了。

姜钰看了她一眼，没说话。陈洛初也不知道他这是答应了还是没答应，又不好意思再问，索性站起来就往外走。

走到门口，她无意中回头看了一眼，发现他居然跟了上来。他双手插兜，也不看她。

陈洛初收回视线，沿着小路往外走。街边的路灯光照下来，她的余光能看见男人跟在自己身后，一直保持着三米远的距离。

她的脚步停下，再次回头看着他。两个人对视了有那么一会儿。

"你的车在哪儿？"陈洛初叹了口气，开口问。

姜钰的声音突然就沙哑了，说："老婆。"

"去把车开过来，我们回去吧。"陈洛初对他温声细语道，"我真的很累了，你知道我身体不怎么好，能不能别总是想着吵架？"

姜钰的目光闪了闪，很快便朝她快步走过去，将她上下打量了一番，然后把她搂进怀里。他的声音不太清亮，带了些鼻音，说："你哪里不舒服？"

陈洛初沉默了，没想到他又会这么抱上来。他理了理她的头发，说："我去开车，你在这儿等我。"

陈洛初在原地站了五分钟，他就开着车过来了。她坐到副驾驶座上，眼尖地发现位子上有一支口红。

姜钰也看见了，立刻开口道："前两天顾越问我借车，应该是他的女伴的。我这边，没有别人。"他顿了顿，又说，"我从来就没有，都是气你的。"

陈洛初移开视线，"嗯"了一声。

姜钰见她冷冷的，迟疑了一会儿，伸了一只手过来拉她的手，另一只手打着方向盘："那天你的学生说你要过来找我，你为什么最后没来？"

陈洛初顿了顿，说："来了也不过是跟你吵架，解决不了什么实质性问题。"

"叶寒你知道吧？他每次只要有一点不对劲，他老婆肯定要出来闹。"姜钰说，"上一次直接当着大家的面撕得很厉害。"

陈洛初淡淡地道："你也知道，我从来就不是瞎闹的性子。"

姜钰顿了顿，倒是没再说什么，只是手偶尔会用力地捏捏她。

等到了家里，他就把她抵在墙上，从她的额头亲到鼻子，然后小心翼翼地跟她接吻。亲了好一会儿，他才打横抱起她往楼上走，用脚踹开房间的门。

姜钰紧跟她面对面，鼻尖贴着她的鼻尖。

陈洛初心里有一个念头，姜钰这样太不对劲了，就跟他们很早以前一样。她的眼神里写满了复杂，却被他捂住眼睛。她的手用力捏着床单，没吭声。

不料手机这时却响了，姜钰看了一眼来电显示，是顾越。他把手机扔给陈洛初，就进洗手间洗澡去了。

陈洛初一开始没反应过来他是要她接电话，愣了好一会儿才接通。

顾越道："姜钰哥，你就这么让洛初姐一个人回去啊？咱们吃饭那个地方偏僻，不太好打车的。你赶紧去找找她，不爱也别伤害啊。洛初姐多好的姑娘，你说那种话她都没有生气。"

陈洛初耐心地听他把话说完，才开口道："是我。"

顾越一愣。

"他回家了，现在在洗澡，等他出来我让他给你回电话。"陈洛初道。

顾越挂断电话后，整个人还是反应不过来。旁边的人道："都说了这会儿别打了，他指不定在办事呢，坏了他的好事你看他生不生气。"

顾越意味深长地道："你猜他现在在哪儿。"

"在哪儿？"

"跟陈洛初在一块儿呢。"

顾越的话让那个人脸上生出惊讶的神色来，思索片刻后道：“你说，姜钰哥对陈洛初究竟抱了什么样的心思？要真跟他自己说的那么讨厌吧，这会儿又跟人家回家了……”

这才过了多久啊，就回去了，大概率是跟陈洛初一起回的。而且是陈洛初接的电话，不就说明关系还不错吗？

顾越也皱起眉头，想起温湉那一出，他也不敢说姜钰这是喜欢陈洛初。不过毕竟是娶回家了的，多少会有些不一样。

他琢磨了一会儿，说：“夫妻生活和谐的，关系应该都不会很差。”

那个人道：“得，人家可能只是夫妻俩吵个小架，就我们不停地劝分，别到时候还要记恨上我们。”

顾越就想起刚刚姜钰进来看到陈洛初的时候，明显愣了一下。但是他在原地站了好一会儿，不知道是不是在等陈洛初上去和他说话。

而且陈洛初给顾泽元夹菜那会儿，他明显有些不悦，没过多久就起身出去了。

“你说姜钰哥这是不是打算和洛初姐好好过日子啊？”

顾越皱起眉头，慢吞吞地否认道：“他应该没打算一辈子都跟陈洛初在一块儿。”

“你怎么知道？”

“他们俩要好，那也是暂时的。”顾越顿了顿，道，“我听说姜氏都扶持温湉父亲做生意了，要是想好一辈子，应该不至于还去帮前女友的家里，这多硌硬人不是？你说哪个女人能接受自己男人去帮前女友的家里啊？”

十分钟后，姜钰洗完澡从洗手间出来。男生女生在洗澡方面也有天差地别，男的就不需要花太多时间，随便冲一冲就完事了。

陈洛初看着他问：“要不要给顾越回个电话？”

姜钰说不用，把她拉到怀里：“都没见你怎么出过汗，你们女人是不是都不出汗的？”

这个“们”字很容易让陈洛初想到某个人，她沉默了一会儿，有些出神地轻轻抚摸了一下他的脸。

姜钰愣了一下，仍配合着她的动作，脸往她手心里蹭：“老婆，怎么了？”

这可真是一位养尊处优的大少爷，脸上的皮肤比很多女人都要好，轮廓摸上去也是棱角分明。

“没什么，就是希望以后有问题了，能坐下来好好谈。”陈洛初淡淡地笑了笑，笑得十分敷衍。

“心情不好吗？”他盯着她看了一会儿，陈洛初看着天花板的眼神也随着他的动作逐渐涣散，最后任由他抱着。

姜钰轻轻地吻着她的眉心，沙哑着声音问：“老婆，困吗？睡觉吧？”

陈洛初的眼里闪过一丝复杂的情绪，但很快便平静下来，勾了勾嘴角，抽纸给他擦了擦折腾出来的汗水，然后去洗了个澡，再躺到床上盖好被子说：“睡吧。”

姜钰迟疑了一会儿，在她身边躺下，问：“老婆，你现在不打算跟我分房间睡了吧？”

还没有等她说话，他又冷着声音，态度强硬地说：“反正怎样都可以，就分开睡不行。”

陈洛初叹了口气，这个话题她最近都不打算提了，她只想暂时睡一个好觉。姜钰回来了，姜母能放下心来，她的任务也算是完成了：“睡吧。”

她闭着眼睛几乎快要睡着了，下一刻却被姜钰的话惊醒。

他压低声音说：“洛初姐，分开睡的夫妻都不长久的。”说完又举例那个谁谁谁离了，谁谁谁分得很难看。

陈洛初想问他们有什么可在意长不长久的呢，她以后总归是要跟他分开的。但今天生出的某种猜想，让她把话咽了下去。姜钰黏人黏得太不对劲了。

第六章

也愿共白首

她本来在装睡，却也很快真的睡去了。第二天醒来时，姜钰已经起来了。她走出房间正准备下楼，就听见他的声音从书房里传出来。

书房的门也没有关，她偏头看过去，就看见他戴着头戴式耳机，显然是在开会。他看了她一眼，朝她招了招手。

陈洛初想了想，还是走进去，余光在他桌面的文件上扫了几眼。看到某份文件上盖的章时，她多看了几眼，然后就有些心不在焉。

“万城那边的项目负责人是谁？”姜钰冷笑道，“我当时怎么说的？我说价格就定在那儿，这个意思还不清楚？愿意给我这个价格的多了去了，还非得签下这单生意，我缺他一个合作方？”

“是不是觉得我刚来公司，资历浅，不够格管你们啊？”这一句话虽然轻飘飘的，却带了几分阴冷劲。

“没办法，我就是能空降，就是能当你的上级，不服管的去辞职就是，在我面前摆什么架子，我能怕你？”

姜钰在工作方面，态度那可不是一般的强硬。

陈洛初一听，怕他火气大起来又乱发脾气，就要往外走。他看见了，脸色缓和了一些，问她怎么了。

“我去楼下等你，就不打扰你了。”她小声道。

她在沙发上坐了没一会儿，他就下来了，不由分说地把她半压在沙发上亲她，又凶又霸道。

“你工作时可真凶。”她这算是调侃他。

“对着那群天天插科打诨的人，能生出什么好脾气来？”他亲着她，不太在意地道。

陈洛初推开他道：“等会儿我要去送泽元。”

姜钰的眸光有点深，语气有些低落，说：“我过几天也要出差，你怎么不说送我？”

陈洛初道：“我不知道你要出差。”

“现在你知道了。”姜钰轻佻地捏了捏她的下巴，说，“你要不要来送我？”

陈洛初敷衍道：“再看。”

姜钰道：“再看？”

陈洛初知道，姜钰只不过是在逼着她妥协，软硬兼施而已。人都有弱点，他总能找到她吃的那一套。

陈洛初这会儿无心跟他闹腾，推开他说："再不准备，等会儿去送顾泽元会晚了。"

"他既不是未成年，又不是你儿子，你对他倒是真的挺关心。"姜钰不悦地皱着眉，但到底没继续说。

陈洛初见怪不怪，看着他抽了纸巾擦了擦手。

下午两个人是一块儿去送的顾泽元，后者瞧着姜钰，挑眉意味不明地笑了笑："哟，你也来了啊？不过我下次回国应该就见不到你了，洛初姐肯定已经把你给甩了。"

姜钰面无表情地看了他一会儿，懒懒地笑了笑，一副并不把他的话放在心上的模样。顾泽元不太服气，却也不想闹事，只是冷哼一声便不再理他。

旁边还有一个来送顾泽元的叶晨曦，对姜钰也是相当不满，整个过程甚至都没有看他一眼，只对陈洛初说："导员姐姐，你要是不想回家，可以随时来我这边住。"

陈洛初没答，笑着看她："实习的工作找得怎么样了？你要是有兴趣，我可以给你推公司。"

姜钰几乎是立刻皱起眉："姜氏可不收。"

陈洛初其实没有考虑过姜氏，听了他的话，明显一愣。这一愣，叶晨曦以为她是为难，连忙摆手说不用。

"你要是想进姜氏也没有问题，我可以去我公公那边求他。你的能力摆在这儿，一个实习名额应该不会有太大的问题。"陈洛初笑道。

姜钰的眉头锁得更死了。

陈洛初转头看着顾泽元，又是一番认真仔细的叮嘱："你别跑去国外没人管了，就放飞自我什么都去碰。"

顾泽元连忙保证道："洛初姐你放心，我肯定好好学习，回来帮你……"

陈洛初看了他一眼，他就把剩下的话给咽了回去。

等送完人，陈洛初先送叶晨曦回去，副驾驶座也被她霸占了。姜钰一个人坐在后头，脸色不太好看。

叶晨曦下车以后，他连忙就坐到了副驾驶座上。

“你对顾泽元比对我好，对你的学生也比对我好。”他笑了笑，眼里却没有什么笑意，“我真的更像一个跟你没关系的人。”

陈洛初听到他这阴阳怪气的语气就头疼，说：“我不想吵架。”

姜钰忍耐了好一会儿，又不太满意地说：“你要给你的学生安排实习，找我就好了，去找我爸干什么？”

“你不是不愿意吗？”

“你要跟我开这个口，我还能拒绝你吗？”姜钰道。

陈洛初是想给叶晨曦争取这个实习机会的，想了想，开口道：“能不能就把人留在你身边？你多教她一点。”放在其他部门，这么一个大公司，她还真不太放心。

“行啊。”姜钰的眼神有些幽暗，声音喑哑地道，“得看你的表现。”

叶晨曦进了公司，就安排在姜钰身边当助理。

陈洛初的暑假那是真没什么事情，她去看姜母，姜母道：“阿钰回家了？”

“回了。”

“你看，还是你劝得动。”姜母顿了顿，又委婉地道，“听说他又在身边放了个女助理。”

陈洛初觉得有点好笑：“那个是我的学生。”假使真的有其他女人，那也不是她可以干涉的。

“温湉当时不也是你的学生？”姜母说完，又后悔提起这号人，连忙转移了话题，说，“你暑假正好没工作，要不然也去公司转转？”

陈洛初差不多能明白姜母的意思，这还是不放心叶晨曦跟着姜钰，怕一个不小心又闹出丑闻，想让她一个正室去监督着。

她也就没有拒绝姜母的好意，正好她也想看看叶晨曦实习都在学些什么，于是第二天就去给姜钰跟叶晨曦送饭。

到公司的时候，不知道为什么，所有人都用那种同情的目光看她。陈洛初也没有主动说要去姜钰的办公室，就提着保温盒，站在大厅里等人。

姜钰开完会从会议室出来，里头那些老油条各种找借口推卸责任，他正满脸戾气，无意中却在人群里一眼看到陈洛初。

她正在认真地看墙上的油画，一张侧脸已经引得不少人的视线有意无意地扫过去。他的脚步顿了顿，喊道：“老婆。”

这一声“老婆”，倒是把周围的人喊得愣了一下，毕竟所有人还是觉得他们夫妻感情不和。不仅不和，还应该相当糟糕。可现在看上去，两个人关系似乎还算不错。

陈洛初被他的声音打扰到，转身看着他。视线很快又移到他身后，却并没有看见叶晨曦的身影。

“你怎么来公司了？你以前从不来公司的。”姜钰显然有点惊讶，看到她手中的保温盒，低头道，“来给我送饭？”

“叶晨曦呢？”陈洛初反问道。

“让她去给其他部门送材料了。”姜钰对她的这个学生显然没有几分喜欢，“说实话，她是挺勤快的，但我觉得她不太适合姜氏，抗压能力不太行，做事也不够细致。”

姜钰对手底下的人那是相当严格，事情做得不到位免不了要被骂。其实他有很多次都想骂叶晨曦，她做的事情甚至达不到他预期的一半，但想着她是陈洛初的学生，他也就忍住了。

陈洛初伸手替他理了理西装，又拍了拍衣领上并不存在的灰，抬起眼皮看他，认真地说：“这个学生当初在我流言蜚语传得到处都是的时候，还选择站在我这边，我很感激她，想多帮帮她，你就替我教一教吧。”

姜钰最讨厌带新人了，这下倒是不好拒绝。陈洛初又补充了一句：“她也是温湉的室友，跟温湉关系还不错。”

“你又提她做什么？”姜钰的脸冷下来，转头就走。

陈洛初只看见他自顾自地快步走开，正打算抬脚跟上去，他却又折返。他眼睛没看她，手却将她牵住，冷着脸直接把她拉进办公室，办公室的门也随即被关上。

陈洛初主动向他道歉，说：“不好意思，我以后不会再提起她。”

姜钰冷哼一声："我还以为你是故意找碴儿跟我吵架。我跟她都分手了，你还总提她做什么？"

"跟你吵架我又没有什么好处。"陈洛初说。

"有啊，能气死我。"姜钰不咸不淡道，"你那么喜欢钱，气死我正好能继承我的遗产，当个富婆啊。"

"我如果是主动离开的那一方，不会拿你一分钱。"陈洛初坦然道，"而且，我也过不来那样的生活。"

"吃饭，饿死了。"他转移话题，伸手去开餐盒。

陈洛初却拍开他的手说："等着晨曦回来了再吃。"

"行吧，反正你也不心疼我，我饿死也不是什么大不了的事情。"姜钰神情恹恹，冷漠地说。

陈洛初早已习惯了他的无理取闹，没有回答。

叶晨曦回来是在十分钟以后，她看见陈洛初，满脸喜色："导员姐姐！"

陈洛初笑着说："我来给你送饭。"

"姐姐真好。"

姜钰坐在一旁，心不在焉冷淡地问："活都处理完了？"

叶晨曦这两天见惯了他的冷脸，毕竟是领导，多少有点怕他，站在原地一时间手足无措："小姜总，我干完了。"

陈洛初安慰般地拍了拍她的头，说："没事，先吃饭。"

吃饭的时候，叶晨曦看了看姜钰。他这么挑剔的人，平常吃大厨的菜都能埋汰半天，这会儿倒是没有说半句话，就老老实实地吃着。

陈洛初问："是不是不太好吃？"

姜钰顿了顿，说："还可以。"

他说完，就夹了一块肉给她。陈洛初看着他用过的那双筷子，沉默了一会儿，说："我自己来。"

姜钰哪里会不懂她的意思："你有什么可嫌弃我的？接吻的次数又不少。"

有叶晨曦在这儿，这些话岂是能随口说的？陈洛初很在意对叶晨曦的教育，她偏头看去，叶晨曦明显也是一愣。陈洛初的脸色冷下来：

“你胡说什么呢？”

姜钰正要说话，余光扫了她一眼，耸了耸肩，再没吭声。

一顿饭吃完，陈洛初都只是跟叶晨曦聊天，并没有搭理姜钰。

没过多久，她就要走了。姜钰跟着她一起走到门口，才开口道：“老婆，你明天还来不来？”

陈洛初不太想理他，说：“再看。”

姜钰便拽住她的手，捏了捏她的手心，跟她商量：“我替你带学生，你给我送个饭也不行？你是不知道公司的饭有多难吃，你就继续送呗。”

“你以后说话也得注意分寸，晨曦才多大的孩子。”她到底是因为他愿意带叶晨曦妥协了。

“大学生怎么还是孩子，又不是没学过生物，有什么不懂。”姜钰的手指在她的手心抠了两下，颇有几分意味深长的意思。

陈洛初说：“那是你，没必要以己度人。”

姜钰要笑不笑：“我是跟谁学的？”

陈洛初不说话。

“洛初姐，明天继续来给我送饭呗。”他心不在焉地说。

丁业敏从办公室下来的时候，就看见姜钰双手搂着陈洛初的腰，微微俯身偏头亲她，是那种热吻。

陈洛初大概是怕有人，抬手轻轻推开他，不过这个动作像是给了他一巴掌。虽然一巴掌不重，但没几个人愿意挨巴掌。

姜钰松开她，低笑出声，只云淡风轻地说了一句：“欠教育。”

丁业敏顿了一下，这语气显然没有半点生气的意思。

陈洛初并没有把姜钰的话放在心上，淡淡地道：“走了。”

“明天记得继续来送饭。”姜钰说，“我肯定替你把人教得好好的。你不来我就不教了，随便找个人管她得了。”

本身他就不是个有耐心的人，更别提带人了。陈洛初不理他的威胁，转身走了。姜钰目送她走远，这才转身，正好看见了丁业敏。

“小姜总。”丁业敏的脸上带有几分微红，姜钰刚刚跟陈洛初的互动有种说不出来的暧昧感。她以为他们应该相敬如宾，没想到私下却是这么相处的。

而且就算不是陈洛初，她也不觉得姜钰会跟女人这样暧昧。她一直觉得，他不是一个热情主动的人。

哪怕是温湉，她也以为，他只是情深。但她同样想象不出，他跟温湉说那种让人面红耳赤的情话的画面。

姜钰不过看了她一眼，随口冷淡疏离地“嗯”了一声，就抬脚朝电梯走去。他在公司大部分时候都比较不近人情，脸上的表情也很少，比较严肃。

“您和陈小姐好像关系还不错。”

他奇怪地扫了她一眼，语气疏离地道：“我们结婚了。”

丁业敏想，他的意思应该是，夫妻关系总是会比较不一样的。不管怎么说，有那一纸约束力的男女关系就是会比较不一样。

“小姜总，你应该挺爱陈小姐的。”丁业敏又说了一句。

姜钰顿了顿，这下一个字也没有说。他一沉默下来，就显得很有压迫感。

丁业敏觉得自己可能都流汗了，好在电梯很快来了，她到达自己的楼层，而后心有余悸地拍了拍胸口。一进办公室，她就赶忙分享：“你们猜我刚刚看到什么了？”

“你倒是说说看呀。”旁边同一个部门的人被她的话勾起了兴趣。

“我看见小姜总跟陈洛初在楼下接吻，他看上去好像挺喜欢跟他老婆亲热的，关系应该没有外头说的那么差吧。”丁业敏道，“说他一直在等心上人回来的消息是不是假的？”

因为姜氏莫名其妙扶持温湉父亲的事，公司上下都在传，只要温湉一回来，陈洛初就得下台了。姜钰一直不主动，就是等着温湉主动来找他。

据说他出国找过温湉一次，也许还不止一次，不再主动，也是想看看对方对他还有没有感情。

“真的吗？”同事也有些惊讶。

丁业敏想了想，又说：“不过我当时说他应该挺喜欢老婆的，他没有回答。”

旁边人的兴致瞬间就淡了下去：“男人一般来说不会畏畏缩缩的，要真喜欢，你去问绝对会大胆承认，不承认就是不喜欢。陈小姐多漂亮啊，天天放在身边，就算不心动，也很难拒绝。

“而且小姜总是被甩的那一方，心里肯定有气。温湉又一直不肯低头回来，小姜总故意气她也说不定。”

陈洛初第二天依旧过来送饭。

她想给叶晨曦补一补，她太瘦了，工作压力又大，总要吃点好的。与此同时，她也希望叶晨曦能够学到东西，在姜钰手底下干活，其实比在外面还是要好上许多的。

陈洛初是提前给姜钰吱过声的，所以直接被他的助理迎进了办公室，陈洛初打算在办公室等他。

“小姜总出去了，一会儿才会回来。”助理的话音刚落，就听见有脚步声从外面传来。陈洛初一抬头，就看见几个穿西装的男人走了进来。当她看到顾越的时候，就知道这是合作方了。

其实她今天来得早了一个小时，不然姜钰应该正好谈完事。

姜钰在看到陈洛初时挑了挑眉，随即轻飘飘地跟身边的人介绍：“我老婆。”

“小姜总的老婆我们还能不认识？”大伙笑着跟陈洛初打了招呼。

顾越眼尖，一眼就看到了餐盒，看着陈洛初的眼神有些复杂，说：“洛初姐，你来给姜钰哥送饭啊？”

姜钰扫他一眼，似笑非笑说：“怎么，我老婆给我送饭你也要管？”

顾越之前毕竟是喜欢陈洛初的，只是爱而不得，不得不放下那点心思。谁知陈洛初又突然嫁给了姜钰，他放是放下了，可看见她对姜钰好，心里还是觉得不值得。

“姜钰哥，我就是奇怪，你之前不是说洛初姐做饭难吃吗？”所以顾越搞不懂陈洛初为什么要来送饭。

姜钰下意识地看了陈洛初两眼，又回头警告般地看了一眼顾越：“我可没说过这种话。”

顾越有些无言以对，也不知道当初是谁说吃陈洛初做的饭就跟在吃毒药一样。他闭上嘴不说话了。

姜钰先让陈洛初去休息室，怕她不认识路，又亲自送她过去。

从顾越的角度看去，正好能看见姜钰把陈洛初的手扣得紧紧的。不知道是不是自己多问了一句，激发了他的占有欲。

陈洛初在休息室待了没多久，就收到姜钰发来的消息。

姜钰："老婆，中午可能不能吃你的饭了，要陪客户。"

陈洛初只回了一个"嗯"字。

那边过了好一会儿又问："你要一起来吗？"

陈洛初想说不了，可他的消息又跟着发过来："客户们说让我带着你一起，你过来吧，我们刚到门口，我等你。"

姜钰："别拒绝我，不然我会很没面子。"

于是陈洛初叮嘱助理告诉叶晨曦记得吃饭，又不动声色地问了一句："姜钰他没有骂晨曦吧？"

助理连忙道："没有没有，小姜总教叶同学还算认真的，她做得不对的地方都是亲力亲为教她。"

"麻烦你了。"陈洛初若有所思，抽空客气了一句。

"不麻烦。"助理连忙道。

陈洛初这才往门口走去。这次市场部也有一个负责人一起跟着，是一个三十岁左右的女人。

陈洛初朝她点了点头，然后走到姜钰身边。

丁业敏看到姜钰在陈洛初走到他身边的时候给她撑了伞，另一只手很快牵住她，然后凑到她耳边轻声说了一句话。

只有陈洛初听见他说的是——你有没有不高兴。

陈洛初平静地道："没有。"

姜钰道："顾越就是见不得我们好，他是嫉妒。"

"他有什么可嫉妒的？"

"他以前喜欢你呗，他自己说过的。"姜钰脸上有几分不悦。

陈洛初说："他早放下了。"

看姜钰的表情，他可不是这样想的，说："他们那群人还天天劝我跟你离婚，你说缺不缺德。"

这要让他的那群朋友听见，肯定要骂他不厚道了。还不是他自己天天说不处了，嫌弃陈洛初烦，说结婚没意思，人家才附和的。

陈洛初在听见姜钰这随口说的一句话后，表情有细微变动，随后垂下眼睑，一言不发。

几分钟后，一行人上了车。丁业敏跟他们一辆车，坐在副驾驶座上，陈洛初跟姜钰一起坐在后排。

丁业敏发现，陈洛初大多数时候表情都很淡，温温和和的。而姜钰挺黏她的，喜欢紧紧地贴着她，握她的手，又或是靠在她身上。

不是太过分，陈洛初一般也不会赶他。就算赶，他过一会儿还是会黏过去。姜钰在她面前话也不少，陈洛初偶尔回他几句，太过无聊的，就不回他。

尽管不太可能，但这么看上去，主动权倒像是掌握在陈洛初手里一样。

丁业敏一直默默听着，有那么一会儿，后面突然没声音了。她有些奇怪两个人怎么就沉默了，微微抬了抬头。结果就在后视镜里看见，姜钰正偏头看着陈洛初，眼神温柔，而陈洛初闭着眼睛在休息。

丁业敏心想，这感情看上去可不像不好，即使在热恋期腻歪的也不过如此了。外头那些传闻到底是真是假，这样看来倒是不太好猜。

饭局设在于氏旗下的一家酒店。

丁业敏在陈洛初下车的时候，发现她脸有点红，而且有些站不稳，好在姜钰在身后扶了她一把。

“都多大了怎么还不会走路？”

陈洛初说：“我是头晕。”

姜钰挑了挑眉：“要不要去医院？”

陈洛初偏开头说：“不用，昨天睡得少有些晕车而已。”

这个饭局从某种程度来说，就是个酒局。

陈洛初被安排在姜钰身边，原本还有个想来敬酒的，可看姜钰给陈洛初拿了果汁，也都不敬了。

丁业敏看着陈洛初，只觉得她漂亮得不行，简直就像是那种会祸害人的狐狸精。不知道为什么，她觉得陈洛初看着平平静静的，对人态度也温和，可就是给人一种不太好惹的感觉。

陈洛初注意到她的视线，侧目看了看她，对着她礼貌地笑了笑。丁业敏也回了她一个笑容。

陈洛初想了一会儿，好心说道："丁经理，你也少喝点酒，这份合同拿下来没问题的，没有人会为难你。你不用那么拼。"

丁业敏是个女强人，从来没想过有人会这么劝自己，一时之间难免有些感动："谢谢，不过这是工作，都是我应该做的。"

"那也得以自己为重，像丁经理这么拼的，进了哪家公司都是对方的荣幸。"

丁业敏尽管在行业里有点小名气，但还是有几分不好意思地说："陈小姐，你真会说话。"

"丁经理，我们加个联系方式吧。"陈洛初莞尔。

不过她的注意力很快再次被姜钰给拉了回去，倒是没有再看丁业敏。而后者对于陈洛初的示好，总觉得有几分惴惴不安，就像是对方刻意要认识她似的。

正如陈洛初所说的那样，姜氏是大企业，对方显然很乐意合作，所以这顿饭吃得愉快。合同签了，人也该撤了。

陈洛初是想回去的，但姜钰这会儿可不愿意放她走："没几个小时我就要下班了，去公司等我一起吧。"

她不答应，可他真要霸道起来，她也只能被他拖着走。陈洛初无能为力且无处可逃，只能又被他带到了公司。

不知道是不是姜钰说了那句"路都不会走"，她在公司门口的楼梯上摔了一跤。倒是没什么大问题，就是扭了一下。

姜钰赶紧蹲下去看她的脚，检查了一下，见没有多大问题，才抬头问她："疼不疼？"

陈洛初说："有点。"

"我说你走路不看路，你还要狡辩。"姜钰的脸色有些难看，伸手把她给抱起来，却是个抱小孩的姿势。

陈洛初脸上有点绷不住："你换个姿势。"

“换来换去等会儿你又疼。”

“这样丢人。”陈洛初很少有急得脸红的时候，手不停地推拒着他，同时压低声音说，“公司里全是人，你这样抱我进去不合适。”

姜钰的视线却全在陈洛初红扑扑的脸蛋上，她大部分时候表情都很平淡，这种害羞的时候几乎没见过。此刻他看见她的脸和脖子都红了，只是不知道身上有没有泛出粉红色。

“老婆，你别动了。”他声音沙哑地道。

“你不能就这么抱我进去，我真的接受不了。”

姜钰见她这样，只觉得很有趣，低低地笑了两声，心不在焉地说：“你是我老婆，有什么不好意思的。”

“你也说了我是你老婆，又不是你女儿。”

姜钰挑了挑眉，问：“你是我的什么？”

陈洛初微微一顿，姜钰捏了她的腰一把，哄道：“洛初姐，你说你是我的什么？”见她不说话，他又继续说，“你是我的老婆，那我是你的谁？”

陈洛初的表情冷下来。

“老婆，你怎么都不喊我那两个字？”姜钰漫不经心地反问道。

陈洛初对于这个话题则是显得十分寡淡：“你总要给我适应的时间吧。”

他琢磨了一会儿，说：“行。”

姜钰不再耽搁，也没有放陈洛初下来，就这么像抱小孩一样抱着她进了公司。陈洛初很无奈，只好把头埋在他的胸口，挡住自己的脸。

这一幕在公司绝对会引起轰动，她也没有猜错，员工看见他们俩的时候，表情都很是震惊。姜钰的表情没有一丝波动，旁若无人地抱着她进了办公室。

陈洛初从来都是走优雅端庄的路线，真的觉得丢人到不行。姜钰把她放到沙发上的那一刻，她忍不住说：“你非要这样，人家看见了成何体统。”

“没人敢说闲话。”姜钰倒是淡定得很。

在陈洛初眼里，这种抱法最多也是抱那种可可爱爱的小女生。可她不是那种类型，她的眉头都皱起来了。

姜钰把她放下来，转身就去找跌打扭伤的药。正好上次助理扭伤了，留下了一份药。

他拿了药过来，脱下陈洛初的鞋子，看到脚踝处已经肿了起来，红通通一片。他皱了皱眉，陈洛初比他认识的所有人都要不经摔，不知道这是不是她从楼上掉下来以后留下的后遗症。

"老婆，你下次走路真得注意点，照你这身体素质，指不定哪天就摔残废了。"

陈洛初拧眉，有这么说话的吗？本来刚刚他非要那样抱她进来，她心里就已经很不高兴了。

姜钰给她上药的时候已经很小心了，可陈洛初还是疼得红了眼眶。

"很疼吗？"他不禁停下动作。

陈洛初不愿意跟他太过亲近，也不愿意在他面前暴露自己的情绪，勉强平静地道："还好。"

他眯了眯眼睛："还好？"

姜钰挺出格的，说完后还加重了手上的力道，陈洛初的脸色有些发白。

姜钰心一惊，力气立刻就小了。他似乎有些无奈，也有些自嘲，道："洛初姐，我们之间没必要这么疏远吧，连疼不疼都要在我面前逞强吗？"

陈洛初轻声说道："还好。"

"我真的不喜欢你逞强的样子。"姜钰眼中的情绪难辨，笑道，"挺蠢的。"

陈洛初一副随他怎么说的架势，心想，按照姜钰的脾气，大概会不管了扬长而去。可他的反应却在她的意料之外——他没有，他只是一声不吭耐心地替她处理扭伤。

"老婆。"他喊出这两个字的时候，声音沙哑得不行，"你的腿骨折过，真的不能再摔了。"

陈洛初愣了一下，说："没想到你还记得。"

"我记得很多事情，你不记得的，我也记得。"姜钰目光复杂，片刻后，他似乎想亲她，只不过有下属敲门要进来汇报事情。

“进来。”他整了整领带，又恢复到一本正经的模样，在位子上坐下。

下属进来后第一眼看到的是陈洛初，她正曲着腿坐在沙发上，可随即就感受到一道锐利的眼神。他偏头看到姜钰冷冰冰的视线，连忙把头给转了回来。

“小姜总，温先生那边遇到了一点困难，需要一笔资金。他那边贷款不容易，想问您能不能帮帮忙。”下属道。

姜钰听到这个问题，脸色微变，余光瞟了陈洛初一眼，语气不耐地道：“你那边处理就行了，没必要过来问。在楼下发条微信的事，你非要来我的办公室说一声？你晚饭吃什么要不要也来我的办公室问一句？”

陈洛初并没有完全听见下属说了什么，只听了个大概。她刚刚的注意力全在自己的腿上，姜钰突如其来的火气让她有些不明所以地抬起头。

她也没有想到，姜钰这会儿发火完全是因为那话只是在她面前说了而已。但凡她不在，他也发不了这个火。

下属吓出一脸冷汗，琢磨片刻，他就知道问题出在哪儿了。当着姜太太的面提起那号人，确实不太合适。

“还不赶紧走人？”姜钰越发不耐烦。

下属心有余悸，离开得很快。

陈洛初倒也没有问他生气的原因，他认真地打量了一会儿她的表情，见她神色没有什么变化，就收回了视线。看了一眼时间，也差不多快到下班的时间点了，他就说：“咱们回去吧。”

“晨曦呢？顺便送一送她。”陈洛初道。

“今天她有活，估计得加班。”姜钰道，“抱你出去？”

“你扶我就行。”

姜钰却直接把她给打横抱起，陈洛初在心里叹了口气，然后也就随他去了。

姜国山正好也下班，三个人就这么撞上了。他看了一眼被抱着的陈洛初，明知故问道："怎么来公司了？"

事实上，姜钰抱着陈洛初进公司的事早就传遍了。小两口关系好，姜国山也是乐见其成的。

"既然正好撞上了，那就一起回去吃顿饭吧。"姜国山道，"你妈也有段时间没有见你了。"

姜钰看了一眼陈洛初，意思是询问她去不去。她要是不去，那就得拒绝了。她用眼神回复他：去。

姜钰把陈洛初抱上了姜国山的车，这一路热得他脱掉了西装外套。

姜国山看他一眼，讲起正事来："国外市场还是要人去守着的，你有没有合适的人选？"

姜钰讲起正事来，那股子吊儿郎当的劲就全消失不见了。他正襟危坐道："其实我觉得我最合适。"

姜国山扫了陈洛初一眼，道："你也没有那么合适，比你外语好且领导力强的人多了去了，公司前辈拉出来比你阅历丰富的还少吗？何况你才刚结婚没多久，就去那边待个半年，你觉得这样合适？而且，你在那个国家还有一个前任。"

姜钰蹙起眉，没有吭声。

姜国山淡淡地道："我不建议你去，也不想你去。你再参考一下其他人，从里面选一个。"

姜钰扫了陈洛初一眼，道："国外市场刚起步没多久，压力大也锻炼人，我好快点接手公司的业务。"

"你需要那么大的压力做什么？"姜国山冷哼一声，"你在国内按照我的节奏一个脚印一个脚印地来，出不了什么大错。你又不需要飞跃式的进步，没必要去国外折腾。"

陈洛初能感觉到姜钰心里对这番话是不服气的，他应该很想去。只不过他没有再争辩，倒是不像他平时的风格。

"洛初，你来说，你希望大半年独守空房吗？"姜国山把话题往她身上扯。

他的目的还不是希望他们能培养一下感情，这一分别就是半年，新婚期好不容易培养出来的感情哪里还见得着影子，到时候又会是陌生人了。

如果真是她的男人，陈洛初自然不希望他走。只不过她跟姜钰之间，自始至终还是有一条沟壑，算不得真亲近。她也就笑了笑，客气地道："我没有关系的。"

姜国山道："没有关系就是有关系，看，洛初也不想你走。"

她没有解释，姜钰也没有开口说话，两个人默契地安静下来。但陈洛初知道，姜钰的安静不代表妥协，他还是想走的。至于是什么原因，她就不仔细去想了。

自从陈洛初跟姜钰结婚搬出去以后，姜母见两个人的机会就不多，他们这一回来，真的是各种嘘寒问暖。姜母连饭都是亲自下厨，还特地炖了一只乌鸡，生怕他们俩在外面只能点快餐，吃得太将就了。

吃完饭，她也不让两个人回去，陈洛初和姜钰只好答应留下来。

姜钰早已经没在这边住了，房间里的很多东西都搬去了他们新婚的别墅，所以这时显得空了许多。

"老婆，你自己说，你希不希望我去国外分公司？"晚上回到房间后，姜钰开口问她。

陈洛初抱着被子，闭着眼睛一动不动的，也不知道是不是真的睡着了。

姜钰心不在焉地说："你要是不想我去，我就不去了。工作没事，但老婆只有一个，我听老婆的。"

静悄悄的黑夜里，他们像两只动物一样紧紧靠在一起，相拥而眠。陈洛初在姜钰睡着后，睁开眼睛，有些失神地看了半晌天花板。

她没有想起姜钰，反而记起自己没了父亲那一年受过的苦。父亲死后，母亲因为受不了而自杀。妹妹不见了，而害了她父亲的那个人，如今倒是成了对她不错的善人。所以她觉得，在这个世界上，最没用的东西，大概就算善意了。

陈洛初想着想着，闭上了眼睛。

陈洛初往姜氏去得多了，公司里的人多多少少也都认识她了。

丁业敏跟陈洛初聊了不少，再加上陈洛初嘱咐她多照应一下叶晨曦，这一来二往的，她们俩也渐渐熟了起来。

陈洛初似乎很喜欢了解公司的业务，反正市场部的资料她每次来都会随意地翻看不少。丁业敏看在她的身份上，也从来不会阻止。陈洛初反正又不工作，看了也就看了。

“丁经理，之前听说你差点要走，怎么又留下来了？”

“公司给涨薪了呗，谁会跟钱过不去啊。”丁业敏道，“只要钱到位了，一切都好说。”

陈洛初颇为认同地点了点头。有那么一瞬间，丁业敏觉得她的表情有点意味深长，可仔细一看，却又分明寡淡，带着一贯的温和笑容：“是啊，谁都爱钱。”

丁业敏道：“陈小姐，我其实觉得小姜总应该很喜欢你。他在你面前就很黏人，对外人就是个‘活阎王’。”

陈洛初想了想，表情极淡地勾了勾嘴角，像是欣喜，却又像是别的意思，心情似乎有些沉重。

第二天一大早，姜钰就催促她起床。她睁开眼睛看了他一眼，又闭上：“今天我不想去了。”

“今天得去，不然有客户要逼着我喝酒。”姜钰道，“有你在我边上，他们能收敛点。”

陈洛初淡淡地道：“我真的不想去了。”

“你再睡五分钟，我来叫你。”他也不打算妥协。

“所以我是一点自由都不配拥有吗？”陈洛初的声音哑了几分。

这句话让姜钰愣了一下，他摸了摸她的额头：“老婆，你是不是哪里不舒服？”

“我不想去。”

“行，那就不去了。”姜钰没有再强迫她，只说，“我也不是强迫你的意思，我只是想跟你在一块儿。只是我不能不去工作，我就想快点独当一面。等我有能力了，一切就都好了。”

快点独当一面是为了什么呢？陈洛初又想起新婚那天，他逼问她陈横山对她做了什么。

他没说话，欲言又止，一会儿后，又低下头来蹭蹭她的额头，说：

“老婆，那我走了。”

姜钰收拾了一下，独自一人走了，很快楼下就传来了汽车发动的声音。

姜钰稍微有一点好，陈洛初就感觉自己开始蠢蠢欲动了。她有点害怕，怕自己又喜欢上他，那将是走上一条不归路。

陈洛初心绪不宁，刷手机时却看见温湉更新了一条朋友圈，地址是国内，在某知名大学，参加国际辩论赛。那个城市离A市不算近。

陈洛初觉得，现在照片上的温湉容光焕发，已经没有当时的怯懦感了。看来阅历真的可以改变一个人。

她想，人类的自卑和怯懦，大抵还是来源于未知的事物太多，一旦见多识广，就不会再这样了。

陈洛初沉思片刻，对她说了句“加油”，那边没有回。只不过几天以后，温湉却主动给她打了电话，约她吃饭，陈洛初淡淡地拒绝了。

温湉笑着说：“老师你放心，我回来不是为了找他，我只是回来看看我的父亲。我们一家最近搬到A市了，比赛后就两天假，我后天就出国。”

陈洛初道：“比赛怎么样？”

温湉却自顾自倔强地道：“陈老师，我不会再要他了。哪怕他扶持我父亲做生意，让我们家步入小康，缩小了我和他之间的差距，我也不会再要他了。”

陈洛初不知怎么就想起，脚扭了的那天，她在姜钰的办公室里，隐隐约约听见他的下属汇报了一句“温先生资金短缺”。她当时还云里雾里，这下恍然大悟，原来是这个“温先生”。

陈洛初又想起许久以前姜母问她，一个女孩子，是不是父母厉害，才会有底气。她说是这样的，父母有本事的人家，女儿都不会自卑，不会唯唯诺诺，反而会活得很灿烂、很阳光。原生家庭对一个孩子的影响真的很大。

想必姜钰一直介怀姜国山介意温湉家庭背景的事情，所以现在才会这么拼。

“陈老师，你们过得好不好？”她那边又开口问道。

“不算好，也不算不好，寻常人过日子的过法。”婚后的姜钰就不会像跟温湉谈恋爱时那样，随时都准备一点小浪漫，也没有任何惊喜。大多数时候，他们就是过日子。

现在他偶尔会忘了把换下来的衣服丢进衣服篓子里，也偶尔会在洗完澡以后让水滴得到处都是，害得有强迫症的她不得不把地擦一遍。他偶尔也会帮她解决点小问题。

也许姜钰在外面还可以被其他女人叫男神，可一旦回到这个家里，陈洛初半点这种想法都没有。姜钰只是一个霸占了她丈夫这个称谓的男人。

温湉那边沉默了一会儿，很快就把电话挂断了。陈洛初倒是给她发了一个红包，祝她比赛拿奖。

姜钰这两天出差去了，今天下午回来，要她去接。

陈洛初看在叶晨曦跟他一起的分上，按时到了机场。刚下飞机，小姑娘就跑到她身边跟她告状：“导员姐姐，你老公在路上被人要了微信，他没有拒绝，还加了。”

姜钰凉凉地扫她一眼，叶晨曦就咬着唇不敢说话了。谁让这是她的领导呢？

陈洛初皱眉道：“你为什么要欺负她？”

“有你这么护着她，我哪敢啊。”姜钰上来揽着她的肩膀说，“老婆，我就有点搞不懂了，你为什么对这个姑娘这么好？好到有些不太对劲。我怎么觉得你每次给我送饭，主要还是为了给人家送呢？”

陈洛初的心微沉，不动声色道：“我跟她有缘，她又是我的学生。”

姜钰琢磨了一会儿，也就没再多问。

陈洛初本来想问问叶晨曦这几天吃得怎么样，辛不辛苦之类的话，这会儿也没问了，而是默默地提着她的行李打算上车。

手刚握到行李箱的拉杆，姜钰就率先一步把箱子给提起来：“我来。”

他也没有让她开车，先把叶晨曦送回了公寓，一回到家就迫不及待地把陈洛初搂进怀里。

她也不知道是不是所有男人都这样，出一趟门，回来后的第一件事就是对老婆搂搂抱抱。

陈洛初说："我得去趟超市，家里的生活用品没了。"

姜钰不在，她对纸巾、洗手液的消耗也不大，就没有去采购。

姜钰点点头说："我跟你一起去。"

陈洛初一开始是打算自己一个人去的，毕竟他刚回来，需要休息。但既然他开了口，她也就没有阻止。

二十几分钟后，两个人到了商场。

陈洛初坐在购物车里，还是有几分不自在。姜钰倒是神色坦然地推着她，时不时挑几样零食或者生活用品放进去。

陈洛初不太吃零食，家里的零食大部分她都拿去学校分了，可是他却很喜欢买，每次都买一堆。

"够了，我又不是小孩子。"

"你要是想当我女儿也行。"他想到什么，愉悦地挑了挑眉。陈洛初直觉他想的不是什么正经事。

姜钰低笑两声，凑到她耳边说了一句什么。陈洛初听完以后，整张脸红得厉害。旁边人又多，她只好淡定地咳嗽了一声。

温湉从角落里转过来的时候，就看到面前的一对男女。女人坐在购物车里，有几分不自在，身后的男人推着她，两个人在挑生活用品。

她整个人愣在原地，浑身僵硬，觉得像是被冷水淋遍全身，有些难以置信会看到这一幕。

陈洛初觉得眼前有一道视线一直看着自己，她微抬起头，然后就看见了温湉。

她的脸色很白，看着像是几乎快要哭出来的模样。

姜钰顺着陈洛初的视线抬头，也看见了温湉，原本脸上的笑意瞬间不见了。

"好久不见。"温湉缓了好一会儿，才露出一个好看的笑容，跟姜钰打招呼。

姜钰却连理都没理她，只看着陈洛初道："老婆，还是选择香蕉味的？"

陈洛初没吭声。

“你喜欢香蕉味，那就拿香蕉味的吧。”姜钰自顾自地说，“咱们赶紧回去，忍了好几天了。”

陈洛初只盯着他的侧脸看，发现他的下颌线有点紧绷，不知道是不是因为看见了温湉。他把她从购物车里抱下来，一只手扶着她，心不在焉地说：“我们去结账。”

姜钰牵着陈洛初的手，从温湉身边擦肩而过，连眼神都没有给她一个，神色冷冷的，都不像个正常人。她很难想象这俩人之前会是一对情侣，甚至感觉他们像是一对仇人。

到收银台付钱的时候，陈洛初回头看了一眼，发现温湉蹲在地上，肩膀一抖一抖的，也不知道是不是在哭。

“放下”两个字说起来容易，做起来却难。坦荡，多半都是伪装的。

陈洛初不知道是不是自己的心理作用，总觉得这会儿的气氛不太对，似乎没有刚开始那样轻快了。

可姜钰分明像个没事人一样，还在跟她聊一些别的话题。

陈洛初躺在大床上，任由他亲着，客观地评价道：“你对她太冷漠了。”

姜钰眯了眯眼睛，不太耐烦地说：“当初是她叫我滚的，我还要怎么对她？还得把她当成祖宗一样哄着？我可没那个耐心。”

陈洛初叹了口气，说：“你真这么想？”

“分手了就没必要做什么朋友了。”他淡淡地道。

陈洛初视线平静地从他脸上扫过，道：“既然没必要做朋友，那为什么要替她父亲折腾生意，费尽心思地扶持人家呢？”

陈洛初的声音其实算是轻飘飘的，并没有半点攻击性。她盯了他好一会儿，才继续说：“我不觉得你是那种爱管闲事的人，但是你帮温湉家，又是什么原因呢？”

姜钰显然不愿意继续这个话题，原本的兴致这会儿也消失得一干二净。他起身，敷衍道：“你那天在办公室听见了？这件事跟我关系不大，当时是我妈非找到她的家人，要帮她的忙的。她爸那个人做事犹犹豫豫的，投给他的钱全败光了。我看他可怜，才又帮了他一把。”

陈洛初愣了一下，随即也想明白了姜母的意图。姜母是很喜欢她，只不过心里到底还是更为儿子考虑一些，怕姜钰再反水要温湉，干脆提前帮起温湉来。

诚然陈洛初没想过会跟姜钰好多久，但姜母这么快就替下家做准备，她心里多少有些不舒服。

却也无可奈何，反正人性都是自私的。她自己也很自私不是吗？为了自己的利益，才嫁进姜家。现在她又想让姜钰跟自己亲近一点，好让他跟陈横山对上……

陈洛初现在心里很矛盾，她是想让姜钰亲近自己，可当他真的亲近自己了，她又怕自己会陷进去。

“我看你也累了，早点睡吧。”两个人安静了许久，陈洛初劝道。

“你也早点睡。”姜钰大概也觉得烦，没像以往那样黏着她，主动去了次卧。

陈洛初躺在床上看手机，今天的微信群里很热闹。温湉作为校友，能参加比赛对于学校来说是一件无比光荣的事情，各个群都在转发温湉答辩的视频。朋友圈里也有不少老师转发，还说她是学校之光。

几位老师在群里津津乐道，也不知是谁说了一句：“温湉这孩子，以前看起来总是腼腆胆小，这出国才三个多月，倒是变化挺大。”

这句话大家都认同。

陈洛初一个一个视频看过去，温湉笑着侃侃而谈，在各位评委和竞争对手面前，无论是英文作答还是中文作答，整个人的谈吐都很从容不迫。旁边有很多同为参赛的学生，脸上都露出几分欣赏之色。

她以前只觉得温湉很活泼，今天头一回感受到了她的美。自信的女生总是熠熠生辉，让人忍不住把视线集中到她身上。

只不过她今天的模样，分明还是在意极了姜钰。一遇上姜钰，她似乎又变成那个受不得委屈且爱吃醋的小姑娘。

她看见姜钰牵着自己，明明心里难过得要死，却还是礼貌地问好。姜钰的冷漠，又是不是真的冷呢？

第二天是周末，姜钰一大早就回了主卧。

“怎么醒得这么早？”陈洛初在困顿之际勉强打起精神问了一句。

“睡不着。”他似乎有些心神不宁。

她刷牙的时候，姜钰也进来了，刮脸上细碎的小胡子。

“你要出门？”陈洛初停下刷牙的动作。

姜钰往常周末在家，并不会特别收拾自己。他这个人挺懒的，休息的时候一般什么也不干。

“嗯。”

陈洛初今天要回陈家吃饭，陈英芝要她带着姜钰一起回去。她迟疑了一会儿，问：“工作上有事？”

姜钰洗了把脸，说：“出去谈点事。”

“我姑姑要我们今天回去吃饭。”陈洛初抬头问，“晚上能赶得回来吗？”

他打量了她两眼：“你要喊我一声‘老公’，我刀山火海肯定都能赶回来。”

听了姜钰的话，陈洛初没吭声。

姜钰紧盯着她此刻没有沾染任何口红的嘴唇，视线暗了几分，心不在焉地反问道：“怎么样，要不要叫一声试试？喊了绝对不会让你吃亏。”

他看着她依旧一言不发默默地刷着牙，又道：“也不知道你在倔什么，不就是一个称呼而已，叫一声又不会少块肉。我之前认识一些女人，才见过一次面，就已经是‘老公老公’地喊了。你这个领了证的反倒矜持。”

姜钰想起什么，眯了眯眼睛，意味深长地道：“你心里不会想把‘老公’这个称呼留给别人吧？”

“你说的，不就一个称呼而已，没有留给别人的必要。叫你这个，或者名字，没什么区别。”陈洛初不知道他一直纠结这个做什么，已经不止一次了，他总逼她这么喊。

“我只是想起你以前叫这两个字很好听，想再听听而已。”他笑着逗她。

姜钰见陈洛初一脸寡淡的模样，皱了皱眉，抓着她正要再逗弄几句，却听见手机响了。

他转身进了卧室，陈洛初见他看了一眼来电显示之后，原本跟她打闹的调笑神色瞬间消失得无影无踪，眉目间隐隐生出一点冷意。

不知道是谁打了一通什么电话，反正过了一会儿，就听他说："我先走了。"

陈洛初也准备化个妆就去陈家，姜钰走到门口，又转头看她一眼，问了一句："陈横山也在？"

"应该是在的。"

他顿了顿，看她一眼："几点吃晚饭？"

"六点吧。"

姜钰琢磨了一会儿，没有说话。

陈洛初到陈家的时候差不多是中午，陈英芝难得下厨，陈横山在旁边扫了她一眼。

"先坐着，姑姑还得要一会儿。"陈英芝往她身后看了看，道，"阿钰怎么没来？"

"他有点事，估计得晚点过来。"

陈英芝点点头，进了厨房。陈洛初疏离地坐在陈横山对面，男人冷笑一声，讽刺道："都搬出你母亲来了，还防着我做什么？"

"谁敢保证我母亲在你心里到底算什么？"

"你！"陈横山像是被戳到了痛处，脸色猛地沉下来。

"你要真那么喜欢她，怎么可能设计她？不然她又怎么会和我父亲在一起。"陈洛初的声音很轻，"她那会儿跟你那样好，她以为你是她的爱人，而你却弃她于不顾。"

陈横山猛地一拍桌子，勃然大怒道："你凭什么来评判我们的感情？"

"我没在评判，这些都是她在日记里写的。"陈洛初说，"我一直不知道那个让她生不如死的人是你，直到那次我看到了她的日记。她所有的遗物，你全收走了吧？"

她想起陈横山对父亲的恨意，他身为陈家养子，为什么非要夺走陈氏不可？为什么他娶了陈英芝，却从来不跟她亲近，甚至这么多年无所出？

陈横山的眼中浮现阴鸷的光：“日记在哪儿？”

陈洛初平静地看着他：“是你逼死了她。”

“你闭嘴！”

他们的动静太大了，陈英芝赶忙从厨房里走出来，不明所以地道：“怎么了？”

陈洛初浅笑道：“没事。”

陈英芝才不相信，她知道陈横山是个暴脾气，这会儿只想让他们冷静下来，就支开陈洛初：“洛初，你出去替姑姑接一下朋友，今天他们一家人也来咱们这儿吃饭。”

“好。”陈洛初乖顺地道。

她按照陈英芝给的地址，去了那个朋友的住所。陈洛初停了车，才稍微松了口气。跟陈横山对峙，她并非完全不怕，当时也不过是假装镇定罢了。

陈洛初这会儿很想找人说说话，她翻开通讯录，扫过顾泽元的号码，想起国外这会儿还是晚上。她在叶晨曦的号码上停留了一会儿，又怕打扰到她学习。

最后，她想到了姜钰。她正犹豫着，就听见一个熟悉的女人的声音：“你送我到这里就可以了。”

陈洛初微微一顿，一抬头，就看见从车窗望出去的不远处有一男一女。男的很高，五官分明，隔着车窗玻璃，看不见他的表情，只知道他应该低头看着温湉。

男人身上的那套衣服，是她今天亲眼看到姜钰穿上的。他那会儿穿上以后，还照了两遍镜子，后来又换了一条跟衣服更搭的领带。

“以后别来找我了。”姜钰的声音听上去格外冷淡。

“你以前也这么说。”温湉说，“可你今天不还是来了？”

陈洛初觉得，温湉哪怕是跟姜钰说话，也变得跟以前不一样了，没有之前那种小心翼翼，更加成熟跟自我了。

她又重复道：“我今天给你发消息，你不还是来了？姜钰，你跟陈洛初结婚，多多少少有气我的成分在吧？”

男人沉默了好一会儿，冷冷地道：“滚。”

温湉笑了笑，不知道为什么，他明明在叫她滚，她眼里却带着几分无奈的笑意，仿佛洞悉了什么似的。她说：“那我走了。”

她说完话，还真就走了。

姜钰在楼下站了好一会儿，陈洛初看见他点了一支烟，星火一直明明灭灭。

陈洛初其实离他很近，她以为他会发现自己，那她就下车大大方方地跟他打声招呼，客套几句原来温湉已经搬到了豪华住宅区，她们家的家庭条件好了这么多，应该会很感谢姜家。

可是他并没有发现她，似乎沉浸在自己的世界里，对周围的环境全然不在意也不关注。等到他手里的烟燃成了烟头，他才心不在焉地随手把烟头丢进垃圾桶里，抬脚离开。

陈洛初顿了顿，然后又发现了自己设想的那段话里的错误——温湉似乎并没有感谢姜家，她或许觉得这是理所当然的。

可是，她觉得理所当然的理由又从何而来呢？姜钰不欠她什么，是她自己把他给甩了的。严格来说，姜钰才是受害者，可温湉一副姜钰本就该对她好的模样。

陈洛初是姜钰的太太，可她从来不认为姜家应该理所当然地对她好。

第七章

要不要一起

几分钟后，陈英芝的朋友从楼上下来。她一打听，才知道原来陈英芝请他们吃饭，是有工作上的正事要谈。

朋友是一对夫妻，四十岁才老来得子，是一个女儿，还在上小学。小姑娘天真烂漫，睁大眼睛好奇地看着陈洛初，说："姐姐，你是不是心情不好？"

陈洛初笑着摸了摸她的头："没有，姐姐在开车，得专注些。"

小姑娘点点头："我们老师也说，做什么事情都要专注。对了，姐姐你是做什么工作的呀？"

"大学辅导员。"

"大学，你也是老师啊。"小姑娘说，"那我一定要对你客气一点，指不定以后你也会是我的老师。"

陈洛初终于勾起嘴角笑了笑。

小姑娘的母亲嗔怒道："小小年纪，油嘴滑舌的。"

"我这是圆滑，在社会上做人不就得这样吗？你看看爸爸，不就会做人得紧吗？"

小姑娘又被父亲说教了一顿："得，原来爸爸在你心里就是这么个形象。"

陈洛初在边上默默地看着，嘴角挂着浅浅的笑。这时，她的手机响了一下。她看了一眼，是姜钰发来消息，说他正往陈家赶。

她因为在开车，就没有回复。等到了陈家，她一眼就看见了姜钰，并未搭理陈横山，而是异常冷漠地坐着。

他在抬头看到她时，脸色才缓和了一些，抬脚朝她走过来："去哪儿了？"

"替我姑姑去接人。"她反问道，"你怎么这么快就来了？"

"工作上那点事情谈完就回来了。"

陈洛初看了他好一会儿，笑了笑，也没揭穿他，只是语气平静地道："你原来是去工作了啊。"

"嗯。"姜钰的视线从陈英芝的朋友身上扫过，略显疏离却还算礼貌地朝他们点了点头，然后就拉着陈洛初坐到了一旁。

陈英芝要照顾客人，无暇顾及他们俩，陈横山倒是远远地看了他们一眼。姜钰有些漫不经心地道："陈横山仗着跟姜家结亲，最近可是拿了不少合作，养得不知有多肥。"

陈洛初说："之前不就知道会有这种结果？"

姜钰的话里带了几分讽刺的意味："拿合作也就算了，连姜氏的人也挖。上次一起吃过饭的市场部经理丁业敏，如今正在他手底下替他卖命。"

陈洛初顿了顿，姜钰伸手把玩着她的一缕头发，开玩笑道："你跟她接触过，是不是你把人给拐去陈氏的？"

陈洛初淡淡地道："我拐她有什么好处？"

"陈氏现在是跟你没关系，但以后抢了回来，不就是你的陈氏了？"姜钰道，"给你自己拉员工这个理由合不合理？"

"谁替我抢回来？"陈洛初波澜不惊地反问。

姜钰眉毛微扬，一副"这个问题答案很明显"的模样。

"你们俩就别继续坐着了，赶紧过来吃饭。"陈英芝催促道。

有姜钰在，陈英芝的朋友就显得热情许多，一直在问姜国山最近的情况，还聊到了某个项目。

陈洛初算是明白陈英芝今天非把她喊回来的理由了，其实喊她不是主要的，关键是想让姜钰在场。有姜钰在，朋友想拒绝跟陈氏的合作，恐怕都会不好意思。

姜钰当然也看出来了，一整个晚上，脸上都挂着似笑非笑的神情。等到吃完饭离开，他的脸色才沉下来，冷笑道："你姑姑真是打得一手好算盘。"

陈洛初有点心神不宁，姜钰这个人显然不喜欢有人当面利用他，开车回去的路上周遭的气压很低。

"陈横山怎么对她的她心里难道不清楚？你姑姑就是愚蠢，才会一辈子都被陈横山当成傀儡困在身边。"姜钰的眼神阴冷。

陈洛初缩在副驾驶座上，语气淡淡地说道："可我还是会可怜她，大概是因为，那是我的姑姑，而你并没有把她当成姑姑。"

她顿了顿，又说："你看温湉的父亲会觉得他可怜，可为什么看我姑姑就不觉得她可怜呢？是温湉的父亲比较能让你共情，还是你爱屋及乌了？”

陈洛初说完话，车就停了下来，一个急刹车，让她被安全带勒得有点疼。

姜钰侧目打量她，蹙眉道：“陈洛初，你总牵扯到人家做什么？现在讨论的是你姑姑的问题，她确实是一个不怎么样的女人，还不能让人说了？”

“你说吧，我没有不让你说。”陈洛初说，“我也就是随口一说。”

陈洛初看了他有那么一会儿，看着他的脸从带了点火气到慢慢冷静下来，不太情愿道：“洛初姐，咱们别聊这个了。对于温湉的父亲我只是站在旁观者的立场，觉得他一个没有眼界的人开始学着做生意挺不容易。”

可是有什么不容易的呢？有人愿意在背后帮衬他，这是多少人羡慕不来的。可是陈英芝呢？没有人帮她，她一辈子都被困在那样的婚姻里。

陈洛初也觉得没必要跟他纠结这些话题，回家以后就去卸妆。姜钰从身后抱了抱她，说：“洛初姐，你今天心情怎么这么不好？”

陈洛初耐心地用卸妆巾擦着嘴唇，没工夫跟他说话。

“我有做得不好的地方，你多多担待。我这个人从小被娇惯坏了，很多时候确实不太会尊重人。”他率先道歉。

陈洛初擦完嘴才对他说了一句：“没事。”

她嫁给姜钰，本来就是为了让他跟陈横山对上，根本没必要在意那些细节。

“我过两天可能要出趟差。”姜钰依旧搂住她的腰。

出差的前两天，陈洛初就没怎么见过姜钰的身影了。直到前一天，姜国山把陈洛初给叫了过去。

姜国山几乎没有单独见过陈洛初，这一次把她叫来，陈洛初感到有些惊讶。

“爸，是有什么事情吗？”她略微有些不安。

姜国山道：“阿钰决定去国外市场这件事，你真同意了？”

陈洛初一下子愣住了。

“上次我就劝他，才刚结婚没多久，不要丢下你自己一个人去国外市场。但你如果也同意的话，爸就不多说了，毕竟是你们小两口的事情，你们自己决定。”姜国山道，“不过去国外确实要比在国内锻炼人，去了也不是完全没有好处，就是怕影响到你们之间的感情。”

陈洛初很快就调整好情绪，像是之前就知道这件事情一样笑着说：“是我同意的。”

“其实你可以跟着他一起去。”姜国山提醒道，“半年时间真的不算短，你当真不担心你们之间的感情？并且温湉还在那个国家。”

陈洛初不知道自己该说点什么。她能说什么呢？她完全不知道这件事情，姜钰什么都没有告诉过她。

陈洛初回到家时间已经不早了，姜钰正在整理行李。

“老婆，你知不知道我那条黑领带放在哪里了？”

陈洛初皱眉道：“哪一条？”

他顿了顿，眼里闪过一丝尴尬之色：“就是你原本要送给顾泽元的那一条。”

陈洛初想了想，说：“在衣柜左边那个抽屉里。”

她走过去替他拿，又开口问：“要出差多久？”

“估计挺久的。”他迟疑了一会儿，说，“中途有空我就会回来。”

陈洛初点点头说：“是你们家的国外市场吧？那这就不算出差了，应该算是调职去那边了。”

他皱了皱眉，却也没有否认，说：“每个周末都有休息时间，你要我每周回来也行。”

陈洛初道：“温湉也在那里。”

“我不会去见她。”

“你有多久没见她了？”

姜钰沉默片刻，说：“就上次在超市里偶遇了她一回。”

陈洛初听完只说：“好好工作。”

她说完，还体贴地替他收拾好行李。不过她没跟他多聊什么，就去睡觉了。姜钰倒是因为马上要出差了，跑到她身边黏着她。

陈洛初有点不耐烦：“我困了。”

姜钰声音沙哑地道："可是我明天就要走了，以后就不能每天都见面了。"

陈洛初不想配合他，翻了个身，没说话。

他在她身后一直沉默不语，良久，笑了笑，说："就这么不待见我吗？"

她还没来得及说话，他又说："你要睡那就睡吧。"

陈洛初又想起在温湉如今住的楼下，看见他们俩面对面站在一起的情景。他是冷冰冰的，可还是在她楼下站了半天。

他在想什么呢？或许是希望温湉能下楼来跟他低声下气地说两句好话，给他一个台阶下，然后他们俩开开心心地重归于好？

还是在考虑，他要不要低声下气地去求温湉，他不在意她甩了他，还是想跟她好？

她又想起他去见温湉时穿的那套西装，还有他照了好几遍镜子的模样，是不是因为要去见旧情人，才这么臭美？

陈洛初有点心烦，如果姜钰真的依旧对温湉死心塌地，那么他还有没有可能跟陈衡山对上？她也不知道自己为什么会在这个时候想起一连串的事情，越想就越是不肯配合他。

姜钰脸上也半点表情都没有，没有像之前那样说话，仿佛也只是为了转移自己心里的某种烦躁似的。

姜钰似乎冷冰冰地跟她说了一句什么，她没有在意，等一觉醒来，旁边已经空了，姜钰早就不在了。

姜钰一走，叶晨曦也就没在姜氏实习了。她来找陈洛初的时候心里有几分不安，说："导员姐姐，是不是我的工作真的做得十分不好，所以小姜总才不要我继续留在姜氏实习了？"

陈洛初本来是想让她在姜氏多学点东西的，可姜钰说走就走了，她也没有办法。叶晨曦小心翼翼地否定自己的样子让她很心疼，又想起这会儿闪闪发光的温湉，她确实没办法让叶晨曦如温湉一样立刻自信起来。

毕竟温湉是一个家族的崛起，是最能让人无后顾之忧的。

陈洛初面带笑容地抱住她："你真的已经很棒了，因为姜钰调去了国外，才没有时间带你的。”

叶晨曦听完后没有松一口气，反而皱起眉头：“他怎么这会儿去国外啊？”

陈洛初笑道：“也许是……他比较有上进心吧。”

“是不是温湉在的那个国家？”叶晨曦突然问道。

“你怎么一猜就中？”

叶晨曦迟疑了一会儿，说：“我就是觉得温湉在他心里还是不一样的。我在公司就看见过温湉的父亲，小姜总对他很客气。我在门口听见他们讨论温湉，温湉的父亲说温湉有很多人追，可就是不愿意找对象。”

她顿了顿，说：“小姜总就沉默了很久。”

陈洛初脸上带着笑意，转移话题道：“假期还有半个多月，剩下来的时间你就好好玩，晚上我带你一起去吃个饭。”

叶晨曦仔细打量她，问：“导员姐姐，你要是不高兴就跟我说。”

陈洛初温柔地揉了揉她的头发：“好啊，不过我也不难过，他怎么样，那是他的选择。对我而言，我只是暂时选错了一条路。”

“你嫁给他，是有目的的吗？”

陈洛初想了想，莞尔道：“当然，我们当时的关系那么差，总不可能是因为爱情才结的婚吧。”

她不是，姜钰也不是。

“其实有的时候，我觉得他对你挺好的。”叶晨曦认真回忆片刻后道，“他抱你进办公室的时候，我觉得他有点宠你。但大多数时候，我又觉得他跟你是有距离感的。”

“那个不叫宠。”陈洛初认真地解释，“只要把一男一女单独放在一起，不管有没有感情，都肯定会出事。”

叶晨曦似懂非懂。

陈洛初带着她在外面吃饭到挺晚，后来一个人回了家。

她跟姜钰的这套新房太大了，以至于她也觉得空荡荡的，有点吓人。这天晚上她便没有关灯，只不过一个人睡觉不被打扰，睡眠质量是真的很好。

陈洛初第二天很早就醒了，然后就接到了姜母的电话。姜母的语气里不无责怪：“洛初，不是妈说你，你怎么能同意他这个时候去国外呢？新婚夫妻的感情都是不稳定的，三年分开都不太行，你们这才几个月。”

“他说他每个星期都会回来。”陈洛初定了定神，耐心地安抚她。

“他说你就信了？”陈洛初看不到，电话那头姜母的眉头拧得死死的，“国外来回就要一天，他周末指不定还要加班，每周回来肯定是不现实的。男人都爱打空头支票。”

陈洛初没再吭声，是姜钰自己要走的，并没有跟她商量，可她现在还要在这儿替他安慰姜母。

她真的有点累。

事实证明，姜母的话没说错，第一个周末，姜钰并没有回来。微信他倒是每天都会发几句，早中晚饭都不会落下。

如果陈洛初不回复，那边就会再发几条。再不回，他的电话就会打过来，问她怎么不回消息。陈洛初平静地道：“你不知道吗，国内外有时差。你清醒的时候我这边是大半夜，我怎么回？反而会被打扰了休息。”

那头的人顿了顿，转到其他话题跟她闲聊了两句，然后很快就说工作忙挂断电话。陈洛初被姜钰烦了几个月，有的时候一个人还真不知道该干什么，大部分时间要么去陈氏，要么就去姜家。

她在姜家遇到了一个中年男人，姜母对他还算客气。陈洛初不知道这个人是谁，倒是听见了他们的对话。

姜母说：“听说温湉拿了国际比赛的奖？倒是也厉害。她参加比赛的视频我看了好几遍，她现在确实是十分优秀，都能在国际比赛拿奖了。洛初读书那么厉害的一个人，也没有拿过呢。”

原来姜母私底下也一直关注着温湉。

从姜母的话不难听出，她对现在的温湉已经不是当初的勉强接受，而是真情实意地带了几分欣赏。

也许她这会儿并没有让温湉当自己儿媳妇的意思，可一个人进步、改变、脱胎换骨，那种“士别三日刮目相待”般的惊艳，总是会让人忍不住赞叹。

别说姜母了，就连陈洛初，也被温湉惊艳得说不出话来。

旁边的男人满脸自豪，脸上带着止不住的笑意道：“湉湉这孩子，从小就格外上进。小时候去上学，她永远都是第一个到教室的。有一回她发烧烧得很严重，结果还是满嘴惦记着作业呢。”

说到最后，男人带着几分心酸地叹气道：“湉湉什么都好，就是我们做父母的拖累了她，条件不好，没能给她更好的教育，不然她肯定比现在还要厉害。”

做父母的最能够感同身受，姜母也叹了口气，说：“现在她读书这样厉害，以后肯定会有出息的，也算是没有白费她的努力。”

温湉的父亲由衷地感谢道：“还是要谢谢你们姜家给我们的帮助。湉湉她现在是不错，就是身边还差一个好男人。”

陈洛初这会儿是不好意思上去打扰他们聊天的，只不过眼尖的姜母已经看到了她，忙对她招手道：“洛初，阿钰最近有没有回国？”

“没有，不过经常在微信上联系。”其实微信上聊得也越来越少了。

“微信上联系哪里比得上见面亲近？”姜母有些担忧地道，“我还盼着你们能有个孩子呢，这样得等到何年何月？”

“他恐怕不想要孩子。”

姜母顿了顿，脸上写满不赞同：“他现在是还没有孩子，等有了肯定会心疼的。男人都这样，要等看见了孩子，才会生出责任感来。”

可是姜钰跟别人不同，他对孩子有一种说不出来的厌恶跟反感。生一个得不到父爱的孩子？那多残忍啊。陈洛初遇到不想回答的问题，就靠浅笑来敷衍过去。

“不过还是你的身体重要，把身体养好比一切都重要。”姜母提起陈洛初的身体，眼里到底闪过几抹心疼。

陈洛初感觉中年男人的视线似乎在自己身上轻飘飘地掠过，然后就向姜母道别：“姜夫人，谢谢你对我们一家的照顾，我就先回去了，改天再来拜访您。”

姜母目送着他离开，又道：“温湉那个小姑娘可真上进，看来当时你劝她问我拿钱出国留学是对的。”

陈洛初脸上的笑意淡下来，淡淡地道：“我没有劝她出国留学。”

“那阿钰听温湉说，是你劝她出国留学的？”姜母也愣了一下，随即又补充道，“她倒是没有怪你害她跟阿钰分手的意思，应该就是感激你，让她做了这个正确的选择。”

她想起姜钰跟温湉分手的那段时间，他问过她，温湉放弃他出国的事情她有没有插手。

陈洛初当时说没有，而他讽刺地勾了勾嘴角。

这一刻她才明白过来，他当时不是在怀疑她撒谎，而是根本就认定了她是在撒谎。她心里多少有些不是滋味，她也不知道温湉为什么会说是自己劝的，难道是想在她跟姜钰的婚姻里摆上一道？

姜母看着陈洛初的脸色，后悔自己多提了一嘴，又连忙说：“也有可能是我没听清，毕竟后来阿钰就再也没有提起过了。”

陈洛初重新朝她扬起一抹笑，心里却是沉甸甸的。这种似是而非的情况，最叫人憋屈。

姜母今天约了妹妹蒋文媛一起聚会。陈洛初也跟着，她随着姜钰的叫法叫了一声“阿姨”。

甜甜看到她，兴奋不已，作业也不想写了，迫不及待地从楼上跑下来，兴高采烈地说：“嫂子，一回国就能见到你，真的太好了。”

蒋文媛表情严肃地纠正道：“这是表嫂。”

姜母在旁边笑着打圆场：“没事，叫嫂子更加亲近。”

蒋文媛勉强笑了笑：“叫嫂子怕以后斯言娶了老婆不好区分。”

“那就等斯言把人娶回来了再改口。”姜母没有女儿，对甜甜就越发纵容，怎么看怎么喜欢，“我跟你妈聊聊天，让你嫂子陪你玩。”

“好！”甜甜等的就是这句话，赶紧把陈洛初往自己房间里拽，“嫂子，咱们去我房间玩吧。”

小姑娘的房间粉粉嫩嫩的，一屋子芭比娃娃，作业倒是被她丢在角落里，看上去不是很上心的样子。

“我的房间是不是很好看？哥哥的房间就冷冰冰的。”甜甜歪着头提议道，“你要不要去看看？”

“你哥哥会生气的。”

“如果是你，他肯定不会生气。”甜甜低头把一个SD娃娃（球型关节可动人偶）递给陈洛初，问，“嫂子，你觉得这个好不好看？”

陈洛初认真地称赞道：“好看。”

“这个是限量款，我只有一个，不能送给你。”甜甜有些遗憾，又说，“不过你可以让哥哥给你买。”

陈洛初忍不住笑了笑，摸了摸她的头。甜甜也在这时一拍脑袋，起身拽住陈洛初的手，不由分说地带着她去了隔壁房间。

房间里的窗帘拉着，光线很暗。甜甜也不知道因为什么原因，没开灯，而是带着她偷偷摸摸地翻抽屉。

“嫂子，你知道我为什么不叫你表嫂吗？”甜甜自顾自地说，“因为我每次说你是表嫂，哥哥都会纠正我，要我叫你嫂子。我其实不明白这两个称呼有什么区别，你知道有什么区别吗？”

一个表，一个亲的区别。

陈洛初心里动了动，然后就听见徐斯言的声音，说：“又偷偷跑来哥哥的房间做什么？”

下一秒，卧室的灯就被打开了。陈洛初因为光线的问题，适应了好一会儿，然后才看见面前的男人。

他刚刚应该是在睡觉，这会儿身上就只穿了一条休闲裤，修长的腿和精瘦的肌肉都能看得一清二楚，以及……某个不太平静的地方。陈洛初几乎是立刻收回了视线。

徐斯言的视线从陈洛初的脸上淡淡地扫过，而后进了洗手间，穿上家居服。他出来后走到甜甜身边，蹲下来捏了捏她的鼻子，说：“哥哥不是说了，哥哥今天白天得补觉，怎么还进来打扰哥哥休息呢？”

徐斯言对待孩子的态度让陈洛初愣住了。这跟姜钰对待孩子的态度完全是天差地别，一个半点耐心都没有，一个却言语之中满是宠溺。

她一直以为他冷冰冰的，疏离又高不可攀，不会是喜欢小孩子的那一款。

“今天嫂子来了，我想让她看看哥哥小时候的玩具嘛。”甜甜跟他撒娇。

“我小时候可没有什么玩具。”徐斯言好笑地道，“哥哥小时候一直都在学习，不玩那些的。”

他说完，就把甜甜抱起来往床边的沙发走，然后又去翻零食。

陈洛初不太习惯单独跟徐斯言聊天，问：“昨天加班到很晚？”

“新公司，总是会累很多。”徐斯言道，“怎么这段时间都没有过来？公司这边本来有事情想交给你处理的。”

“没什么时间。”

“阿钰最近去国外了？”

陈洛初顿了顿，“嗯”了一声：“他说国外市场比较锻炼人。”

“其实环境差别能有多大？”徐斯言分析道，“他之前有公司，也创过业，去国外开辟新市场，其实就跟创业差不多。他要真想锻炼自己，在国内换个城市再创业也没什么区别。真要说区别的话，那就是国外市场有底子，发展起来快些。”

陈洛初沉默了一会儿，道：“外企我没待过，倒是知道国内外会有区别，只是我不太懂。”

徐斯言道：“不过他可能有些自己的想法也不一定，我不是他，也摸不准他的意思。”

陈洛初点点头，又转头过去跟甜甜聊天。

徐斯言琢磨了一会儿，向她道歉：“陈洛初，我要跟你道个歉，甜甜刚才说我让她叫你嫂子那件事，我没有别的意思，只是觉得亲切点，才让她这么叫你的。”

别的意思是指的什么，陈洛初不会不懂。她笑了笑：“我并没有觉得不合适，甜甜跟我亲近，我也很开心。”

陈洛初朝他看去，只见他神色坦然：“我没有破坏你们感情的意思，我只希望你过得好，能开心点。”

“没事，我知道你很坦荡。”陈洛初道，“不然你当初完全可以哄骗我。”

“坦荡”二字让徐斯言的目光闪了闪，不过也就是一瞬间，很快便归于平静。

“你是个好姑娘，‘哄骗’这个词……不适合用在你身上。”他蹙着眉，有些严肃地开口。

这句话让陈洛初的脑子里闪过和姜钰所有荒唐的画面，他对她，不就是一直在哄骗吗？

陈洛初在徐斯言房间里待的时间并不长，他们俩不适合独处一室。她跟着甜甜回到甜甜的卧室，徐斯言则留在房间里处理工作，他把距离把控得很好。

姜母很快就在楼底下喊陈洛初，她就牵着甜甜的手往楼下走。

“洛初，咱们陪你阿姨玩一会儿麻将。”姜母笑道，“你阿姨牌瘾又犯了。”

蒋文媛回国时间不久，在国外虽然也玩，可总觉得没有在国内那么有劲。这次一回国，她就很想玩麻将。

“再叫一个谁呢？”陈洛初这就是乐意奉陪的意思了。

“斯言在家。”蒋文媛把女儿抱到怀里，说，“乖乖，去把你哥叫起来，让他来陪妈妈玩牌。”

陈洛初顿了顿，没提刚刚见过徐斯言的事。

甜甜也没有提，而是乖巧懂事地往楼上走。不一会儿，她就把徐斯言给拉了下来。

徐斯言叫姜母：“大姨。”

“你这会儿居然在家？”姜母惊讶道，“这个点我以为你应该在工作。”

“调休。”他坐在麻将机的另一侧，陈洛初的上家。

陈洛初一直在给蒋文媛喂牌，谁今天最想玩就越想赢，陈洛初向来喜欢哄着长辈。只不过蒋文媛玩得很大，输得多了，陈洛初多少也有些吃不消。

徐斯言那边也开始给她喂，一次两次的陈洛初还没有发现。后来次数一多，她就察觉到了。

徐斯言上学的时候数学就特别好，一副麻将也就这么多张牌，他不可能打成这样。那就肯定是他有意为之了。

陈洛初感激地看他一眼，徐斯言的神情倒是没有任何变化，冷冷的，只不过眼里闪过一抹不易察觉的笑。

到最后，陈洛初也不算是输很多，蒋文媛赢得盆满钵满，整个人的精气神都好了。

“阿姨牌技真好，我认真跟您玩也还是玩不过您。”陈洛初笑道，“改天得向您请教请教，学点技术。”

蒋文媛被夸得高兴，面上却还是说：“是今天牌运好罢了。就是没想到斯言成绩这么好，却对麻将这么不精通。不过新手确实是这样，多玩几次就好了。”

陈洛初闻言，又看了一眼徐斯言。他神态自若，牌局散了，朝她礼貌地点了点头，就转身上楼了。

姜母在回去的路上道：“斯言这孩子，也不知道打算什么时候成家。他跟阿钰一样，也是只知道一天到晚拼事业。”

陈洛初没吭声，手机倒是接连响了几声。她打开微信看了两眼，姜钰跟徐斯言的微信几乎同时进来。

徐斯言问她有个策划案能不能帮忙出把力，说在家办公也行。陈洛初跟他说让他先发过来看看，如果行可以试一试。

姜钰则是一如既往地发一些无关紧要的事情。他给她发了一只路过的流浪狗的照片，然后说：像你一样，脏兮兮的又可怜。

陈洛初不知道他是不是在说她跟流浪狗一样，无家可归。不管他是不是这个意思，陈洛初的心还是被刺了一下，她小时候就一直用流浪狗来类比自己。

陈洛初忍着给他发了一个问号——你是什么意思？

只不过那边半天都没有回复。

陈洛初因为姜钰的那句话，后来半天心情都不太好。她知道也许是自己敏感了，可敏感也不是她能控制的，她就是能把一些意思对号入座。

再加上姜钰连消息都不回，她只能自己揣测他的意思。她是真的想往好的方面想，却只是徒劳，想来想去烦躁得很，最后连晚饭也没有吃多少。

陈洛初饭后听姜国山聊了一会儿公司的事，然后就开车回去了。

她到家洗完澡以后，听见手机又响了。她本来以为这下会是姜钰，结果却是陈横山。他问她要她母亲的那本日记。

陈洛初回道："我现在不会给你的。"

她放下手机，打开邮箱，接收徐斯言发过来的项目资料，又给徐斯言打了微信电话："你什么时候要？"

"尽快吧，最好这几天。"徐斯言道，"你那边行不行？不行我就自己熬夜弄。"

"我可以帮你，这个我应该两三天就能弄完。"陈洛初听到他那边有些不太对劲的动静，沉默了一会儿，说，"不好意思，打扰到你了。"

徐斯言却低笑出声，说："陈洛初，你是不是误会了什么？我跟你说过的，我身边没有女人。"

"抱歉。"她尴尬地道。

徐斯言轻轻咳了一声，说："我现在在公司，有个同事太累了，就起来运动了一下，提提精气神。"

她怕有不明白的地方，为了方便问，电话也就一直没挂断。

她听到那边有人问："老板大晚上的跟谁连麦呢？"

徐斯言想了想，道："我们的战友。"

"战友"这种叫法，让她不禁勾了勾嘴角。怎么说呢，陈洛初在他的话里感受到了尊重，以及对于性别的平等对待。

"哦，是那个美女。"那个人说，"真不是老板娘？"

陈洛初听见那头有好一会儿没吭声，再然后就听到徐斯言叮嘱她："你身体不好，也不要熬太晚。"

"行。"

陈洛初挂断电话后还是没去睡觉。上大学的时候她就拿过许多策划案的奖，有很多都达到了公司可用的水准，许久没做确实是有些手生。不过也还好，她在做 PPT 的时候很快就找回了手感。

这一做起来还是到了半夜，直到她听到手机又响了一声，这下倒真的是姜钰发来的。他发了一段视频，四周黑黢黢的，隐隐约约能听见他走路的脚步声。

他问她在哪儿，陈洛初没有搭理他，又继续做了一会儿策划案，就去睡觉了。她刚刚睡着没多久，突然感觉床边一沉，睡意蒙眬间感觉有人在咬她的耳朵，她瞬间就醒过来。

陈洛初几乎是下意识地伸手扇了对方一耳光，那个人愣了一下，很快弯下腰来抱住她，咬牙道："老婆，你这样'家暴'可不太行。"

"怎么是你？"陈洛初冷静了一会儿，皱起眉头。

"不然出现在家里的还能有谁？"姜钰想起什么，神色古怪了几分，说，"我不在的时候是不是应该给你找个保镖？万一真有坏人来了，你这小身板可怎么办？"

陈洛初懒得搭理他，翻了个身就要继续睡。姜钰却再次把她拉到身下，跟她接吻。

陈洛初沉默了好一会儿才问："回来怎么也不说一声？"

"说了啊，来的路上不就给你拍了流浪狗嘛。后来我就上飞机了。"姜钰躺在她身边说，"刚刚下飞机不也给你拍了视频。"

提起流浪狗，陈洛初又不说话了。

"老婆，你往后缩一点。"姜钰提醒道，"不然脑袋得磕到床头柜上。"

半个小时后，姜钰闭上眼睛卷走被子就打算睡觉了。

陈洛初能闻到他身上浅浅的汗味，不太明显，但总归没那么好闻。于是她推了推他，说："去洗澡。"

男人的眼睛都不太睁得开，缓了好一会儿才爬起来进了浴室。洗完澡以后他就不困了，又搂住她。

"这几天你都在干什么？"他开口问。

"也就日常那些。"

"哦。"姜钰勾了勾嘴角，"就不能说得详细一些？"

陈洛初没理会他的逗弄，冷淡地道："无非就是生活中那点琐碎的事，没什么值得说的。"

"怎么就不值得说了？"

陈洛初敷衍道："就吃饭，睡觉，工作，行不行？"

姜钰没再逼问她，他很喜欢咬她的耳朵，抓着她欺负了一会儿，又说："我明天早上就走。"

陈洛初不认为他真的会有想念这种情绪，起码不会对她产生这种情绪。不过姜钰一向不着调，偶尔会不过心张口就来。

“明天早上你去不去送我？”他说。

陈洛初这下是真的什么都不想说了，他凭什么觉得她非得围着他转呢？姜钰见她安静下来，也安静下来睡觉了。

陈洛初等他睡着以后，又觉得他的呼吸声烦人，起身去了次卧。可她正要睡着，他又跟了过来。

陈洛初的心情真的都是被他破坏的，安静了一会儿，突然开口说道：“你就不能自己一个人睡？”

“不能。”

“你三岁吗？”陈洛初顿了顿，突然没头没尾地说了一句，“有必要说我像流浪狗吗？”

姜钰本来正往她身上贴，闻声不由得顿了顿，眯着眼睛看了她一眼：“你又怎么了？”

这语气像是她在无理取闹似的，陈洛初沉默了一会儿，说：“算了，睡吧。”

姜钰道：“你从陈家出走那回，衣服横七竖八地穿着，头发也湿漉漉的，落魄的样子的确有点像流浪狗。”

他用手捏住她的下巴，逼得她不得不跟他对视。他认真地打量了一下她的表情，皱眉说道：“这有什么好气的，我那会儿不是把你接回家了吗？我不仅没有嫌弃你，还给你洗了澡，我把最美好的东西几乎都给了你。”

陈洛初皱眉，只觉得他捏自己下巴的这个动作力道极重，让她有点儿疼。

“我都还没计较我给了你那么多第一次，你从来不会珍惜，也不会主动给我准备惊喜呢。”他有些心不在焉地说。

“那么多第一次？”

“第一次亲手做蛋糕；第一次给女生买礼物；第一次谈恋爱。”姜钰懒洋洋地说，“多了去了，当时我多自律啊。”

他当时年纪不大，还不会乱玩，家教也比较好。每次遇到搭讪这种事情，他都会冷脸。

陈洛初第一次认识顾越他们，去酒吧玩时，就有好几个女人跟他搭话。姜钰那会儿就坐在她边上，不安地扫了她一眼，然后冷冰冰的，不给人家半点答复。

所以他对她表示出想要那个的意思时，陈洛初心里是吃惊的。她还以为他纯情得很，没想到他也喜欢这样。

那个时候，她因为陈横山的举动心情很差，也就随着他去了。

陈洛初记得当时姜钰整个人都在颤抖，紧张极了，但还是毅然决然。那会儿他声音沙哑地道："洛初姐，他们不要你，我要你，我要的你，就会一直对你好。"

事实证明，男人的承诺不能轻易相信。

陈洛初也不知道自己是怎么睡着的，醒来时才迷迷糊糊发现整个人都被姜钰抱着，两个人贴得很紧。

时间还很早，他还睡得很沉，头发因为睡觉弄得乱糟糟的。她看他睡得香，又有了些困意，就又睡了一会儿。

"老婆，醒醒。"也不知道过了多久，她感觉到他似乎在捏自己的鼻子。

陈洛初微微睁开眼，看到他衣服都已经穿好了，西装革履，头发也梳得一丝不苟。他弯下腰来亲了亲她的额头，说："我要去机场了。"

她闭上眼睛不理会，关她什么事？

姜钰道："起来送我。"

陈洛初淡淡地道："我要睡觉。"

"车上睡。"姜钰也没有妥协，直接给她裹上毯子抱起来，"你送我过去，然后再让司机送你回来。"

陈洛初被他抱着，又困，又睡不着，整个人昏昏沉沉的。这种情况下她更加睡不着，却也没有心情睁眼搭理他，他要做什么也都随他去了。

这时姜钰突然开口道："公司最近找了个代言人，娱乐圈的那个周作霖。他跟季林林是不是男女朋友？签约的时候听到他总是提起她。"

陈洛初闭着眼睛说："是她老公。"

"是她什么？"

"老公。"

“老公在呢。”姜钰悠悠地道。

陈洛初的心轻微颤抖了一下，睁开眼睛，推开他，平静地道：“你很无聊。”

“等会儿司机送你回去的时候，毯子自己裹好了。”他没有理会她的评价，只叮嘱了这件事。当时他把她抱出来，没来得及给她换衣服，她身上就穿着睡衣。

半个小时以后，车子开到机场。

姜钰接了个电话，走得很急，没说什么告别的话，下了车就走了。陈洛初在回去的路上就已经不困了。

司机见她醒着，便开口问道：“姜太太，小姜总既然连夜都要回来看你，怎么不干脆带你一起去国外呢？反正你最近也没有上课，到时候再回来不就好了。”

他连夜回来不过也就是为了别的事，但凡他真想让她跟着，肯定早就提起这件事了。

陈洛初笑了笑，只说：“我没有签证。”

“这办个签证不是很快的事情吗？”司机不解地回头看她一眼，“当初我闺女在国外上学，我女婿连英语都不会说，还一定要去找她。只要有心，这些都是小事。而且小姜总真要办点什么事，速度肯定很快的。”

司机又道：“之前姜夫人也是这样跟小姜总提议的，跟他说你不同意也得带走你，我还以为你们上次就会一起走呢。”

陈洛初不知道该怎么回答，也就没说话。几分钟后，她在手机上看到姜钰发来的消息：“老婆，走了。”

陈洛初道：“回来的事情没告诉你妈吗？”

姜钰说没有：“我哪有时间去看她啊，你可别告诉她我回了，不然她非得说我见到老婆就走不动路了。”

陈洛初勾了勾嘴角，姜母是不会这样想的。

等到了家，姜钰之前换下来的衣服正乱七八糟地丢在地上。她叹了口气，默默地捡起来放进洗衣机里。姜钰回来一趟，整个房间都是乱糟糟的，她不得不收拾一遍。

陈洛初换完床单，才看见床边放着一个礼盒，是某个品牌的新包，还有一些乱七八糟的零嘴，大部分都是糖，应该是姜钰昨晚带回来的。

姜母格外爱包，也爱吃东西，陈洛初对包兴趣不大，所以她也不知道这些东西到底是给谁的，就没拆。

吃过早饭，她又开始做徐斯言交给她的策划案。没做多久，徐斯言的电话就打了过来，问她要不要去公司待着。陈洛初想了想，没有拒绝。

“需不需要我过来接你？”徐斯言问道。

陈洛初迟疑了一会儿，还是拒绝了：“我自己开车过去。”

徐斯言的公司离陈洛初住的地方不算近，开车过去花了不少时间，到了公司没过多久就是午饭的饭点。徐斯言已经提前给她买好了饭。

“我今天差不多就可以弄完了。”陈洛初看见午饭旁边还有一个小食盒。

“不急。”徐斯言说，“盒子里是糖，你之前喜欢的。”

陈洛初道了谢，徐斯言也没有跟她多聊什么，就处理工作去了。到晚上七点，陈洛初把策划案做得差不多了，就对徐斯言说：“有哪里做得不好的，你到时候再让我修改，我就先回去了。”

“嗯，注意安全。”他又说，“糖也带回去，你不是没事的时候就喜欢含这个吗？”

陈洛初想到了姜钰，因为她爱买糖，他以前也知道，只是不知道他买的糖是不是也是给她的。

当天晚上，她迟疑了很久，还是决定试探一下那些东西的归属：“你买回来的那些东西怎么处理？”

姜钰道：“明天你给我妈送过去，是她让我带的。”

果然是她想多了，陈洛初看着消息，把手机关了，没有再回复。

陈洛初没有回姜钰，只发了消息给姜母，说自己明天会过去一趟，然后就去洗澡了。

刚脱完衣服，姜钰的电话就打了过来。第一遍她没有接，可那边却很有耐心，一遍接着一遍地打。陈洛初听着烦得不行，原本是打算伸手过去挂断的，无意中却错按了接通的按键。

不接她还能找理由说自己有事，接了再挂断就显得自己小心眼了。

她沉默了一会儿，说："我在洗澡，有空再打给你吧。"

姜钰随口问："不高兴？"

"我没什么不高兴的。"

"可能有，比如我总是忽略你。"他不知道是不是故意的，笑了笑，若有所思地道，"收不到自己老公礼物的女人确实有那么点可怜。"

陈洛初不知道他在那边怎么还笑得出来，当然，她心里确实有些不舒服，却也没有那么在意。她再次重复道："浴缸水放好了。"意思是他该挂电话了。

"你泡着，把手机放边上不就行了？"姜钰打了个哈欠说，"昨晚都没怎么睡，在飞机上也睡不着，困得要命，可是等会儿还要加班。"

不是他自己选择的这条去国外的路吗？再苦再累也只能怪他自己。陈洛初跨进浴缸，平静地道："有了经验，下回别回来就不会累了。"

"那不行，我肯定是要回来的。"姜钰那边这会儿正在吃饭，她听见了他喝汤的声音。

陈洛初说："吃饭就吃饭，别打电话了。"

"这会儿不打，就更没什么时间了。"他冷哼一声，"等会儿打你又得说你要睡觉了。"

"你不也经常不回我的消息吗？"

姜钰道："我只要有空，什么时候不是第一时间回你消息？"

有没有空，还不是他说了算？陈洛初不理他了，拿平板躺着刷剧。姜钰也在那边吃着饭，身边时不时有人跟他聊着什么。他用外语流利地跟人交流，讲的东西太专业了，陈洛初有些没太听懂。

过了一会儿，他就说："老婆，我得去开会了，先挂了。"

陈洛初淡淡地道："嗯。"

"记得把礼物给拆了。"他悠悠地道，"逗你玩的，那些都是给你买的。"

陈洛初没回话，就算是送给她的，她现在也没有心情拆了，她并不喜欢被人逗着玩。这一通电话过后，往后两天陈洛初都没有跟姜钰联系。

她替徐斯言做的那份策划案还有瑕疵，就在他的办公室里修改。

徐斯言是真的很拼，时时刻刻都在忙，只有饭点才有时间跟她说话。

“工资我会按正常水平付给你。”徐斯言在吃饭的时候道。

陈洛初拿起一旁的水，喝了一口后道：“没关系，我不算真正有工作经验，你这也是给我学习的机会，钱不钱的无所谓。”

她见他的眼睛看着水瓶，才后知后觉地发现，这瓶水是他的，而自己的水在左手边放着。

“抱歉。”陈洛初有些尴尬，“我重新去给你拿一瓶。”

“以你的能力，去大公司都可以，该给你的还是得给你。”徐斯言心不在焉地问，“昨天的糖喜不喜欢？”

“挺好吃的，哪儿买的？”

“一个做食品的朋友刚刚研发的，过两天我再给你带点。”徐斯言道。

陈洛初道了谢，她吃饱了，就准备收拾餐盒，却看见他淡定地喝着被她喝过的那瓶水。她顿了顿，垂下眼睑。他刚刚一直在说话，大概没有注意到水的问题。这会儿再提醒他，也不太合适。

陈洛初到底没有提醒他，最后那瓶水他全喝光了，瓶子被丢进垃圾桶里。

下午的时候，她跟大伙儿一起梳理了一下策划案就走了。剩下来的人探讨了一会儿，也不知是谁带头说起了徐斯言单身的事情。

小张顿了一下，神秘兮兮地说：“看陈洛初出现在办公室的频率，你们还不懂吗？”

“可陈小姐不是已经结婚了吗？”

“徐总那么腹黑的一个人，又在国外待了这么多年，他会在意这个？”小张耸耸肩，“再说了，结婚也可以离婚啊。”

众人无言以对：“以徐总的人品……不至于这样子吧？”

小张道：“有一天晚上徐总加班，跟陈洛初通着电话呢，我问他陈小姐真的不是老板娘？徐总说……”

“我说，她当然是。”小张的话还没说完，就被徐斯言给打断了。他淡淡地看着他们，补充着小张没有说完的话。

小张有些尴尬地闭了嘴，徐斯言没什么语气地道：“姜钰不会有我喜欢她，也不会有我对她好。他们以后会离婚的，我追求陈洛初有什么问题吗？”

“没……”大伙儿你看看我，我看看你，其实光看脸，陈洛初和徐总还是相当般配的。

“当初我要是答应了陈洛初，就没有姜钰什么事了。”他留下这句话便进了办公室，只剩下面面相觑的众人。

陈洛初回到家以后，有一个陌生女人打了电话过来。女人一开口就叫小姜总，约他见面，大半夜酒店见面的那种。

陈洛初淡淡地道：“我不是姜钰。”

“你是她的秘书？”女人愣了一下，反应过来后问。

“不是。”

“手底下的工作人员？”女人又问。

陈洛初说：“也不是。”

女人大概想到了什么，语气变得没那么好：“你是他老婆？”

陈洛初想了想，没否认，只说：“你找他有什么事情吗？”

无非也就是那点事情，大家都明白的。

“你是温湉？”女人却坚持问道。

陈洛初顿了顿，问：“你为什么会觉得我是温湉呢？”

“小姜总公司里的人都这么说，说他天天缠着你……”女人自知失言，有几分羞恼，很快就把电话给挂断了。

陈洛初早就猜到了这种结果，她就知道姜钰跟温湉在国外绝对会见面。陈洛初也没有瞒着姜钰这件事，直接给他发了消息，说有个追他的女人电话都打到她这儿了。

姜钰的电话是在半个小时以后打过来的，是视频电话，他刚刚下班，公司里清一色的外国人正往外走。

“老婆，我下班了。”他去了停车场，懒洋洋地上了车，驱车往家里赶。

陈洛初有一搭没一搭地跟他聊着，很快他就到了家。她是第一次见到他住的房子，也是一栋别墅，只是，这么大的别墅真的只有他一个人住吗？

陈洛初很快就发现了异样，她通过视频看到房子里有一双女士高跟鞋，是红色的，很性感。

“这两天真的忙死了，要再次见面，都不知道有没有精力陪你。”他抱怨着，伸手解开领带。

陈洛初道：“你没有精力，是因为你身边有其他女人吧？”

视频那头解着纽扣的男人听了她的话，手一顿，眯了眯眼睛，不耐烦地道：“你又在胡说些什么？”

陈洛初淡淡地道：“今天有个女人打电话到我这边了。”

“我知道，是我给的。”他说，“我对她没兴趣，她问我要号码我不方便拒绝，就给了你的号码。你接了电话她自然就知道我是什么意思了，总不敢那么厚脸皮地还来纠缠我吧。”

陈洛初“嗯”了一声，说：“所以跟在你身边的是其他女人。”

“陈洛初，你什么意思？”姜钰也忍不下去了，“你能不能正常点。”

“算了。”陈洛初说，“你赶紧洗了澡去睡觉吧。”

“什么叫算了？你每次总爱挑起一个话题，又不继续往下说，总觉得我哄着你不会生气是吧？”姜钰的眉心拧得死死的，冷冷地道，“我工作很忙很累，你能不能体谅一下我？人家老婆都不是这样的。”

陈洛初平静地道：“我只是觉得，你没必要瞒着我。”

而且，她也没觉得他有认真哄过自己。

“你怎么样我都不会有什么意见。”她说，“你只要答应我，陈横山那边你会帮我，你想怎样都可以。”

姜钰好半天没说话，最后冷冷地笑了一声，然后视频就挂断了。挂断之前她听见了一个沉重的东西掉在地上的声音，显然是他把手机摔了。

陈洛初默默地收起手机，不知道他是不是恼羞成怒了。

这一次吵架，姜钰有将近两周没回来，也没有联系她。

姜母跟姜钰打过几次电话，听出了一点不对劲。每次她提起陈洛初，姜钰那边就转移话题，之前他从来不这样的，反而会顺道跟她一起念叨陈洛初几句。

“你是不是跟洛初吵架了？”姜母皱着眉，开门见山地问道。

姜钰敷衍而疏离地道：“没那回事，您别多想，我跟她没什么的。”

可姜母也不是这么好糊弄的，当天她就去找陈洛初一块儿吃饭。吃饭的过程中，陈洛初没有看手机一眼，很显然姜钰没有给她发消息。

“洛初，你跟阿钰这两天是不是没联系？”

陈洛初也敷衍地笑道：“还好。”

“他说他后天回来，跟你说了没有？”姜钰哪里会跟姜母说回来的事情呢，这不过是姜母用来诈陈洛初的手段罢了。

陈洛初先是愣了一下，随后笑道：“说过了，不过我没怎么听仔细，不知道他是哪趟航班。今天晚上我打电话过去问问。”

姜母的心当下就沉下来，她果然没有猜错，他们俩的确是吵架了。可能比吵架更严重，又或许他们本来就没有联系过。

姜母最担心的就是他们两个人感情不好还瞒着她，而且她更加觉得，姜钰非要出国的原因恐怕并不是要提升自己那么简单。

当天姜母回到家，就忧心忡忡地跟姜国山说了这件事，担心俩孩子之间有什么事，姜钰是不是又跟那位好上了。

姜国山听了，当下就给陈洛初打了电话，问了她这件事。陈洛初笑着说：“没什么大事，就拌了两句嘴。”

姜国山冷着声音道：“我让他来给你道歉。”

陈洛初说不用。

“就是你太顺着他，所以他才敢在你面前乱来。洛初，你真的不能这么由着他。”姜国山听不进去陈洛初的话，带着火气地挂断电话。

她也不知道姜国山是怎么跟姜钰说的，反正半个小时以后，姜钰的电话果真打了过来。只是电话虽然接通了，可他半晌都没有说话。

陈洛初见电话通了十分钟还没有等到他开口，就率先开了口：“我挂了。”

那边什么也没说，在陈洛初挂断电话十分钟后又打了过来。

“洛初姐。”他终于开了口，顿了一会儿，说，“你要不要过来？”

“嗯？”陈洛初没听明白。

“我给你弄签证，你要不要过来跟我一起？”他开口问。

“不用了，马上就要开学了，我还要工作。”陈洛初淡淡道。

她不相信他不知道自己马上就要开学了，如果他真的想邀请她过去，一开始就该说的。这会儿凑巧她要开学了，很明显她是去不了的。

“那我回来？”姜钰道。

陈洛初说：“你说你的工作忙，那你就先工作吧。”

“我爸要我给你一个肯定的答复。”姜钰有些为难地道。

原来是碍于姜国山的面子，陈洛初说：“我会去跟他们说我们和好了，你不用担心。”

姜钰沉默了好一会儿，没有再多说什么。

陈洛初想了想，说：“对了，温湉的事情我跟你说一声，免得你还记恨我。她出国跟我没一点关系，我也从来没有劝过她出国，不知道她为什么会跟你说是我劝她的。”

姜钰也不知道是相信她的话，还是不相信她的话，根本就没有接这个话题，只说：“我回来一天吧。”

陈洛初说：“温湉的事情你没有听见？”

姜钰斟酌片刻，没有从正面回答，只道：“就算是你，也没有关系。”

陈洛初勾了勾嘴角，她要的不是他大度的不在意，这份清白本来就是属于她的。现在姜钰这么说，显然他还是更相信温湉一些。

陈洛初的心一直往下沉，很快便挂断电话。姜钰后续又打了两个电话过来，她没接，他也就没再打了。

事后她跟姜国山和姜母做了解释，姜母没有多说什么，只告诉她姜钰要是对她不好，一定要提早告诉家里。陈洛初笑着点头回应。

第八章

旧爱在身边

转眼就开学了，陈洛初也不去徐斯言那里了，每天都按时上下班。

这个月份，多的是阴雨天气。开学第三天，学校就是一种电闪雷鸣的场景。陈洛初跟同办公室辅导员下班回家的时候，看到另外一个女辅导员的老公来接她。

人家小两口那是真的恩恩爱爱，从大学时就谈恋爱的小夫妻，并没有大富大贵，日子却过得很好。

“陈老师，你的老公怎么没来？”同事的老公开口问道。

陈洛初还没来得及开口说话，同事就开口道：“陈老师的老公去国外了，她老公就是那个很有名的姜家的那个小姜总，可优秀了。”

男人点点头，又好心地问：“陈老师，需不需要我们送你一程？”

陈洛初跟同事的家住的是反方向，相距十万八千里，送她的话人家没有那么方便，而且还下着大雨。她实在是不好意思为难人家，连忙笑道：“不用了，你们先回去吧，我自己回去就行。”

同事也就点点头，牵着老公的手走了。

陈洛初今天其实没开车来，还得冒雨去学校门口打车。风真的很大，把她的伞都给吹翻了。她身上很快被雨打湿，在整理伞的时候，有人给她撑了伞。

陈洛初抬头看见徐斯言：“你怎么来了？”

“今天雨大，我想你可能没有带伞，就过来了。”徐斯言有礼貌地虚揽着她的肩膀往车上带。

陈洛初到了车上以后，才发觉自己衣服全湿了，贴在身上很难受。其实不仅仅是难受，这样出现在徐斯言面前也很不合适，十分不得体。

可是她什么都不想管了。

徐斯言要把外套脱给她，却被她拒绝：“不用了，我到家再换。”

他也只好点头作罢。陈洛初看了一眼手机，顾越居然给她发了条微信，问她在不在。他们已经很久没联系了，自从她嫁给姜钰后，他一直都避着嫌。

陈洛初回他：“怎么了？”

顾越：“你是不是跟姜钰哥吵架了？”

陈洛初没回，顾越又发：“他今天跟我抱怨，说女人莫名其妙。”

姜钰口中的女人，不是陈洛初还能是谁？徐斯言在一旁看到她变了脸色，皱眉道："陈洛初，怎么了？"

"没什么。"她笑了笑，说，"今天谢谢你。"

"不用谢我，我……"他说，"我只是真的想对你好。"

陈洛初回到家，找到那天和姜钰视频时截图下来的那双高跟鞋的图片，给姜钰发了过去。

第二天醒来时，她手机里就有许多个未接来电，全是姜钰打的。

陈洛初点开微信，微信里也是很多条他的消息。几十条，也有可能一百来条，太多了。她没点进去细看，反而把他的微信设置成免扰模式。

陈洛初知道跟他冷战是没有什么意义的，他们又没有过一辈子的打算，可她就是排斥听见他的声音。

姜钰的"莫名其妙"四个字，给她冠上了一个不讲道理的名号。可是她做什么事都是有理由的，他为什么就不在自己身上找原因呢？

陈洛初很清楚地认识到，他们俩的三观太不相同了，就连短暂的相处也挺累人的，要真过一辈子，那大概会是一种折磨。

她之前不给他发截图，是因为不打算纠结他出没出轨。而昨晚她发截图，只不过是在证明自己没有无理取闹罢了。他怎么样也只有他自己知道，想否认怎么都能找出理由来。

陈洛初收拾完自己，就照常去了学校。她刚在办公室坐了没一会儿，叶晨曦就来找她，说："导员老师，我有事找你。"

叶晨曦这学期的课程多，除了偶尔送个吃的，陈洛初几乎很少跟她见面。陈洛初见到她，脸上不由自主地染上几分笑意。

"我这里有几盒糖。"陈洛初说，"等会儿你拿去给他们分。"

叶晨曦迟疑片刻道："是小姜总联系不到你，就让我来找你，让你回他电话。"

"我等会儿就联系他。"她笑道。

叶晨曦知道她在敷衍，她肯定没有联系姜钰的打算："他说他明天就回来，让你别生他的气。"

陈洛初没吭声。

"我看他挺急的，他是不是……做了什么不该做的事情了？"叶晨曦委婉地道，她想问的，其实是他是不是去找温湉了。

跟陈洛初一样，叶晨曦同样觉得，姜钰迟早都是要去找温湉的。

毕竟现在的温湉自信又大方，谁看了都觉得很有吸引力。姜钰当初跟她分手就不是很情愿，两个人现在又在同一个地方，他身边还没有陈洛初跟着，一个不小心就擦枪走火了。旧情是最难割舍的。

"没有。"陈洛初说，"我跟他没闹什么矛盾，你别担心，回去好好上课。哦，对了，周末有没有空实习？你要想学东西，我给你推荐到我朋友那边去。"

叶晨曦是个勤奋的孩子，肯定乐于答应："可以啊，谢谢姐姐。"

陈洛初是觉得徐斯言那边挺好的，他的能力不差，让他教叶晨曦可能比姜钰那边还要靠谱。看叶晨曦愿意去，她立马就联系了徐斯言。

徐斯言接到她电话的时候，脑子里一闪而过的，是她昨晚淋湿后玲珑有致的身材，比大学那会儿的身姿要曼妙许多。

不过徐斯言还是非常怀念曾经的那个陈洛初。他无数次梦见过许多年前，她红着脸偷看自己的场景。梦里的他终于伸手给她回应，他们热恋、结婚、生子，醒来后却只是黄粱一梦。

"你可以让她周末过来实习。"他收回思绪，道，"之前阿钰带过她，阿钰对她怎么样？"

姜钰带叶晨曦，要说很认真，那肯定没有，毕竟他不会有那个耐心。但她也没有在徐斯言面前说他的坏话，只道："学东西的时间不长，很难学到什么。"

"他是不是挺久没回来了？"徐斯言不动声色道。

陈洛初"嗯"了一声。

"你嫁给他的原因，是想让他帮你对付陈横山？"他认真地琢磨了一会儿，道，"陈洛初，你有没有想过，他心里没你，就不一定愿意真心实意地帮你。你不在意他外面有没有其他人，可是他不愿意打心底里帮你，你当这个姜太太又有什么意思呢？"

陈洛初沉默了好一会儿，徐斯言的话影响了她一下午。正好学校明天要去外省比赛，带队之一的老师临时有事去不了，陈洛初就接过了这个任务，说：“我去吧。”

对方很感激她：“谢谢你啊！陈老师。”

陈洛初也不过是为了逃避姜钰，比赛的队伍里有四五个男生，她跟着他们一起出发，甚至连行李都不需要自己提。

她提前给学生们安排好了住处，比赛前一天晚上还带他们去吃了火锅。吃到一半的时候，姜母的电话打了过来，问她在哪儿。

“出差。”她笑了笑。

姜母叹了口气道：“阿钰回来了，这会儿正找你找得焦头烂额。”

陈洛初想了想，说：“您让他好好休息吧，我暂时回不来。”

“他是回来找你的。”

陈洛初沉默了，然后说：“我这边是真走不开，学生都得我带着。妈，实在是不好意思。”

“你走不开，那地址发给我，我来找你。”电话那头的姜母变成了姜钰的声音。

陈洛初便没再吭声。

“老婆。”他语气里似乎带了服软的意味，“你在哪儿呢，怎么好好的出差了？”

“我这边很忙，先挂了。”陈洛初说完就把手机给放下了。

她跟学生们一起吃到很晚，没让学生喝酒，自己却喝了一点。各自回房间之前，她又很认真地给学生们打气加油。

陈洛初躺在床上，也认真地思考了一下她和姜钰的关系。

徐斯言的话其实可以算是让她茅塞顿开，她一直觉得姜钰真心不真心不重要，她只不过是在利用他而已。可是她从来没有想过，他要是不真心，又怎么可能心甘情愿替她冲锋陷阵。

这段婚姻可能从头到尾就是做的无用功。

陈洛初想着想着就睡着了，而后被一阵敲门声吵醒。她以为是学生，就没有多想，更没有想到打开门会看见姜钰。他在她打开门的那一刻，眼明手快地进了房间，锁上门，然后就态度强硬地把她往怀里拽。

“你放手。”陈洛初冷着脸说。

姜钰把她抱得紧紧的，脸色很不好地说：“你既然介意，那还装不介意做什么？真不介意，截高跟鞋的图又是要做什么？”

陈洛初缄默不语。

姜钰冷静了一点，语气好了不少，说：“陈洛初，那双鞋子是我一个助理的。那天在我那边开会，她在开会的时候崴了脚，没法穿高跟鞋了，我就让她穿了拖鞋回去，她就把高跟鞋留在我那儿了。”

“这样。”陈洛初倒是没有他想象中那样挣扎，只说，“我该送我的学生们去学校参加比赛了。”

其实到底是不是这样，她也不可能知道。就算是他编的理由，她也无从得知。

“我跟你一起去。”

“车子只能坐七个人，你没法去。”陈洛初说。

姜钰立刻道：“那我在酒店等你。”

陈洛初没搭理他，洗漱完吃完早饭就送学生们去了比赛地点。

这场辩论赛，A 大的成绩一直靠前，但陈洛初还是有些紧张。一直等到他们上场，看他们谈吐自如，气势也很足，才逐渐放下心来。

晚上她陪学生们庆祝，这次是大家都喝酒了。姜钰的电话打了好几个，想问她几点回去。

陈洛初一个都没有接，陪着学生们喝了不少，一直到姜钰出现在她面前。

姜钰看她喝成这副模样，脸色不太好看，最后把她拎走了。到了酒店以后，他就忍不住开口批评她：“你怎么能跟一群异性喝成这样？你是真不怕危险。”

“都是一群小屁孩。”她捏了捏眉心。

“小屁孩？”姜钰情不自禁地拔高音量，语气有些冰冷，“他们已经上大学了，都成年了。”

陈洛初晕乎乎的，却笑道：“那又怎么样？他们是我的学生，我把他们当成我的弟弟。”

姜钰的神色冷冷的，却不好发作。陈洛初看着他的冷脸，笑了笑，踮起脚去亲他。扑面而来的酒味让他往后躲了躲，陈洛初抬头看了看他，耸了耸肩，问：“不愿意？”

随着耸肩这个动作，她的衣领也滑了下去，好看的直角肩映入眼帘。姜钰的喉结滚动两下，声音喑哑：“没……”

“那你躲什么？”她懒懒地看他一眼，声音也十分慵懒。

姜钰顿了顿，然后低下头去配合她，她要怎样他都奉陪。只是姜钰隐隐觉得有些不对劲。

“老婆，你今天不是故意整我的吧？”在她亲他下巴的时候，他轻轻地闷哼了一声。

姜钰这次回来，还以为两个人保不齐得吵上几句，没想到居然有这么好的福利待遇。这是意外之喜，当然，他心里也清楚，她应该是喝了点酒，八成不知道自己在干什么。

陈洛初看他的眼里都是意乱情迷，突然开口问：“你爱谁？”

他似乎没听见。

陈洛初再次步步紧逼：“你喜欢谁？”

“我老婆……”男人在这种时候，对这种问题，总是能对答如流。

“我会是你这辈子唯一的老婆吗？”陈洛初直直地看着他。

“嗯？”他疑惑地反问一个音节。

陈洛初不知道他是真没听清还是假没听清，但是心如明镜。但凡她会是他这辈子唯一一个老婆，很多事情他也不会这么对她。

她起先或多或少地察觉出来，姜钰有那么一点在意她，或者说是喜欢她。但她不会是他最爱的那一个。

而今天她也只是不想跟他多聊，听一些她不喜欢的话，也是在避免吵架。结束后，陈洛初道：“你明天是不是要走？”

姜钰说：“还不是因为你闹脾气了，我得回来看看你。你眼睛挺尖的，高跟鞋居然都能被你看见。”

陈洛初说：“明天你自己走就是了，没必要吵醒我。”

姜钰在她身后一下一下亲吻她的背，说：“国外对我有想法的女人确实很多，她们也很直接。但是我不喜欢她们，是不会跟她们怎么样的。”

她相信他能做到，唯一能让他控制不住的，只有温湉罢了。

陈洛初和姜钰都打算睡觉了，但她的手机却不合时宜地响了起来。

她睁开眼睛，看到来电显示是徐斯言。

她正打算伸手挂断，但已经来不及，姜钰也看见了。他看了手机好一会儿，然后朝她看过来，眼神里带了几分探究，语气又开始转凉，不咸不淡地问："徐斯言？"

陈洛初面色平静，没搭理他。她伸手想拿过手机，却听见姜钰再次冷着声音质问道："他为什么会半夜给你打电话？"

他快她一步拿过手机，盯着"徐斯言"三个字蹙眉。

陈洛初说："叶晨曦最近在他那儿实习，再说我们是老同学，联系一下有什么问题吗？"

她作势要去抢手机，但当然不会得逞。他用一只手按住她，自己接起了电话，语气不太友善："有事？"

徐斯言在那头顿了顿，握着手机的手紧了紧，语气平淡地道："陈洛初的手机怎么会在你那儿？"

姜钰说："我们在一起，正准备睡觉，你吵到我们了。"

徐斯言道："你回来了？"

"不然你以为我会一直在国外待半年？"姜钰不太耐烦地说，"你有事说事，别打扰我们休息。"

"我还以为你在国外有那位陪着，会乐不思蜀呢。"徐斯言没什么情绪地说，"陈洛初有个学生要来我这里学习，我想问问陈洛初她什么时候过来，好给她安排工作。"

姜钰勾了勾嘴角，一针见血道："一天二十四个小时，你就非要大晚上问？"

徐斯言淡定地说："加班刚结束。"

"以后这么晚你别打过来。"姜钰这话显然没有什么可商量的余地。

一旁的陈洛初皱眉道："你又发什么疯？人家打电话过来是说正事的，你非要这么撑人家？"

姜钰没想到陈洛初居然还护着他，讽刺地笑了笑，声音骤冷："我们兄弟之间怎么聊天那是我们的事。"

徐斯言也温言细语道："陈洛初，没事，本来大晚上的打扰了你们也确实是我不对，你把你学生的微信推给我，我们自己聊就行。"

他帮她带叶晨曦，陈洛初那是相当感激，不由得道歉：“徐总，真不好意思。”

“没事，我先挂了。”徐斯言说。

他的话刚说完，姜钰就按了挂断键，把她的手机丢到一旁，用那种极其不悦的眼神扫视她。

陈洛初淡淡地道：“所以你现在又想干预我的社交？”

姜钰却重新在她身边躺下，没有正面回答她，只说：“不早了，睡觉。”

陈洛初迟疑了一会儿要不要给徐斯言再发条消息表达歉意，但念及姜钰又得就这件事闹到半夜，最后还是打消了念头。

第二天起床时，已经十点了。她本来觉得他应该走了，结果他还在她身边躺着。她愣了一下，想起身，却被他给拽过去，很快又再次躺下。

陈洛初躲了躲，皱眉道：“不是说今天就要走吗？”

“我又没说早上就走。”姜钰用额头蹭蹭她。

她置身云里雾里，没注意他伸手拿了她的手机，给徐斯言打了过去。

徐斯言看见陈洛初的来电显示，本来还心情愉悦，却在听到那头的姜钰的声音后，脸色猛地沉下来。

“叶晨曦的号码我发给你了。”姜钰懒懒地说。

陈洛初也是在他开口时，才发现他拿了她的手机。她表情一变，猛地要推他。他眼里泛着冷光，单手按住她，她根本就抢不到手机。

她忍不住尖叫一声：“姜钰！”

徐斯言冷冷地道：“姜钰，你别欺负陈洛初。”

“欺负？”姜钰看着陈洛初微微蹙起的眉头，以及无助到咬唇的动作，突然弯了眼角，缱绻地道：“老婆，放轻松。”

他话是对陈洛初说的，却也是说给徐斯言听的。这句话，他是故意要让徐斯言误会的。

陈洛初冷冷地瞪着姜钰，可是他对此半点所谓都没有。

“对了，以后你有事直接联系我，别私自找陈洛初。”男人心不在焉地道，“我老婆只不过喊你一声表哥，你用不着这么上心，你有那个心思不如多关心关心你家亲妹妹。”

姜钰回头看时，却发现电话已被挂断。他挑了挑眉，看着身旁的陈洛初，心情愉悦地凑过来抱住她。

“徐斯言在帮我的忙，你挑衅他做什么？”陈洛初的脸色冷下来。

姜钰脸上原本轻松的神色逐渐消失，双手撑在她身子两侧，就这么看着她：“陈洛初，你都跟我领证了，你说我为什么要挑衅他？一个男的大半夜给你打电话，你还觉得是我过分？”

“他是你的表哥，还能怎么样？”

姜钰起身，面无表情地道：“所以你是觉得我多此一举了？”

陈洛初不想理会他，他讽刺地笑了笑，冷冰冰地道：“你别以为我不知道，你就是偏心他。他做什么都是好的，我做什么都是我过分了。陈洛初，你分得清楚自己是谁的老婆吗？你得偏心我、向着我，你跟我才是一路的。”

陈洛初只觉心累，她跟姜钰吵架的频率很高，他觉得她莫名其妙，而她也觉得跟他三观不合。

她脑子里乱成一团，心里想过几遍的话几乎脱口而出：“那分开算了。”

陈洛初说出这句话的时候，姜钰愣了一下，然后他的脸色在一瞬间沉到极点。

“你说什么？”他的声音里有一种风雨欲来的平静感。

陈洛初安静了半天，最终还是再次重复道：“我们不合适，要不还是尽早商量分开的事情算了。反正我们早晚都得分开。”

“看样子，你想分开这件事想了挺久啊。”他要笑不笑，“是因为徐斯言回来了对不对？他给你抛橄榄枝了吧？”

她沉默了好一会儿，才平淡地开口道：“不关他的事，徐斯言是你表哥，干不出那种事。”

姜钰说：“他是什么人，我比你清楚。”

陈洛初坚持说：“我相信他的为人。起码比起你，他更加坦荡。”

姜钰顿了顿，陈洛初看见他的下颌线绷得紧紧的，无声地起身穿衣服，在这个过程中一直保持沉默。

气氛有点僵硬。

之后他狠狠地摔上门出去，那摔门的声音实在太大，陈洛初真的害怕会吵到旁边的住客。

她在床上躺了一会儿，然后打电话向徐斯言道了歉。

“陈洛初，我真觉得他不适合你。”徐斯言委婉地道，“他没有把你放在心上，却一味地管着你。何况我们还只是普通社交，他身边难道就连一个异性都没有？只许州官放火，不许百姓点灯，他这霸道的性子也是从小养成的，普通人真受不了。”

“不提他了。”陈洛初说，“我把你公司的地址给我学生了，她等会儿应该会过去找你。”

徐斯言心一动：“你们吵架了？”

陈洛初沉默了，徐斯言转移话题道：“好好带学生比赛，回来我带你去吃饭。公司附近新开了一家特色菜馆，改天一起去试试。”

陈洛初说好。跟徐斯言聊完事情以后，她又在学生群里发了消息，看看是不是每个人都在。

学生都还在酒店里待着，有人偷偷问了一句：“老师你刚刚是不是和你先生吵架了啊？我这边都听到你那边的关门声了，他有没有动手？”

陈洛初说没事，然后就去洗了个澡。她出来时，看到学生又发：“老师，你先生说请大家吃饭，我们在大厅里等你。”

陈洛初顿了顿，皱起眉头。她不知道姜钰这是什么意思，就准备下楼去看看。打开房间门时，却看见姜钰就在她的房门口站着。看见她，他立马把手上的烟头给摁灭了。

陈洛初率先抬脚往楼下走，他跟在她身后进了电梯。她透过电梯内壁，看见他的视线正集中在自己身上。

“站了多久了？”她问。

“从出来到现在。”姜钰眉头微蹙，说，“一出来就后悔了。”

陈洛初想问他考虑得怎么样了，却听见他说：“分开不行，我以后……”

他似乎有些难以启齿，陈洛初狐疑地回头看他一眼。他偏过头，不太情愿地说：“我以后……听话点。”

陈洛初先是没吭声，然后淡淡地道：“不知道为什么，我们特别容易吵架，我们的三观肯定有着很大的出入。分开的事情，你好好想想吧。”

陈洛初的声音太轻了，显得很冷静，也挺绝情的，像是在谈公事。

“我现在已经这么习惯你了，你却跟我说要分开？”姜钰脸上的情绪难辨，过了一会儿，又过来拉住她的胳膊，“分开了怎么跟长辈交代？我爸可是一直在帮你们陈家，都投了几次钱了。你觉得我爸会乐意吃这个亏，后续不会整你们陈家？”

“习惯是可以改的。”陈洛初看着他说。

至于姜国山，他不会跟陈横山彻底断了往来的，要不然也不会二十多年来他们一直都有来往。因为陈横山知道他太多事情了。

“我懒得改。”姜钰说，见陈洛初不说话，眉头锁得死死的，又降低音量道，“我不都说了我以后会听话点吗？”

两个人僵持着，电梯很快就到了楼下，学生们果然已经在等着他们。陈洛初率先往外走，姜钰照旧跟着她。

当陈洛初知道他带着学生们来的是哪里时，脸色不由得变了变：“你怎么能带他们来这种地方？”

这家小酒馆不太一样，二十四小时营业。可尽管是白天，陈洛初身为一个老师，也绝对不想带自己的学生来这里。

人来人往，形形色色的人都有。姜钰不以为意地道：“都是成年人了，你以为他们会喜欢你选的那种地方？”

“非得把人家说得跟你一样吗？”陈洛初冷声道。

旁边的学生见状，打圆场道：“陈老师，别担心，我们都不是孩子了。”

他们确实很快就融入了这里的氛围，跟姜钰也熟得很快，没有跟她相处时的那种拘束感，很快便打成一片。反倒是陈洛初，坐在一旁显得格格不入。

没一会儿，她就起身去了洗手间。等出来时，她却被两个男的缠着要微信。对方人高马大的，不像是什么好货色。姜钰偏头看见后眯了眯眼睛，很快就站起来朝陈洛初走了过去。

“老婆。”陈洛初听见他在边上喊。

姜钰懒懒地倚着墙，连余光也没有分给旁边的男人，就仿佛边上没人一样说：“上菜了，过去吃饭。”

这家小酒馆晚上喝酒，白天却是一家可以吃饭的餐馆。陈洛初这会儿也只能朝他走过去。旁边的男人笑了笑，伸手挡住她。

陈洛初面无表情地道：“这就是你选的好地方。”

姜钰看着她：“无论在什么情况下，我都能保护好你。”

陈洛初回到座位上，而姜钰逗留了片刻，她看见他在打电话。五分钟后，姜钰回来了，坐到她旁边，给她剥螃蟹。

陈洛初这会儿是真不想搭理他，皱眉道：“我自己来。”

他侧目扫她一眼，淡定地道：“我就是喜欢剥螃蟹。”

陈洛初看他更烦了，作秀的好有什么意思。就刚才那种情况他也不算是保护她，只不过是那两个人恰巧认识他，没有找他的麻烦而已。换了在其他地方，那可就不一定了，指不定他自己就走了。

“你爱剥你就自己吃，我不要。”陈洛初淡淡地道。

“刚刚他们真的不可能对你做什么，我要动手，那俩货色不可能是我的对手。”姜钰说，“你怕什么，都说了怎么样我都不会不管你的。”

说说谁不会？

“那我谢谢你了。”她冷淡地道。

话音刚落，陈洛初就看见保安进来，没一会儿，刚才那两个出言不逊的男人就被带走了。

她抿了嘴唇，姜钰固执地把剥好的螃蟹递给她，说：“想什么呢，我这么小心眼和醋劲大的人，是不可能放过他们的。我只是不想自己动手而已，要是伤着了，可就没有手给你剥螃蟹了。”

陈洛初没吭声，只觉得自己一拳似乎拍打在了棉花上。她真是越来越搞不懂他了。

一个男生笑道：“怪不得那天姜钰哥看我们不爽了，你放心，我们对陈老师只有尊敬而已。”

才多久工夫，就从“姜先生”变成了“姜钰哥”。

姜钰掀了掀眼皮，阴恻恻地道：“就算你把她当老师，平时没事也别联系她，更别大晚上的给她打电话。”

男生笑嘻嘻地道：“不会的，我们有事就联系你，不会去叨扰陈老师的。”

姜钰伸手捏了一把陈洛初，说：“听见没，正常男人都不会大晚上的给一个有夫之妇打电话，那个谁到底什么心思你分辨不出来？”

陈洛初默默地吃饭，不搭理他。

“是分辨不出来，还是你乐于跟他联系呢？”他又是意有所指，压着火气。

陈洛初随便他怎么想，她都说了是普通朋友了，他还非要揪着这个话题，她也没有心情开口解释。

饭吃到一半，姜钰就该去机场了。但他就这么坐着，并不打算走。陈洛初听到他的助理打电话过来催了他两回，他看了陈洛初一眼，想跟她说两句话，可最后到底什么也没说就走了。

学生在他走后悄悄开口道：“陈老师，你老公好黏人啊，我还没见过哪个大男人这么黏人的。”

姜钰只是习惯了，只要他一无聊了，就喜欢逮着人欺负。陈洛初笑了笑，没有回答这个问题，只道：“你们应该准备行李回去了吧？我让朋友送你们去机场，昨晚我没有休息好，今天就先不回A市了。”

她把学生们安顿好，回到酒店时，却发现姜钰依旧在她床上躺着，并没有出国。

他只穿了一条休闲裤，在翻着她带过来的书。她没有理他，径自进了洗手间。

姜钰见她回来，连忙从床上爬起来，一溜烟地往她面前站，说：“我今天不走了。”

陈洛初点点头，卸妆洗脸。姜钰试探道：“你提分开是不是因为我忽视了你，陪你的时间太少了？要不你辞职吧，辞了职跟我走，工资我发给你。发你十万，怎么样？我也不让你干活，你只要跟在我身边玩乐就行。”

“不是，是三观的问题。”

“可是我不想跟你分开。”姜钰放轻声音说，“我只要一想到你那么冷静地说分手，就特别伤心。我们姜家男人从不离婚的，陈洛初，我不可能开这个先例。”

陈洛初叹了口气：“你还是去工作吧，让我冷静一下，指不定就好了。”

“跟我出国吧。”姜钰还试图劝她，“我在那边肯定不跟你吵架。”

陈洛初终于回头，盯着他看了一会儿，勾起嘴角：“你第一回出国时，如果劝我跟你一起，我其实也设想过跟你一起出国。可你那会儿只字不提，而现在……已经不是什么好时机了。”

并且那会儿姜母都劝他带上她，是他非不肯带。现在他又要带她走，又有什么意思。

陈洛初索性也就把话给挑明了：“那天那个电话打到我这里的女人，说你的女朋友是温湉。”

姜钰顿了顿，语气淡了些，说：“我没有。”

“她说你公司的人都这么说。”

“又不是我让她说的。”他伸手把她往自己怀里捞，低头看着她葱白的耳垂，又懒洋洋地道，“难道我还能管住人家的嘴不成？人家说归说，但我结婚证上的人还是你，人家说了没用。”

陈洛初挺想探探自己在姜钰心里的底的，也就随口问道：“那我和温湉，谁重要？”

“当然是老婆重要。”他自然地弯下腰，用鼻子蹭了蹭她纤细的脖子。

老婆这个词语太含糊了，他要离婚，然后再婚娶温湉，温湉也会是他老婆。姜钰看似直接，其实在很圆滑地处理这个问题。

只不过陈洛初没打算纠结，也没必要去猜他到底是不是在玩文字游戏，说：“我再说一遍，温湉出国的事跟我没关系，我并没有逼她离开。”

她看着镜子里的自己，妆已经卸得差不多了，看上去有些疲惫。也不知道是不是她心态的原因，她居然觉得自己已经不年轻了。她愣了好一会儿，才开口说道：“你跟她在国外也见过面吧？”

姜钰的目光闪了闪，最后道：“很少。”

他的目光闪烁，不知道是不是代表撒谎的意思。她安静片刻后道：“既然你们会见面，那你亲自去问她，到底她是因为什么原因离开的。”

“我也没有不信你，就是不想再纠结她的事情了。”他皱了皱眉，“我们都已经结婚了，我不想再提到她。”

陈洛初微微一顿。正是因为结婚了，所以她心里清楚，离婚并没有那么容易，才会说分手，没有吐出“离婚”二字。她跟姜钰即便现在分开，也不可能领离婚证，起码得等一年之后才能撇清关系。

姜钰当天到底没有留下来，公司催得急，他最后是被姜国山一个电话给叫走的。临走前他似乎还想让她送，往她跟前凑了两回，可最后到底没有开口。

陈洛初也在第二天回了A市，姜母别有深意地说：“洛初，妈觉得阿钰还是把你放在心上的，那天回来得火急火燎的，把我都给吓了一跳，一回来就问你在哪儿。那通电话也是他非要我打的，妈那会儿正打牌呢，都被他给拽回家了。”

陈洛初笑了笑，有点心不在焉。确实有很多人说他黏人，只不过黏人跟喜欢那是两码事。

这会儿正好是周末，她去徐斯言的公司接叶晨曦。男人看到她，无奈地笑了笑：“你一天没接我的电话，我还以为你不想再跟我联系了。”

陈洛初愣了一下，随后皱了眉，去翻手机才发现徐斯言的微信和手机号不知道什么时候被姜钰给偷偷拉黑了。

“抱歉，是我没有看到。”陈洛初直接找到姜钰的微信，点进去发了几条消息质问他。

徐斯言心里明白了几分，温和地笑笑，不再谈及这个话题，道：“叶晨曦学东西很快，我这边挺适合她的。”

“我也是觉得这个学生很有天赋，又很努力，才想让你帮忙带带她。”陈洛初说，“麻烦你了。”

徐斯言道：“小事而已，你要有任何困难都可以找我帮忙。毕竟……我们是老同学。”

叶晨曦跟着陈洛初走了，在路上悄悄说：“陈老师，我还是感觉徐总对你不一般。”

“都是老同学。”

“不是这种感觉。”叶晨曦沉思片刻后道，“因为你，他连带着对我也很好。有的事情我做得很差，搁小姜总身上不知道要被骂几回了，可徐总从来不骂我，还对我很有耐心，可他明明不像是一个有耐心的人……”

陈洛初浅浅地笑着，倒是没有多说什么。

“说句实话，我觉得他比小姜总适合你。”叶晨曦咬着下唇，“我感觉他比较会疼人，而且你还是找个疼你的比较好。感觉小姜总对你总是不着调，每次喊老婆都像在撒娇，就感觉是取乐打发时间一样。”

陈洛初心里思绪万千，不过怕叶晨曦多想，没有跟她分享半个字。两个人吃饭的时候，姜钰的电话正好打了过来。

一个晚饭，一个午饭，倒正好都是饭点。

“老婆。”姜钰这次一走，变得格外爱联系她，一有空就发视频。所以说他再忙也不可能挤不出时间来打电话，只是看他想不想。只要他有那个心，又怎么可能没时间。

一听到姜钰的声音，叶晨曦就噤了声。电话那头，隐隐约约还听得见姜钰时不时教训下属两句，凶得要命。

陈洛初说：“你先忙吧。”

姜钰正要跟陈洛初说话，就看见助理对自己做口型说：“小姜总，温湉来了。”

姜钰顿了顿，皱起眉头，纠结了一会儿，对陈洛初道：“那行，老婆，我先去忙了。”

姜钰放下手机往外走，四下张望却并没有看见温湉的身影。

“人呢？”他不太耐烦地问。

助理谨慎地打量了一下他的手机，见他没有在通话，才开口道：“温小姐把文件交给我就走了，我怎么劝她也不肯留下。”

姜钰把温湉留下的文件接过来，看了两眼，心不在焉道：“你说她是不是还在玩欲擒故纵那一招？”

助理不敢轻易表态，要说温湉对小姜总一点意思都没有，也不可能还来公司实习。但要说她对小姜总还有意思，又挺奇怪的。她的表现也挺冷淡，甚至是在刻意避嫌。

不知道是温湉段位高，还是她就真不想跟姜钰再有牵扯。

“小姜总，那天她把高跟鞋留在你那儿，也许就是为了方便再跟你见一面。”旁边的秘书小林倒是开了口，女人到底是最懂女人的，什么心思看着就让人一目了然，小林道，“不然她也可以找个袋子当时就把鞋子给带走。”

姜钰神色难辨，最后只道：“她下次过来留住她，我有事情要问她。”

他转身回了办公室，本来想继续给陈洛初发视频的，但最后到底因为心烦意乱没有发。

他只拧眉盯着手上的文件，女人的字迹工整。温湉进公司实习，他之前其实并不清楚，也是偶然一次她被上级刁难，正好被他看见了，他也就顺道帮了个忙。

温湉说来公司实习只是因为姜氏是个好公司，但她到底有没有跟他旧情复燃的念头呢？

陈洛初本来以为姜钰会再拨个电话过来，可是他并没有。不过他的电话不打来，叶晨曦会自在很多，陈洛初反倒希望他别打来了。

“导员姐姐，我以后想做生意，想给我父母好的生活。”小姑娘说这话时，脸上的酒窝时有时无。

陈洛初温声道：“我可以投资你。”

小姑娘便笑了，笑得明媚清亮，却是摆了摆手：“老师对我已经够好了，不可能什么事情都要你来帮我。我会自己想办法的。”

陈洛初在心里笑，也苦涩。自己帮她是理所当然，因为本来就是一家人，也就只有她这一个妹妹。只不过到底是没到相认的时候，她得等到自己再强大一点才行。陈洛初把叶晨曦送回了住处。

学校那边说温湉需要开一张证明，因为陈洛初是温湉的辅导员，得要她回去一趟。这是她的本职工作，她自然没有办法拒绝。等她急急忙忙赶到学校，就看见温湉的父亲在她的位子上坐着。

他的视线在她身上停留了一会儿，很快便收回了。旁边的同事说：“是温湉有一个比赛，需要一张院级证明，本来是想着给她寄过去的，但是没想到她爸爸不嫌麻烦，自己亲自跑来一趟。”

陈洛初看着中年男人说：“我帮你跑一趟吧。”

温湉的父亲道：“麻烦陈老师了，还是我跟你一起走一趟吧。”

陈洛初点点头，带着他一块儿往外走。哪怕她走在前面，看不见男人的脸，也能感觉到他这会儿恐怕不太友善。

“陈老师跟小姜总最近关系如何？”男人淡淡地道。

陈洛初不知道他怎么突然会问出这样一句话：“还可以。”

陈洛初进了院长办公室，很快便盖好章走了出来。她把证明交给男人，道：“我先回办公室了。”

“我们家温湉说，小姜总一开始跟你结婚，并不是自愿的，我这才知道原来这个年代还有被迫结婚一说。”男人道，“陈小姐，跟一个不喜欢你的男人在一起是什么感觉？”

陈洛初笑了笑：“没什么感觉。”

男人盯着她看了好一会儿，不疾不徐道：“小姜总对我有恩，我能拥有现在的这些，全是小姜总的功劳。我其实一直都搞不懂他们家这么帮衬我的原因，但我想，到底是因为旧情吧。”

陈洛初“嗯”了一声：“不是旧情，就没有其他原因了。他当初跟你女儿那么恩爱，是大家有目共睹的。”

“陈小姐，我认为你也不是一个泼辣的姑娘，你受了这么多年教育，应该明事理。”男人一步一步将她往某个陷阱里引。

陈洛初平静地道：“有什么话，你不妨直说。”

“如果有一天，小姜总非要跟我女儿复合，你应该不会干涉阻止吧？毕竟严格说起来，是你破坏了我女儿和小姜总的感情。我是湉湉的父亲，她很重感情，虽然她说分手是为了学业，但我心里清楚，最重要的原因，还是因为你。”温湉的父亲铿锵有力地道。

陈洛初因为中年男人的话停顿了一下。她本来都打算走了，这时视线不由得再次转移到男人身上。

西装革履，其实不开口说话，已经很难看出这个男人来自一个小地方。他微微发福，大部分人对他的第一印象，大概恐怕是某个生活过得挺滋润的小老板。

陈洛初觉得他挺像的，气势十足。就比如他此刻跟她说话，言辞之间就挺高傲，腰板同样挺得笔直。

而给这个男人投资的人，还是陈洛初名义上的老公——那个每晚都喜欢缠着她的男人。

陈洛初勾了勾嘴角，倒依旧保持一贯的平和：“这你不应该来问我，姜钰跟你女儿之间的事，那是他们的事。要是姜钰有那个心，我也不会有刁难阻止的机会。如果你要问，还是去问他比较合适。我并没有拆散你女儿跟他的打算。”

温父皱眉，明显不悦。

陈洛初垂下眼睑，很快又再次抬起头，语气越发平淡地道：“我想想也是，你怎么敢找他呢？是你女儿不要人家的，所以你应该不至于脸皮厚到还敢要求他跟你女儿在一起。但你来给我添堵，完全没那个必要。”

她转身要走，却还是顿了顿，道：“你女儿要是现在找上姜钰，不管他们相爱与否，那她也是插足别人的婚姻。这么支持女儿做这种事的父亲，你应该是我认识的第一人。为了温湉，你着实不应该来找我。”

陈洛初倒不是故意讽刺他，只是他想为温湉好，怎么着也得等姜钰单身了再说。

男人冷笑两声后道：“陈老师一张巧嘴，我自然说不过你。”

“温先生，或许你该去多读点书，那张结婚证可是受法律保护的。”陈洛初说，“不能光生活条件上去了，修养也得跟上啊。”

温父的脸色沉得吓人，陈洛初却抬脚走了。

回到办公室，同事们依旧在讨论温湉，说她这次比赛要是继续拿奖，那可不得了，以后妥妥的一个女强人。

见陈洛初进来，他们又羡慕地道：“陈老师你可真幸运，刚进学校就带了个这么优秀的学生，说出去多有面子啊。”

她笑了笑，就回到位子上坐着。本来今天倒也没什么事了，只是既然来了学校，她就顺带把明天的事情给处理了。

刚开学没多久，迎来了一大批新生，而陈洛初带的学生都上大四了，于是这批新生她也要兼顾一下。她得给他们开新生入学讲座，跟他们说晨跑事宜，还有各种校规。虽然这些都是小事，却有她忙的。

更有一些一上了大学就放飞自我，一来就逃课逃晚自习的。陈洛初作为辅导员，还得去找学生谈话。

谈话的是个男学生，长得很帅，五官清秀，就是一副吊儿郎当的模样。有那么一瞬间，她觉得他身上有姜钰上学那会儿的影子。

陈洛初有些发愣，男学生似笑非笑道："老师也犯花痴？"

陈洛初回过神，然后说："马克思主义基本原理概论课为什么没去？"

"没睡醒。"他无辜地耸了耸肩。

陈洛初皱眉道："你文学概论课也没去。"

"哦，忘了有课。"他说出来的话挺让人生气，态度却诚恳。

陈洛初道："蒋文哲，事不过三，下次旷课，纪检按旷课处理你，我可不会再去给你求情。"

蒋文哲嘴角勾起一个弧度，嘴上却讨饶道："知道了，老师。"

陈洛初知道，这类男孩子不好管。结果没出两天，蒋文哲就惹了事。陈洛初是在半夜接到的电话，宿管查完寝室，发现他不在，连电话都打不通。

不是周末，学生归学校管，这大半夜的人不在，又是新生，学校不可能不管。陈洛初找到他的联系方式，果然电话打不通。最后她从他室友嘴里隐隐约约知道他外出去了哪儿，说他应该是去了某某酒店。

陈洛初只好去找人，到了酒店跟前台好说歹说，才知道蒋文哲住在哪个房间。她敲了门，过了很久才有人来开门。蒋文哲打开门看到她的那一刻，脸上的阴鸷瞬间变成漫不经心："是辅导员啊。"

陈洛初看着他身上松散的浴袍，皱了皱眉："学校规定，周一到周五留宿在外得请假。"

蒋文哲抓了抓头发，懒洋洋地往里走。陈洛初跟进去以后，才看到房里还有一个女生。

女生见到她，忙背过身去。陈洛初也有些尴尬地道："既然要出门见女朋友，你可以跟我请假。"

蒋文哲淡淡地扫了女生一眼，那个女生立马起身就走了。

蒋文哲的喉结随着他说话轻轻滚动，还是一副懒懒的模样：“下次一定。”

陈洛初微微一顿，蒋文哲又挑眉道：“辅导员，你在害羞什么？”

陈洛初不理会他的调侃，说：“我希望你能遵守学校的规章制度，不然会有很多人担心你。”她又道，“今晚你是想在这边住，还是我送你回学校？”

蒋文哲盯着她的脸，若有所思，过了一会儿才慢悠悠地道：“既然辅导员这么热心地来接我，我又怎么可能不跟你走呢。”

陈洛初不打算理他，只带着他往楼下走。她的职责只是把他送回学校去。

蒋文哲看到陈洛初的那辆车时，倒是有点惊讶。这老师的穿着看上去挺普通的，气质也寡淡朴素，没想到开的车居然这么好。

路上两个人一直没说话，只陈洛初的手机在不停地响。陈洛初扫了一眼来电显示是姜钰，接通了，开口就道：“我还在忙学校的事。”

“这么晚？”

“嗯。”

姜钰迟疑了一会儿，说：“温湉的父亲昨天被你姑姑搅黄了一单生意。”

陈洛初一针见血道：“你以为是我跟我姑姑说了，让我姑姑故意这么干的？”

“我没有。”姜钰顿了顿，又道，“他那边……又去求我妈帮忙了。”

陈洛初没说话，姜母帮温父，到底是看在谁的面子上呢？如果不是因为当中横着一个姜钰，姜母并不是个爱多管闲事的人。

蒋文哲在这时突然开口喊了一句：“辅导员。”

姜钰再次顿住，警惕且冷淡地道：“你大晚上的为什么要跟学生在一起？”

陈洛初还没来得及说话，就听见蒋文哲又开口道：“辅导员，我的身份证落在酒店了。”

“酒店？”姜钰的语气变了变，“你跟你的学生去酒店干什么？你们……”他咬牙，气急败坏道，“陈洛初！”

陈洛初扫了蒋文哲一眼，后者懒洋洋地靠在椅背上低声笑，那是恶作剧成功之后的得意。

她直接挂了电话，也没有说蒋文哲什么。等到了学校，蒋文哲随意地道："老师，我今天可算是帮了你的大忙，那个男人估计气得够呛。"

陈洛初的声音淡如水，道："你怎么知道不是给我惹麻烦了？"

"听到'温湉'这两个字，我就知道你的男人是谁了。姜钰跟你结了婚，还帮着温湉的父亲，你身为他的老婆，这也能忍？"他微微俯身，凑到她耳边说。

陈洛初不适应地往旁边让了一步："他做什么，那是他的事。"

蒋文哲眯了眯眼睛，她这个动作嫌弃的意味可是太明显了。他凉凉地勾了勾嘴角："辅导员，其实是你并没有那么喜欢他吧。我能感觉出来，你对他并不是那么喜欢。还有你躲什么？你一个比我大五六岁的，我能对你有什么想法？"

陈洛初淡淡地道："我这个人，很招弟弟的。"

蒋文哲冷嗤："你还挺自信。"

宿管阿姨过来了，陈洛初没有多聊，她甚至都没有跟蒋文哲进一步认识的打算，也不希望自己激起他的挑战欲。

陈洛初回到家以后，倒是主动给姜钰打了电话过去。姜钰那边没有接，还把她的电话给挂断了，她也就没再继续打。

她去洗了个澡出来，看到姜钰的几个未接来电。陈洛初接了，他就是不肯说话，直到她平静地把蒋文哲的事跟他解释了一遍。

姜钰才开口说道："你换平板接。"

陈洛初扫了一眼躺在床上的平板，照做了，倒是没再说起温湉的事。

姜钰换成视频通话，陈洛初看见他那边有只活泼的小狗，他正在陪那只狗玩。她隐隐约约觉得那只狗有点眼熟。

"是那只流浪狗，这只狗的眼神太像你以前了，又被我撞到了，我很喜欢，就带回来养了。"姜钰摸了摸小狗的头说，"小黄，看视频那边，以后她就是你妈。"

陈洛初在这边没吭声。

"咱们反正都不要孩子，这辈子以后就养着小黄，怎么样？"

这辈子？陈洛初的眼皮动了动，那头的狗在哼哼唧唧。姜钰坐在地上，长腿曲着，给狗梳毛。

陈洛初盯着镜头看得十分认真，被抬起头的姜钰抓了个正着。

“老婆，你要是喜欢小黄，下次我把它带回来？”他在那边询问她。

陈洛初还没来得及说话，手机又响了。她看见了“蒋文哲”三个字，眉头紧锁。

姜钰在视频那头把她的脸色看得一清二楚，笑容就浅了下去，也没有再给狗梳毛。他状似随意地问：“谁啊？”

陈洛初淡淡地道：“别人打错了。”

姜钰那边没有多说什么，想闹，可陈洛初今天已经主动打过一次电话了，再闹又得吵架了。

于是两个人谁也没有说话。

后来陈洛初终于说：“要是没事就挂了。”

只是刚说完这句话，她的手机又响了。陈洛初想挂断，可姜钰冷冷地笑道：“挂什么，接啊。”

她扫他一眼，如他所愿，听到蒋文哲的声音懒洋洋地传来：“辅导员，我睡不着。”

陈洛初道：“这不在我管的范围内。”

蒋文哲假装委屈道：“女朋友不要我了，跟我提了分手。辅导员，你能不能安慰安慰我？”

蒋文哲才十九岁，声音比起年长的男人来说要清亮许多。这股子委屈劲装的，确实也够像，撒娇总是带着几分惹人怜惜的味道。姜钰那边也是听得一清二楚，声音几乎立刻就阴鸷下来：“需要安慰不会找你家长？”

蒋文哲听到姜钰的声音，也愣了一下，随后却低笑出声：“原来辅导员的老公在啊。你多想了，我不过是想夸陈老师两句罢了。她是我的辅导员，我又怎么会有其他想法呢？”

他对陈洛初说：“辅导员，你真好看，还温柔，我一下子都爱上学习了。明天去学校，我想感谢一下你的关照，请你吃个饭？”

“你做梦呢？”姜钰在陈洛初开口前冷笑道。

他说完话，又在屏幕那头死死地看着陈洛初，目光冷冷的，仿佛只要她敢答应，他就要把她给吃了。

陈洛初淡淡地道："吃饭就不用了，你逃不逃课也是你的自由，我管不着。我劝了你不听，反正一切都按照校规处理。"

蒋文哲的话显然有几分装的成分在，她也不想跟他继续纠缠，很快便挂断电话。

姜钰的声音就显得有些咄咄逼人，他半眯着眼睛说："陈洛初，你给我解释清楚，你在家里都干什么了！"

陈洛初揉了揉太阳穴，索性没出声。

"怎么，找不到话反驳了是吧？"姜钰面色阴沉地盯着她，"你在家里招惹了谁？顾泽元？"

"你胡说什么？"提起顾泽元，陈洛初终于有了点反应，又因为他的无理取闹，到底有些不耐烦地蹙起眉。

"好啊陈洛初，你居然还觉得是我在无理取闹？"他看明白了她眼神里的意思，被气得面目都有点狰狞，几乎是立刻起了身。陈洛初不知道他干什么去了，几分钟后，从视频里看见他从楼上拎下来一个巨大的行李箱。

"你干什么？"她不明所以。

"回国。"他的声音绷得死死的，很冷漠，火气还足。

陈洛初沉默半晌，说："我的初恋是你，你不也比我小吗？"

他听了这句话以后，终于回到视频前坐下，只不过脸色依旧不太好看。她也不说话，等着他自己慢慢平复心情。一时半会儿，两个人都没有说话。

陈洛初今天折腾到半夜，不太想继续浪费时间，便开口道："既然没什么可说的，那我就先挂了。"

"等会儿。"陈洛初看到那只狗又往他面前凑，在舔他的手，他这会儿没什么耐心，敷衍地把狗子给挥开，说，"别挂，我也要补个觉，我们连麦。"

陈洛初也就随他去了。

"你说你最近招惹了些什么人？"回到床上，姜钰还是揪着这件事不放。

“没人要的。”陈洛初说，“年轻那会儿也没有，就招了你一个。”

“上学那会儿的学弟我都知道好几个，还有顾越，你行情好得很嘛。”姜钰冷哼，今天电话那头的那位，这笔账他也是会要算的，“陈洛初，你已经结婚了，安分守己点。”

陈洛初随口“嗯”了一声。

姜钰不满地道：“你可不可以走点心？你快说，你只会有我一个。”

“我是不会和别人在一起的。”陈洛初说。

姜钰显然不太满意，却没说话，睡着了。陈洛初很快听见他均匀的呼吸声，透过平板，在她的耳边一下下回荡。明明挺吵的，但她居然也安心地睡着了。

第二天早上七点钟，她就被姜钰给吵醒了。他在那头说：“老婆，醒了没？起床了。”

陈洛初刚刚起床，声音格外干涩，“嗯”了一声：“醒这么早？”

国外这会儿应该还是凌晨。

姜钰道：“没办法，要赚钱养你，得起来开会。”

陈洛初起了床，他依旧没挂语音。她换衣服时都能听见他说话的声音，只是某一刻，声音戛然而止了。

陈洛初不会知道，在他声音戛然而止的这一刻，远在国外的姜钰身边，温湉的腿，在桌子底下碰到了他的腿，也不知道是有意还是无意。

温湉是被她的主管带过来开会的。当然，主管也是听说了姜钰跟温湉之前的那些事，才会对她格外关照。

此刻姜钰扫了她的腿一眼，看见她脚上穿着那双红色的高跟鞋。

姜钰对温湉的印象，更多的是她上学那会儿。她总是穿着运动鞋，看上去青春有活力，现在却逐渐向女强人靠拢。

少女是不适合穿高跟鞋的。

陈洛初更白，腿更细更长，更适合穿这种红底高跟鞋。她长得也更好看，只是明明有一张勾人的脸，表情却要不就是假笑，要不就是平淡。

她对他吝啬得很，都不肯多给他露几个表情。只有他故意逗她，他才能看见点不一样的。

姜钰又想起早些年的陈洛初。

上学那会儿，她同样穿运动鞋，只是他却很难想起她还是少女时的模样。仔细想，也只想起她寡淡的脸，挺无趣的。

“抱歉，我不是故意的。”温湉连忙道歉。

姜钰回过神，抬头看她，点了点头，两个人的视线就这么对上。他微微晃神，很快便偏过头，继续讲解事宜。温湉则是看了他片刻，才若无其事地收回了眼神。

一旁的主管将他们俩的互动看在眼里，表情有些意味深长。

陈洛初在姜钰的声音戛然而止的那一刻就挂断了语音。

她在赶去学校的路上，挂了一个蒋文哲的电话，以及收到了温湉的感谢电话：“陈老师，谢谢你帮忙打印证明。”

陈洛初也就顺道问了一句她什么时候比赛。温湉说了时间，又聊起自己的情况，说最近正在实习。

陈洛初问：“在哪儿实习？”

温湉说：“姜氏。”

陈洛初就没说话了。但仔细一想，其实也在情理之中。只不过姜钰口中的偶尔跟她见面，恐怕是天天见面。

陈洛初想了想，还是多问了一句：“你告诉姜钰是我怂恿你出的国？我记得我只是说，不要把感情看得比个人发展还要重要，并没有说过半个叫你出国的字。”

温湉道：“那是我理解错了，你说个人发展重要，我就以为你是让我出国。”

陈洛初也没有点破她的心思，她只不过是自己不要姜钰，分手了却依然见不得他跟其他人好。

温湉说：“姜钰那边，我会去替你解释，不会让你白白受了这份冤枉。现在我正在开会，开完会我就跟他解释。只不过他的下属问过我，有没有跟他旧情复燃的打算。”

这个开会时间太过巧合，陈洛初有种猜测，姜钰大概是跟她一起，两个人开的是同一个会议。

几分钟后，她看见温湉发了一条朋友圈——庆祝今天的会议圆满结束啦！

陈洛初的视线很快被照片吸引，其中一张是温湉和行业内某个大佬的合影。照片上的温湉一身职业装，脚上穿着一双红色高跟鞋。

原来她就是姜钰说的，那个崴了脚，把高跟鞋留在他家里的女同事。也不知道姜钰为什么不直接说出温湉的名字，反正她也认识，光明正大总好过遮遮掩掩。

另一张，她拍了文件，照片的角落里拍进了一个男人的手，很修长，骨节分明，无名指上戴着戒指。陈洛初一眼就认出那是姜钰的手，婚戒太过明显了。

他能入镜，显然就坐在温湉的边上。一个实习生，有资格坐在老板身边吗？她几乎是立刻串联起了前因后果，怪不得有人要喊温湉老板娘了。

陈洛初是个女人，几乎立刻就体会到小女孩那种不算明显的挑衅的味道。温湉说的不会再对姜钰有任何想法，自然不会是真的。

她想的是，大概是坐实老板娘的身份。只是现在的人都爱面子，温湉一边有着不轨的想法，一边还扯着一块遮羞布，想做得直接，却又不敢太过明显。

会议开始的时间点实在是太早了，凌晨时分，会议一散，姜钰决定请大家吃个饭。

十几个人，也不知道怎么回事，最后走着走着，温湉就走到了姜钰身边，其他人反而离得他们好远。姜钰脚步一顿，看了一眼旁边的温湉。她目不斜视，似乎并没有搭理他的意思。

“这个项目你好好干，做好了毕业后找工作会方便许多。”他随口说了一句。

温湉勾起嘴角，视线并没有集中在他身上，小声哼了一句：“说得像是你会特殊照顾我似的。”

姜钰扯出一个笑，却没有接话。

“要是我没记错的话，明天是你的生日。”温湉突然又说了一句。

姜钰随口“嗯”了一声，带着大伙儿进了包间。他随意找了一个地方坐下，温湉去了趟洗手间。再回来时，看到只有他旁边的位子是空的，不知道是不是有人故意把这个位子留给她，她也就只好坐下了。

一开始大伙儿还算客气，温湉身为在场唯一一名女性，被灌了几杯酒。在她微醺时，姜钰就皱起眉头，让人别灌了。

公司里关于温湉和姜钰的流言蜚语那是满天飞，姜钰的这个动作，让在场的人都心照不宣地笑了笑，不过没有人点破。

温湉喝得头晕，整个人东倒西歪，最后直直地撞进姜钰怀里，小声地说了一句："姜钰，我不行了。"

也不知道是谁最先喊"在一起"的，到后来所有人都喊他们在一起。连旁边包间的人都被吵到了，纷纷过来围观，以至于所有人都以为这是求婚现场。

"在一起！"

"在一起！"

第九章

应是喜别离

温湉似乎是醉了，闭着眼睛倒在他怀里一动不动。她的脸很红，不知道是因为周围的声音，还是因为喝了酒。

姜钰皱了皱眉，冷淡得有些漫不经心地道：“可是我现在已经有老婆了。你别忘了，当时是你非要分手的。”

温湉顿了顿，慢慢地睁开了眼睛。只是旁边的声音太吵了，将他的声音盖了过去。

姜钰推开温湉，直接叫来经理，把外头来的那些人给赶了出去。

“小姜总，温小姐也算是个优秀的女生，你真的不考虑一下？”几个老股东开玩笑道，说是开玩笑，其实也是有意撮合。

姜钰的表情让人有些看不透，他说：“是挺好的，不过我已经结婚了。”

“听说那个是出了意外，家里让娶的？”一个跟他熟点的大胆问道。

“哦，的确是这么回事。”姜钰没什么表情地笑了笑，“但是婚结都结了，又不是想换就能换的。温湉当初跟我错过了那就是错过了，我这个人不太喜欢旧情复燃，对现在的生活也挺满意，以后这种玩笑就别再开了。她自己提出的分手，也不是我渣了她，两个人当个普通朋友就行了。”

温湉一直没说话，等到他送她回去，才醉醺醺地揉了揉眼睛，哽咽道：“姜钰，你是不是还在怪我当初没有珍惜你？”

姜钰低头看手机，语气疏离地道：“没。”

温湉不相信，她感觉他就是记仇。可是越是在意，才会记得越深刻不是吗？她不想放弃姜钰，一点也不想。

犹豫了好一会儿，温湉放下面子，鼓起勇气说：“其实我来姜氏不是为了什么工作，我就是想挽回你。”

温湉这会儿的姿态，真的摆得挺低的。姜钰今天一句“我是有老婆的”，到底让她有些心慌。她原本是不肯服软的，可现在她害怕姜钰真的把心给送出去了。她看不得姜钰爱上别人。

“我说我来姜氏实习，那都是骗你的。那么多外资企业，我怎么就偏偏选了一个在国外刚刚起步的姜氏呢？”温湉说着说着，眼眶就红了，整个人颤抖得厉害，说，“我只是觉得，我一个女孩子，不能主动。女生都是要男人哄的，哄一哄就好了。”

姜钰点了一支烟，没有说话。

“我爸说，女孩子一旦主动了，就会显得很掉价，会不被珍惜。”温湉紧紧地抓住他的手臂说，“阿钰，刚分手那会儿，我一个人在国外，就特别想你。我经常因为想你，一个人躲在被子里哭。可是我不能告诉你，因为分手是我提的，一切都是我的错。我是一个罪人，又怎么好意思跟你说我有多苦。”

姜钰冷淡地抽出手说：“你喝多了。”

“没有，我只喝了一点。”温湉柔声道，“阿钰，能陪着你陪着这边的分公司一起成长，我很高兴。我现在……也不是以前那个柔弱的我了，有什么压力我都能陪你一起扛。”

姜钰没什么情绪地反问道：“你是觉得，我结婚这件事是在开玩笑？”

“婚姻当然不是玩笑。”

“那你说这些的时候，又把陈洛初放在了什么位置？”

温湉顿了顿，说：“你不喜欢她，我能感觉得出来。你只不过总是用她来气我。”

姜钰回头看着温湉一脸笃定的模样，忍不住皱了皱眉，冷冷地道：“你错了，我没有不喜欢她。反而是你，已经是过去式了。”

温湉无奈地叹了口气，心里几乎肯定姜钰是在跟自己赌气。她咬咬牙道：“阿钰，这回我会主动并且好好地追求你，之前是我错了，我一定会把你给追回来的。这次换我来主动，好不好？”

“如果你是为了跟我旧情复燃才来的公司，那么公司你也不用待了。”他说话的时候挺无情。

温湉诚恳地道：“哪怕你赶我走，我也要追你，不信你可以试试。”

“那你就滚蛋吧。”姜钰懒洋洋地留下一句话，驱车扬长而去。

他这种性格，好哄就奇了怪了，温湉知道他指不定要傲娇一阵子。于是她第二天就没有去姜氏，这天是姜钰的生日，她一大早就去整理为他准备的礼物了。

不过谁也没有想到，昨天有人起哄让姜钰跟温湉在一起的事情被人给拍了下来，并且小范围传播了一圈。

丁业敏虽然去了陈氏，但作为姜氏的老员工，还是跟不少姜氏的人有联系。她是从姜钰的私人秘书小林那儿得到的视频，第一时间就把视频发给了陈洛初。

视频里，除了众人起哄要温湉和姜钰在一起，温湉更是抱着姜钰，整个人闭着眼睛，应该是有点醉了，一副小鸟依人的姿态。

陈洛初看完视频后，好一会儿都没有说话。

“陈小姐，温湉挺‘绿茶’的，”丁业敏道，“又是小姜总的旧情人，你真的要多提防她一点。我看到这段视频，不是当事人都已经快气炸了，怎么会有女人这么理直气壮。”

陈洛初原以为姜钰应该不至于当众接受温湉的拥抱，怎么着也应该在表面上给她留一分面子。

丁业敏又道：“不过陈小姐，你背后还有陈家，温湉跟你到底不是一个档次的。”

陈洛初挑了挑眉，淡淡地道：“我跟陈横山的关系并不好。”

“但应该也没有外人想象的那么差，不然你也不至于把我从姜氏挖过来。”丁业敏迟疑了一会儿，小心翼翼了一点，“反而姜家……”

“姜叔叔其实有点防着我，从来不让我知道任何姜氏的内部消息。”陈洛初直接道，“对他而言，我到底还是个外人。”

丁业敏猜想陈洛初应该有一些不为人知的秘密，但知道得越少，就活得越好，于是她并没有多问。

这段视频，陈洛初并没有外传，也没有跟别人提起过。可既然能传到她这里，自然也能传到姜母那里。

姜母看到这段视频后，思绪万千，神色复杂，连牌也没心思继续打了，最后全化为一声长长的叹息：“阿钰跟温湉之间的关系真的是怎么也理不清啊。”

关于姜家这点事，蒋文媛也是清楚的，两姐妹聊天的时候没少说。她道：“陈英芝跟温湉父亲那件事你打算怎么处理？也的确是陈英芝先拦了人家的生意，后来才被温湉的父亲报复的。说实话她也是活该，但她毕竟算是你的亲家吧。”

姜母这可就有点为难了："温湉的父亲这边我也得帮，这以后万一也是亲家……"

她当然不希望陈洛初和姜钰离婚，但两个人一个在国内，一个在国外天天有温湉陪着，姜母在心里其实已经不太看好这段感情了。

而且陈洛初对姜钰不算积极主动，甚至很少主动去维护两个人的感情，她更加觉得这段感情恐怕是凶多吉少。

"陈英芝那种个性，你要是不帮忙，她肯定会心生怨恨。"蒋文媛道。

姜母长叹一口气，到最后到底是冷处理了这件事情。

今天是姜钰的生日，她不想被其他事情影响了心情，也自然是打算出国去给他过，所以提前几天就把签证给办好了。

至于陈洛初，姜母猜她大概不会肯去，也就没有叫她，只问她有没有准备礼物。

陈洛初便把准备好的礼物交给姜母，笑道："劳烦您给我送过去吧，我本来是打算自己去寄的。"

姜母迟疑片刻，还是问道："洛初，你真的不打算过去吗？"

陈洛初依旧笑道："我就不过去了，我还要上班呢。"

"你也是一点不担心温湉。"姜母叹气道。

陈洛初说："姜钰要是真喜欢她，我担不担心其实都没用。我也管不住他。"

"说到底，还是阿钰对不起你，万一你们俩以后……妈会多给你一点补偿，起码让你后面的日子能好过些。"姜母跟她保证道。

陈洛初没有拒绝，只是浅笑没说话。

"那妈先走了。"姜母道。

陈洛初说："我送您去机场吧。"

姜钰是知道姜母要来给自己过生日的，就让助理去他的别墅先把房间给收拾好。想了想，他又说："把我房间的也给换了。"

"小姜总，你的昨天才换过。"助理纳闷道。

"我老婆可能也要过来，她这个人很爱干净，到时候又得嫌弃这里嫌弃那里的，我懒得跟她吵。换了吧，图个耳根子清净。"姜钰心不在焉地道。

接机也是他自己亲自去的，把下午的工作全往后挪了。现在是空出时间了，只是后续不知道要加多长时间的班才能补回来。

姜母下了飞机，大老远就看见了姜钰，不由得笑道："儿子。"

姜钰的眼睛往她身后看了无数遍，却没有看到陈洛初的影子。

"怎么还亲自来接机？"

"刚好有空。"姜钰随口问，"陈洛初呢？"

姜母道："她没有来，让我把礼物转交给你。"

姜钰沉默了一会儿，说："她为什么不来？今天不正好是周末，也不耽误她工作。"

"就这么想她来？"姜母看了看他，眼里带着几分探究。

"你不是最爱撮合我们在一起吗？我以为你会把她叫来。"姜钰说。

姜母叹了口气，说："我也累了，以后你爱怎么样就怎么样吧，我懒得再管了。只要你过得开心就行。"

姜钰多看了她一眼，皱了皱眉，姜母这句话着实有些意味深长了。他没有吭声，走到一旁给陈洛初打了两个电话，她都没有接。

等到了别墅，他看到了姜母送给他的礼物，是一艘游艇的钥匙，大概值个几千万。他看了一眼，视线很快扫到旁边的礼盒，想也不用想，肯定是陈洛初送他的生日礼物了。

姜钰找来剪刀动手拆礼盒，看到里面的东西时，脸色先是一变，再是感觉到了几分燥热，耳根子红了，然后慢慢地把礼盒给收了起来。

姜母见他神色古怪，问："洛初给你送什么了？"

"没什么。"他随意应着，却不肯再打开礼盒。他把礼盒搬进房里，几乎是立刻就给陈洛初发消息。

"老婆，下次穿给我看。"

陈洛初看到这条消息的时候，有点不明所以。她是怎么也不会想到生日礼物上头去的，就是随机选了礼物盲盒，自己也不知道里面是什么。

她回道："生日快乐。"

"嗯，礼物我很喜欢。"从来没想到陈洛初会在他面前表现出这样的一面，还真让他有点受宠若惊。

姜钰本来想再给她回消息的，姜母却敲响了房门。她早就订好了包间，要去吃饭了。他只得收起手机，换了身衣服。

姜钰不说话的时候，由于五官太过立体，显得有点冷冰冰的。再加上他对外人而言实在算不上是一个温和的人，所以服务员也不敢靠近他。

以至于温湉到的时候，看见的就是他神色疏离地跟服务员说，他这边不需要服务。于是服务员神色尴尬地走了。

温湉直接走到姜母旁边，姜钰看见她，脸色更冷了："你来做什么？"

"是我让她来的。"姜母道，"很久没见面，她父亲惦记她，让我顺道来看看，代他问声好。"

温湉则是把为他准备的礼物放在了他的面前，说："阿钰，这是我特地为你挑的领带，是用我做兼职赚的所有的钱买的。"

他冷淡而又疏远地道："不用了，我家里的领带都戴不完。"

"那你放着也行。"温湉也不生气，反而耐心地陪姜母聊天。在这个过程中，姜钰一直低着头玩手机，吃了差不多二十分钟就说饱了，找了个借口离开。

姜母皱眉道："他不是昨天还抱着你，今天怎么又这么冷漠？"

温湉有些不好意思地道："阿姨是怎么知道的？"

"有人拍了视频，发给我看了。"

她解释道："昨天晚上是我喝醉了，主动靠到他怀里的。而且，他到现在还在生我当时不要他的气，心里估计还矛盾着，所以才对我时冷时热的。"说到最后，她有点无奈，也挺难过的。

姜母就象征性地安慰了她两句，又和她说了她父亲跟陈英芝的冲突，希望她能劝她父亲收敛一点。

温湉有些不安地道："陈英芝会不会找我父亲的麻烦？阿姨，你替我护着我父亲一点行不行？"

姜母已经帮了忙了，如果不是有她在后边护着，陈英芝早就对温父动手了。

"洛初姑姑这会儿怕是已经对我非常不满了。"姜母说起这件事也是心烦，可这件事要做到两全真不容易。温父是她一手捧起来的，她自然不想看到他功亏一篑。

温湉道："她姑姑挺凶的，我第一次碰上她的时候就被吓到了。

那会儿阿钰跟陈老师明明已经分了手，她还觉得阿钰是陈老师的所有物呢。”

姜母道：“这倒是怪不了她姑姑，我当时也这么以为。”

温湉顿了顿，没再吭声。

陈英芝那边确实火气很大。陈洛初看到她的时候，她半边脸都是肿的，整个人很是狼狈。

她上去替姑姑擦脸，陈英芝愤恨地道：“你那个好婆婆，到现在还护着人家！我看你不是她家媳妇，那个姓温的才是！”

陈洛初差不多也了解了事情的经过，无非就是陈英芝拿下了生意，温父怀恨在心，找人教训了陈英芝一顿。温父自然算不上什么东西，可有姜母护着，陈英芝又能怎么办呢？但她肯定是咽不下这口气的。

陈洛初尽心尽力地照顾着她，晚上离开前，见她不知道在给哪个朋友打电话，说的无非是一些抱怨姜母的话。

陈洛初本来都要走了，却听见陈英芝怅然若失地说了一句：“我把洛初嫁过去是想她过好日子的，可我现在后悔了。我觉得洛初在他们家肯定过得不好。”

这句话让她愣了好一会儿。

“我一生都没孩子，这辈子过得也不幸福，总归是希望我们家洛初能幸福的。”陈英芝道，“我气的也不是自己受了伤，就是觉得他们姜家不重视洛初。”

陈洛初站了半天，最后冷静地擦了擦眼睛。

第二天，姜母回来，是陈洛初去接的机，稍微晚了一点。看到她的那一刻，姜母下意识地把温湉送的礼物给藏了藏，问道：“怎么来晚了？”

陈洛初笑道：“刚从医院照顾了我姑姑过来。”

提起陈英芝，姜母到底有些愧疚，便问了一句：“你姑姑怎么样了？”

陈洛初盯着她，继续笑道：“伤得挺严重的，正准备起诉温远辉。妈，这件事情您不会在背后干涉的，对吗？”

姜母皱眉道：“洛初，是你姑姑有错在先，先抢了人家的生意，不然人家也不会动手。”

“抢生意是合理竞争，动手打人却是犯法的。”陈洛初道，“何况我姑姑去抢温远辉的生意是我的主意。妈，有什么事情就让法律来解决吧，这样才公平。”

姜母低声喝道：“洛初，你怎么也开始咄咄逼人了？你不要学你姑姑，她什么性子你不知道吗？你也清楚你姑姑的性子，如果温远辉我不帮一把，落在你姑姑手里他就完了。”

陈洛初看了她一会儿，到底心灰意冷地收回视线。她勾起嘴角：“阿姨，不管怎么样，那也是我姑姑。”

从“妈”变成“阿姨”，姜母的眉毛控制不住地用力跳了跳。

陈洛初又道：“您大概认为我跟姜钰走不长久，其实在心里还是更把温湉当儿媳妇，把温远辉当亲家。既然您心里有这种想法，不妨直说，我可以理解。不然您一边说我是您的媳妇，一边却让我眼睁睁地看着您帮外人，这样更加伤人。”

她温和地道：“当然，不管您帮谁，陈家都是会告温远辉的。”

陈洛初说了几句话，让姜母的眉头死死地皱着。她低声道：“温远辉确实做得不对，只是他真的不能落在你姑姑手里。温湉怎么说也是个小姑娘，还在上学，要是父亲出了事，哪还有心思学习？这事关人家的前途。”

“您忘了，我也没有父亲，我甚至连母亲都没有，身边唯一有血缘关系的只有我姑姑。”她淡淡地道。

陈洛初这话一出口，姜母就愣住了，好一会儿才说：“洛初，妈不是那个意思。妈也是疼你的，只是温湉的父亲跟你不是一回事。你能不能不要这么倔？”

陈洛初道：“那您能不能不要那么倔呢？温远辉有您的照拂，少了一单生意不会没得生意做。他自己不也经常拿不下生意最后要来靠您吗？偏偏到了我姑姑这里，他就要动手报复，这又是什么道理？”

“温远辉比起你姑姑，是处于弱势的一方。”

“这要看怎么比了。要论性别，我姑姑才是身处弱势的一方。”陈洛初说，“而且您应该也清楚，陈横山对她没什么感情，也不怎么管她。她进了医院，他都没去看过，身边也只有我而已。”

姜母看着她，没再说话。车上的气氛就此变得沉默，陈洛初无言地开着车。

其实姜母还是心疼陈洛初的，但骨子里到底还是强势，不太听得忤逆自己的话。她几次想开口，最终又想自己不能妥协，温远辉她肯定得保下来，也就没有开口。

陈洛初也不会妥协，之后没几天她就联系了律师，开始搜集温远辉的证据。温远辉来A市发展，大多数人都知道这是姜母的意思。陈洛初这坚决的态度，无异于打了姜母的脸。

姜母这么多年来一直都是被人捧着的，可这次居然有人跟她反着来，并且还是自己心疼的孩子，感觉气更加不顺。只是碍于她在自己儿子身上吃了很多苦，到底亏欠了她，倒是没有太为难她。

只不过两个人就算是这么闹上了。见面的次数几乎没有，但陈洛初听说姜母那边私下也找了律师。不过为了不让她心寒，找律师的事情姜母对外说是温远辉自己认识的朋友帮忙找的。

姜国山也出面劝了姜母几次，却没有什么太大的效果。

姜母道："温湉以后指不定要进我们家的门，不然你以为我大老远把温家弄过来做生意是为了什么？我也不是怪洛初，只是这件事情没办法，这边我就得帮。"

姜国山道："那也是以后的事情，毕竟现在洛初才是咱们家的媳妇。"

"你一个做生意的，未雨绸缪这个道理你都不懂？"姜母冷着脸反问道。

"你怎么就不能往好的方面想一想呢？我看阿钰最近跟洛初不是挺好的吗？"姜国山说。

"好什么好？"姜母道，"你以为我不盼着洛初跟阿钰好吗？但是你儿子就是惦记着人家温湉，在国外天天朝夕相处，还在一个公司上班呢。"

姜国山的脸色忍不住变了，到底没再说一句话。

陈英芝的事，温远辉也知道自己做过头了，上门求了很多次。陈洛初有一回撞到他，他连招呼都没打，趾高气扬地从她身边路过。

消息传到陈英芝那儿，她真是被气笑了，说："洛初，看见没，你那个婆婆虚伪得要命，明明不向着你，却还是要装出一副在意你情绪的模样。现在我算是把她看透了，你跟姜钰还没离呢，她就一心向着新媳妇了！在这里硌硬谁呢？”

她向来心直口快，有什么想法都往直里说，跟姜母也算是彻底撕破脸了。

不过陈英芝也不算是彻底死心，在能下地走路的那天，她就问陈洛初：“你有没有问过阿钰，他向不向着你？”

陈洛初如实说道：“没联系过。”

也不知道他是不是听说了国内的事情，想着父母那边的压力没有了，也就不需要跟她维系婚姻关系了。

陈英芝的脸色很难看，却也只是叹了口气，什么都没说，似乎是在后悔什么。

不过当天晚上，姜钰倒是联系她了。那会儿她刚从医院回来，还在往家里赶，他的电话就打来了。

陈洛初迟疑了一会儿，还是接了。那头姜钰的声音很冷淡，不太分辨得出喜怒地道：“你跟我妈吵架了？”

陈洛初“嗯”了一声，说：“我并没有道歉的打算，也不觉得是自己做错了。你如果是想来给你妈讨个公道的话，没那个必要。”

姜钰沉默了一会儿，笑了笑：“我这还什么都没说呢，就是来给我妈讨回公道的了？”

他的态度倒是让她也不知道该说什么了。

“我不知道你们在闹什么矛盾，就听我爸提了一嘴。我妈这个人倔得慌，按我小时候的经验，你最近在咱自己家里待着就成，别去她家。”

一个“咱家”，一个“她家”，让陈洛初皱了皱眉：“你什么意思？”

“意思就是你自己吃好喝好就行，反正婆媳关系哪家都有，又不是咱一家的问题。”姜钰有些疲倦地打了个哈欠说，“这两天忙坏了，老婆，你什么时候来看看我吧，我生日你都没有来。”

顿了顿，他又不太高兴地说：“我同事他们过生日都有老婆陪。”

陈洛初在一个红灯路口停下，迟疑片刻后问：“所以你是打算向着我？”

姜钰“啧”了一声，说：“也不是向，就是觉得你这个人没那么不讲理……不对，好像你有的时候也确实挺不讲理的……”最后他随口说道，“算了……嗯，就当是我向着你吧。”

红灯转绿灯，她发动车子，却没有说话。姜钰那头有人在喊他，他回道：“老婆，我先忙去了。”

“嗯。”陈洛初挂断电话，思绪万千。

她本来以为他是顺势来提离婚的事的，毕竟他远在国外，跟温湉搂搂抱抱，又或许在有滋有味地翻云覆雨，肯定受不了枕边风的吹拂。

陈洛初有些心不在焉，回到家漫无目的地玩手机。某一刻她回神，却发现自己点进了出行软件。她顿了顿，又把软件给关了。

陈洛初心里很好奇姜钰在国外的生活，比如他跟温湉走到了哪一步，又比如他工作到底是真忙还是假忙。

其实旅游签证她很早就办下来了，只不过一直觉得没必要去，这下倒是合适了。

陈洛初跟学校请了两天假，飞行路程不短，她在飞机上睡了一觉。因为来得突然，她没有告诉任何人，自然也就不会有人来接她。她一个人先坐了地铁，然后打车，才到了姜钰的公司楼下。

公司国外的大楼没有国内那么宏伟壮观，看得出来规模是比较小的。

陈洛初往公司里走，前台拦住她，非问她有没有预约。陈洛初想了想，用英文说：“我是来见姜钰的，也就是你们老板。”

姜钰在国外通常用 Ian 这个英文名，她说的是中文，才特地补了后面一句话。

前台照例问：“您跟他是什么关系？朋友？”

陈洛初说：“我跟他领过证了，算夫妻。”

前台微微惊讶，噤了声，让陈洛初上了楼。这边她不太熟悉，问了好几个人才找到姜钰的办公室。她刚走进去，姜钰的助理就看见了她，忙上前问：“太太怎么突然过来了？”

陈洛初笑了笑，问：“我不可以过来吗？”

“怎么会呢？”助理连忙说。

陈洛初说：“是不是我来会打扰到温湉？听说她也在这里上班。”

“没……”助理被她问得冷汗直冒，陈洛初是突然过来的，他也不知道自家老板突然看到她会是什么样的心情。助理这会儿只想赶紧去跟自家老板禀告。

陈洛初说："叶助理，你坐吧，我自己过去就行。他在开会？"

这是绝了他去打小报告的后路啊，助理勉强笑着坐下，一时半会儿如坐针毡。

陈洛初问："会议室在哪儿？"

"B307。"叶助理说。

陈洛初走过去，在门口站着，透过窗户，看见姜钰正认真地听着下属的报告，眉头微蹙，显然不太满意，像是要发火的前兆。

他在工作上向来很凶，不太好说话，并且他今天穿的西装还是黑色的，看起来就更加严肃了。

大概是陈洛初今天穿的酒红色吊带裙太打眼，有开小差的人注意到她，频频朝她看过来。

姜钰本来正在气头上，再加上又看见开小差的，那股子火气几乎是立刻就要爆发了。只是他乍一眼往窗边看去，觉得那姑娘有点眼熟。再仔细一看，那不是陈洛初又是谁呢？

陈洛初见他看见了自己，勾起嘴角，朝他笑了笑。姜钰愣了一下，然后开口道："把会议上提到的问题给改了，今天就先到这儿吧。"这个会议到现在甚至都没开到二十分钟。

就在众人感觉莫名其妙的时候，姜钰已经抬脚往外走了。他一步一步朝着窗外的那个女人走去，然后很自然地将手搭到女人的肩上，揽着女人朝他的办公室走去。

"那个女人是谁？"也不知道是谁开口问了一句。

没有人认识陈洛初，也就没有人回答。

姜钰刚进办公室，就飞速地关上门，有点埋怨地道："你怎么来了？来了怎么也不告诉我？我可以去接你，大老远地奔波，太阳又大，多累啊。"

陈洛初说："不是你要我来的吗？"

姜钰没答话。

"那我回去？"

“想得美。”姜钰的手不规矩地在她身上流连忘返，“既然来了，就别想走了。”

陈洛初这几天因为姜母的事情其实心很累，温远辉嚣张的姿态也让她气不太顺。她任由他抱着，说：“我跟你妈的事情，你真的向着我？”

“当然向着你了。”姜钰笑着说。

“那你知道我跟她是因为什么原因才闹的吗？”

“什么？”

陈洛初盯着他说：“我要告温湉的父亲。”

姜钰听了陈洛初的话后，先皱了皱眉，然后才“嗯”了一声。他太冷淡了，陈洛初也不知道他是事先知道才这么冷淡，还是根本就不在意温远辉的事情。

“阿姨护着他，而我想给我姑姑讨一个公道。”陈洛初淡淡地道，“矛盾的点就在这儿。”

姜钰道：“先别聊这些了，你奔波了一天，我先带你去吃饭。”

他替她理了理头发，就搂着她往外走。外面的人都听叶助理说了，知道眼前这位是谁，一时之间难免好奇，于是陈洛初就成了焦点的中心——这位在传闻中随时会被温湉取代的太太。

陈洛初点头朝大家温和地笑了笑，在人群中看了几眼，倒是没有看到温湉的人影，便随口问了一句：“温湉不在这个部门？”

姜钰张口就想说不在，不过旁边的人开口比他快，说：“在的，只不过她今天学校有事情，就没有过来。”

姜钰皱了皱眉，倒是也没否认。陈洛初瞧了一眼被他握着的手，抬头看他：“她一直在你身边？”

“人不是我招进来的，实习也有期限，不能无缘无故给人换岗，让人家走。”姜钰用力握了握她的手，说，“我私下都没怎么跟她接触。”

陈洛初点点头，也没有多问。反正她过来的目的也不在温湉身上。

姜钰带她去了一家五星级餐厅，虽然是高端餐厅，可两个人吃饭都不是很上心，一个是心里有事，一个是想着回去办事。

于是两个人吃完饭就回去了。

陈洛初是第一次来姜钰在国外的这栋别墅，屋子里的生活气息倒是没有国内那栋别墅足，有点冷冷的。她站在客厅里四处打量，姜钰则从她的身后搂住她。

姜钰咬了咬她的耳朵，然后把她打横抱起。陈洛初也是在今天，才知道自己给姜钰送了一份怎样的生日礼物。

姜钰用鼻尖蹭了蹭她，说："老婆，你去换给我看吧。"

陈洛初只觉得他浑身的热度灼人。

他根本就没打算征求她的意见，说话的时候已经自己动手开始给她换了。陈洛初被他抵着换衣服，在他扯自己衣服时紧紧地拽住领口。

"姜钰，你对我是什么感觉？"她问。

姜钰闻声抬头看了看她，眉毛微挑，继续动手，反问道："你觉得呢？"

她伸手搂住他的脖子，说："既然我跟你妈之间你向着我，那温远辉的事情你帮不帮我？"

他深深地呼了一口气，问："怎么帮？"

"我姑姑应该很快会告温远辉。"

姜钰见她额头上起了汗，心生怜惜，忍不住俯身亲了亲她。

其实他早就猜到她来找自己的目的不纯。她什么时候不提，偏偏这会儿提，是知道他这会儿思想薄弱得厉害。

"我姑姑会告温远辉，我希望她能胜诉。"陈洛初继续说道。

姜钰说："你的意思都这么明显了，我还能不答应？我会让你姑姑胜诉的。"

陈洛初其实有些惊讶他会答应得这么爽快。作为补偿，她也更加配合他。姜钰有一搭没一搭地抚摸着她的背，不知道在想什么，陈洛初很快就睡着了。

第二天，他又提前醒了。

"醒了？"姜钰撑在她身上看着她。

"嗯。"她开口时，喉咙干涩得几乎发不出声音。他顿了顿，起身给她拿了杯水。看她喝完，他又接过杯子放到一旁，再覆身而上。

等到结束，倒还是在上班点以前，姜钰很快起身穿上衣服，立马又西装革履。他把陈洛初也带去了公司，两个人下车的时候，正好和温湉撞上了。

姜钰对温湉很冷淡，看都不看她，就带着陈洛初进了办公楼。陈洛初大部分时间都在姜钰的办公室里待着，直到上洗手间的时候才跟温湉撞上。

温湉意味深长地看了她两眼："陈老师。"

"嗯。"她冷冷的。

"我打算重新追求姜钰了。"她说。

陈洛初说："是吗？"

"我很奇怪，只要你一在，他就半点都不搭理我。"温湉似笑非笑，"可是你不在的时候，他会对着我摆黑脸，却不会不理我。"

陈洛初说："那说明在他眼里，起码知道我才是合法的那位。"

温湉说："可是我有种感觉，他是在故意气我。陈老师，如果有一天他跟你分了手，希望你不要怪我，我只是想拿回属于我自己的感情罢了。"

属于她的？陈洛初抬起眼皮，语调微冷："你没必要把插足别人的婚姻说到为爱奋不顾身的地步。"

温湉笑了笑，说："我每天都想得到他，想到快发疯，其他东西对我来说都已经不重要了。我只要他的心，他的钱和地位我通通不在乎。而你，你霸着他分明是因为那些身外之物。"

陈洛初听不得这些矫情的东西，姜钰明明有钱又有地位，她说不在乎难道就会没有了吗？显然不会，她只不过是说得好听罢了。

"我认识姜钰的时候，你是不知道他有多可怜。他不跟任何人交流，酗酒又严重。陈老师，我费了很大功夫才让他慢慢不自闭，所以你没有资格霸占我的位置。"

陈洛初顿了好一会儿，没再理会她，而是转身就走。

温湉心不在焉地道："听说你最近忙着请律师搜集证据起诉我爸？"

"有这么回事。"陈洛初说。

温湉说："陈老师，我爸说让我别担心，他有人护着，是出不了什么事的。"

陈洛初忍不住看她一眼，没什么表情地走了。她回到办公室的时候，姜钰已经回来了，问："上个洗手间怎么那么久？"

陈洛初直接道："在洗手间碰到温湉了，跟她聊了一会儿。她说她打算重新追求你。"

姜钰顿了一下，不太耐烦地道："你别理她，都分手多久了。"

陈洛初心不在焉地问："温远辉的事情，你真的会帮我吧？"

姜钰道："我已经给我爸打过电话了，姜家的律师团队不会出手，你让你姑姑找你们自家的律师就行。只要姜家不出手，就不会有太大的问题。"

陈洛初觉得自己这一趟不算白来，不管怎样，陈英芝这口气她都得帮忙出。即便回国又要花将近十个小时的路程，她也觉得没那么难熬了。

陈洛初把姜钰愿意帮忙的事情告诉了陈英芝，后者到这会儿才算是松了一口气，却还是有点担心："你婆婆向着温湉，肯定跟阿钰那边有点牵扯，他真的这么干脆就答应你了？"

"反正他是这么说的。"

陈英芝道："那他还算清醒，还知道谁是他老婆。要是连他也向着外人，这婚倒不如离了算了。"

陈洛初愣了一下，倒是没想到陈英芝能这么干脆利落地把离婚的事情给说出口。毕竟之前她嫁给姜钰，也是陈英芝在当中推波助澜。

"你是觉得当时姜钰有女朋友，我也想让你嫁给他很奇怪是不是？"陈英芝叹了口气，说，"那是姑姑有种直觉，他们走不远。既然走不远，倒不如让你去拼一把。毕竟姜家条件好，你婆婆那会儿对你也不错，没婆媳矛盾的生活可是很难得的。姑姑是个势利眼，可是也不可能把你往火坑里推啊。"

她顿了顿，自嘲道："姑姑没孩子，也不会做人，才会让你觉得姑姑都是为了利益才做的这一切。可是洛初……你是我哥哥的孩子，咱们血脉相连，我又怎么可能不在意你呢？"

陈洛初神色复杂地看了她两眼，最后到底把她搂到怀里。陈英芝身子有点僵硬，忍不住红了眼眶。

陈洛初说："怎么不想方设法要个孩子呢？"

"你姑父不愿意。"陈英芝叹了口气，"结婚你姑父就不愿意，其实他没爱过我。他年轻那会儿冷得很，可姑姑偏偏就喜欢这一款，非要嫁给他。”

“后悔吗？”

陈英芝笑了笑，无所谓地道：“没什么可后悔的，这就是命。但是你的婚姻不幸福，姑姑还是希望你能重新找一个。我不后悔是不后悔，但苦也是真苦，我不想你也这么苦。”她又说，“不过暂时看来，他也没有那么差。”

陈洛初这边证据和律师都找得差不多了，就动手准备起诉温远辉的事情来。

官司的事情还没有真正开始，陈英芝倒是跟姜母在奢侈品店撞上了一回。陈英芝对姜母是各种阴阳怪气，姜母几番忍耐，却也忍不住当场变了脸，冷笑道：“和你这样的人当亲家，你以为我愿意？”

陈英芝道：“大家都知道你不愿意，谁不知道你如今一直在扶持阿钰的前女友的父亲呢。我们家洛初有你这样的婆婆才委屈呢，一副多心疼她的样子，背地里却搞些这样的事情。”

姜母这会儿是火气上身，也刹不住车了，说：“说到底还不是洛初笼络不了阿钰的心，不然我还会帮着外人？”

这件事听到的人不少，很快就一传十，十传百，陈洛初很快又沦为A市人们的谈资。只不过碍于姜母的面子，没有人敢乱说，大家都心照不宣罢了。

陈洛初知道这件事，还是因为隔天姜国山来道歉，说姜母有些偏激了，说的全是气话，让她不要放在心上。

被陈英芝一激，姜母恐怕会彻底向着温远辉了。只是陈洛初觉得，哪怕没有陈英芝这一激，姜母也是向着温远辉的。不过是碍于对她的愧疚，没有那么明显罢了。

陈洛初自然不会去找姜母，她对姜母同样心寒。后来她跟律师在咖啡馆联系时，跟姜母撞上了，也没有主动打招呼。

反倒是姜母回头看了她好几眼，叫了她一句：“洛初。”

陈洛初像是没听见一样，推开门走了出去。姜母看着离开的陈洛初，重重地叹了口气。

那天她说话确实是心直口快了些，只不过其实她也不是完全不占理。她是觉得陈洛初跟自己儿子这样疏远，估计是不够上心。

明明有的时候姜钰也会主动问陈洛初的事，眼看都是有机会的，可到头来还是这个样子。

反而温湉那主动的态度，让她感觉自己的儿子被人珍视。无论姜母心疼谁，都比不上心疼自己的儿子。

而且温湉很会来事，自己儿子之前跟她关系确实也很好。

“要不要上去再打声招呼？”旁边的朋友打圆场道，“洛初应该是没听见。”

“算了，在温远辉的事情上我没有帮她，她心里到底是有气的。”姜母多少也有点遗憾，道，“其实洛初是个好孩子，我也知道我这次是有做得不对的地方，或许还是她跟阿钰没有缘分吧，白白浪费了小半年时间。”

朋友没再发表任何言论，毕竟是人家的家事，她也不好插嘴。

陈洛初也是几天以后才知道，自己找的律师跟徐斯言是朋友。她去了张律师的工作室，看到徐斯言进来的时候，愣了一下。

“我也是他的客户。”徐斯言的视线在陈洛初脸上逗留了一会儿，很直观地感觉到她瘦了。她这一瘦，让他心里隐隐作痛。

陈洛初对着他笑了笑，以为他会先处理正事，结果他却在她身边坐下了。

“约你吃饭都约不到。”徐斯言调侃道。

“有点忙，下次一定约。”陈洛初说，“我的学生最近有没有给你添麻烦？”

“放心，叶晨曦很能吃苦，也很上进，是个好孩子。”徐斯言偏头温柔地看着她，“我大姨确实有些过分了。”

“看角度。”陈洛初说，“人是趋利避害的动物，她只是觉得帮助温远辉，从长远来看更加划算。而且我姑姑给她留下的印象确实不好，她潜意识里就觉得，温远辉落在我姑姑手里会很惨。”

徐斯言道：“无非是我大姨没真正把你当一家人，严格说起来，大概还是阿钰的想法吧？我大姨只不过是照着他的心思办事而已。”

陈洛初沉默了，随后心不在焉地喝了一口热茶，热气熏得她睁不开眼睛。

徐斯言盯着她的侧脸，想伸手替她整理乱了的发丝，只不过有些不合情理，他就还是忍住了。他的喉结滚动了一下，想起她也有青春阳光的时候。

其实陈洛初有今天，他也有责任。但凡他那时稍微给她点回应，她又怎么会看上跟他有几分相似的姜钰呢？明明他们认识得更早啊。

徐斯言的思绪飘远了，想起陈洛初刚追他的那一年。那种爱意，真的不用细看，随意一扫，就清清楚楚。

那会儿，她用手撑着脑袋，看着坐在旁边的他，不太满意地说："徐同学，你为什么教别人题目就是不肯教我啊。"

徐斯言说的是："因为你给我造成了困扰。"很冷淡，一般人估计不会再有下一次了。

其实问题并不在困扰这件事上，而是因为她一靠近，他就会紧张，脑子里就会有不好的念头。

只不过这跟他从小被灌输的三观相悖，他从小就被告知门当户对的重要性，所以他在这种矛盾之下，一边吊着陈洛初，一边又无数次地拒绝她，看着她痛苦。

他故意透露给陈洛初他要考什么大学、什么专业，就是想把她控制在身边。如他所愿，在大学里，她的视线还是离不开他。

说实话，大一陈洛初出现在他的视野里时，他很开心，甚至比后来拿了国奖，比生意上赚了一大笔钱还要开心。

从一进去，他就打听到了她所有的消息。徐斯言截和了所有送到陈洛初手中的情书，在朋友面前却从来都否认和她的关系。他很纠结，不知道自己为了陈洛初跟母亲作对值不值得。

直到后来，陈洛初的身边有了姜钰。然后他看见姜钰在寝室楼下缠着陈洛初接吻，并且蹙眉警告陈洛初不准收情书，学长学弟的都不行。

陈洛初面色冷淡地道："你该回去了。"

姜钰说："你得听进去，我就从来不加女生微信，谁问我我都说我已经有主了。"

陈洛初说："回去吧。"

"陈洛初，我真是服了你了，你怎么从来都不会舍不得我呢？"姜钰低头看着她说，"我不走就是想跟你多待一会儿。"

陈洛初无奈地凑上去亲了他一下，他的脸上这才有了笑意。

徐斯言认识的姜钰，从来都是冷淡不着调的，他从来没有见过这样的姜钰，乖乖的，很听话，很好哄。

那一天，陈洛初被姜钰缠着，很晚才回宿舍。两个人就站在树下，手牵着手，说着极其幼稚的小事。陈洛初随便说点什么，姜钰都能醋意满天飞。

那一天，徐斯言站在陈洛初的宿舍楼下，久久没有离开。

徐斯言想起那段时光，姜钰代替他做着和陈洛初亲密的一切事情。每看见一次，他心里都会掀起惊涛骇浪。

徐斯言知道，姜钰不过是他的替身，但这让他开始感到不安。所以后来蒋文媛让他出国他也就出去了，其实是想逼着陈洛初一起去，但那次她没有选择他。

他身在国外，对她的想念浓烈到了一种离谱的地步，每一秒都想见她，每天晚上都会想一些不能跟外人说起的荒唐事。

徐斯言知道那种苦，他忍不了，所以他回来了，也知道错了。

"陈洛初，我也是没想到他会对你这么不好。"徐斯言皱眉道，"这次温远辉的事情，应该和他也有关系。"

陈洛初沉默片刻，道："我这边很多证物的搜集都是他让人帮忙找的，我也不敢保证这件事和他到底有没有关系，只是他的态度还算坦然，我也就姑且相信他。"

徐斯言因为陈洛初的话，多看了她一眼，道："照你这么说，那他还算有几分良心。只不过因为温湉坑你的事情他向着温湉，我还以为他什么事情都会向着她呢。"

陈洛初搜寻了一番记忆，都不记得自己有被温湉坑过。她有些疑惑地问："温湉坑我？"

"你不知道？"徐斯言不动声色地打量了她两眼，"阿钰身边的很多朋友都知道，我以为你也是知道的，不过是你不在意而已。"

陈洛初的心往下沉了沉，手无意识地捏了捏杯子的杯壁，说：“我并不知道我被温湉坑过。”

徐斯言道：“你跟姜钰结婚，是因为网上有人爆料了你们亲密的帖子，其中还有一篇文章，暗示你是故意设计他跟温湉分的手。你还记不记得，这篇文章让网上的人对你骂声一片？”

陈洛初当然记得。

徐斯言看着她还算平静的脸色，继续说：“这篇文章是温湉写的，后来你姑父利用她的这篇文章把你的事情炒了起来，硬逼着姜钰娶你。姜钰让人揪出了所有人，你姑父找的那些人都吃了官司，但他唯独没有追究温湉。当然，你们俩的照片是被谁拍的，我就不清楚了。”

徐斯言顿了顿，又继续道：“不过我没有想到，他居然让旁边的人都闭了嘴，没给你透露半点风声。”

陈洛初这会儿脸上连最基本的平静也维持不了了，只能机械地喝着热水。那件事情对她的影响很大，她虽然看着还算平静，夜里却总是失眠。她一直以为这件事情只跟陈横山有关，没想到温湉才是最狠心的那一个。

陈洛初那会儿从来都觉得她只是个有点小心思，但本心不坏的姑娘。可明明是她自己先离开的姜钰，她也能说得出口是被陈洛初给抢走了。

而姜钰同样知道实情，不仅没让温湉道歉，还瞒着她。温湉的行为简直可以用“恶毒”来形容，完全是想毁了她，这绝对不是一个三观端正的人能干出来的事。

姜钰瞒着她是不是代表他心虚愧疚，也知道这件事情对她的影响很大，怕她去找温湉的麻烦？陈洛初这会儿胸口堵着一口气，隐隐泛疼。她勉强直起身子走了两步，然后有些脱力地蹲下来。

“陈洛初。”徐斯言眼明手快地过去扶起她，担忧地道，“你还好吗？”

“怎么看我也不像是好的样子吧？”她勉强勾起嘴角，可弧度很快就消失了，轻声说，“你说姜钰怎么能这样呢？明知道她是在故意造谣，故意诋毁我，却还护着她？而温湉一说是我逼走她的，他就来质问我。”

陈洛初只是不想提，姜钰每次一提到温湉就会转移话题。她不是傻子，要是相信她，就应该当面跟她谈。回避意味着什么，谁心里不清楚？

徐斯言顿了片刻，还是毅然决然地把她搂到怀里抱紧：“陈洛初，你嫁给他，是想要他帮你拿回陈氏对不对？”

陈洛初任由他抱着，无心挣扎，脑子里一遍又一遍地想着那篇诋毁她的文章居然是温湉写的。一个了解她，却嫉妒她、诋毁她的，所有老师都为之骄傲的学生。

徐斯言微微蹲下，让她在自己怀里能有一个比较舒服的姿势。他柔声道：“陈洛初，何必牺牲自己的一辈子来完成上一辈的遗憾呢？要帮你，姜钰可以，其他人也可以。何况姜钰这么帮着外人，指不定哪一天，外头的人随便挑一嘴，他就不帮你了呢？你跟着他是没有保障的。”

陈洛初愣怔地看着徐斯言，最后一句话，她是听进去了的。

是啊，姜钰对她是有些许感情，但这不代表他对温湉没有。一个心里有其他人的人，会愿意全心全意地帮自己吗？

风险太大了，姜钰……已经不是曾经的那个姜钰了，她把握不住他的情绪。

陈洛初在徐斯言怀里待了一会儿，很快就发现了不妥，推开他说：“抱歉。”

徐斯言犹豫了一会儿，还是上前拉住她的手说：“陈洛初，你回去好好想一想，他能给你的，我也能给你。你真正想对付的人是谁都没有关系，我都会帮你。”

这句话太意味深长了。陈洛初看着徐斯言，神情有些复杂。他是知道她真正的目的，还是对她另有所图？

陈洛初其实或多或少也察觉出了一些，只是她不知道他是临时起意，还是有别的什么原因。

“我先回去了。”陈洛初说。

徐斯言看着她撑伞的背影，只觉得她太单薄了。如果她愿意到他身边来，他一定会给她养得白白胖胖的。

“徐总，你怎么过来了？”张律师出来时，正好碰到他。

“听说陈洛初在你这儿，我过来看看。”徐斯言淡淡地道。

张律师愣了一下，道：“你跟陈洛初上高中的事情我也听说过一些，但她现在都结婚了，还是你表弟……”

徐斯言扫他一眼，并没有说话。张律师叹了口气，道：“当时就有人打赌你铁定会因为陈洛初发疯，没想到还成真了。可是你觉得如果她跟你在一起了，能承受得了这种舆论的压力？”

“我会带她出国，再也不回来。”徐斯言淡淡地道。

陈洛初回到家，先找了温湉发的帖子，只不过全网已经被删了个干净，一点蛛丝马迹也没留下。那个发帖的号也早就注销了。

姜钰办事，效率当然是高的。他要让这件事情过去，当然就能处理好。

陈洛初总算明白，为什么姜钰身边的人一直都劝他甩了她了。这种所有人都知道，唯独把她蒙在鼓里的戏弄小丑一样的事情，大概所有人都会认为是她没有地位。

她想，或许连姜母和姜国山也是知道的，所以姜母才会这么不看好她。所以姜母对她的轻视不应该怪她，而是该怪姜钰。

当晚姜钰给她打电话过来时，她本来是不想接的。她觉得太恶心了，看着他的名字几乎都会引起反胃。只不过她最后还是接了。

姜钰发的是视频，应该是刚刚下班，正在往家里走。他跟她抱怨今天开了很长时间的会，陈洛初说：“温湉今天来上班了吗？”

那头男人的声音一顿，然后说：“来了。”

随即他立刻又找了其他的话题，陈洛初以往都会配合他，他不想聊她也就不会再问了，可今天却多少有点唱反调的心态。她继续淡淡地问：“要是没猜错的话，她应该坐在你身边，跟你开的是同一个会。或许在这个会议上，她会看你无数眼，也可能无意识地对你做一些亲密的动作……”

“老婆，你别瞎想好不好？今天我坐得离她很远。至于她看不看我，又不是我能控制得了的。”那头的男人微微皱起眉，说，“我好累，打电话就打电话，别提其他人好不好？”

陈洛初说：“你是一个老板，给一个实习生换岗真的有那么难吗？明明企业一开始进去，本来就是要轮岗的。你要是有私心，就当我没说好了。”

姜钰抿着嘴唇，并没有说话，甚至在他开车回去的路上，一个字都没有说。陈洛初就跟他这么耗着，很久以后才听见那边车门打开的声音。

“行，我换，我听你的，把她换到其他地方去。你要是还不满意，我给她赔钱，直接把她辞退行不行？”

陈洛初听他这么隐忍地说，倒显得是她在无理取闹一样。可她明明并没有提什么过分的要求。

陈洛初沉默了好一会儿，淡淡地道：“我并没有要你换了她的意思，只不过是提出了几句质疑。”

“行，是我自己非要换的，是我觉得把她留在我身边难受行不行？”姜钰道，“不关你的事，全是我想的，是我自己的选择。”

陈洛初平静了好一会儿才道：“行吧，都是你的选择。”

她把视频给挂了，姜钰又打来电话，她像个没事人一样照例接了起来。这下他的语气缓和了不少，说：“怎么把视频给挂了？”

陈洛初看了一眼躺在床上的平板，说：“网不好。”

“老婆，我说到就会做到的。”姜钰忍耐地道。

“嗯。”陈洛初的语气也很平淡，似乎刚才两个人之间并没有发生过什么争吵。也的确不是争吵，她的态度明明十分平和。她说：“不早了，你先睡吧。”

“你忘了吗？我这边还很早。”他皱了皱眉，语气里似乎带了些心虚，“是不是我刚才比较凶？”

“还好。”陈洛初也不知道他这样算不算凶，要是跟那些家暴的比起来，自然不算凶。可要是跟那些爱老婆的比，也着实算不上好。

就她个人而言，只不过是隐隐生出的情愫，被他隐瞒温湉的事，以及他现在的态度给折腾得差不多了。

陈洛初觉得这样也挺好，不讲感情，办起事情来才方便，她才能更好地处理上一辈的事情，而不用带着各种感情。

她还能像个没事人一样，哄着他挂断电话，然后一个人坐在阳台上看月亮和星空。看着看着，她也不知道为什么眼眶突然就湿润了。

陈洛初想，大概是压力太大了。也有可能是，她今天算是解脱了，不用再留恋情啊爱啊什么的。挺好的，不用再被矛盾的情绪所操控，真的挺好的。

第二天，陈洛初起来的时候，已经是精神满满。徐斯言约她吃饭，她也就去了。

他本来还在担心她，看到她并没有半点受伤的神色，才稍微放松下来，道：“阿钰瞒着你，或许是有什么苦衷。”

陈洛初莞尔道：“世界上哪来那么多的苦衷。你也不用替他开脱，他那个人就那样，就是不爱解释，喜欢一意孤行。跟这种性格的人相处，谈恋爱可以，婚姻真的走不长。不过从一开始，我就没打算跟他走多远，我的未来规划里也没有他。”

陈洛初话里的意思让徐斯言微挑眉毛：“之前呢？你们上次在一起，你未来的规划里有没有他？”

他希望没有。陈洛初淡淡地道：“一开始有，后来也没有了。”

“那你后来怎么会跟他求婚？”

陈洛初扫他一眼，神色平静，让人无从猜测她的心思。

“他跟温湉其实也不意外，最开始我就很清楚，他是割舍不掉她的。温湉算是给过他不少温暖的女人，起码比我对他要好很多。”她继续说。

徐斯言听着她淡淡的话语，心里有种刺痛感。一个人越是清醒地认识到什么，并且越是冷静地把内心的想法表述出来，这无疑是一件很痛苦的事。

“你对他算好了。”

陈洛初顿了顿，像是想起什么，良久才回神，目光平静如水：“也许吧，算好，也不够好。”

“陈洛初，其实我很难想象你当初居然会逼婚，你不像是那么疯狂的人。”徐斯言一直觉得，陈洛初从楼上掉下去，并不单单是为了逼姜钰结婚。

陈洛初笑了，语气淡薄地道：“是吗？”

他想知道她心里的想法，却不愿意看她难受，所以放弃了对她内心的探究，转移话题道：“起诉的事情准备得怎么样了？”

“也就这几天的事情了。”陈洛初提及这个，微蹙眉，有些顾虑地道，“我姑姑最近心情很差。她好面子，特别在乎官司的输赢。要是输了，她肯定心里不好受。”

“阿钰不是保证了你会赢吗？”徐斯言一边说，一边动手给她盛汤。

乌鸡汤，滋阴补血，益气养阴，她太瘦了，他有养胖她的念头。

“我现在也不敢随便相信他了。”

徐斯言因为她的这句话，多看了她两眼。他又伸手给她剥虾，眼睑微垂：“你要是输了，我在背后给你讨回公道，不会让你白吃了这个亏。”

陈洛初感激地道：“谢谢。”

徐斯言心里有千言万语，比如说我能对你好、我愿意对你好，可到最后都汇集成一句：“都是老同学。”

往后几天，陈洛初对待姜钰没有任何变化。他的任何话题她都会配合他接，偶尔也会跟他聊聊自己的生活。

打官司的前两天晚上，姜钰遛狗的时候给她打了个电话，跟她说旁边一户人家遇害了，路过时都觉得阴风阵阵。陈洛初道：“那你注意安全。”

“那是必须的。”他语气里似乎有隐隐的笑意，说，“总不能让我老婆守寡吧。”

陈洛初没有吭声。

“温湉那边，我已经把她调走了。”他也沉默了一会儿，主动说起这个话题。

陈洛初道：“嗯。”

“你不生我的气了吧？”他说，“我能感觉你这几天心情不太好，我也就那天……惹你生气了。”

陈洛初说：“我没生气。”

姜钰琢磨了片刻，认真地道：“我只是不喜欢你不在意……”

陈洛初假意打了个哈欠，打断他说：“看了一眼时间，已经不早了，我明天还要上班，后天就要打官司，想先休息了。”

至于不喜欢她、不在意什么的，都已经不重要了。

他那边安静下来，只有狗偶尔会叫几声。良久，他才说：“老婆，那你早点睡。”

陈洛初说：“过几天就要打官司了。”

姜钰没有说话，陈洛初想，姜钰，希望你不要让我失望。

打官司的那天，天气好到离谱。

陈洛初带着陈英芝到达现场时，看到身为被告的温远辉一脸容光焕发的模样，丝毫不见任何慌张或是心事重重的模样。

这让陈英芝心里有点慌，紧紧地握着陈洛初的手："洛初，你说他怎么一点情绪波动都没有呢？"

"没事。"陈洛初的视线从温远辉身上移回来，说，"别担心，咱们证据够多，律师名气也大，不会有什么太大的问题的。"

法庭质证后的辩论环节，陈英芝方的辩护律师是个老手。反观温远辉那边，辩护律师就像是随便找来的，被陈方律师几番堵得说话都没了逻辑。

官司进行到一半的时候，陈英芝就放松了下来。毕竟也是从小到大见过不少大场面的，她很快就把准备好的证据井井有条地说出来。

辩论结束后，陈英芝听完笔录，签完该签的字，就从场上退了下来。温远辉依旧没有半点不对劲，还笑道："陈家不愧是陈家，找的律师很有水准。"

这句话听得陈洛初心里警铃大作，怀疑姜家是不是会在背后动手脚。不过好在出来的结果依旧是陈英芝胜诉，并且温远辉被判得很重——教唆以及故意伤害罪，判处半年有期徒刑。

陈英芝高兴坏了，本来还愁眉苦脸的，这会儿终于露出几分喜色。

陈洛初也向姜钰道了谢，毕竟证物搜集都是他找的人，功劳算是他的。他答应会让陈英芝胜诉，也确实做到了。她原先其实设想过会没有结果。

姜钰道："你要感谢我，不如再来我这边待几天？房子太大了，一个人有时候睡不着。"

陈洛初笑了笑："我真的没空。"

电话那头的姜钰勾了勾嘴角，说："你怎么说话还这么疏离？老婆，官司都赢了，也该正常跟我说话了吧？"

"我跟你交流并没有什么不正常。"她说。

姜钰说："那你喊句'老公'。"

陈洛初如他所愿："老公。"

只不过她心里半点起伏都没有。她一直以为喊出这两个字会很难，可现在看来，其实也容易。喊什么其实都差不多，就是一个代号罢了。

“我等了半年才听你喊过这么一次，”那头的男人说，“以后都这么叫吧。”

陈洛初也笑了，说：“行啊。”

“这么好说话？”姜钰好一会儿没开口，许久才说，“以前可是怎么逼你都没有用的。”

陈洛初心不在焉地道：“感谢你帮忙，应该的。”

而且，应该也喊不了多久了。陈洛初以为自己跟姜钰之间要掰扯清楚，估计还要很长一段时间，直到她三个月后再度撞上温远辉。

那天是学校领导组局吃饭，陈洛初在酒店看到温远辉的时候，脑子里一片空白。她唯一的念头是，温远辉怎么可能出现在这里？他应该被限制自由的不是吗？

总之怎么都不可能是西装革履地在这里跟人家畅谈的画面。

她僵硬地站在原地，温远辉回头看见了她，举起酒杯对着她笑了笑：“陈小姐。”

陈洛初冷淡地看着他：“你怎么出来了？”

“在里头立了功，表现良好，就提前出来了。”温远辉脸上的笑意未变，“这回我算是认清了，以后哪里还敢找陈家的麻烦？”

陈洛初盯着他看了一会儿，没什么情绪地道：“恭喜。”

温远辉笑着，好不得意：“陈小姐要不要一起喝一杯？”

陈洛初淡淡地道：“温先生，做人还是低调点好。找了姜家当靠山确实是不错，但是你怎么敢保证姜家会一直都在呢？”

温远辉挑了挑眉，道：“陈小姐又何必气急败坏呢？人与人之间的相处，本来就有近有远，有亲有疏。”

陈洛初最后看了看他，什么都没说。他也没说错，姜家确实就是亲他，愿意帮他。他温远辉就是有那种本事，他温远辉的女儿就是招人疼，又有什么办法呢？

晚上一到十点，姜钰的电话就打了过来。陈洛初看到他的名字，想起的几乎只有两个字——

骗子。

姜钰是个骗子。

陈洛初抬手就想挂断他的电话，只不过到最后突然醒悟了。姜钰不算骗子，他说了让陈英芝胜诉，也确实让陈英芝胜诉了。他答应的只是这个，却从来没有保证过在胜诉之后不保温远辉。

陈洛初想，还是自己想得太多了。只不过他这样还不如当初不答应她，后续温远辉依旧大摇大摆、盛气凌人，过得好得不得了。那官司胜诉了又有什么意义呢？只是空有个名头罢了。

陈洛初努力忙了一场，却只不过是忙了一场徒劳而已。徐斯言说得对，他心里有想护着的人，又怎么可能全心全意帮她？温湉只要在背后嚼嚼舌根，她是怎么都比不上的。

她接电话的时候，跟往常一样若无其事。十分钟后，她就哄着姜钰把电话给挂了。

陈英芝在几天后也撞到了温远辉，她的反应比陈洛初要强烈得多，几乎气得浑身发抖，说："你是不知道他有多趾高气扬，一个小地方出来的，真把自己太当回事了！姜家这算什么，表面做一套背后做一套？阿钰是不是也当你好哄、好糊弄？"

陈洛初面色平静，任由陈英芝发泄。几天之后，温远辉不知怎么的就出了意外，腿摔折了。

姜母有一回碰到陈洛初，神色复杂地叹气道："洛初啊，你看，我没有说错吧，温远辉落在你姑姑手里真的不会有好下场，他如今都没法下地走路了。"

"不是我姑姑干的。"陈洛初淡淡地道，"只不过，我也觉得他是罪有应得。"

陈洛初说完，就朝她点了点头，然后离开了。

回到陈家，她跟陈英芝说了遇到姜母的事。后者冷笑道："她不跟你道歉，却还来怀疑我？"

陈英芝上一次入姜家的门，还是在结婚那会儿。今天再次去，她跟姜母之间的气氛有点剑拔弩张。谁又能想到，她们之前因为陈洛初，感情还算不错。如今陈洛初不重要了，两个人的关系也就不重要了。

姜母的声音里还带着几分疏远，道："很久没见你上门了。"

陈英芝道："这不是今天有正事嘛，不然谁愿意来你们姜家？你们姜家是大户人家，我这种人哪里配进你们家的大门。"

姜母不愿跟她吵，忍耐着没说话。陈英芝道："温远辉住院，住的还是你们姜家的私立医院吧？"

"腿伤成那样还能不治？"姜母忍不住道。

"治，当然该治了。"陈英芝说，"我今天过来不想扯温远辉的事情，你爱怎么护着就怎么护着吧。只不过洛初现在在你们姜家的地位挺尴尬的。"

姜母懂了些许，沉着声音道："你有什么话直说就行，没必要拐弯抹角。"

陈英芝讽刺地勾起嘴角，不过很快又恢复平静，说："我们家洛初为你家姜钰掉过一个孩子，结果却比不上一个甩了你儿子的温湉。"

"孩子的事是阿钰对不起洛初，我们会补偿的。但是怎么能用这件事来道德绑架呢？再者，这件事我也很心疼洛初。"姜母冷静地道。

陈英芝道："别多想，我没想用孩子的事情来威胁你什么。我就是想说，我们家洛初在姜家既然身份这么尴尬，还不如给温湉让位算了。"

姜母因为陈英芝的话，神色终于忍不住变了变："你这是什么意思？"

陈英芝道："就是字面上的意思。既然当初结婚是个错误，而这个错误也没有到不能修改的那一步，及时止损才是最好的选择。这对你们姜家，还有我们陈家来说，都是好事。"

姜母沉默了一会儿，道："洛初同意这件事了？要是她同意，我愿意尊重她的意见。但要是这只是你一意孤行的决定，我是不会答应的。"

陈英芝冷笑一声，脊背挺得直直的，说："你放心吧，我们家洛初肯定同意。"

陈洛初刚处理完学校的事情，就接到了陈英芝说来接她的消息。她回了句"好"，走到楼下时却看见姜母也在，笑容淡了些。

姜母斟酌道："洛初……"

陈洛初朝她点点头，道："您有事情跟我谈吗？学校对面有一家咖啡馆，咱们过去坐着说。"

陈英芝跟姜母两个人坐着，几乎不需要招呼服务员，陈洛初就把该点的给点好了。

当姜母看到服务员给她端来一杯拿铁时，不由得看了一眼陈洛初，心中再度生出一分愧疚。

姜母不爱喝咖啡，唯独拿铁能勉强接受。能注意到这个细节的，也只有陈洛初了。从她个人的私心来说，她是很喜欢陈洛初的，只不过她再喜欢也不能拿儿子的幸福来开玩笑。以前就是她把姜钰逼得太狠了，姜钰才会这么不快乐。

“阿姨，有什么话您就说吧。”陈洛初率先开了口。

姜母一时之间开不了口，只觉得这个话题有些沉重，在旁边陈英芝讥诮的视线下，才开口道：“温远辉那边，确实是我不忍心。阿钰叮嘱过我，官司别跟你争赢，我也确实没在官司上动心思。”

她叹了口气：“因为温远辉的事情，温湉那孩子眼睛都差点哭坏了。”

这句话陈洛初没有接。本来是应该同情一个孩子的父亲突然残疾了的，只不过她实在是同情不起来。她说：“您说正事吧，温湉的眼睛哭坏了跟我也没有半点关系。”

“洛初，她还是你的学生。”姜母有些难以置信，这种话会从陈洛初的嘴里说出来。

陈洛初的语气没有半点起伏，说：“她的父亲伤了我的姑姑，学生不学生的，又有什么重要的？您站在她的角度看问题，她自然可怜。您要是站在我的角度，可能就不会这样想了。”

姜母愣住了，陈洛初也不催着她开口。她给陈英芝的咖啡里加了一块糖，又贴心地为她搅化。她就是格外细致，记着每个人的口味。

姜母想起早些时候，自己也是不同意陈洛初，姜钰也跟她大吵了一架。那会儿姜钰很长时间都没回过家，还是她过生日，他不得不回来，只是没留多久又要走。姜母当时便蹙眉道：“还打算跟家里闹吗？”

姜钰在原地站了好一会儿，才回头看她一眼，说：“妈，你是不知道她有多好。”

后来事实证明，陈洛初确实很好，姜母也逐渐喜欢上了陈洛初，只是姜钰却不爱她了。他们俩大概就是有缘无分吧。

陈英芝瞥了一眼姜母，开口道：“姑姑跟你前婆婆聊过了，我的意思是，要不你就跟姜钰离了，你觉得怎么样？”

程英芝说话的语气里还是带着不满，“离婚”二字也说得像是有什么深仇大恨一般。陈洛初笑了笑，认真地道：“我听你的。”

姜母的神色有几分说不出来的意味，仔细看去，还有些许复杂。

陈洛初嘴角依旧挂着清淡的笑意，对她说：“阿姨，就这样吧。不然我跟姜钰这么不清不楚的，对三个人都不好。温远辉想来也是因为我占了他女儿的位置，才看我姑姑不顺眼的。我跟姜钰离了他们俩就能在一块儿了，我也自在。”

姜母重重地叹了口气，却依旧觉得像是被什么压得喘不过气来，说：“洛初，既然这是你的决定，阿姨也没有什么好说的了，希望你以后可以幸福。阿钰他……就是不太会心疼人。”

这话多少显得有些勉强，姜钰最开始跟陈洛初在一起的时候还是会疼人的，只不过突然之间就变了。

他们结婚前的那段时间，姜母一度觉得姜钰有些恨陈洛初。

陈洛初淡淡地道：“等到他跟温湉结婚，他就会了。”疼人这种事情，还真的就是分人。遇到喜欢的，才愿意委曲求全。

姜母最后给了陈洛初一张支票，说：“要是离婚，该给你的我肯定会给你。西郊那边的别墅，到时候就过户给你。”

陈洛初点点头，拿上支票，最后跟着陈英芝一起离开。

陈英芝道：“你就打算要这些？”

“不。”陈洛初说，“我会去和姜国山谈。”

陈洛初叫长辈，从来都不直接叫名字的，这一声“姜国山”让陈英芝愣了一下，随即很快找到了理由：毕竟要离婚了，陈洛初心里大概也是责怪姜家人的。

姜钰不在国内，离婚的事情也不是一天两天就能办好的。更何况，离婚的消息也不是随随便便就能放出来的。陈英芝说：“洛初，你最近有什么打算？”

陈洛初想了想，说：“想去外地走走。”

陈英芝说：“出去走走也好，总比一个人闷着强。至于离婚这件事，你不需要多想。你还年轻，又漂亮，以后会找到更好的。”

陈洛初依旧像往常那样笑了笑，却什么也没有说。

叶晨曦如今已经上大四了，待在学校的时间也不多。陈洛初之所以来大学当这个辅导员，主要还是为了她。既然现在她都不在了，也就没有留在学校的必要。再加上打算出去旅行一趟，假不太好请，陈洛初索性就离职了。

在出去旅游之前，她去看了叶晨曦，徐斯言也在，叮嘱她注意安全，还说：“回来以后可以来我这边工作，这些工作才是适合你的。”

陈洛初没有瞒着叶晨曦，说了离婚的事。叶晨曦有点担心她，听完消息后，眼眶都是红的：“导员姐姐，世界上好男人很多的，我老板就挺不错的。”

她的老板就是徐斯言。陈洛初忍不住笑了，说：“你们老板当然不错了，等着嫁给他的女人一大群。”

徐斯言盯着她看了一会儿，说：“一大群又有什么用？心里最惦记的那个得不到，就是一辈子的遗憾。”

叶晨曦忍不住八卦道：“老板有喜欢的人了？”她还以为他对陈洛初有好感呢。

“有。”徐斯言提起这个话题，心里就有种说不出来的苦涩，他隐忍地道，“喜欢了很久。”

陈洛初看了他两眼，然后回避了他的视线。

第二天她就出发了。她没有规划路线，最后去的是一个海边小镇。海边风大，这个季节正好不冷不热，温度适宜。

这边也没有民宿，陈洛初就找了一个普通农家，给了一点钱，打算住上半个月。农家有个儿子，长得黝黑，二十出头一小伙子，给她换床单的时候十分腼腆，有点不好意思地说：“床单就是旧了，是刚洗过的，很干净。”

陈洛初温和地笑了笑，说：“没事，我住得惯的。”

她给他塞了点小费，他却跟烫了手似的，赶忙拒绝：“不用不用，你刚才给我妈的已经够多了。”

她莞尔，收回钱说：“你这儿有没有吃的？”

“有的有的，我去给你拿。”小伙子转身出了房间，几分钟后端着吃的走进来。海边盛产海鲜，他拿的是一大盘螃蟹。

陈洛初道了声谢，奔波了一天很累，吃完饭她就躺到床上休息了。

半梦半醒间，她听到了手机响。她没反应过来就接通，听到声音才知道是姜钰打的电话。她已经有好几天刻意不接他的电话了。

“你为什么一直不接我的电话？”姜钰压抑着火气，几乎有些不受控制。

陈洛初想，姜母大概是碍于什么，暂时没跟姜钰说她已经同意跟他离婚的事，或许是有理由。而自己拿了支票，也就配合姜母没提这件事。

她没有说话，手机放在耳边，昏昏沉沉地闭上眼睛。再等他说了几句，她就像之前那样找了个理由哄他，想让他把电话给挂了。

姜钰沉默了很久，突然笑了：“之前你还愿意跟我聊十分钟，现在却只有五分钟，越来越短了。”

陈洛初冷淡地道：“我真有事。”

“我也很忙，每天都困死了，但我还是抽时间给你打电话。我有时候回你消息是慢，可是我都会回。你不接我电话，就一点消息也没有。你不接，万一出了事我找谁去？”他的声音越发大了，显然是真的生气了。

陈洛初只道：“等你回来再谈吧，到时候我有重要的事情跟你说。”

姜钰冷漠地道：“没人想见你。你不接我电话那就不接呗，外头想接我电话的人多的是。”

陈洛初心不在焉地想，大概很快就要如他所愿了。等离了婚，她应该就会尽量避着他。等陈横山那边的事一结束，她就会离开这个地方。之后，他们俩这辈子估计都见不着面了。

她也知道他对自己还算习惯，时间长了就多少有点依赖。只不过这点依赖陈洛初却总是误解成喜欢，才会误判了几回。

自逼婚那件事之后，姜钰就不可能再喜欢她了。

陈洛初的下一个，要么不找，要么一定找个比她大一点的，比自己小的都不够成熟，相处起来太累了。

“挂了吧。”陈洛初收回思绪，打了个哈欠。

姜钰就不吭声了，却也没有按她说的那样把电话给挂断。最后是陈洛初先把电话给挂断了。

姜钰在沙发上坐了好久，一直盯着手机看。他这会儿心情奇差无比，陈洛初这段时间跟他聊天的语气疏离感太强了。

强到他想忽略都忽略不了，进而让他觉得很烦躁。收养的流浪狗小黄倒是蹭了蹭他，姜钰撸了撸它的毛，冷冷地道:“你妈真是个坏女人。”

小狗轻声哼叫。

他回到房间，半夜都睡不着，最后还是打开了陈洛初的微信。她给他发的消息永远这样冷淡，姜钰冷冷地想，他就不应该出国的，不应该那么急切地想帮她拿回陈家。

即便他以最快的速度有一番作为，有了实权，能对付陈横山了，又怎么样呢？陈洛初对他永远都是忽冷忽热的。

姜钰恍惚想起，明明一年前陈洛初从楼上掉下去的那会儿，他就警告过自己要把陈洛初给戒了，他分明已经吃了足够多的苦头。

结婚后他也告诉过自己，不要刻意对她热情，可到后来打电话、发消息还是他多些。陈洛初只有在需要自己的时候才会稍微主动一点。

姜钰盯着陈洛初的微信，一个字一个字地打：老婆，你突然这么疏远我，是不是因为你身边有了可以取代我的人？是不是又是徐斯言？

我真的有那么差劲吗？为什么他总是能轻而易举地取代我？

姜钰缩在被窝里打完字，犹豫了很久，最后还是没有发出去，而是默默地删除了。

姜钰记得第一次知道陈洛初追了徐斯言很多年后，整个人都是麻木的。于是他不顾大雨，去拆了他费尽心思锁在情人坡，祝愿有情人白头到老的姻缘锁，最后还把锁丢进了湖里。

姜钰从不觉得徐斯言比他优秀，少年骄傲且自尊心强，这辈子都不会愿意给别人当替身。更何况姜钰这张脸，从小到大都是被人夸的，家世又显赫。同样考上名牌大学，夸他的人远比夸徐斯言的要多了去了。

他冷冷地想着，没必要，喜欢他的女人多了去了，他回去就把陈洛初给甩了。女朋友，分了手再谈就好了。

那天之后，姜钰便在外面昏天黑地地玩。别人见他一反常态，就问陈洛初去哪儿了。

姜钰勾起嘴角，一点也不在意地说："女人而已，她凭什么管我？我已经腻了，估摸着没几天就要分手了。"

他已经酝酿好分手的事情了，马上就要分了，再见面他会毫不留情地说分手。这场酒局结束，姜钰正好也看见了陈洛初。

他以为自己会刻意很冷漠地说出"好聚好散"之类的话，但是见到她后，她朝他伸出手，他就不舍得了，半个字都说不出口，却也不想理她。他冷着脸一个人往门口走，甚至故意主动去跟女孩子搭话。

后来还是陈洛初把他给拉走了。那天晚上，他说："陈洛初，我喜欢你，也会对你很好，但是你也得喜欢我，不准把喜欢分给别人，一丁点都不行。"他指着她的胸口说，"这里，以后只能住着我。"

陈洛初没有说话，姜钰死死地盯着她，声音变得冷漠起来："你不是要告诉我你心里已经有人了，不喜欢我了吧？"

陈洛初摇摇头，认真地道："不，我爱你，姜钰。"

姜钰回过神来，起床点了一支烟。这是记忆里，陈洛初唯一一次说爱他。他到底没有忘记习惯，一边抽着烟，一边给陈洛初发了一句：老婆，晚安。

姜钰等了一会儿，原以为会等不到回复，陈洛初却回了一个"嗯"字。

他本来想再回两句的，想起她今天的疏离，突然就没了兴致，就什么都没有回了。可即便这样，姜钰也是不可能离婚的，即使是以这种并不亲密的方式相处。

第十章

她在哪儿？

陈洛初这一觉简直睡得天昏地暗，醒来时太阳已经升得很高了。她跟往常一样，拿起一旁的手机看时间。

给她发微信的人不少，陈英芝、叶晨曦、徐斯言都问她去了哪儿，徐斯言甚至问她要了定位。

一个女人独自出行，确实有不安全的可能性。陈洛初把定位发给了徐斯言，那边几乎秒回：玩得怎么样？

陈洛初说：这个地方很容易让人的心静下来。

她退出微信，那个时常出现在置顶位置的微信发来的消息，她没有点进去看。

陈洛初往外走时，能看见三三两两的人，或是拎着锄头，或是拖着渔网往外走。村子里没出现过她这样的美人，大家纷纷转过头来看她。

坐在大堂里的小伙子也看见了她，黑黢黢的脸上露出笑容，说："醒了？来吃饭。"

陈洛初问："你没有出去忙吗？"

"我妈说你没吃饭，让我给你煮饭，等你吃完了我再出去。"

陈洛初点点头，心里觉得挺麻烦人家的，又知道人家是好客，拒绝会显得很没礼貌。她吃着饭，又问了一句："你叫什么？"

"姜军。"

"那你平时都干些什么？"

"帮爸妈打打鱼种种地。"

陈洛初"嗯"了一声，本来就是为了找个话题，便没有再继续往下问。从严格意义上来说，她不是一个善良的人，对别人的遭遇很难产生共鸣。

很多时候都是为了适应而作秀，才成为大家眼里的烂好人。直到遇上温远辉的事情，她实在不想再戴着面具了。

陈洛初下午在村子里逛了逛，到晚上才回去。她再次点进微信，回完了所有人消息，才点开姜钰早上发的那条——

老婆，我大后天回来。

陈洛初要跟他谈事，就问了一句：回来几天？

那边消息回得也挺快，说至少一个星期。

陈洛初说行：那到时候见。

姜钰回国的那天倒是没有主动给陈洛初打电话，他原以为陈洛初会来机场接他，却并没有看到她的身影。他当时心情就不太好，在电话里冷淡就算了，对见面也这样。

助理看着他道："太太不是还在学校工作吗？可能她比较忙，您先回家休息，等等她呗。"

姜钰的脸色这才稍微缓和了一点。

出机场的时候，有个带着孩子的女人在等出租车，一脸焦急的神色。姜钰让司机问她怎么了，一问才知道她的手机没电了。他就让她报了她老公的号码打过去，她老公说了地址，女人便准备去打车。姜钰看她大包小包的行动不便，就开口道："我送你一程吧。"

女人道了谢，跟姜钰一起坐在后排。孩子一直好奇地看着姜钰，最后朝姜钰伸出手："叔叔。"

助理知道姜钰向来不喜欢小孩，正要开口阻止，没想到姜钰却含笑把孩子给抱过去，逗了一会儿才还给女人。

"先生很喜欢小孩？"

"还行。"姜钰漫不经心地道。

助理忍不住蹙眉，姜钰在陈洛初以及姜家长辈面前从来都是一副嫌弃小孩的模样，一直以来给人的印象就不是一个喜欢小孩的人，今天的举动让人感到十分意外。

假装不喜欢小孩，他有什么意图呢？不过也许是因为当着女人的面，他不方便说出不喜欢小孩的实情，不然可能会让女人感到尴尬和拘束。

送完女人和孩子，姜钰到家的时间就比计划中晚了半个小时。

到了家，他整个人的状态就放松了下来。他去冰箱里找了点吃的，发现冰箱里的食材跟往常不太一样，没有陈洛初最喜欢的香蕉，想着估计是她换口味了。

他很快就上楼冲了个澡，换上睡衣，进卧室补觉去了。

陈洛初一个人睡，床铺都是整整齐齐的，姜钰在床上捕捉到了淡淡的陈洛初的味道。

比起睡觉，他现在更想抱抱陈洛初。如果陈洛初这会儿在就好了，他们已经有很久没有见面了。他在床上躺了一会儿，还是给陈洛初发了消息：我回来了。

陈洛初：嗯。

姜钰：我先睡一觉，睡醒了就去接你。

这句话陈洛初没有回复，但上一秒她还在回消息，所以应该是看见了的。大概她是在开会，又或者手头有事，没有空回吧。

他也没有在意，这会儿是彻底准备睡觉了，直到楼下的开门声吵醒了他。

姜钰以为是陈洛初回来了，懒洋洋地看了一眼时间，才下午四点，今天下班倒是挺早的。他翻身起来，光着上半身下楼，说："晚饭别准备，我什么都不想吃。"

温湉抬头看去，先看见的是姜钰保持良好的身材，再偏移一点，就看见他白白的睡裤上的痕迹格外明显。

她在国内上大学那会儿，室友就跟她一起讨论过姜钰的本钱，当时她被说得面红耳赤。只不过，她一直没机会跟他发生点什么。

温湉有些不好意思地道："阿钰，是我。"

姜钰听见这个声音，猛地抬起头，表情微变，然后立刻回房间把衣服给换了，下楼时皱起眉头说："怎么是你？"

仔细听去，他的声音里有点不耐烦。

温湉小声道："我在医院里照顾父亲，听阿姨说你今天回来，就顺道来看看你。"

"你怎么会有我家的钥匙？"姜钰冷声道，"温湉，你懂不懂什么叫私闯民宅？"这要是让陈洛初看见……

姜钰的眉头拧得越来越紧，烦躁地道："你赶紧走。"

温湉道："阿钰，钥匙是阿姨给我的，她让我有空多过来转转，冰箱里的水果也是我买的。"

"温湉，你是不是有病？"姜钰冷声道，"我越拒绝你，你就越要往我面前凑？我跟你说过几次了，我跟你没有可能，你是听不懂人话吗？需不需要我给你找个翻译？"

他的话音刚落，就看见姜母走了进来。她看了一眼温湉，道："你父亲那边别让你妈一个人守着了，你还是先去医院帮她的忙。"

温湉乖巧地说了声“好”，然后就转身走了。姜钰这会儿仍然一脸不悦，坐在沙发上道：“妈，这套房子是陈洛初的。”

“最近国外怎么样？这次回来打算待多久？”姜母没跟他聊温湉的话题。

“国外那边上个星期的项目昨天弄完了，这次的假期时间应该比较长，至少一个星期吧。国外那边我管得还挺有起色，过段时间就让我爸把我弄回来吧，我想空降一个高层。”姜钰随口道。

“你之前在国内不也是高层？”

姜钰往沙发上一靠，懒洋洋地道：“之前是高层那也是小高层，真正的话语权才多少？跟我爸的办公室还不在一层楼呢。不然你以为我去国外做成绩干什么，就是想让人家服我。”

姜母欣慰地道：“你爸也说你在那边干得不错，之前让你创业，都是小打小闹做点生意，这回听说几个项目你做得都挺漂亮的。今天晚上回去吃饭，到时候和你爸商量一下调回来的事。”

姜钰道：“爸就是无论如何也不肯跟陈横山动手，那边这几年不是挺颓的嘛，应该挺容易占便宜的。”

姜母解释道：“陈横山手里握着点你爸的事，所以你爸得给他几分面子。他对洛初好，也有几分陈横山的原因在。”

“什么事？”姜钰说。

“都是上一辈的旧事了。”

姜钰没再多问，只是看了几眼时间。等到四点半他就站起来，准备往外走。姜母有些奇怪地道：“你这是要去哪儿？”

“洛初姐要下班了，我过去接她。”

姜母的目光闪烁，说：“阿钰，不用去了。”

姜钰回头看了姜母一眼，道：“我不累，我看她车库里的车没开走，省得她自己打车回来。”

姜母迟疑了一会儿，说：“前段时间，因为温远辉的事情，我跟陈洛初的姑姑闹得不太愉快。官司的事情你让我别插手，妈也就没插手，毕竟我知道你虽然跟洛初感情不深，但对她也是有些许习惯的。后来妈看温远辉在里头挺苦的，他又是温湉的父亲，就……”

姜钰意味不明地道："这件事我听说了，在您的印象中，洛初姑姑那个人确实是泼辣难缠。"

姜母斟酌片刻，叹了口气道："这件事可把陈英芝给气到了，她就非让洛初跟你离婚。"

姜钰的脸色猛地变了，很是难看。姜母没注意他的表情，继续说："要不干脆离了吧，我看温湉这孩子最近是认真地在追求你，你也别跟她倔了，一直倔着感情就没有了。妈现在同意你们在一起，以后也绝对不会干涉你。洛初那边你也不用觉得愧疚，妈到时候多给她两套房好了。"

她再次叹气道："这件事情本来早就要告诉你的，但你前几天那个项目很急，妈也就没说，省得你分心。"

姜钰在原地站了好一会儿，才找回自己的声音，冷淡地开口："陈英芝是不是有病？她不高兴了就非让我和洛初姐离婚，这是一个姑姑能干得出来的事？亲姑姑一心就想着毁人姻缘？"

姜母微微蹙眉道："阿钰，也不光是陈英芝说的，我已经问过洛初了，她自己……也是这个意思。"

姜钰愣住了，先是觉得脑子里一片空白，然后就感觉一阵心寒，随即冷静地否认："不可能，我刚刚还给她发了消息，告诉她我回来了，她也是照常回应我的，并不像一副要跟我离婚的样子。"

"没有，确实是洛初亲口跟我说的。"姜母终于有些不安，害怕是不是自己误会了什么，她说，"离婚这件事，是妈跟她在咖啡馆谈的，她还收了妈给的支票。"

姜钰只觉心里发冷，想起陈洛初这段时间对自己越来越疏远，大部分时间说话都是敷衍的。自己不满、跟她发脾气，她也没有改，依旧是我行我素的冷淡。原来她真的已经做好打算跟自己一刀两断了。

一刀两断，那还需要维系什么感情呢？

"您给了她多少？"姜钰冷静地问，只有他自己知道，他这会儿的语气里带着山雨欲来的冷意。

"五百万。"

姜钰笑了："就五百万？您再给点吧，这样显得您儿子真不值钱。我好歹也是姜家的独生子，您就给人家五百万分手费？"

姜母迟疑片刻，问：“你想给她多少？”

“我想给她多少？”姜钰冷冷地笑了，质问道，“我跟她在一起的小半年时间里，有没有跟她提过分手？我有没有在您面前说过半句我跟她过不下去了？都没有。所以您怎么会觉得我迫切地想跟她分开呢？”

姜母被问得哑口无言，心不断地往下沉，脸上的表情也格外难看：“阿钰，所以你这是什么意思？你难道不想离婚？”

“我要是想离，您觉得还需要拖到现在吗？”姜钰面无表情地道。

但凡他有半点想离婚的念头，就有一百种离婚的手段。他这会儿什么都不想说，也懒得跟姜母解释，只想赶紧先找到陈洛初。

姜钰跨出家门的那一刻，姜母有些脱力地坐在地上。怎么事情跟她想象中出入这么大呢？他不是喜欢温湉，不是在跟温湉赌气？他们俩不应该才是情投意合的一对吗？

姜母这才想起姜钰生日那天，对着温湉冷淡地道：“我不会系其他女人给我的领带。”

他对温湉也很冷淡，并不热络，甚至饭吃到一半就走了。一直在开口说话的都是温湉，一直都是她在说，阿姨，阿钰还在生我的气，不过我会哄好他的。

姜母突然想起一个细节来，自家儿子跟陈洛初结婚到现在，戒指一直都是戴着的，从来就没有摘下来过。她隐隐觉得戒指有点眼熟，似想起什么，连忙给姜钰的助理打电话。

那头电话接得也很快，客气又礼貌地道：“姜夫人，请问您有什么事情吗？”

姜母道：“阿钰跟洛初的结婚戒指是在哪儿订的？”

助理道：“是在国外订的，排队就排了一个月，而且只能本人持身份证去排。小姜总怕错过了，天天都自己等着。本来是算好日子回国的，能在婚礼的前一个星期赶回来，可后来因为戒指的排单，又拖了十来天。”

助理想起那一幕，觉得挺心酸的：“所有人都是小夫妻俩一块儿排队，只有小姜总是一个人。他总是盯着来来往往的人，看他们成双成对，都是默默地看着。他在这种时候总是异常沉默，一句话都不说。”

姜母绝望地闭上眼睛，原来真的是她理解错了。她自以为很了解自己的儿子，可没想到其实并没那么了解。

这个季节的 A 市，总是时不时会飘几滴小雨。姜钰出门的时候没有带伞，以至于后来他都是淋雨的。

这会儿他到了陈洛初的学校，正往陈洛初的办公室走去。下雨的缘故，路上这会儿一个人都看不见。这一段路也很长，需要走很久很久。

姜钰此时觉得这条路比以往都要长，他只想尽快赶到陈洛初的办公室，可是感觉走了很久都没有到。等到他好不容易走到电梯间，身上已经湿透了。

叶晨曦上大四已经结课了，基本上很难得回一次学校，今天如果不是因为要回学校打印成绩单，她肯定是不会回来的。她拿着成绩单从电梯里走出来，正好看见姜钰一副狼狈的模样。

她愣了一下，却对他没什么好脸色。陈洛初跟他感情不和的事情她已经知道了，并且他不帮陈洛初老师的姑姑，而跑去帮前任的父亲，没有一个人能受得了这种事情。

更何况他明明答应好的，可温远辉依旧一副得意扬扬的模样，这胜诉了又有什么意义呢？

反正叶晨曦是知道他对温湉有多真心了。陈洛初要跟他分手，她心里高兴得不得了。这么一个好女人，就不应该被人活活糟蹋，而是应该去寻找自己的幸福。

陈洛初是叶晨曦见过的长得最好看的女人，要脸蛋有脸蛋，要身材有身材，还是一个知识分子。这样的女人就算离了婚，也不可能没人要，总会有眼光好的、对陈洛初好的男人出现。

所以叶晨曦的视线只是从姜钰脸上冷淡地扫过去，姜钰却是立刻认出了她，连忙把她给叫住：“叶晨曦？”

“有事？”她语气不善。反正他现在又不是她的老板，她也不是他的员工，不需要对他客气。哪怕是她为了心爱的陈老师，也绝对不会给他好脸色。

姜钰说：“陈洛初在哪儿？现在在不在办公室？”

叶晨曦笑了笑，说：“你要不说，我还以为你是来找温湉的呢。她最近倒是经常来学校，老师跟她都很亲近。真是沾了你们姜家的光，人家温湉真的跟鲤鱼跃过了龙门似的，现在不仅是学霸，温家还成了有钱人家。你可真是个好前任呢，这么照拂人家。”

姜钰皱眉道：“我不找温湉，我找的是陈洛初。我跟她之间有点误会，我想跟她解释清楚。”

叶晨曦道：“你要找她，来学校也没用，她都已经离职了。因为她不想见到你，所以连学校都不想待了。”

姜钰冷冷地看了叶晨曦好一会儿，并不相信她的话。这个小姑娘，从来就没盼着他跟陈洛初好过。如果不是因为陈洛初在背后护着她，他早就让她尝尝什么叫苦头了。

这一眼看得叶晨曦心里发毛，只不过她依然倔强地道：“导员姐姐那么好，你却不珍惜，是你活该。”

她说完，拔腿就往外跑。姜钰这会儿无暇顾及她，摁了电梯，直接朝陈洛初的办公室去。

他打开办公室的门往里看的时候，所有人都抬起头来看着他，但是没有陈洛初。她的位子不仅不是空的，还坐着一个陌生人。

姜钰皱着眉抬脚走过去，揪着坐在陈洛初那个位子上的男老师的衣领说：“我老婆呢？你坐在她的位子上干什么？”

他冷着脸时，整个人看上去就很凶。男老师见他这种状态，有点害怕，一时之间不知道该如何反应，于是老老实实说：“这是我的位子。”

“学校我来了这么多回，陈洛初坐哪儿我会不知道？”姜钰坚持道，“这就是陈洛初的位子。”

旁边的其他同事帮腔道：“姜先生，陈老师前段时间已经离职了，现在这个位子确实是这位新老师的。”

姜钰顿了顿，往位子上看去，陈洛初的东西果然都不见了。那个粉色的保温杯、那几本她经常动手翻看的历史小说，还有她的坐垫，通通不见了。

“姜先生，你没事吧？”旁边的老师担忧地道，“你是不是和陈老师吵架了？不用担心，陈老师脾气这么好，你多跟她解释解释，她肯定会原谅你的。”

姜钰不知道自己是怎么从学校离开的，回到车上以后，他整个人就有些走神。等回过神来时，他已经在给陈洛初打电话了。

电话响了一遍又一遍，可那头的人都没有接。姜钰只好点进微信，认真地一个字一个字地打——

“老婆，你在哪儿？

“你接一下我电话好不好？

“我回国了，你要是不喜欢，我以后，就不出国了。

“老婆，你可怜可怜我。”

只不过所有的消息都没有得到回复。

姜钰深吸一口气，重新找人。陈洛初平常喜欢去的书店、餐馆，以及一些娱乐场所他都找了个遍，可依旧没有看到她的人影。

当姜钰一头蹿进和陈洛初去过的酒吧时，姜母在他身后拉住了他。她也是找了人打听，才知道他来了这里。

他身上的衣服还没有干，头发也因为淋了雨，这会儿还是一撮一撮的。姜母很少见到他这个狼狈样，难免有点心疼。

“阿钰，别找了，我打听到，洛初是出门旅游去了。”姜母叹着气道。

姜钰这一天忙着找人，显然忘了还可以花人力、物力去找。他抹了把脸说：“她去哪儿了？我让助理买机票，我过去找她。”

姜母摇头道：“没有人知道她去了哪里。”

姜钰不信这个邪，几乎是立刻联系了人去找陈洛初。只不过到底没有打探到她的航班或是高铁之类的信息，她显然不是乘坐这些交通工具出门的。

陈英芝睡到半夜，突然听到一阵敲门声。陈横山很少回来住，自然不可能是他。晚上这个点，一般也不会有人来找她。

“谁呀？”陈英芝揉着惺忪的睡眼下了楼，透过猫眼看到门外的姜钰时，愣了一下。

不过她随即就像是没听见一样，回了房间继续睡觉，甚至还把耳塞给戴上了。陈横山跟姜家还有合作是一回事，但她现在是不会搭理姜家的，甚至到了看见都觉得碍眼的地步。

至于姜钰和姜母的微信，陈英芝更是早早就删了，现在姜钰想联系她恐怕都没有办法。

陈英芝这晚算是睡了一个不错的觉，第二天早上八九点才起床，打开家门时，没想到姜钰居然还在。她脸上扯出一个讽刺的笑容：“小姜总还来我这儿干什么？”

姜钰抬脚跨进来，道：“姑姑好，您知不知道洛初姐在哪儿？”

这还是姜钰第一回对她这么客气，大部分时候其实他都是不太瞧得上她的。只不过这也是因为在他看来，陈英芝对陈洛初着实算不上好。

“洛初出去旅游了，去了哪儿我没有多问。”陈英芝懒懒地坐在沙发上，也不叫他坐。

姜钰的语气冷了点，勉强忍耐着说：“她一个女人出门，您就这么不闻不问的？万一她遇到了危险怎么办？谁负责？”

他就差说她不称职了，但陈英芝讽刺的意味更明显，开门见山道：“这话说得她在你身边就被护得多好似的。说起来她嫁给你的日子能叫好吗？你常年不在国内待着，谁不是说你出国追心上人去了，你妈还天天帮着个外人刁难她。说实话，过这样的生活，还不如单身好。”

她顿了顿，又说：“既然她不想跟你过了，成全了你跟温湉，你以后也就别再打扰她了。”

姜钰的火气跟不安勉强被压下去，深吸一口气道：“我从头到尾都没说过要跟洛初姐离婚，我娶她回家不是为了跟她离婚的。希望姑姑别在我们之间煽风点火。”

“我可没有煽风点火。”陈英芝道，“你以为我能做主洛初的事情？离婚这件事是经过她自己首肯的，就是她自己的意思。”

姜钰听了这句话，心里压抑得厉害，那种不安跟找不到她的无力感让他这会儿整个人都是飘着的，不踏实。

他忍了半天才道：“温远辉的事情我向您道个歉，还有我妈几次跟您吵架，我也在这里跟您道个歉。我来就是为了向您表达我的态度的，我妈同意离婚跟我无关，我自己没有半点离婚的想法。”

陈英芝冷眼看着他，他不想离婚有什么用，洛初都已经心寒了。即使和好，那也是有缝的玻璃了，不堪一击得很。

姜钰没在陈英芝那里待多久就被她给赶了出来。离开后，他回了家，一晚没睡，他累得很，躺到床上几乎立刻就睡着了。

他做了个梦，梦里陈洛初当着他的面撕了结婚证，还笑着对他说：“姜钰，我自由了，怎么办，我还是没办法爱你。我忘不掉徐斯言，好像我这辈子注定要耽误在他身上了。”

姜钰醒过来以后，第一反应是去看结婚证。证件上的陈洛初面色寡淡，看不出什么结婚的喜悦。姜钰一眼看去也挺冷淡的，可是仔细去看，嘴角分明微微勾起了。

他把结婚证放回抽屉里，从噩梦中惊醒后就再也睡不着了。

那个梦像是在他心里扎了一根刺，扎得他难受。陈洛初提起徐斯言的名字，叫得那么亲密熟稔，可是她很少那样叫他。

姜钰一个人坐在房里，只觉得这房子大得离谱。陈洛初不在，这里突然变得不像家了。

他坐着发了一会儿呆，觉得有点饿，翻身起床去了厨房。只不过当他看到冰箱里的速食，都不是陈洛初准备的，他忽然之间就没了胃口。

姜钰回到房间以后就开始给陈洛初打电话，那边依旧是无人接听的状态。

“老婆。”有那么一瞬，姜钰以为电话接通了，忍不住喊出声。可下一秒，铃声却依旧在响。四周冷冰冰的，他得不到任何答复。

陈洛初待在海边的村庄，信号不好，倒是戒掉了她时不时看一眼手机的习惯。她偶尔也会跟着姜军的父母一块儿出海，早上出去，晚上回来，基本上就更用不到手机了。陈洛初再次看手机，是在一天以后。手机里有无数个未接来电，大部分都是姜钰打的。

她点进微信，手机加载了好一会儿，就看见无数条消息，也都是姜钰发的。消息很多，她没有翻上去看，看到下面几条都是他问她在哪儿，什么时候回来。

陈洛初知道他回国了，那他应该也已经知道了她决定跟他离婚的事情。她想了一会儿，回了他微信：“我回来跟你谈。”

那边立刻问她什么时候回去，又问能不能来找她。陈洛初也不确定什么时候，她还想在这边再待上几天。姜军说过几天要下白菜籽了，她想等着看播种。她给不了他确切的答复，也就没再回复，把手机给放下了。

姜军走过来说：“陈小姐，晚饭已经做好了，过去吃饭吧。”

陈洛初点了点头。来了这几天，她晒黑了不少，跟姜军一家人也算是熟了。姜军的母亲是个内向的女人，但耐不住陈洛初脾气好，两个人还算聊得来。

“明天我们要去收茶籽，陈小姐你要不要跟着一起去？”姜军的母亲问道。

姜军不赞同地道：“很累的。”

陈洛初笑着说：“没关系，我身体不好，正好当锻炼了，而且我也想爬爬山。”

姜军皱了皱眉，最后到底没再说什么。

第二天一早，陈洛初早早地就跟着姜家人出发了。路过门口，姜军的母亲跟邻居用方言在交流着什么，姜军听着听着脸突然就红了。陈洛初多看了他两眼。

爬山的时候，她跟姜军走在最后面。他身强体壮当然走得不慢，显然是为了照顾她。陈洛初说：“没关系，我跟在后面就好。”

姜军认真地道：“你不认识路，我得照顾好你。”

陈洛初莞尔：“这里也没有坏人。”

姜军偷偷看她一眼，说：“万一有呢，你长得好看，就会有坏人。”

这里不是旅游开发区，就是一个平常的村落，几乎没有外人造访。陈洛初的到来本就已经打破了这儿的平静，这几天村子里的人津津乐道的全是她。

诚然，村子里也有很多走向大城市的人，可这么美丽的真没怎么见过。陈洛初一边心不在焉地往上爬，一边说：“今天你妈跟你邻居聊什么了？”

姜军微微一愣，然后脸红到离谱。他是个坦诚的人，有些不好意思地道：“那个人问我妈，你是不是她给我找来的媳妇。”

其实陈洛初差不多猜到了一点。姜军连忙解释道：“不过我妈解释得很清楚，她没有让别人误会。你是我们家的客人，是付了钱的。我妈说，你长得这么好看，肯定是有男人的。”

他的最后一句话，让陈洛初的笑意稍微浅下来。姜军敏感地察觉到，有些手足无措地道："陈小姐，是不是我说错话了？要是我说了什么让你不高兴的话，我跟你道歉，对不起，真的对不起。"

陈洛初摇了摇头，笑容有些淡："你妈说的没错，我确实有男人。"

姜军有点失落，不过也觉得很正常，陈洛初再怎么着也不可能和自己有点什么。他衷心说道："陈小姐，那你跟你男人一定要幸福。你男人能娶到你这么好的女人，肯定会好好珍惜你的。"

陈洛初淡淡地道："我们的关系一般。"

姜军实在不能理解，怎么会有人对这样一个娇弱的女人不好。哪怕他只有二十岁，也愿意一辈子对这样的女人好。

"他是不是欺负了你，所以你才跑到这里来的？"姜军忍不住微微蹙眉，"陈小姐，我要是见到他，帮你揍他。"

陈洛初想，姜钰各种帮着温湉，让她受了不少气，也算是间接欺负她了。

姜军的话让她觉得心里暖暖的，她语气温和地道："没关系，我们马上就要分开了。"

姜军再度愣住，只觉得陈洛初说话的语气真的太温柔了。村子里的人嗓门都大，他很少见到这么温柔的女人。

等姜军再回神时，陈洛初已经抬脚往前走了。他看着她的背影说："陈小姐，跟他分开，你会不会觉得很难受？"

"为什么会这样问？"她回头看了他一眼。

"因为，两个人结婚，本来就是一件不容易的事情。既然是夫妻，那肯定还是有感情的。我们这里的人，几乎永远都不会分开。我妈说，夫妻本来就是一体的，分开肯定伤筋动骨。"

到底还是这个地方淳朴了，外面离婚的人一抓一大把，结婚数月就各奔东西的也大有人在。陈洛初也从来没觉得姜钰是自己人。

这儿的山，到底不是城市里那种供人游玩的公园，布满荆棘。陈洛初细皮嫩肉的，最后被刺伤了腿。

姜军原本在干活，看到她受伤的时候脸色都变了，连忙蹲在她面前，皱眉道："我带你去诊所。"

其实也不是很严重，陈洛初便说："没关系。"

姜军的母亲也一脸担忧地道："陈小姐，你还是去诊所看看吧。这里我跟他爸能忙得过来的。"

姜军已经准备好背她的姿势，陈洛初叹了口气，到底还是没有拒绝人家的好意。姜军背着她下山，路很长，半路上两个人休息了一会儿。姜军见她坐着太好看了，突然开口说道："陈小姐，我给你拍张照片吧。"

他认为，美好的事物就应该保留。陈洛初笑了笑，说好，就把手机递给他。

姜军本来正在掏自己的手机，见她递了手机过来，就把自己的手机给收了回去，反正他的手机像素也不高。他想看她很美的模样，便接过她的手机，认真地给她拍了一张。

"陈小姐，你看看。"他把手机递给她。

陈洛初看了一眼照片，没什么拍照技巧，但是她挺喜欢的，于是说："谢谢你，很好看。"

姜军又有点脸红了，是那种被夸赞的不好意思。他迟疑着想让陈洛初给他发一张，没有任何越矩的意思，就只是想收藏一张。毕竟他们以后可能再也见不到面了。

但他到底没开口，怕唐突了她。

几分钟后，姜军继续稳当地背着她走。等走到村里，因为怕别人说闲话，他就改成扶着她走。村医为陈洛初包扎的时候，他也一直抿着唇，有些不安地道："轻一点。"

村医用方言说："人家自己都没觉得疼。"

姜军站在一旁不说话了，但神情紧张。

陈洛初在医生为她包扎的时候，拿姜军给她拍的那张照片发了朋友圈。因为网速不好，上传了好久。

那张照片把她的腿伤也拍了进去，于是就有不少人来慰问她。陈洛初一一回复没事，而姜钰的那一条，她忽略了。

姜钰的电话是在几分钟后打来的。陈洛初没有接，除开谈离婚，她现在不想跟他有任何牵扯。

姜钰见陈洛初不接电话，就改成发语音。他声音沙哑地道："洛初姐，告诉我你在哪里吧。其他事情咱们先不说，我先过去带你去医院。"

姜军带着陈洛初回去以后，她是躺在床上听的他的这条语音。犹豫了一会儿后，她到底给他打了电话过去。

信号不稳定，他前面几句话她都没有听清楚。

姜钰见她一直没说话，开口道:“我过去接你，不然腿上要留疤了。”

“我很好。”她淡淡地道，“这个地方很偏，开车费时间。你好好工作吧。”

“没关系，我可以过来。”姜钰说。

“真的很远。”

姜钰直接说道：“你是不是，只是不想我过来？”

陈洛初沉默了。

姜钰勾了勾嘴角，说：“其实我都猜到了。你回所有人的消息，唯独忽略我。我给你发了那么多微信、打了那么多电话，你不可能看不见。你只是，不想回我。”

就如她从楼上掉下来以后的那一年里，他们除了两次碰面，再无联系。她给他的朋友过生日，偶尔跟顾越联系，遇上事情也会找他那个圈子里的人帮忙，几乎跟他周围的所有人都有交集，只是独独不联系他。好的坏的，一次都没有。

就是吃饭那天碰面，她也一句话都没有，光坐着，对待他如同一个陌生人。

最后还是他主动上前说：“待会儿在长辈面前演一出戏吧，两家人熟，还不知道我们已经没在一起了。”

她平静地道：“可以。”

其实，他们分明都没有说出过“分手”二字。

至于他们恋爱时住的家，她再未踏足。而他状态好了回国后，一直都在那里生活。这次这条朋友圈大概也是一样。

姜钰其实在陈洛初回人家消息的时候，就一直在期待。他想着她每一条都回复了，应该不至于不回自己的。但她把每一条都回完了，也没有回复自己一个字。

姜钰甚至不愿意相信，又确认了好几遍。她甚至连顾越的话都回了，唯独忽略了自己那条。

可分明他们俩才是夫妻。他说不上来自己是一种什么样的感受，但是他在那一刻真实地感觉到了陈洛初的疏远。

陈洛初安静片刻，说："离婚的事，姜阿姨应该已经跟你说了吧。"

姜钰恳求道："温远辉的事情，我知道是我做得不够好。洛初姐，能不能不要因为这件事跟我赌气？"

陈洛初没有回答这个问题，只说："等我回来，我们当面谈吧。"

"具体哪一天？"

"我不知道。"陈洛初皱眉道，"你不要再问了，连我自己都不知道我什么时候想回来。我现在并不想待在那个城市。"

姜钰说："我不逼你了，你好好玩，想玩多久玩多久，我会等你回来。"

也不知道他说的哪个字影响到了陈洛初，她就把电话给挂断了。姜钰知道自己不用再找陈洛初了，他现在唯一能做的就是等待。

只是等待太难熬了，姜钰只能跟着狐朋狗友荒唐度日，喝喝酒，说说笑笑，日子过得倒是快了不少。

三天时间，不过一晃眼就过去，姜母却看不下去自己儿子这种颓废样。姜钰一直都是一个事业心不算弱的人，玩乐和正事能够分得很开。

这天姜钰喝到半醉的时候，姜母找到了他。顾越他们看到姜母后都变得严肃起来，不敢胡乱折腾了。姜钰扫了姜母一眼，脸上却没什么表情。

"阿钰，你爸最近忙得焦头烂额，既然洛初还没有回来，那你就先去公司帮帮你爸。"姜母在旁边劝道，"最近项目挺大的，你自己做好了，就有威望了。"

姜钰冷淡地道："我不想去。"

"阿钰，你就非要这样过日子？"姜母皱眉道，"即便你这样，洛初也不会回来。"

姜钰听得烦了，站起来转身就走。姜母跟在他身后，依旧在念叨："洛初是个好孩子，你多哄哄，她肯定能回来的。"

姜钰的脚步顿住，回头看了姜母一眼，不知道她怎么会以为陈洛初很好哄。

陈洛初好哄，只是因为她懒得计较。姜母会不会就是觉得她好哄，所以才不在意有没有伤害到她？

“妈，其实这一次我真的挺恨你的。我不知道你身为一个母亲，为什么要插手儿子的婚姻？难不成你觉得我还没有到独立的年纪？我也不是没在你面前对温湉甩过冷脸，你怎么就看不明白呢？温远辉的事情也是你非要帮他做什么生意，我没插什么手，到头来这些事情全算在了我头上。”姜钰声音艰涩，也越发冷淡，“所以麻烦你在我面前少说两句，不然我怕我以后连家都不想回了。”

姜母的脸色很难看，僵在原地，到底没有追上去。而姜钰呢？明明陈洛初不在他身边，路过药店时，他还是忍不住买了很多药，仿佛买了药，陈洛初就能快点好起来。

这样颓废着过日子虽然过得快，却也伤身体。姜钰酒喝多了，终于有一天酒精中毒了。

他昏迷了一天一夜，最开始酒吧经理还以为他只是喝醉了，便把他抬进了休息室。结果他在床上躺了一天也没有醒，这可把经理吓坏了，赶紧把他送去了医院。

老板只记得姜钰在昏迷之前喊了几声“老婆”，想着他跟陈洛初都已经在闹离婚了，这个老婆指的应该是新人，便赶紧让人去联系了温湉。

等姜钰一醒来，他就说：“小姜总，我已经联系了你的爱人，她正赶过来。”

姜钰本来还有点头晕，听了这话，人不由得精神了几分，又有些不太确定地道：“她说会来吗？”

经理点点头，忙说：“来的来的，打电话过去，她还有点担心，似乎是在忙什么事情，听到消息以后就好像顾不上手头的事情了。”

姜钰总感觉有些不太对劲，但心底又隐约期待。如果陈洛初还会担心他，那说明她还是有些在意他的。

“谢谢。”他挺真诚地跟酒吧经理说。

姜钰这个人，挺眼高于顶的，几乎很少有他跟别人道谢的时候。这会儿听见他说这两个字，酒吧经理难免有些受宠若惊：“应该的，毕竟小姜总照顾了我的生意这么久，我也希望小姜总家庭和美，能够跟姜太太好好生活在一起。小姜总，以后你也别总是喝酒了，伤身体。”

姜钰想坐起来，但头晕得厉害，最后不得不重新躺下去。他说：“她都有好长一段时间没有理过我了，连个人影我都找不到，只能干等着。我是等得太煎熬了才喝的酒。”

酒吧经理一听这句话，就有些纳闷了，说：“姜太太不是最近都在A市待着吗？”

姜钰一听这句话，脸色猛地一变，警觉地道：“你找的谁？”

“温小姐啊。”酒吧经理理所当然地道。

姜钰僵了那么几秒，最后勾起嘴角。他就知道事情不可能这么简单，陈洛初的电话也很少给外人，酒吧经理怎么可能会有。空欢喜一场的滋味太不好受了。

酒吧经理见他这种状态，心里一个“咯噔”，知道自己可能好心办了坏事：“小姜总……”

姜钰说：“你走吧，让她别过来了，我要等的人不是她。”

酒吧经理琢磨了一会儿，说：“小姜总，你是在等跟你领证的那位？”

姜钰没吭声，酒吧经理心里有了底，他果然是在等陈洛初。

“小姜总，希望你也别怪我，确实所有人都觉得你现在的对象是温小姐。而温小姐在外也是这么默认的。”酒吧经理这会儿也觉得自己委屈，又道，“不知者无罪啊！”

姜钰听得心烦，颓然地摆摆手说：“说了，叫你走。”

“哎，我马上就走。”只不过他还算有良心，又替姜钰联系了姜母。

姜母赶过来时，也是急匆匆的。姜钰几年没生过病，她就有几年没有感受过他生病的紧张。这突然来一次，就让她慌了神。

等她见到姜钰，就发现他憔悴得很，整个人躺在病床上，也不知道在看什么。

“阿钰。”因为那天的争执，姜母跟他说话时也带着点小心翼翼。

姜钰看她一眼，不轻不重地道：“您来了。”

“以后喝酒注意点分寸。”姜母说不出让他别喝酒的话，到底心里有愧疚。

姜钰没吭声。姜母本来想说温湉还在外头的，这会儿怎么也说不出口了。姜钰现在未必会肯见温湉。

“妈给洛初打个电话？”姜母开口问。

只不过那边传来的是“嘟嘟”的关机声，现在这个社会的人，哪里会关手机？显然是被拉黑了。姜钰这下更沉默了，一个人坐在床上。

姜母只能让他一个人待着，想着他今天肯定什么东西都没吃，便去楼下给他买了粥。上来时，看见他在打电话，一直打一直打，但始终没有人接。他的电话是打给谁的，似乎很好猜。

姜母突然觉得有点心酸，明明是小两口，现在一个在医院躺着，却连告诉另一方的机会都没有，还有比这更加伤感的事情吗？

姜母没有进去打扰他，在病房外面站了好一会儿，一直等到里面的声音停了，她才抬脚走进去。

她一副刚刚才上来的姿态，仿佛并不知道他刚才在打电话，道：“你现在不能饿着，来，喝点粥。”

姜钰没有拒绝，示意姜母端过来。他这么大的人了自然不用喂，姜母便打算替他收拾一下东西。回头时，她却看见一碗粥都快被他灌完了。

这粥可是刚出锅的，十分烫，可他就像是一点也感觉不到这粥很烫似的。姜母赶紧过去给他拍开，皱眉道：“你怎么这么不注意？这粥是刚出锅的，这么喝喉咙得烫坏了。”

姜钰这才反应过来，感觉舌尖已经烫起了两个泡。他无所谓地笑了笑，说：“我没注意。”

姜母叹了口气：“你这是要吓死我啊，这都能不注意。”

“没什么的。”姜钰说，“粥还挺好喝的。”

姜母道：“希望你是真的尝出味道了。”

姜钰勾了勾嘴角，说：“妈，我要休息了。”

姜母迟疑着叹气道：“你休息吧，我先走了。”

只是她走到门口，却看见了温湉，有些疏离地道：“你回去吧，阿钰不想见你。”

温湉红着眼眶说：“可是阿姨，我真的很担心他。我今天放下手头的工作就赶了过来，总不能没见到他就走吧。”

“可是阿钰不愿意见你，我有什么办法呢？”姜母淡淡地道，“我向着你，也只是因为阿钰向着你。我不是非得你当我的儿媳妇不可。”

姜母说完就直接走了。温湉咬了咬唇，扫了姜钰的病房一眼，只能跟着姜母离开。

下午的时候，顾越也来看了姜钰。其实不只是他，得知消息的人都送了果篮过来，只不过怕打扰了他休息，就都没有进来。

顾越见他一副思绪不知道飘去哪里的模样，斟酌片刻，还是忍不住开口道："姜钰哥，要不我给洛初姐打个电话？"

姜钰沉默片刻，终于回头看了一眼。他似乎已经看到了现实，淡淡地道："不用了，她不会接的。"

"指不定洛初姐今天上午就是忙，没有接到你的电话呢？"顾越劝道，"也许下午就有时间了也不一定，我给你试试吧。"

姜钰顿了一会儿，随即一副随他去的模样。

顾越打电话过去的时候胸有成竹，毕竟他每回联系陈洛初，陈洛初都会回复他，所以他压根儿就没有想过陈洛初会不接自己的电话。

铃声响了太久都没有人接通，顾越多少有些尴尬："姜钰哥……"

姜钰轻笑一声，状似轻松地道："我都说了，她不会接的。"

顾越也不好再说什么，只是觉得，他虽然看着神色轻松，眼里到底还是有几分落寞的。在病房里待久了，顾越也有些尴尬，他总觉得因为自己在，姜钰是在强撑。

几分钟后，他到底没有强撑下去，脸色难看得要命，自嘲道："我也不知道该怎么联系到她，打她的电话她就是一直都不接，即使接了也说不上两句话。"

顾越不知道该说什么好。

"是不是因为你们当中横着一个温湉？"

姜钰似乎有些愣神，没有说话。

"姜钰哥，要是没事我就先走了，你好好休息。"良久的沉默过后，顾越道。

姜钰只是随口"嗯"了一声，并没有什么多余的情绪起伏。顾越走了，病房里又只剩下姜钰一个人。不过其实有没有其他人，姜钰觉得区别都不是很大，反正都是些无关紧要的人。

第二天，姜母还要过来给他送饭，被姜钰给拒绝了。他得的也不是什么重病，已经恢复过来了，打饭之类的事情都能自己做。

他去医院食堂的路上还撞见过一回温湉，他皱了皱眉，只当没看见，从她身边绕了过去。

这个举动让温湉的脸色瞬间变了，她有点难堪地道：“姜钰，你一定要这样子对我吗？”

姜钰冷淡地道：“我通知你离职的时候就告诉你了，没必要再来找我。”

“我不会那么容易就退缩的。”温湉的眼睛开始变湿润，说，“姜钰，无论你要生多久的气都可以。”

姜钰并没有停下脚步，懒得搭理她，很快就面无表情地离开了。

他最近没什么胃口，对吃的也没什么要求，去楼下买饭的时间点都很随意。下午去买饭的时候，排在他前面的是一对夫妻。

生病的是男人，穿着病号服。

女人说：“我来排队，你去一旁坐着。”

男人说：“你一个人端两份饭不好端。”

女人说：“我没有你想象中那么娇弱。”

男人冷哼道：“得了吧，你还不够娇弱啊，你不娇弱就没人娇弱了。在家里连矿泉水瓶都得我拧。”

只是说完话，他就是一阵猛烈的咳嗽。女人吓坏了，骂道：“你看，生病了也不好好爱惜自己，连你自己都不在乎自己，谁愿意在乎你。病死算了，我还不用天天这么辛苦地照顾你。”

男人笑道：“你这是什么心理？就这么喜欢当寡妇吗？”

“我用得着当寡妇吗？喜欢我的人多了去了，你一死我就改嫁。”

“你敢！”

“我就敢！”

“你改嫁，那我就去勾你的魂，你到了下面还得跟我在一起。”男人笑了。

姜钰却从女人的话语里听出了浓浓的担忧。两个人吵完架，正好轮到他们买饭。他们的条件大概不是很好，只挑了两个便宜的菜，米饭倒是要得挺多。买完饭，他们就自顾自地走到角落的位置去吃了。

反观姜钰，一个人吃得倒是挺丰盛。他坐在了那对小夫妻旁边的位子上。

姜钰默默地吃着饭，一只手拿着手机看，发消息来慰问他的人非常多，他也懒得一一看。他无意间一抬头，看见男人正宠溺地看着女人，盘子里的荤菜刻意没动。

女人皱眉道："你吃呀。"

男人懒洋洋地道："你又不是不知道，我不爱吃肉。"

女人生气地道："你又撒谎。"

姜钰也不知道为什么，此刻生出一点同情心，站起来朝他们走过去，说："你们很缺钱吗？"

女人警惕地看着他："我们可不干坏事！"

姜钰盯着男人的脸，棱角分明，看上去其实并不是一个热情的人，反而应该有点冷漠，对着女人话却挺多的。

见男人不说话，女人又转过头来，凶巴巴地道："许如慕，你要是再干坏事，我就……我就……"就不出来了。

男人懒洋洋地道："都跟了你了，我哪里还敢啊？你那么凶，如果我重操旧业你不得宰了我？"

姜钰被这小两口虐得心上有点扎，冷淡地道："我不要求你们什么，我可以借你们一笔钱，只要以后你们还我就行。"

许如慕看他一眼，慢吞吞道："我们家，不是我做主。"

姜钰转头看女人，女人咬着唇。他们确实缺钱，看病的钱几乎都没有了。她对姜钰的提议有点心动，挣扎了半天才说："我……我只爱我老公的。"

许如慕先笑了，轻飘飘地道："小十，你还挺自信。就你这模样，人家肯定是看不上的。只有我眼瞎，才被你拐跑了。"

女人却相当严肃地道："如果你承诺不要我做违反乱纪的事情，我会很感谢你借给我们钱，到时候我们也会支付利息。"

姜钰无语地道："我没那个兴趣。"

许如慕一只手搂住女人的腰，往后带了带，提醒道："这位先生已婚。"

女人看了看他手指上的戒指，微微脸红。姜钰的表情有一瞬间的黯然，只掏出手机，加了男人的微信，给男人转了一笔钱。对他而言，这点钱无足轻重，哪怕他们以后不还，也无所谓。

许如慕道：“以后我帮你做一件事。”

姜钰显然没放在心上，冷淡地点了点头，然后便朝楼上走去。

回到病房以后，他盯着床头柜上的手机看了许久，还是忍不住拿起来给陈洛初发了一条消息。

“老婆，我在医院，很难受。”

陈洛初腿上的伤口因为处理不当，发炎了。姜军急坏了，恨不得替她受这个伤，自责没有照顾好她。

陈洛初无奈地安慰他，说：“这很正常，真的没事。”

“是不是小诊所的药不太好？”姜军抬头问。

二十岁的小伙子，就是这么可爱，什么事情都担心得不得了。陈洛初经历过心理和生理上的双重痛彻心扉，对这种轻微的伤倒是不在意了。

“过两天就好了。”

“但是会留疤。”姜军又自责道，“是我没有保护好你。”

陈洛初没想到的是，第二天一早，他就起身去镇上给她买药了。

姜军的父母都外出了，陈洛初找不到人，就往外走了走，然后就看见一个穿西装的男人正在问路。

那是一个她很熟悉的人，男人回头看到她，也就没有再问，而是快步朝她走过来。陈洛初不动声色道：“你怎么来了？”

徐斯言的视线从她的伤口上掠过，道：“来给你送药。”

“开七八个小时的车，只是为了来送药？”

徐斯言眉毛轻挑，道：“不可以？”

“当然可以了，只是觉得耽误你的时间了。”陈洛初垂眸道。

她给他发过定位，他能顺着定位找过来倒是也不奇怪。而那天她发了姜军给她拍的照片，他就问过她伤口的事情。

陈洛初带着他到自己的房间，坐了没一会儿，姜军就兴冲冲地跑进来，说：“陈小姐，我给你买到药了。”

只不过他在看到徐斯言时，脚步一时间顿住了。

徐斯言不动声色地扫了他一眼，不觉得这个人会有任何威胁，便收回视线，对陈洛初说道：“我给你上药。”

陈洛初笑着看了一眼姜军，道：“你先出去吧。”

“好的。”姜军忙不迭道。

徐斯言上药的手法很轻，等到给她上得差不多了才开口道：“已经出来这么久了，还不打算回去？”

“交了半个月的房租，还没有住满。”陈洛初说，“你在急什么？”

“显而易见。”徐斯言难得地笑了笑，说，“陈洛初，我以为我的心思已经是‘司马昭之心，路人皆知’。我急的自然是你离婚的事啊。”

陈洛初不动声色道：“你喜欢我？”

“新的公司名叫义出，通忆初。”徐斯言道，“我以为，你早该知道。”

陈洛初其实隐隐约约猜到一点，徐斯言对她的感觉，很多时候确实好得有些刻意了，只不过她一直都在回避。

徐斯言没有在她情感最热烈的时候给她答复，而现在，她也没法给他答复。她朝徐斯言勾起嘴角，语气平静，让人说不上来是不是冷意：“可是我已经不喜欢你了。”

徐斯言又笑了笑，笑容当中多了几分苦涩。他说：“陈洛初，这一次，我一定会等你的。要么我给你幸福，要么我陪着你找到那个让你幸福的人，你不要这么急着拒绝我行不行？”

他们纠缠的那些年啊，本来有无数的机会，可以成为对方的唯一。只是每一次，都被他硬生生地推开了。

陈洛初的笑容也苦，语气却越发寡淡：“一开始，我觉得姜钰像你。可后来他一声一声‘洛初姐’地喊，小心翼翼的，特别让人心疼，我就没忍住，把心给了出去。”

徐斯言听不得这些，听到她说其他男人的事，就感觉钻心地疼，却也只能劝道：“陈洛初，往前看，不要再想之前的事情了。回去后解决了婚姻问题，我会陪你商讨上一辈的事情。”

陈洛初自嘲道：“其实我自己都疲倦了。”

“不管怎么样，我都会站在你身边。”

“那如果真相比你想象的还要复杂呢，甚至会牵连到你身边的人呢？”她盯着他问。

徐斯言郑重地道："那我也会站在你身边。"

陈洛初却没再说话。

徐斯言离开是在下午，他怕自己太久不在，会有人起疑，调查他的出行记录，然后找到这儿。毕竟他知道陈洛初来了这儿，是因为她给了他定位。除了他，没有人能找到这儿。

离开前，他看着陈洛初，欲言又止，最后到底只是说："回去了，记得联系我。"

陈洛初"嗯"了一声。她也确实该走了，得回去把一堆烂摊子给收拾干净。总是拖着，也确实不是事。

陈洛初收拾东西的时候，姜军就在旁边看着，良久才问："今天来的那个男人，是你男人吗？"

陈洛初愣了一下，摇头道："不是他。"

"你要走了吗？"姜军声音沙哑地道，"我是不是……一辈子再也见不到你了。"

陈洛初沉默了。民风越淳朴的地方，产生的感情就越浓烈。她其实十分贪恋这样的感情，在那个冷冰冰的城市，没有人对她这样热情。

"大城市是什么样的？我没有去过，我……也想去看看。"姜军有些手足无措地说，"你能不能……"带我去看看？

可是他说不出口，去大城市要花很多很多钱，他不想陈洛初为自己花那么多钱，赚钱很累，他舍不得她辛苦。

陈洛初心里百感交集，居然生出一个冲动的念头。她很多时候都按部就班地生活，已经很久没有这么冲动的时候了。她甚至都没想清楚就脱口而出："你愿不愿意跟我一起去看看？"

或许她可以试着帮助他，让他走出这里。外面的机会多，她总能帮上一点忙的。

姜军有些惊讶，显得更加无措，还有些迷茫。他却坚定道："我愿意的，我想出去，学好多好多东西。"

"那你收拾一下，我们一起走。"

此刻陈洛初还不知道，这个二十岁的纯朴的男生能为自己付出到何种地步。她这会儿做的，只是想帮助他完成自己的愿望。

对于姜军要走的事，姜军的父母表示很担忧。走出这里，对他们而言，是一件天大的事。但他们也想完成孩子的愿望，最后拿出了家里四分之三的积蓄给他。

姜军只拿了一半，剩下的就怎么都不肯要了。姜军的母亲跟他吵了几句，最后抹着眼泪走到陈洛初身边，说：“陈小姐，他什么都不懂，你帮我……帮我照顾一下他，不要被坏人给骗了。”

陈洛初安慰道：“我会照顾好他的，我也算有点钱，会帮他学点本事过日子的。”

姜母颤抖着嘴唇道谢。

而姜军跟陈洛初上了车以后，眼眶也有点红。但他语气坚定地道：“陈小姐，村里的人都说外面的世界好，很多人都是进过城的。我想赚钱，以后能带他们出来看看，就不用一直从别人嘴里听说了。”

陈洛初说：“嗯，会的。”

跟离开时一样，陈洛初回到A市也是悄无声息的。不过身边倒是有一些亲近的人知道她回来了。

接她的人是陈英芝，看到姜军时皱了皱眉，却什么都没有说，只道：“洛初，我给姜国山打了个电话，让他来家里谈你们离婚后的财产分割问题，好避开姜钰。”

“姜国山知道我回来了？”

“嗯，我跟他说了。”陈英芝连忙补充了一句，“不过洛初你放心，姜钰不会知道，知道你回来这件事的人都不会跟他透露的。”

陈洛初笑着说：“嗯，这样也行，总要找他聊的。”

而姜军自从下了车，整个人都很是拘谨，这个地方对他来说太陌生了。他坐上了陈英芝的豪车，总觉得有点格格不入。陈洛初一直在跟他说话，分散他此刻的紧张感：“这位是我姑姑。”

她指了指陈英芝，姜军便礼貌地道：“姑姑好。”

陈英芝勉强应了一声，不热络也不疏离。

等到了陈家，陈洛初带着他进了一间次卧，给他介绍了智能设备是怎么用的，然后便让他自己琢磨，关上他房间的门后下了楼。

陈英芝这才开口道：“出去玩一趟，怎么还带了个人回来？”

“他是个好孩子，您对他热情点。”陈洛初说，“今天晚上，我想带他一起去吃个饭。”

晚上到了高档餐厅，姜军又感觉无所适从。尤其是陈英芝的笑声，让他一张黑脸红得格外明显，坦诚地道：“陈小姐，我不会用，你教教我。”

中途连上洗手间都是陈洛初带他去的，她教他用感应水龙头，他理解能力很强，她欣慰地摸了摸他的头，这让他有些不好意思。

姜钰也是好些了才被顾越叫出来放松，他一直都兴致缺缺，没一会儿就打算来洗手间抽支烟。

只不过他刚点了烟，随意一瞥，却僵在了原地。

陈洛初在摸一个男人的头，这是仅次于接吻的亲密动作。而那个男的还很配合地低下头任她摸，一副乖顺听话的模样。

陈洛初是一个极其在意男女距离的人，她对异性向来都有很好的分寸感。眼前的人，甚至不是徐斯言。

以至于他这会儿难以置信自己看到了什么，脸上的表情迅速荫翳。

陈洛初察觉到门口的人不太对劲，侧目看到姜钰那张脸时，脸上的笑容也在一瞬间消失得无影无踪。

陈洛初看见姜钰的第一反应是，他是真的有点瘦了，整个人的气色似乎也不好，挺颓废的。她记得他是生病了，按道理来说应该还在休养阶段，没想到他手里居然还拿着烟，这无异于在伤害自己的身体。

只不过陈洛初也不好多说什么，现在他怎样都跟自己无关了。她没有在意姜钰一直盯着自己的视线，带着姜军就想往包间走。路过他面前时，她到底被他伸手拦住。

姜军下意识地挡在陈洛初面前，姜钰目光阴鸷地道：“滚开！”

尽管姜军知道眼前这位大概是他惹不起的，可他还是站着一动不动，跟姜钰倔强地对峙着。

陈洛初看着姜钰逐渐泛出冷意的眼神，皱了皱眉，对姜军说：“你先进包间吧，进去等我。”

“可是他要欺负你。”姜军的眉头皱起来，说，“他会欺负你的。”

姜钰几乎想上手了，他从小就练习散打。陈洛初生怕他会伤了姜军，忙说：“不会的，我们认识，他不会欺负我的。”

“陈小姐……”

“听话。”她说。

姜军愣了一下，陈洛初顿了片刻，降低音量说：“真的没事，这里到处都是人，他不会对我怎么样的。”

姜军看了看四周，果然来来往往都是人，他这才不情不愿地往包间里走。陈洛初转头看向姜钰，他身子紧绷得厉害，下嘴唇也咬得紧紧的，看上去十分不好接近。她深吸一口气道：“说吧。”

“可真是护着啊。”姜钰讽刺道，“这种男人也就你当成宝。”

陈洛初淡然一笑：“他挺好的。”

姜钰不说话了，手紧紧捏着香烟，打火机掉到地上。陈洛初见他无话可说，便打算走，他也不让。

“既然生着病，就别抽烟了。”她好心劝了一句。

“为什么不抽？反正死了也没人心疼，抽死算了。”他说话的语气依旧很冲，仔细听，再琢磨一下，就知道他这是在找存在感。但凡稍微好言好语劝他别抽了，他保准立刻就把烟丢了。

陈洛初淡淡地道：“你再这样，我要走了。”

姜钰抿了抿唇，红着眼眶说：“那个人是谁？”

陈洛初的声音冷下去：“他是谁和你有什么关系？”

姜钰心寒得厉害，她情愿帮一个外人说话，也不愿意问问他的身体怎么样了。她让他等着她回来，他这些天就听话地没再找她，即使那么心急也还是在等她。可是她连回来也没有通知他，如果不是今天撞见了，谁知道她会什么时间才通知自己？

姜钰抓住她的手，不甘心极了，声音因为这些天纵情烟酒沙哑得厉害：“我现在差劲到连这样一个男人都比不过了吗？”

陈洛初没说话。

姜军因为担心陈洛初，出来时看到陈洛初被姜钰抓住，下意识地以为她被欺负了，连忙冲过来，狠狠地一下推开姜钰。

放在以往，姜钰当然出不了什么事。可最近他的身体情况很差，这么一推就被推倒了。他撞在了洗手台上，吐出一口血来。

这可把姜军和陈洛初给吓坏了。姜钰要出了什么事，姜家绝对不可能善罢甘休。

陈洛初几乎是立刻从旁边抽了几张纸，蹲在他身边，给他擦干净嘴角的血渍，皱着眉头问："你没事吧？"

姜钰捂着胸口，有些艰难道："老婆，我疼。"

陈洛初问："哪儿疼？"

他抓着她的手放在胸口，说："这儿，好疼。"

陈洛初神色有些复杂地看着他，用另一只空着的手赶紧拿手机打了医院的急救电话。她又猜测姜钰肯定不是一个人来喝酒的，就在微信上找到了顾越。

几分钟后，顾越飞奔过来，看到旁边的血迹，脸色也猛地变了，赶紧过来扶人："联系救护车了吗？"

"联系了。"陈洛初也不敢动他，看了一眼旁边几乎吓傻了的姜军，安慰他，"我得去一趟医院，我让姑姑先带你回去。你不用怕，这边不会发生什么事情的。"

姜军的嘴唇颤抖，用眼神询问陈洛初：我是不是……闯祸了？

头一回来到大城市，却遇上这种事情，他有些六神无主，觉得吐血了就是很严重，真的太吓人了。

陈洛初看得心疼，他也是为了她才去推姜钰的。之前相处了一段时间，她知道他的个性老实憨厚，待人友善，要不是为了她，肯定做不出这种事情。她勉强笑着安慰他："姜军，真的没事，你听话，先回去等我的消息。"

她耐心地哄姜军的语气让姜钰心生不满，伸手拽了拽她的衣摆，想要拉回她的注意力。

哪怕一个简单的抬手拉她的动作，他都感觉五脏六腑是疼的："老婆。"

陈洛初偏头看他，看他拽着自己衣摆的那只手渐渐往上，握住了她的小指，然后再往上一点，手掌包裹住她整只手，紧紧地握着，一动不动。

直到上了救护车，他已经晕晕乎乎了，也没有放开手。陈洛初却坚定地、不容拒绝地想把手从姜钰的掌心里抽出来。他这会儿已经脱力了，即使使出吃奶的劲也留不住她。

他沙哑着声音恳求道：“老婆。”

陈洛初冷声道：“松开。”

姜钰再次恳求：“老婆，我不想松手。”

“医生和护士会陪着你，而且我蹲着很累，你要让我蹲一路吗？”陈洛初反问道。

如果不是因为姜军推了他，陈洛初今天都不会跟来。他平常不可能一摔就出血，现在这样也是被他自己作践的。陈洛初对他心疼不起来，也同情不起来。

姜钰在听到她把话说完以后，就没有再坚持，把手给松开了。

医生和护士簇拥上来，很快就隔开了陈洛初跟姜钰。

顾越看着看着，那股子心酸再次翻涌。不久前还是小夫妻，现在居然能疏离到这种地步。

他想，哪怕是见了面，这次姜钰恐怕也是留不住陈洛初了。就像之前陈洛初从楼上掉下来也留不住姜钰一样，当时姜钰甚至还出国去了，一玩就是好几个月。

姜钰到了医院，就被火速推去做检查。

顾越跟陈洛初两个人坐在外面，一时之间找不到话题，有点尴尬。他总觉得陈洛初似乎更加冷淡了，又觉得这冷淡的模样似乎更加贴合她本人的形象，之前对谁都客客气气的状态，反倒像是装出来的。

好半天，他才勉强开口道：“洛初姐，这段时间你跑哪儿去了？”

陈洛初说话倒还是往常的模样，笑道：“出去散了散心。”

顾越小心翼翼地道：“姜钰哥这段时间都挺颓废的，刚回国那两天，他真的是满世界找你。后来他生病了，谁也不想见就念叨着你，怪可怜的。我觉得你们结婚之后，他的心又回到你身上了。”

她笑了笑，问了一个很有意思的问题：“你觉得有几成回到我身上了？假如你心里不止一个人，你又愿不愿意为了其中一个放弃所有呢？不会愿意的，因为你失去的不是全部。”

顾越顿了顿才道：“这段时间，温湉找他，他都拒绝跟她见面。”

陈洛初沉默片刻，淡淡地道：“他的事情，你不用告诉我。”

“我只是觉得，你们之间是不是有误会什么，万一还有挽回的余地……”

陈洛初说：“不会有挽回的余地了。”

顾越安静了好一会儿，最终低低地叹了口气，没有再开口。

半个小时以后，医生走了出来，说姜钰这是耗了气血。他前段时间本来就没有把身体养好，后续又抽烟喝酒不注意，身体里堵着一口瘀血，今天被姜军那一撞，瘀血就吐了出来。倒是没什么大碍，就是得静养。

陈洛初听到这里，放下心来，走到旁边给姜军打了个电话报平安，他那边应该担心得紧。

姜军接了她的电话，沉默许久后说：“陈小姐，那个男人，他是你的男人吗？”

陈洛初顿了顿，没吭声。

“他是个坏人，好人不会看不起人……”姜军还想说什么，就听顾越在病房里喊：“洛初姐，你赶紧过来。”

陈洛初急忙走过去，病房里，姜钰正拔了吊瓶针，不管不顾地要下床往外走。

“身体不要了？”她皱着眉问。

姜钰看到她，整个人便安静下来，乖乖爬上床，手捂着肚子，有气无力地道：“我怕你走了。”

陈洛初避而不答，只说：“我联系了你的母亲，她很快就会过来。”

姜钰的脸色微变，语气艰难地道：“她过来，你就要走了，对不对？”

陈洛初看了一眼时间，原本这会儿她应该早已躺在房间里休息：“我有我的事情，何况你的母亲会照顾好你的。”

“但是，我就想让你陪着我。”姜钰盯着她，声音沙哑地道，“你叫我等你，我就耐心等着，都不敢去打扰你。但那天回国，我真的特别特别高兴，前一天晚上兴奋得都有些睡不着觉。我们有好久没见面了，我想着终于能见到你了。可是回来以后，我却找不到你。”

陈洛初的表情未变，说：“我先回去了。”

“你别走。”姜钰说，“我叫我妈回去，你别走。”

他说着就要去打电话，陈洛初却毫不犹豫地转身向外走去。姜钰看着她坚决的背影，目光阴鸷道：“你要是走了，我是不会放过那个男人的。”

陈洛初的脚步微顿，回过头，冷冷地看着他。

那样的眼神，看得他又委屈又难过，可是他却不得不这么做：“洛初姐，你留在这里陪陪我。”

陈洛初笑了笑，平淡的声音里也带着浓浓的冷意：“如你所愿。”

她坐在病床旁的椅子上，一言不发，闭着眼睛，一副拒绝交流的模样。气氛诡异得有点可怕，顾越有些待不下去，偷偷走了出去。

姜钰几次张嘴想跟她说点什么，但看着她疏离的模样，到底没有开口。他已经有好长时间没有好好睡过觉了，有陈洛初在身边，他的眼皮直往下耷拉。

可是他怕陈洛初会走掉，伸手想拉她的手，又怕她拒绝，最后只是拽着她的一片衣角。

陈洛初看了一眼他骨节分明的手，清瘦得离谱，上面有很长一道伤口，不知道是不是哪天喝酒喝多了刮到的。

有陈洛初在，姜钰很快就睡着了。

他做了一个梦，梦里陈洛初从高处含笑看着他纵身一跃，下一个瞬间鲜血染红了地面，她却依旧是那副笑意盈盈的模样，像是解脱了一般。他又给吓醒了，醒来后看见陈洛初还在身边，才长长地舒了一口气。

陈洛初睡着了，此刻少了醒着那会儿的疏离与冷淡，整个人看上去安静又美好。

姜钰无声地看着她。

陈洛初不会知道他有多想她，只有他自己知道，他明明是一个很黏人的人，因为不忍心看她在陈横山的事情上太过无助，所以咬咬牙去了国外。

姜钰看着她，在心里冷笑两声。一年前就说好一刀两断不再把心思放在她身上，到头来又着了她的道，一次次不记教训，每一回都白白送上门被她折磨。可是他又能怎么办呢？还能怎么办呢？

这时的天气，晚上已经有点冷了。陈洛初穿得少，单单薄薄的。姜钰怕她会冻感冒，忍着胃痛翻身起来，拿了自己的外套想给她盖上。只不过这个举动惊醒了她。

陈洛初睁开眼睛，伸手推了他一下。

这一推，他毫无防备，腰撞在茶几的尖角上，钝痛感十分强烈。陈洛初还没来得及开口说话，他就先忍着痛开口安慰道："我没事的。"

陈洛初顿了顿，视线从他精致的五官落到他的衣服上，冷淡地道："你要做什么？"

姜钰轻轻咳了一声，说："天气很冷，我看你睡着了，想给你披件外套。"

"不用了。"陈洛初没什么表情地拒绝道。

他的声音低了些，胃里火辣辣的。这段时间胃疼那是家常便饭，可他还是耐心地从疼痛中分神回答她："可是，我怕你感冒了。"

"不需要。"

姜钰拿着衣服的手用力地握了握，声音更低了："嗯。"

陈洛初看了一眼时间，已经是凌晨。她说："你让我陪你，我陪了，希望你也能说到做到，对姜军推你的事情不要再追究了。另外，离婚的事情，等过两天你精神好了，我再来跟你说。"

姜钰的脑子里一片空白，下意识冷冷道："我是不会离婚的。"

陈洛初淡淡地道："我们之间的相处让我感觉不到你爱我，既然不爱，那我就放你去找你爱的，你又为什么不同意呢？"

姜钰沉默不语，片刻后道："你要跟我谈什么都可以，但离婚，我是不可能同意的。你嫁给了我，就是我的太太，我们生死都要在一起。"

陈洛初勾了勾嘴角："我做不到生死跟你在一起，我心里已经有喜欢的人了。"

姜钰的脸色很难看。

"我爱他爱到离谱，恨不得时时刻刻都跟他在一起。"陈洛初直直地看着他，语气平静而又现实，"姜钰，我希望你，能成全我。"

（未完待续）